文学巨匠丛书

# 狄更斯

## 时代的旗帜

袁子茵 著

河海大学出版社
HOHAI UNIVERSITY PRESS
·南京·

图书在版编目(CIP)数据

狄更斯：时代的旗帜 / 袁子茵著. -- 南京 : 河海大学出版社, 2025.3. --（文学巨匠丛书）. -- ISBN 978-7-5630-9448-6

Ⅰ.I561.064

中国国家版本馆CIP数据核字第2024AQ7747号

| 丛 书 名 / | 文学巨匠丛书 |
|---|---|
| 书　　名 / | 狄更斯：时代的旗帜 |
|  | DIGENGSI：SHIDAI DE QIZHI |
| 书　　号 / | ISBN 978-7-5630-9448-6 |
| 责任编辑 / | 彭志诚 |
| 文字编辑 / | 董丹钰 |
| 特约校对 / | 曹　阳 |
| 装帧设计 / | 未来趋势 |
| 出版发行 / | 河海大学出版社 |
| 地　　址 / | 南京市西康路1号（邮编：210098） |
| 电　　话 / | （025）83737852（总编室） |
|  | （025）83722833（营销部） |
| 经　　销 / | 全国新华书店 |
| 印　　刷 / | 三河市元兴印务有限公司 |
| 开　　本 / | 660毫米×960毫米　1/16 |
| 印　　张 / | 22.75 |
| 字　　数 / | 314千字 |
| 版　　次 / | 2025年3月第1版 |
| 印　　次 / | 2025年3月第1次印刷 |
| 定　　价 / | 89.80元 |

◆世界文学之窗向我们打开……

# 引言
INTRODUCTION

查尔斯·约翰·赫芬姆·狄更斯（1812—1870）是19世纪英国最伟大的作家之一，是英国批判现实主义文学的杰出代表。

狄更斯出生在朴次茅斯的迈尔恩德高坡，卒于罗彻斯特附近的盖茨山庄。

童年时的狄更斯遭遇了家庭生活的巨变，贫民窟里的生活、沃伦黑鞋油作坊的经历，让小小的他饱尝了生存的艰难，饱受了身心的凌辱，他默默地承受着底层人们的精神苦难。因家境贫困，他断断续续地读了三四年书，15岁就到律师事务所做缮写员工作，从此走上了社会。

狄更斯利用业余时间发奋读书，掌握了英国历史等方面的知识；他还凭借敏锐的观察能力和自学的速记技能，进入报社担任新闻记者工作。在采访中，他以认真理性的思考认识了这个社会，以孜孜以求的精神获得了广博的知识，他的文学素养得以迅速提升，这为他以后的文学创作奠定了基础。

19世纪中叶，维多利亚女王时代的英国正处在由封建社会向资本主义社会过渡的时期，大批小资产者在资本主义发展过程中破产了，无产者遭受到更加残酷的剥

狄更斯画像

削而沦为赤贫，底层人民的生活处于水深火热之中。狄更斯目睹了当时英国社会的现实，开始用笔描述英国社会中下层"小人物"的生活状况，抨击当时社会上层和资产阶级虚伪、卑鄙、贪婪、凶残的本性，揭露社会各行业包括济贫院、债务人监狱、私立学校、工厂、法庭等中各种阴暗和腐败的丑恶现象，批判当下政治、经济、文化、法律、教育、道德等方面不切实际的上层精英思维。

狄更斯从人道主义出发，通过自己的创作活动同一切不公正、不人道的现象相对抗，为劳苦大众抗争。他还身体力行地做慈善事业，解救和帮助处于悲惨生活中的妇女、儿童和老人，体现了他高尚的道德观和人性观，表明了他反抗污浊的现实社会的思想。

狄更斯一生共创作15部长篇小说（其中一部未完成）、20余部中篇小说、数百篇短篇小说，以及一部特写集、两部长篇游记、一部历史书，还有大量演说词、剧本、散文、杂诗、书信等。其长篇小说大多是近百万字的作品，流传甚广。

狄更斯的创作大致可以分为三个时期：

第一个时期（1836—1841）指的是狄更斯19世纪30年代至40年代初的创作时期，即早期创作时期。狄更斯在担任记者期间写了一些反映伦敦社会风貌和各阶层人物生活的杂记，这些杂记后来汇集成《博兹札记》于1836年开始发表，从此开启了狄更斯的专职文学创作生涯。当时的英国正在进行议会改革，宪章运动正处于活跃期，民主、自由、平等的思想和精神深入人心。狄更斯在这种精神的影响下，写出了5部揭露和讽刺社会弊端的长篇小说，分别是《匹克威克外传》（1836—1837）、《奥立佛·退斯特》（又名《雾都孤儿》）（1837—1838）、《尼古拉斯·尼克尔贝》（1838—1839）、《老古玩店》（1840—1841）和《巴纳比·拉奇》（1841）。

在这一时期的文学创作中,狄更斯秉承善恶有报的思想,以讽刺、挪揄和夸张的艺术表现手法对贫富不均,道德堕落,摧残妇女、儿童等社会现象进行了温和的批判和善意的嘲讽。作品涉及了孤儿、教育、民主等方面的社会问题。其写作大多采用了"流浪汉小说"的结构模式,结构松散冗长,基调轻松乐观,颇具传奇色彩,体现了一种浪漫的思想情怀,对美好生活充满着幻想和期盼。

第二个时期(1842—1858)指的是狄更斯19世纪40年代至50年代末的创作时期,即中期创作时期。这期间,英国的议会改革满足了工业资产阶级的要求,整个社会的工业得到迅猛发展,资产阶级迅速富起来,但广大的小资产阶级和无产阶级仍然处于贫困状态中。由于经济危机和农业歉收,底层人民的生活更加贫困,生存状况更加悲惨,社会的阶级矛盾更加激化,英国社会问题比比皆是。1842年,狄更斯应邀出访美国,看到美国的资本主义社会也有同样的社会问题,预感到社会改革必然来临。在这种社会形势下,狄更斯创作了6部长篇小说、5部中篇小说和1部游记。长篇小说有《马丁·朱述尔维特》(1843—1844)、《董贝父子》(1846—1848)、《大卫·科波菲尔》(1849—1850)、《荒凉山庄》(1852—1853)、《艰难时世》(1854)、《小杜丽》(1855—1857);中篇小说有《圣诞故事集》系列:《圣诞颂歌》(1843)、《教堂钟声》(1844)、《炉边蟋蟀》(1845)、《人生的战斗》(1846)和《着魔的人》(1848);游记为《美国札记》(1842)。

这一时期,经过对英国社会现象的深入观察和冷静分析,狄更斯的创作思想更加深刻。他对资产者及其道德持批判立场,在作品中塑造了社会上的各色资产者形象,揭露资本主义社会资产者的自私、贪婪和傲慢,对底层人民的生活予以深切同情。同时,他倡导人道主义的人性观,用调和社会矛盾的思想,塑造了一些悔改的资产者,体现了温和的道德主义思想，感伤情绪弥漫其中。此时，狄更斯摆脱了"流浪汉小说"的写法，他的创作思想日臻成熟，幽默讽刺手法更加突出，情节结构更加完整统一。

第三个时期（1859—1870）指的是狄更斯19世纪50年代末至70年代初的创作时期，即晚期创作时期，这是狄更斯创作的巅峰时期。这期间，英国完成了工业革命，国内出现了繁荣的局面，但这种繁荣并没有使英国摆脱资本主义周期性的经济危机，社会矛盾日愈尖锐。特别是英、法大革命运动失败后，资产阶级的反动势力更加嚣张，英国的法律制度、政治制度、官僚机构更加腐败，狄更斯的忧愤情绪无以复加。在这种情绪下，狄更斯创作了长篇小说和散文、戏剧等作品。长篇小说有4部，分别是《双城记》（1859）、《远大前程》（1860—1861）、《我们共同的朋友》（1864—1865）、《艾德温·德鲁德之谜》（1870年4—6月，未完成）。

这一时期，狄更斯文学创作的主题更加明晰，思想更加深刻。他创作的题材更加广泛，反映的社会问题更加尖锐，批判的矛头触及了前所未有的深度；他创作的艺术手法较以前也有所改变，故事的情节和结构比以前更复杂，艺术技巧更成熟，早期那种乐观幽默的情调减弱了，忧愤的情绪加重了。他在小说《双城记》中借古喻今，以法国大革命为背景，揭露封建贵族的残暴和上层社会的腐朽，揭示了引发阶级矛盾的根源，抨击了资本主义社会的剥削制度。他从人道主义出发，描写了小人物的善良，再现了城市贫民和乡村农民的悲惨生活图景。小说引起了强烈的社会反响，在世界文坛上盛行不衰。

狄更斯是高产作家，他认为人的顽强毅力可以征服世界上任何一座高峰，他不相信依靠任何先天的或后天的才能可以无须坚定的长期苦干而得到成功，他就是凭借自身的勤奋和天赋创作了一大批经典作品。由于繁重的写作和巡回演讲活动，加上家中的琐事，他的身心健康受到严重损害。1870年6月9日，他在创作小说《艾德温·德鲁德之谜》时因脑出血与世长辞。

狄更斯奉着惩恶扬善的人道主义精神，塑造出众多令人难忘的人物形象，为英国批判现实主义文学的开拓和发展做出了卓越的贡献，他的作品也对英国文学的长期发展产生了深远的影响。他是一位反映现实生活的作家，既毫不粉饰地反映现实，又相信个人奋斗能获取成功和幸福。他的作品烙下了时代发展的印记，表现了维多利亚时代英国的社会生活，他的半自传性质的小说《大卫·科波菲尔》就折射出他那个时代的生活。他是一位幽默大师，他用妙趣横生的语言讲述人间的真实，讴歌人性中的真、善、美，憧憬更合理的社会和更美好的生活。

狄更斯在英国近代文学史上是唯一能与莎士比亚相媲美的伟大作家。莎士比亚的戏剧是文艺复兴时期英国文学的高峰，而狄更斯的小说则是19世纪英国批判现实主义文学的瑰宝。狄更斯描绘了包罗万象的社会图景，揭示了19世纪中期英国的社会现实，笔端尽显揭露和批判的锋芒，开创了继19世纪初浪漫主义文学之后的批判现实主义文学的新天地，他和他的作品成为英国文化的重要组成部分。

狄更斯的名字在当时的英语世界可谓家喻户晓。在英、美两国，出现了一些研究狄更斯的学术机构，它们出版了大量的著作，发表了大量的论文，如《狄更斯百科全书》《狄更斯索引》《狄更斯作品中的人》《狄更斯作品中的事儿》《狄更斯作品名人录》《狄更斯的生活与工作》等；出现了一些研究狄更斯的杂志，如《狄更斯研究》《狄更斯研究通讯》《狄更斯研究者》等；涌现了一些研究狄更斯的学者，如福斯特、吉辛、柯林斯、利维斯等。

20世纪英国著名的文化理论家、文学批评家、英国文化研究的开拓者和奠基人之一的雷蒙·威廉斯说狄更斯开城市小说之先河。他认为狄更斯的伟大在于创造了新型小说。这种小说解释了一种新的社会现实，继承的是大众文化的经验以及对这种决定性经验的回应，它使用戏剧的手法，展现了狄更斯那个时代的城市生活，并有意识地创造复杂社会中人与人之间的关系，这便是这种小说的独特之处。

狄更斯在国际上也享有很高的声誉,各国学者对狄更斯交口称誉。德国政治家、历史学家和文学批评家弗兰茨·梅林指出狄更斯"对社会生活一切最重大的问题的'集中注意'"，强调狄更斯"那颗诗人的心……永远和穷苦不幸的人在一起"。高尔基赞扬狄更斯不仅是一位反映了现实而且还尽力对现实起作用的作家。卢那察尔斯基视《董贝父子》为狄更斯最优秀的长篇小说，他在《论文学》中指出，狄更斯是英国小资产阶级的痛苦、爱好和仇恨的伟大表现者，他是一个温和的诗人，善于缓和、平衡他的创作里的尖锐、刺人的因素。乔治·萧伯纳说，狄更斯从来不曾把自己看作革命者,然而他肯定是一个革命者，因为他对众议院的毫无缓和余地的蔑视从未动摇过。马克思、恩格斯称他是"时代的旗帜""出色的小说家"。

奥威尔说："那是一张年约四旬的脸，留着小胡子，脸色红润。他在大笑，笑声里带着愤怒，但没有洋洋自得，不怀恶意。那是一个总是在反抗某个事物的人的脸，但他是在公开地、毫无畏惧地抗争，那是一个义愤填膺的男人的脸——换句话说，是一个十九世纪的自由主义者和自由知识分子的脸，这种人为所有那些散发出恶臭的正统思想所痛恨，这些正统思想如今正在争取我们的灵魂。"[1]

---

[1] 乔治·奥威尔. 奥威尔书评全集 上 [M]. 陈超, 译. 上海: 上海译文出版社, 2019: 330.

狄更斯作为英国批判现实主义文学小说家,他的名言"顽强的毅力可以征服世界上任何一座高峰"被世人经久传诵,他的创作精神激励了一代又一代爱好文学和追求幸福的人,他的作品一直以来深受世界各国人民的喜爱。

# 目 录
CONTENTS

## 第一部分　生平与创作

一、出生与成长　　003
  1. 出生和家世（1812.2.7）　　003
  2. 幼年，搬迁就开始了（1812.7—1817.4）　　005
  3. 查塔姆——魂牵梦绕的地方（1817.4—1822.12）　　006
    （1）海天一色：梦幻的发源地　　006
    （2）初入学门，初登舞台　　008
    （3）书里的世界，追梦的起点　　010
  4. 苦难的日子来得早了些（1823.1—1824.6）　　013
    （1）伦敦贫民窟里的孩子　　013
    （2）都市里屈辱的童工　　015
  5. 威灵顿寄宿学校的走读生（1824.6—1827.春）　　020

二、走向社会　　022

1. 律师事务所里的小伙计（1827.5—1829.3） 022

2. 伦敦民事律师公会的采访员（1829.3—1831） 024

3. 成长中的痛与快乐（1830—1834） 026

 （1）初恋的苦涩，单相思的绵长 026

 （2）报业中的精英，记者中的明星 029

 （3）文坛上的一颗新星——"博兹"诞生 032

4. 狄更斯的恋情之始及文学创作前奏（1834—1836） 035

## 三、创作者的生命轨迹 039

### 1. 早期创作（1836—1841） 039

 （1）《博兹札记》问世 039

 （2）《匹克威克外传》风靡伦敦 040

 （3）传奇悲喜：第一部社会小说《奥立佛·退斯特》 046

 （4）玛丽，心中永远的痛 050

 （5）写作的春天来临了 053

 （6）另类风格的浪漫：《尼古拉斯·尼克尔贝》 056

 （7）狄更斯的上流社会生活 059

 （8）狄更斯的烦恼 060

 （9）《汉弗莱老爷的钟》与《老古玩店》 062

 （10）第一部传奇色彩的历史小说《巴纳比·拉奇》 067

### 2. 中期创作（1842—1858） 070

 （1）美国之行 070

 （2）旅行的收获：《美国札记》和
  《马丁·朱述尔维特》 083

 （3）圣诞故事之一——
  《圣诞颂歌》：理想的寓言与窘迫的现实生活 087

（4）圣诞故事之二——

　　《教堂钟声》：意大利的钟乐与希望的曙光　　091

（5）创办报纸《每日新闻》

　　写就圣诞故事之三——《炉边蟋蟀》　　096

（6）瑞士之行：消解生活的压力，寻找人间的温情　　099

（7）法国之行：圣诞故事之四——《人生的战斗》　　102

（8）透满金钱和情感的《董贝父子》　　104

（9）圣诞故事之五——《着魔的人》：怀念与救赎　　108

（10）半自传性小说《大卫·科波菲尔》　　110

（11）反映时代精神的周刊《家常话》　　114

（12）最悲伤的半个月　　116

（13）法网笼罩的《荒凉山庄》　　119

（14）公益演出：首次登台朗诵自己的作品　　122

（15）社会慈善的践行者与功利主义下的《艰难时世》　　125

（16）世界是一座大监狱——《小杜丽》　　130

（17）义演援助，温暖未亡人　　134

（18）狄更斯与安徒生之间的往事　　135

（19）夫妻间的龃龉　劳燕分飞的萌芽　　137

（20）第一次巡回朗诵表演活动　　139

（21）狄更斯与妻子分居　　142

（22）狄更斯与萨克雷之间的故事　　143

**3. 晚期创作（1859—1870）**　　146

（1）创建《一年四季》　挥笔《双城记》　　146

（2）盖茨山庄：最后的居住地　　150

（3）幻想破灭的《远大前程》　　153

（4）第二次巡回朗诵表演活动　　　　　　　　　　156

　　（5）《我们共同的朋友》和他的朋友　　　　　　　159

　　（6）狄更斯与艾伦的最后恋情　　　　　　　　　　162

　　（7）第三次巡回朗诵表演活动　　　　　　　　　　166

　　（8）二次访美　　　　　　　　　　　　　　　　　168

　　（9）第四次巡回朗诵表演活动　　　　　　　　　　177

四、最后的时光　　　　　　　　　　　　　　　　　　　181

　1. 遗嘱　　　　　　　　　　　　　　　　　　　　　182

　2. 未完成的《艾德温·德鲁德之谜》　　　　　　　　184

　3. 十二场告别朗诵会　　　　　　　　　　　　　　　185

　4. 消失在耀眼的灯光中　　　　　　　　　　　　　　188

## ‖ 第二部分　艺术特色与艺术成就

一、别具一格的写作技法　　　　　　　　　　　　　　　195

　1. 诙谐幽默的喜剧性表达和辛辣讽刺的戏谑式手法　　195

　2. 漫画式的典型人物形象的塑造　　　　　　　　　　199

　3. 对比、夸张、象征手法的运用　　　　　　　　　　203

　4. 戏剧手法和情节结构　　　　　　　　　　　　　　209

二、独特的艺术风貌和格调　　　　　　　　　　　　　　211

　1. 批判现实主义的创始人　　　　　　　　　　　　　212

　　（1）对维多利亚时代社会制度及英国资本主义

　　　　伦理道德的批判　　　　　　　　　　　　　　213

　　（2）对迷失人性的拯救，对丑恶人性的鞭挞　　　　217

2. 浪漫主义与现实主义相融合 　　219
　　　　（1）在现实与理想之间穿梭 　　219
　　　　（2）传奇性与戏剧性的共生 　　221
　　3. 独到的人道主义评价标准 　　223
　　　　（1）道德体系 　　223
　　　　（2）人性剖析 　　226

三、璀璨的艺术成就 　　231
　　1. 塑造小人物群像，改变英国文学的"优雅"传统 　　232
　　2. 向黑暗社会抗议，对邪恶势力说不 　　232
　　3. 维护劳动者做人的权利和尊严 　　233
　　4. 狄更斯作品的历史地位和影响 　　234

## 第三部分　主要作品介绍

《双城记》 　　239
　　1. 时代背景 　　239
　　2. 故事梗概 　　241
　　3. 赏析 　　320
　　　　（1）现实主义的叙事方式 　　320
　　　　（2）复杂巧合的情节，布局精巧的戏剧性结构 　　322
　　　　（3）个性鲜明的人物塑造 　　324
　　　　（4）夸张、嘲讽、象征、对比的写作手法 　　330

## ‖ 附录

狄更斯生平及创作年表　　　　　　　　　　335
参考文献　　　　　　　　　　　　　　　　345

第一部分 | 生平与创作

机会不会上门来找,只有人去找机会。

# 一、出生与成长

## 1. 出生和家世（1812.2.7）

1812年2月7日，在英格兰南部朴次茅斯迈尔恩德高坡的一个英国海军军需处职员约翰·狄更斯的家里传出了一阵婴儿的啼哭声。刚出生的男婴有着一双蔚蓝色的眼睛和一头卷曲的头发。三周后，这个男婴在金斯顿圣玛丽教堂接受了洗礼，并被取名为查尔斯·约翰·赫芬姆·狄更斯。小查尔斯是这个家中的第二个孩子，姐姐范妮·狄更斯比他年长两岁。

祖父威廉·狄更斯年轻时在市议员克茹家听差，有缘结识了格罗夫纳广场的贵族布兰德福德夫人的仆人伊丽莎白·波尔，两人相互爱慕并于1781年结婚。婚后，祖母来到克茹家工作，后来成为克茹大厦的女管家。祖父因为工作尽心尽职，被升为克茹大厦的主管。他们有两个可爱的儿子，小家庭殷实而幸福。

这样其乐融融的日子没过几年，威廉·狄更斯就过世了，当时他的小儿子约翰·狄更斯不满两岁。坚强的祖母靠勤奋工作养家，她一人照顾两个孩子并陪伴他们长大。她以自己的忠诚和能力在克茹大厦干了35年，得到了克茹大厦主人对她的尊敬。其间，她的孩子们也得到了克茹一家人的关照，约翰·狄更斯和哥哥都接受了很好的教育。

约翰·狄更斯虽然出生在一个随从与女仆组成的家庭里，但他从小目睹的是钟鸣鼎食之家的奢华排场，日复一日的耳濡目染养成了他豪爽的性格和贪酒的习性。1807年，约翰·狄更斯在萨默塞

狄更斯出生地

特郡的皇家海军出纳处当了一名临时职员。两年之后，他正式成为海军军需处的助理办事员。在海军军需处，他的同僚们大多都有一定的经济实力和家庭背景，但约翰·狄更斯对自己的出身毫不在乎。他为人随和，乐于与人交往，在花钱用度上慷慨大方，经常入不敷出，整日间无忧无虑。他在这个圈子里结交了很多朋友，托马斯·巴罗就是其中的一个。

约翰·狄更斯总去巴罗的家，认识了巴罗的妹妹——伊丽莎白·巴罗。19岁的伊丽莎白身材娇小，相貌标致，性情温顺。她常被性格风趣、爱讲幽默故事的约翰·狄更斯所吸引。约翰·狄更斯很快就俘获了女孩的心。巴罗的父亲是当地城镇的货币局长，巴罗家的门第比约翰·狄更斯家高很多。巴罗的父亲本不同意这门亲事，但没能阻挡住两个相爱的年轻人。1809年6月13日，约翰·狄更斯和伊丽莎白·巴罗在河岸圣母教堂举行了婚礼。婚礼之后，约翰·狄更斯带着新婚的妻子来到位于朴次茅斯迈尔恩德高坡的家，开始了新生活。

第二年，约翰·狄更斯夫妇的女儿范妮出生。又两年，查尔斯·狄更斯出生。

## 2. 幼年，搬迁就开始了（1812.7—1817.4）

1812年7月，5个月大的查尔斯随全家搬到波特西霍克街的一座房子。小查尔斯在这里蹒跚学步和牙牙学语，这里的每个地方都有他成长的欢声笑语。白天，他跟姐姐在院子里开心玩乐，跟保姆在厨房内外尽情玩耍。玩累了，他就安静地坐在院门处的小椅子上，看着操场上的列队士兵走来走去，望着天上的白云在蓝天里飘逸聚合，他觉得眼前的一切都很有趣。

1814年初，查尔斯跟随父母搬到朴次茅斯新扩建的南海区维希街39号。这是一处带有小花园的房子，房子的租金是原来的2倍。这时的父亲在职场上春风得意，家里的生活状况日渐好转。1814年3月28日，母亲生下小弟弟，六个月后，弟弟死去，查尔斯这时还懵懵懂懂。

1815年1月，因朴次茅斯政府缩减人员规模，父亲被召回萨默塞特郡，他们全家搬进了位于托特纳姆街拐角处的诺福克街10号（现为克利夫兰街22号）的房子，这是小查尔斯第一次来到伦敦。

1816年4月，4岁的小查尔斯开始有记忆了，他开始认识身边的世界了。他记得母亲总在忙碌，记得自己当哥哥了，记得托特纳姆法院路旁边有一些农业用地，还记得离此地不远处就是热闹的卡姆登镇。在他的眼里，城市的生活是很新鲜的。

1817年初，因为约翰·狄更斯的下一个工作地点是一个与世隔绝的港口，所以约翰·狄更斯一家搬到了"乡下"——希尔内斯。他们一家在这里的生活鲜为人知，他们似乎在希尔内斯剧院旁边租了一栋小房子。

19世纪中期的一位编年史家说，约翰·狄更斯晚上常常坐在这间屋子里，听剧院舞台上发生的事情，还随着剧场内的人们一起唱《天佑吾王》和《统治吧，不列颠尼亚！》歌曲。从约翰·狄更斯坐在客厅里热切地听小木质剧院里传来的舞台声音和演唱爱国主义歌曲的这一画面里，我们可以知道与航海有关的歌曲以及滑稽戏是那个时代最受欢迎的娱乐形式之一。这一幕也是查尔斯·狄更斯童年生活中最值得回味的，童年时对歌曲和戏剧的痴迷影响了他的一生。

## 3. 查塔姆——魂牵梦绕的地方（1817.4—1822.12）

### （1）海天一色：梦幻的发源地

1817年4月初，约翰·狄更斯被调到查塔姆军舰修造所工作。约翰·狄更斯一家从希尔内斯沿着海岸线搬到了一个人口更加稠密的港口——查塔姆，搬进了位于山顶的欧德南斯街排屋，地址是兵工街2号（现在改为11号）。

查塔姆是一座军港，是英国南部重要的海军基地之一。这里驻扎着部队，还有一些防御工事。查塔姆与以教堂闻名的罗彻斯特镇紧邻，新建的房子颇具时代建筑美感。

这里的空气清新。

约翰·狄更斯的家是一座三层的排屋。一楼有一个窄窄的门厅，二楼是饭厅，三楼有一个客厅和一间父母住的卧室。阁楼上有两间房，一间仆人们住，一间孩子们住。房子虽不算宽敞，但住得很舒服。这时他们家里有约翰·狄更斯夫妇二人，孩子三人，保姆两人，还有孩子们的小姨，共八人。

小查尔斯在这个狭小的房间里，展开了思想的双翼。他从阁楼的窗户往外望去，可以看到远处的海港和码头，更远处的果园、造船厂，极目处的一带群山。他从房门向下看，院门外有一条向山下延伸的弯路，那是通往旧城区的。路两边是田地，一片新绿随着地势起伏。

小查尔斯和姐姐、保姆在院里玩耍，这里的一草一木、蓝天碧水都让他们欢喜不已。在查塔姆，他喜欢看各种汽船，喜欢看海水飞溅，喜欢听海浪拍岸的声响；他还喜欢听大人们讲述航海游历的故事，喜欢看关于海上探险的图画书。他心中第一次燃起了对大海的热爱，萌发了航海的愿望。

查塔姆是他的心属之地，是他的幻想发源地，是他思想腾飞的起点，这里的一切已深深地植入他的记忆里。成年后的狄更斯称这里是最值得他留恋和回忆的地方，是"由白垩、吊桥和浑浊河水里的无桅船构成的梦境"。

小查尔斯最初所受的教育来自母亲。母亲教他读书和写字，教他学习基础的拉丁文。后来，由于母亲要照顾弟弟妹妹们的生活，还有诸多家务事要料理，所以对他的教导有所疏忽，查尔斯与父亲的相处时间就多起来。父亲脾气温顺，对孩子们非常和蔼。查尔斯身体瘦弱，饱受癫痫之苦。当他发病时，父亲总是陪在他的身边，给他讲幽默笑话，排解他的痛苦。查尔斯性格活泼、开朗，从来不与玩伴们

1817 年，狄更斯童年时代住的查塔姆排屋

争吵，这多少遗传了他父亲的基因。

父亲在担任查塔姆军舰修造所负责人后，年俸由110英镑上升到350英镑，经济状况本应无忧，但他不善理财，却善于交友。由于父亲的慷慨大方、过度消费，再加上孩子增多，家庭开销也加大，没过多久，家里就入不敷出了。

## （2）初入学门，初登舞台

1818年，查尔斯和姐姐范妮走进了罗马巷一所老太太办的家庭小学。当时的家庭教育是一种陈旧的教育方式，它从15世纪一直延续到19世纪，一个识字的人拿几本故事书就可以办学。

上课的教室在一间染坊的上面，刺鼻的臭味弥漫整个教室。性情古怪的老太太拿着桦条管教孩子们，教孩子们认识一些大写的罗马字母。查尔斯和姐姐一起上课，姐姐聪明伶俐，很有天赋，也很听话，她规规矩矩地学习着这些知识。查尔斯却讨厌这里，他更愿意回家跟母亲学习，听保姆讲故事，他觉得那样学习才有乐趣。

查尔斯太喜欢听故事了，不论是儿童故事还是恐怖故事，他都喜欢听。他还喜欢听童谣、看画册，画册中的短弯刀、巨人、魔鬼和精灵对他有着巨大的吸引力。成年后的他还依稀记得《杰克与巨人》《小红帽》这些书。

查尔斯对唱歌、朗诵和表演也有着浓厚的兴趣，他经常招呼一家人坐在一起，为他们朗诵，放映幻灯片。在生日聚会或主显节前夜，他一定要一展歌喉，为家人祝福。父亲的朋友很多，他们经常聚在一起喝酒。有一次，父亲带他和姐姐去法冠酒店就餐。席间，姐弟俩非常卖力地为父亲的朋友们唱歌，他们的表演得到了大家的掌声和称赞。查尔斯很高兴自己有了用武之地，他的表演欲望更强烈了。

查尔斯还在爱好戏剧的表兄詹姆斯·拉默特的带领下，去位于罗彻斯特的皇家剧院观看一些由莎士比亚、李洛等戏剧家创作的戏剧。聪明的他能背诵莎士比亚的《理查二世》和《麦克白》剧中的大段台词，还能模仿剧中人物的表演，简直惟妙惟肖。

查尔斯喜欢滑稽的闹剧和煽情的情节剧，他经常模仿喜剧大师查尔斯·马修"一人分饰多角的对白"片段，这种演练为他日后的巡回演讲奠定了基础。查尔斯还喜欢创作歌曲，乐于在众人面前展示自己的创作和演技。在演唱自己创作的滑稽歌曲《最迷人的秋波》时，他那带着稚气的肢体动作与歌声配合得很好，乐感很强。

人们常常见到这样一个场景：一个男孩满脸笑容，两眼炯炯有神，摆着各种身段唱歌、表演，大人们围看这精彩的演出，给予热烈的欢呼声和掌声。这个场景已凝固成一个画面存在于查尔斯亲人们的脑海中。

1819年8月，查尔斯的父亲向詹姆斯·米尔本借了200英镑的巨款，约定每年偿还26英镑。但父亲不善于理财，加上母亲在1819年和1820年又连生了两个孩子，家庭的经济状况更窘迫了。即使父亲在1820年3月加薪，他也未能还款。父亲的债务靠现有的经济收入已经无法偿还了。查尔斯对家中发生的变化有一种不祥的感觉，昔日那种朗诵、唱歌和放映幻灯片的家庭气氛不再有了。

1821年初，查尔斯离开了罗马巷的家庭小学，转到了首蓿巷一所规模更大的学校。这是由一位23岁的年轻人威廉·贾尔斯创办的"人文科学、数学和商业学校"。贾尔斯在牛津大学受过良好的教育，在查塔姆地区享有"一个有教养、爱读书的演说家"的名声。他的父亲是一名浸礼会的牧师，他自己也是一名非国教教会成员。他办学非常用心，特别注重书信、翻译和论文的写作。

查尔斯喜欢这所学校，他和同学们相处得也很融洽。由于查尔斯体弱，腹部经常痉挛，所以他不能和同龄的孩子们在一起做动作大的游戏，只能静静地看着伙伴们玩耍。他细心地观察着伙伴们的游戏动作，揣摩着他们的心理活动，想象着他们下一个动作或产生的结果。他将自己的观察、感受和联想都记录下来。贾尔斯发现了查尔斯的勤奋好学和对外部事物的观察能力，也发现了查尔斯专注的神情里有一种天生的写作气质，他就鼓励查尔斯阅读一些英国的经典著作。

查尔斯在不自觉中养成了观察各色人等的习惯，他身边的很多人都走进了他日后的文学作品中。他童年时代的一位朋友就是《大卫·科波菲尔》中的一个人物的原型。

### （3）书里的世界，追梦的起点

小狄更斯的家境正在逐渐衰败中。

1821年，父亲成为查塔姆的三等职员，年底又从军需处调到负责检查海员遗嘱和委托书的部门，但这都没能改变他岌岌可危的经济状况。5月份时，父亲未能向詹姆斯·米尔本支付所借款项的利息，他的大舅子巴罗因为担保他曾会签了他的欠条，不得已向父亲的债主支付了总额230英镑的借款。从此，巴罗一家开始对约翰·狄更斯疏远了，也不再资助他们家了。

这一年，为了节省家庭开支，约翰·狄更斯一家从舒适的兵工街搬到了小溪区圣玛丽广场18号。这里的房子租金低，他们在这里住了两年。尽管家里经济拮据，但小狄更斯仍能找到自己的快乐。

一天，小狄更斯在楼上一个储藏室里看到了父亲的大量藏书。有英国作家斯摩莱特的《蓝登传》《佩里格林·皮克尔》《亨弗利·克林克》，菲尔丁的《汤姆·琼斯》，哥尔德斯密斯的《威克菲尔牧师传》，丹尼尔·笛福的《鲁滨逊漂流记》；有法国作家勒萨日的长篇小说《吉尔·布拉斯》；有西班牙作家塞万提斯的《堂·吉诃德》；有阿拉伯的民间故事集《天方夜谭》。这些印制粗劣的廉价小说是父亲以前在地摊上买来的，现在被胡乱地堆放在杂物间里。

1821—1823年
狄更斯在查塔姆小溪区的住宅

　　这些书对小狄更斯来说简直就是为他打开了一个通向外面世界的窗口。只见他左手持书，右手握着左手的腕部，坐在椅子上读着。他读得很投入，嘴唇不自觉地动着。因为读书，他常常忘记吃饭和喝水。

　　读着读着，小狄更斯把自己幻化成了故事中的人物，以至于在现实生活中，他有些恍惚。他的脑海里总是浮现出书中的一个个景象，教堂、墓地、小酒店，还有夏夜满天的繁星，他分明看见了《佩里格林·皮克尔》中的汤姆·派普斯正爬向高高的教堂尖顶。这些小说故事中的人物和事迹让小狄更斯浮想联翩，以至于在生活中他常常以为自己就是书中他所喜欢的那个角色。

　　不远处，是罗彻斯特通往葛雷佛赛德大道旁边的盖茨山。这里是莎士比亚在戏剧中写的福斯泰夫爵士专门拦劫去坎特伯雷朝拜圣地的善男信女和来往客商的地方。这个地方给小狄更斯留下了深刻的印象，现在这座盖茨山已经是他神往的地方了。

有一天，小狄更斯在父亲的陪伴下来到盖茨山，看到山顶上有一栋漂亮的住宅，那叫作盖茨山庄。他很是喜欢，走时频频回望。父亲对他说，如果他足够勤奋的话，有朝一日就可以拥有这所房子或者类似的一所房子。这句话对小狄更斯的触动很大。在以后的日子里，每当他走过盖茨山庄，都会伫立凝望。有一次是在白雪覆盖的冬天，那银色的山川和洁白的房子，在阳光下闪耀着熠熠的光。这景象简直就是童话里的世界，小狄更斯对此无比向往，渴望能拥有这座山庄和这里的美景，从此，这成了他勤奋努力的目标。后来，成为名作家的狄更斯买下了这里的房子，实现了童年时的愿望。

1822年6月，父亲约翰·狄更斯正式调回萨默塞特郡了。父亲出售了家中的一些动产，剩下的家具经水路运往伦敦，然后父亲带领家人离开了圣玛丽广场的房子，坐马车前往伦敦。小狄更斯要求留在威廉·贾尔斯的学校，继续冬季的课程。

小狄更斯在校长威廉·贾尔斯家待了几个月后，还是中断了学业，在圣诞节前离开了查塔姆。贾尔斯先生非常喜欢这个朝气蓬勃、渴望学习的学生，在离别的前一夜，他给小狄更斯一本《蜜蜂》杂志作为纪念。狄更斯非常珍惜这本书，因为书中有他喜欢的作家哥尔德斯密斯的文章。哥尔德斯密斯是文学批评家和散文家，他那情趣高雅、语言幽默的文章深深地吸引着小狄更斯，对狄更斯的写作产生了深远的影响。狄更斯后来创办《汉弗莱老爷的钟》《家常话》《一年四季》等杂志的热情和创作风格也来自此。

在查塔姆，小狄更斯有着五年多快乐和幸福的童年时光，这里的一切已经深深地印在狄更斯的脑海里。在这里，他跟着父亲出游，感受大自然的风光，那些城堡、教堂、船坞、公园、田野和丘陵，到处都留下了他的欢声笑语；在这里，他对着大海唱歌和朗诵，他强烈的表演欲在这里尽情释放，父亲是他的第一位观众并为他喝彩；他自制并放映幻灯片，旁白和角色由一人担当，被同龄孩子们所拥戴。这里有他童年的幻想，有他成长的痕迹，这里是他文学创作的沃土和摇篮。他的第一部长篇小说《匹克威克外传》就是以此地为背景开篇的，他最后一部未完成的小说《艾德温·德鲁德之谜》也是以查塔姆为背景的。他的好多作品中都有罗彻斯特的影子。因为查塔姆是他思想驰骋的起点，是他理想腾飞的地方。

## 4. 苦难的日子来得早了些（1823.1—1824.6）

### （1）伦敦贫民窟里的孩子

父亲约翰·狄更斯再次回到伦敦的政府机关萨默塞特大楼任职，薪酬减少了一些，他把家搬到了伦敦的近郊卡姆登镇贝恩街16号。

这是一幢新房子，一楼和二楼各有两间房，还有一个地下室和阁楼。这样一套窄小的住宅里住着父母、六个孩子、一个仆人，还有小姨的继子詹姆斯·拉默特。小狄更斯中断学业后来到这个家，就住在顶层的小阁楼里。

这次搬家成为小狄更斯人生中的一个转折点，现在的居住环境和生活状况相比以前是一落千丈。他的父亲虽然离开了查塔姆，远离了那些债主，但是家境日渐衰落。眼下，家里只能雇一个查塔姆济贫院的贫苦小姑娘做女仆了。

1823年4月，小狄更斯的姐姐范妮在家里的一位朋友——钢琴制造商汤奇逊的帮助下，考取了皇家音乐学院并获得了一份奖学金。姐姐告别了家人，搬到学校去学习了，这一去就是四年。小狄更斯不得不在家中做家务，他干起了刷鞋子、洗衣服和照顾弟弟妹妹们的杂活。由于家庭经济日渐困难，他的读书机会没有了，童年伙伴没有了，那种在学校学习、生活的喜悦心情也没有了。他有的只是无比孤独的心情和深深失落的心境，他陷入了与世隔绝的孤寂状态中。

卡姆登镇是一个宁静的半乡村地区，它的南面是萨默斯小镇，东面和西面都是田地和菜园。当地人烟稀少，很是荒凉，这里的住房是破旧简陋的，周边的生活环境也是破败不堪的。当地人主要以割晒干草和捕蟋蟀为生，家家户户的生活都很穷困。贝恩街是当时刚建的街道，没有路灯，拦路贼人经常在此出没。这一切让狄更斯意识到自己来到了社会的底层。

小狄更斯不得不适应这样的生活环境。他容身在社会底层的邻里之间，流连于这里的大街小巷，看到的人和事是不经任何粉饰和雕琢的，是一个个实实在在的生活场面；他徘徊在偏僻的街头巷尾，满眼的贫困，一片破败的景象。这里乞丐与邪恶并存，怨气与谩骂风行，即使是阳光普照的日子，也很少看到人们喜悦的脸，这就是伦敦的贫民窟。

在贫民窟里，小狄更斯对穷人的生活环境有了初步的认识，他接受着社会这所大学校的教育。他咀嚼着菲尔丁和塞万提斯小说中的故事探寻着社会底层生活的色彩这种不同于教堂和学校的教育，引导着他以后的创作方向，也为他的创作积累了丰富的写作题材。

小狄更斯产生了写作的欲望，他要写一个悲剧。为了这个剧本，他开始在伦敦的大街小巷里寻找灵感。他曾在汉普斯特德路附近徘徊，在舅舅巴罗家的索霍区杰勤德街附近转悠，还在哈芬教父所在的莱姆豪斯区教堂街驻足思考。在这个教堂街，小狄更斯不仅能看到与航海有关的活动，还能看到伦敦东区的生活。伦敦大菜市河滨路也是小狄更斯常去的地方，他常常接连几个小时在那里伫立，窥视那阴沉沉的庭院，凝视那阴暗、发臭的河道。

伦敦贫民区有一个由七条街交汇的街口，人们叫它"七街口（七岔口）"，这个地方给小狄更斯留下了深刻的印象。他只要一想到七街口，脑海中便呈现出邪恶、贫困和乞讨的杂乱景象。他不能理解，为什么有那么悬殊的贫富差距。越是不能理解，就越激发他的好奇心。他看着这一切，想着这些问题，把这里人们的谈吐和发生的事情记在本子上，后来那些人和那些事成了他作品中的人物和事件。当他把这些见闻和感受诉诸笔端的时候，他内心对自己贫民窟的生活经历怀有谢意。

小狄更斯的家正走向破落。回到萨默塞特大楼任职的父亲每年仍有350英镑的年薪，尽管减少了90英镑，但支付家庭开销应该够用。而就是因为他爱交际，对什么样的朋友都极度热情，不考虑家中的生活用度，家中的钱财被他挥霍殆尽。家中生活日渐艰辛，甚至到了山穷水尽的地步。

母亲全身心地操持着家务，面对家庭生活的窘状，她决定办一所住宿学校，招收那些父母在印度工作的孩子，以此来缓解家庭生活的压力。房子租下来了，铜制的校牌子"狄更斯夫人书院"也钉上了。小狄更斯带着弟弟们逐门挨户地分送招生广告，可是这一切都无济于事，没有一个人前来报名。

一家人已经沦落到食不果腹的境地了。

## （2）都市里屈辱的童工

父亲因拖欠卡姆登镇贝恩街拐角处一家面包店店主詹姆斯·卡尔40英镑的面包钱，受到债权人的控告，于1824年2月20日被关入马夏尔西债务人监狱。父亲被捕前对小狄更斯说:"我这一辈子算是完了。"小狄更斯看着眼前落寞的父亲,想起父亲对自己无微不至的照料,想起父亲对自己歌唱和朗诵时的鼓励与赞美,他的眼泪止不住地流了下来。

父亲走后,家中值钱的家具被债权人搬走了。为了生活,小狄更斯往返于家与当铺之间,典当了家中的桌椅、瓷炉具等,换取生活的必需品。不久,家中的东西几乎变卖一空,他不得已卖掉了父亲的藏书,眼看着他心爱的《蓝登传》《汤姆·琼斯》落入商家的手中。

此前,狄更斯的表兄乔治·兰默特买下了一家沃伦黑鞋油作坊,请母亲的亲戚、小姨的继子詹姆斯·拉默特先生去当总经理。詹姆斯·拉默特看到狄更斯一家的破落相,就建议快满12岁的小狄更斯到沃伦黑鞋油作坊去干活,这样每周能领到6先令的工钱。因为有亲戚的关照,小狄更斯领的这份工钱要比别的孩子的工钱略高,母亲接受了这个建议。

1824年2月9日,这一天是小狄更斯永远不能忘记的日子,两天前他刚刚过完12岁生日。

早上,小狄更斯从卡姆登镇出发,走了3英里(1英里≈1.61千米)路到达伦敦的河滨马路。接着,

街上的当铺

他沿着汉普斯特德街和托特纳姆法院往前走，穿过通往宽阔的圣吉尔斯广场的高街，又沿着圣马丁巷往前走，穿过河滨马路进入一个脏兮兮的巷子，顺着亨格福德码头往下来到河边。在泰晤士河旁边，一座歪歪斜斜的老房子出现在眼前。

这就是沃伦黑鞋油作坊，它位于亨格福德码头30号。厂房外围又脏又臭；厂房内破烂不堪，地板和楼梯都已腐烂，散发着霉味。在阴暗的地下室里，耗子"吱吱"地叫个不停。小狄更斯的工作是给瓶装黑鞋油封口。具体做法是在瓶口处先盖一层油纸，再盖一层蓝纸，并用细绳将纸扎牢，然后齐绳把纸剪平，最后在瓶身上贴上印好的标签。

小狄更斯穿上沾满油污的围裙，开始了与瓶子、纸张、细绳、剪刀和糨糊打交道的工作。他与贫民窟里的其他孩子一起工作，这对有理想和有过幸福童年的小狄更斯来说，其内心承受的屈辱是难以言喻的。但是，这样的遭遇也让善良、瘦弱的小狄更斯对饥寒交迫的穷人产生了深切的同情。

在小狄更斯做童工期间，一个男孩子走进了他的生活，他叫鲍勃·非勤。鲍勃不仅教小狄更斯扎绳打结的技巧，还保护体弱的小狄更斯免遭其他孩子的欺侮。

一次，小狄更斯在干活时腹部抽搐的老毛病发作，鲍勃悉心照料他直至好转。下班时，鲍勃还护送他回家。小狄更斯出于自尊不想让鲍勃知道自己的家事，就在一幢房前与鲍勃分手。心思缜密的他还导演了一个场面，他敲开房门，与房主寒暄一阵，因为他担心鲍勃回头看。

后来，小狄更斯的家境每况愈下，连房租都交不起了。1824年3月25日，母亲带着孩子们住进了马夏尔西监狱，女仆则在监狱大门旁找到一个住所。当时负债人监狱是可以出租房间给犯人家属住的。

小狄更斯和姐姐范妮没有跟随母亲去住马夏尔西监狱。姐姐在皇家音乐学院住校学习；小狄更斯在沃伦黑鞋油作坊做工，母亲安排他寄居在卡姆登镇小学院街的一位老妇人家。

马夏尔西监狱

老妇人形销骨立，这个形象进入了他后来的作品《董贝父子》中。

狄更斯每天步行很远的路上下班，靠着每周6先令的工资维持着自己的生活。只有周日时，他才有时间和姐姐一起到监狱中与家人团聚。入狱后的父亲，每周仍从海军军需处领取6英镑多的薪水，可他并不急于还钱，狱中的他好像很庆幸躲开了债主们的追讨。

小狄更斯寄居的这位老妇人家，生活条件太差，导致他经常挨饿。母亲只好为他租下了泰晤士河南岸兰特街的一间阁楼，这儿距离监狱很近。这样，小狄更斯就可以每天早上到监狱里和家人吃早饭，然后去沃伦黑鞋油作坊上班，晚上再回监狱吃晚饭。房东一家人对他很好，在他癫痫发作时，房东对他照料备至。这一家人在他的作品《老古玩店》中也有出现。

这是狄更斯初涉人生最黑暗的一段日子，其中的每一天都过得伤心和耻辱。他徘徊在阿黛尔菲区的街头和拱门之间，无法排解心中那种无依无靠、无希望的凄凉和渺茫之感。白天,他看人们行色匆匆地在阳光下走着,总在想他们会走向哪里;晚上,他回到马夏尔西监狱,听母亲讲这座监狱中各种负债人的案子,也总在想这些人未来的命运。这一切的感受后来都被他写入小说《小杜丽》中。

姐姐范妮在皇家音乐学院学业有成,获得了院里的嘉奖。小狄更斯看着姐姐领奖的场面,再看自己,泪水不自觉地流了下来。他在心里祈祷自己能从屈辱和被忽视的境地里走出来。

这一天终于来了。

1824年4月26日,小狄更斯的祖母威廉·狄更斯太太去世了。祖母退休后一直依靠存款利息和克茹爵士送给她的年金生活。老人家一生节俭,留下了750英镑的遗产。按照她的遗嘱,存款中的500英镑留给长子威廉,余款给次子约翰。这样,父亲继承了祖母250英镑左右的遗产。伯父威廉安排了祖母的葬礼,接着他通过法庭付给债权人詹姆斯·卡尔40英镑。于是,父亲于1824年5月28日获释了。

出狱后的父亲恢复了海军军需处的工作。一家子暂时回到了卡姆登镇,住在小学院街。6月,他们租下了萨默斯镇约翰逊街29号的一座小房子,条件极其不好,租期从1824年7月至1827年7月。这儿离他们原来住的贝恩街很近。

小狄更斯所在的沃伦黑鞋油作坊迁到了距离钱多斯街和贝德福街交叉路口很近的地方。雇主见查尔斯工作熟练,就让他在橱窗里当众操作,招揽路人,以达到宣传广告的目的。一天,父亲在街上看到了橱窗里的儿子在过往路人的目光下做粗陋的活计,心中不悦,他很气愤地给拉默特写了一封信,不让小狄更斯去做工了。

父亲与母亲的亲戚闹僵了,小狄更斯第一次见到父亲暴怒。母亲为了缓和与亲戚的关系执意送小狄更斯回作坊去。童工的经历已在小狄更斯稚嫩的心灵上留下了悲哀和屈辱，母亲的这个做法更刺伤了他的心，幸好父亲坚持让自己的儿子去上学，这让小狄更斯受伤的心得到了一些宽慰。

四个多月的童工经历是狄更斯一生都无法忘掉的耻辱。可以想象，这个思维敏捷、自尊好学、有着强烈的出人头地愿望的孩子在看不到希望的时候，有怎样痛彻心扉的感受。这些痛苦的经历让他对那些不幸的孩子产生了深切的同情，更让他对摆脱贫困下了巨大的决心。

狄更斯的都市童工生活经历对他日后的创作思想有着重大的影响，以至于这段经历在他的作品中十几次被提及。

## 5. 威灵顿寄宿学校的走读生（1824.6—1827.春）

1824年6月，离开了沃伦黑鞋油作坊的小狄更斯被父亲送到威灵顿寄宿学校做走读生。学校位于汉普斯特德街，离他们在约翰逊街的房子很近。学校大约有200名学生，按年级分坐成一排一排的。教室外面有一个操场，教室的旁边是这所学校校长的房子。在这里，他的快乐学习时光又开始了。

琼斯先生创办的威灵顿"古典文学与商业学校"，是当地比较好的一所学校，主要课程是拉丁文、数学和历史。学校的教育模式是传统的，死记硬背的教育方式让很多孩子头疼。狄更斯却非常珍惜这样的学习机会，他刻苦学习英文、历史、数学、拉丁文等课程，各科成绩都很好，几次得到奖励，成了班里的优等生。由于狄更斯对语言有着浓厚的兴趣和极度的敏感，他经常说一些别人全然不懂的话语，因此得了个"古怪语言专家"的绰号。狄更斯的爱好也逐渐多起来。业余时间，他编写了几个剧本并组织人员排演，受到同学们的拥戴。他还与同学合办周报，并将周报写在练习本上，给同学们借阅。借阅的条件是用弹子或石笔交换。当时的石笔是学校里的一种货币，积攒多了就是财富。他开始膜拜金钱，也开始懂得生钱之道了。

这两年多的学习时间，可以说是狄更斯从黑鞋油作坊走向社会的转折阶段。在学校里，没有人会从这个面色红润、衣着整洁，而且精力充沛、活泼、随和的学生身上看到昔日那个衣衫褴褛的小童工形象。狄更斯已经从做童工的悲惨经历中彻底走出来了，他整个人的身上都洋溢着活泼、向上和友善的气息。

可是，狄更斯在威灵顿寄宿学校接受了两年多的教育后，又不得不离开了。

由于父亲滥用无偿付能力债务人条款，他不能继续在海军军需处任职了。1824年底，海军军需处决定为父亲办理退休，考虑到他在海军军需处工作了近20年，又有6个孩子，生活负担重，特意批给他每年145英镑的退休金。1825年1月，在父亲的妻舅约翰·亨利·巴罗的介绍下，父亲凭借速记本领获得了一份报社工作，成为《不列颠通讯报》议会组的成员，这使他又有了做记者工作的收入，全家的日子好转起来。但是父亲的挥霍习惯不改，马上又债台高筑了，家中的生活又入不敷出了。因为交不起学费，狄更斯没能继续1827年夏季学期的课程；因为交不起学费，姐姐范妮只好勤工俭学，以助教身份给学生授课，艰难地维持自己的学业。再后来，他们全家迁出约翰逊街那栋房子，搬到伦敦西北角的萨默斯镇了。

1827年春，15岁的狄更斯告别了校园生活，走向了社会，开始了谋生。由于知识的滋养，狄更斯的双眼闪现出一种独特的光芒，坚挺的鼻子和宽大的鼻孔显示出一种无穷的力量，茂盛、卷曲的褐色头发透出一种青春的气息，棱角分明的脸上有一种不同寻常的机警、热切、坦率和智慧。这时的狄更斯已成为一个相貌堂堂、神采飞扬的小伙子了。

## 二、走向社会

### 1. 律师事务所里的小伙计（1827.5—1829.3）

走出校门的狄更斯跟着父亲来到西蒙兹旅馆的一家律师事务所求职，当上了小伙计。在这里，他认识了事务所的职员托马斯·米顿，两人从此结为终身的朋友。

1827年5月，狄更斯辞去了只做了几个星期的首份工作，在母亲亲戚的介绍下来到埃利斯和布莱克默联营的律师事务所做了一名职员，做一些登记遗嘱、送公文等事务性工作。该公司设在雷蒙德大厦1号的格雷斯旅馆内。房间内处处都是灰尘和蛛网，臭虫滋生，极其肮脏。尽管工作环境很差，但狄更斯非常珍惜这份工作，在这里工作了一年多的时间，他的薪俸从开始的每周10先令6便士增至每周15先令。

这段日子对于从困顿中走出来的狄更斯来说是一个缓冲时段，他的心情是平静的、舒缓的。有时，狄更斯和他的同事一起上戏院，买顶层或边座的便宜票，在一些私人戏院，花上一点点钱还可以上台饰演一些角色；有时，狄更斯和他的伙伴在伦敦街上闲逛，在廉价的饭馆里吃饭，喝加水的威士忌或烈性的啤酒，一起寻开心。特别是在盛夏之夜，他走在街上，心中涌起一种从未有过的随意和轻松，周围的一切都令他着迷。他看到各幢房子的台阶上姿色各异的妇女闲聊，看到街上的醉汉步履蹒跚，还看到巷子里的孩子们嬉戏打闹。

当然，有着作家潜质的狄更斯也看到小店主人在责骂下人，看到广场上的男人和女人为芝麻大小的事情大打出手。这一幕幕场景，都留在了狄更斯的记忆深处。

狄更斯对外在事物的观察，早在学校时就开始了。现在，那些在律师事务所洽谈业务的形形色色的人和千奇百怪的事，对于狄更斯来说也大有裨益，日后都被他写进了《匹克威克外传》小说里。

又过了一些日子，狄更斯觉得律师事务所的工作枯燥乏味，他希望能找到一条发迹的捷径。

狄更斯看到父亲擅长速记，谋到了一份报社的工作，就决心掌握这个技能，想以此谋得议院采访记者的差事，从而打开通往新闻界的大门。狄更斯买了一本格尼编写的速记教科书，利用业余时间开始学习这一技能，苦练速记本领。狄更斯锲而不舍的努力，让他终于掌握了这项复杂的技能。

不久，他离开了埃利斯和布莱克默联营的律师事务所，来到了查尔斯·莫洛伊律师事务所，但这里仍不能让狄更斯感到有发展的空间。

狄更斯姑婆的丈夫C.W.查尔斯有个小辈亲戚叫托马斯·小查尔斯，他是伦敦民事律师公会宗教法庭的无固定职务的记者。他租了个小房子，坐在那里等诉讼人请他去报道案子。狄更斯感觉自己凭借速记技能可以胜任这样的工作，况且在这工作一周挣的钱肯定不止15先令。于是，1828年11月底，狄更斯辞掉了律师事务所的工作。

## 2. 伦敦民事律师公会的采访员（1829.3—1831）

1829年春天，狄更斯进入伦敦民事律师公会做采访速记员工作。这个律师公会是由有权在该法院出庭辩护的律师组成的机构。它位于伦敦一个隐蔽的地方，房子是用石头和红砖砌成的，有两个四方院，大门在圣保罗天主教堂南侧的奈特莱德街上。

刚开始几个月，他在法院里租了一个记者专用的小隔间，坐待委托人上门。因此他有了很多的闲暇时间，他开始认真审视眼前的这一切。

当时的伦敦民事律师公会，受理的都是些家事纠纷、遗产争执的案件，比如办理结婚许可和离婚许可，检验、注册申请人立下的财产遗嘱等案件。在同一个办公楼里有很多法庭，如主教法庭、大主教法庭、遗嘱验证法庭和代理法庭。这些法庭的法官们还审理航海案件和宗教案件，混乱的法律体系让狄更斯大感不解。狄更斯在后来的小说中曾用这种混乱的法律体系来反映社会的混乱。

在这里，狄更斯第一次看到了英国法律的不合理性和荒谬性。在案件审理过程中，他看到了证人们的虚伪、多变和荒唐，看到了律师们商人般的嘴脸，看到了工作人员的古板迂腐、混混沌沌。在这里获取正义、解决问题简直是在浪费时间和金钱。狄更斯对这一切感到厌恶。

这是一份艰辛而单调的工作，他曾经这样写道，"这并不是一个非常好的生计，不过也不是非常糟糕"。后来，他感到这样的工作很不稳定，实在让人心生烦躁。的确，采访速记员的岗位非常依赖代诉人的惠顾，这对狄更斯这样一个敏感、焦虑的人来说，吸引力是不大的。这不是狄更斯能有所作为的地方。

狄更斯初涉社会的这段经历是他一生中最值得回味的。在他以后的职业写作生涯中，他一直关注法院方面发生的事情，他那双敏锐的眼睛洞悉着法官和律师职业的隐秘。

1830年2月7日，狄更斯满18岁了。他在大英博物馆办理了借阅证，此后的三四年，他的业余时间大都在大英博物馆里度过。大英博物馆里丰富的藏书深深地吸引着他，他如饥似渴地阅读着，他的文化水平和文学修养迅速地提升。

这期间，狄更斯对戏剧的兴趣与日俱增，对舞台上的粉墨世界非常向往，他很想体验剧中人物的人生境遇。狄更斯对自己很有信心，想在舞台上一试身手，就决定去剧团当演员。为此，他拜专业演员为师，学习朗诵、走台步，练习身段，常常几个小时对着镜子练习角色在舞台上前进、后退、鞠躬致敬的姿势。他还学会了不少角色的戏，举手投足间也颇具专业水准。由于狄更斯生活在市井阶层，看到了人们生活的真实状态，捕捉到了各色人等的各种表情，所以他模仿的轻蔑、迷恋、爱恋、充满希望等表情，总是那么自然。

苦练了几个星期，狄更斯便给伦敦兰心剧院的舞台经理巴特利写了一封自荐信。巴特利很快回信，通知他先面试，然后再决定是否聘用。在面试的那一天，狄更斯得了重感冒，没能参加面试，他只好决定在下一个季度重新提出申请。

到了下一个季度，狄更斯获得了新闻记者的工作岗位。从此，他错过了当职业演员的机会。但戏剧对他的影响巨大，造就了他在文学上特有的大师地位。

狄更斯的演戏梦想搁置了，新闻界的大门向他敞开了。

## 3. 成长中的痛与快乐（1830—1834）

### （1）初恋的苦涩，单相思的绵长

姐姐范妮邀请音乐学院的学友们到家里聚会，其中有一个名叫亨利·科尔的年轻人，他是银行经理比德奈尔的未来女婿。科尔对狄更斯很有好感，就邀请狄更斯到自己的准岳父家做客。

1830年春，狄更斯应邀来到位于隆巴德街的比德奈尔的家中，见到了比德奈尔的三个女儿。姐妹三人都是学音乐的，其中最小的女孩叫玛丽亚·比德奈尔，她喜欢弹竖琴。

玛丽亚身材娇小玲珑，面部妆容精致，有着一头深色的披肩卷发和一双迷人的黑亮的眼睛。她身着紫红色的连衣裙，楚楚可人，说话时微蹙纤细的双眉，回眸间有一种顾盼生姿的妩媚。

狄更斯的心立刻被她吸引了，他一厢情愿地对比自己大一岁的玛丽亚产生了纯粹的爱情。

玛丽亚对有着英俊仪表和美妙歌喉的狄更斯并无真情。但玛丽亚生性风流，爱作弄人，面对痴情的狄更斯，她一会儿情意热切，温柔和顺，一会儿又冷若冰霜，拒人千里。有时候，为了惹恼狄更斯，她故意向另一位献殷勤者频送秋波；有时候，她向狄更斯表示亲昵，但目的是刺激另一位献殷勤者。狄更斯被

玛丽亚·比德奈尔

玛丽亚的喜怒无常弄得神魂颠倒。他常常因玛丽亚的笑脸相迎而喜不自胜，也因玛丽亚的冷若冰霜而苦恼万分。

在很长一段时间里，狄更斯以为自己得到了这位小姐的垂青，因为他们互通书信，互赠小礼品。单方面的恋情让狄更斯热血沸腾，他臆想着他们的爱情。他决心树立一个新的人生目标，改变自己低下的社会地位，改变自己的贫穷处境，争取有一笔稳定的收入，为心爱的人营造一个安乐窝。于是他以一种前所未有的热情投入了工作。

这期间，狄更斯的自我规划有了新的进展。1831年春，当他还在伦敦民事律师公会工作的时候，他就成了《国会镜报》的一位工作人员。他的舅舅约翰·亨利·巴罗是这份报纸的编辑，也是老板。不久，狄更斯就担任记者和编辑工作，定期去议会用速记法记下那里发生的一切。

玛丽亚在狄更斯的头脑中"遍及每个缝隙，每个空间"，多少个夜晚，他写完下议院的采访稿后，即使在凌晨两三点钟，也要到隆巴德街去转一转。他长久地伫立在街上，仰望着玛丽亚的房间，脑子里涌现出各种各样的梦幻场面和念头。

可是玛丽亚是喜怒无常的，这让狄更斯的心情也时喜时忧。当玛丽亚参加舞会没有邀他同往时，他的情绪就低落，心情也凄凄切切。他写了大量的信，又不敢把这些信发出去，他被自己的初恋搅得心神不宁。这种欢乐和沮丧、希冀和绝望相掺杂的日子，一直到他21岁生日时方告结束。

这时，他的家已经搬到了卡文迪什广场附近的本延克街18号。

1833年2月7日是狄更斯21岁的生日。这天，年轻的狄更斯没有去下议院采访，而是在家里办了一场浪漫的生日宴会。在宴席上，狄更斯向玛丽亚倾诉衷肠，表达爱意，结果玛丽亚却以含情脉脉的神情给予他否定的回答。之后，她竟不理会尴尬的狄更斯扬长离去。

狄更斯喝醉了酒，头部剧痛。第二天，狄更斯忍受着失恋的痛苦，把玛丽亚的信件用蓝绸带捆成一扎，寄还给她。狄更斯在附加的信中写道："自我们相识以来，我忍受痛苦和绝望的折磨实在太久。现在，感谢上帝，我感到我可以毫无愧色地对自己说，在我们两人的交往中，我的所作所为是正当的、理智的和高尚的。当人家一会儿对我恩宠有加，一会儿态度又完全变了的时候，我都始终如一……如果有朝一日我能知道您——我的第一个，也是最后一个情人——很幸福的话，那么，请您相信，世上没有什么消息比这更使我高兴。"[1]

狄更斯的初恋就这样结束了。

玛丽亚为了满足自己的虚荣心，对自己的闺密玛丽·安妮·利炫耀狄更斯对自己的迷恋。玛丽亚的这个闺密更是虚荣和轻浮，她也要借此炫耀自己的美色。玛丽·安妮·利对狄更斯卖弄风情，反过来却对玛丽亚说狄更斯对自己大献殷勤。谣言一出，狄更斯无不烦恼。1833年5月19日，狄更斯写信给那位利小姐，斥责她的卑鄙行为。这一天，他拿起了酒杯，让自己醉了。酒后的狄更斯最后一次致函玛丽亚，向她保证说："我要尽一个人所能尽的最大努力——坚毅顽强、不折不挠地为自己开拓道路。我过去已经这样做了，今后还得这样做。"他还再次要她相信："除了您，我谁都不爱，而且永远也不会去爱。"但玛丽亚对这场爱情游戏已经感到乏味，她回了一封冷冰冰的相当刻薄的信。从此两人各奔前程，再无

---

[1] 赫斯基思·皮尔逊. 狄更斯传[M]. 谢天振，方晓光，鲁效阳，等，译. 杭州：浙江文艺出版社，1985：24.

瓜葛了。

这次初恋的挫败给狄更斯带来了很大的伤害,以至于他的性情发生了变化。很长一段时间,他都不表达自己的真情实感,甚至后来与自己的孩子都很少交流感情。

可见,这场初恋的苦楚已深深地埋在了狄更斯的内心深处。他把对玛丽亚的爱寄予在小说《大卫·科波菲尔》中朵拉的身上;他把自己心中的痛楚写进了小说《远大前程》中,塑造了艾丝黛拉这样一个艳若桃李、心如铁石的女人形象。

### (2)报业中的精英,记者中的明星

狄更斯的舅舅约翰·亨利·巴罗在1828年创办的《国会镜报》是一份报道国会议事的报纸,刊登的是一些国会议事的详细信息。巴罗知道自己的外甥才华出众,就建议狄更斯来此就职。1831年春,狄更斯成了《国会镜报》的一名工作人员。刚开始,他在报社办公室做一些事务性工作,不久,狄更斯得到一个报道国会辩论实况的旁听记者的席位。狄更斯在这里的工作就是对每周上议院和下议院的会议进行报道。

1834年之前的威斯敏斯特国会大厦议事厅地方不大,普通旁听席和走廊都挤满了从事报道工作的记者,有近百人。记者们要从狭窄的门挤进去,在普通旁听席后面设法找位置,找不到好位置的,也只好像一群绵羊似的挤在一起。通常,狄更斯在旧下议院的过道上坐着,用膝盖垫着做记录,膝盖酸麻也无法顾及;在旧上议院里,他站着,用一支笔拼命地记,以至于累得快站不住了。要同一群经验丰富的记者在报道上竞争绝非一件易事,但20岁刚出头的狄更斯表现得很出众,他的速记速度让现场的同行们无比赞叹。

狄更斯在《国会镜报》上发表的新闻稿准确、及时，并且言辞敏锐、见解独到，引起民众的关注，自此，他的名气越来越大。据《早晨广告报》的詹姆斯·格兰特说，在那里工作的八九十名记者中，狄更斯名列前茅，不但报道准确而且誊写的速度惊人。

1832年3月5日，《国会镜报》又推出了一份新报纸《真太阳报》。《真太阳报》是一份激进性刊物，狄更斯在《真太阳报》出版之前就在为该创刊号工作了，他兼职该报派驻议会的记者。自该报1832年3月创刊以来，狄更斯一直为这份新报纸供稿。渐渐地，他对《真太阳报》感到失望，7月底，他提出辞职，不再供稿了。

狄更斯当记者期间，正逢1832年英国议会改革。当时，国会里改革派和保守派之间的斗争非常激烈，已处于白热化阶段。狄更斯目睹了这场斗争的最后几个阶段，看到了改革派大获全胜并组成新的内阁。新内阁在立法工作上取得了显著的成绩，通过了议会改革方案，通过了第一个有效的《工厂法》，并且废除了黑奴制，还改建了市政机构。

在这场风起云涌的议会改革斗争中，狄更斯对英国的司法和政治体制有了初步的认识，他看清了英国社会的真相，看到了英国政治机构为有钱人服务的本质，更看到了在政治运动中被揭露出来的官场腐败和社会黑暗。狄更斯的社会视野开阔了，他的人生观和社会观形成了。

狄更斯还承担着报社的编辑工作，新国会的会议经常到深夜结束，狄更斯只得夜以继日地工作。为了工作方便，他在塞西尔街租下了一所房子。这时期，他的周薪高时能达到25英镑，但国会休会时，工资也停发。

在狄更斯的记者同事中，有一个人成为他永远的朋友，他就是

《先驱晨报》的记者托马斯·比尔德，狄更斯曾请他参加了自己20岁的生日聚会。

1834年初，一位名叫约翰·伊斯特霍普的自由派领袖成了《纪事晨报》的新主人，他要把这份报纸作为辉格党和改良主义的喉舌。为了同《泰晤士报》竞争，他邀请托马斯·比尔德到报社当记者，并且请他再推荐一个人。比尔德毫不犹豫地推荐了狄更斯，说他是国会记者席中速记最快、最准确的人。于是狄更斯在8月的时候成了这家报纸特派到下议院采访辩论会议的记者。在这里，他的周薪约是5英镑，比《国会镜报》低，但工资是固定发放的，这样能够保证他全家的正常开销。

《纪事晨报》是一份有着较高水准的报纸，其新闻观念比较超前，是当时社会舆论的喉舌，是自由的知识分子广开言路的阵地。在编辑约翰·布莱克的经营管理下，几年间，其发行量从1000份增至6000份，仅次于《泰晤士报》。狄更斯在这里除报道议会的辩论之外，还常被派往外地报道一些政治领导人的演说和重大活动。

狄更斯的思想比较激进，在他的报道中，他将批判的锋芒对准英国的各行业、各领域，将改革的思想带入英国人民的日常习俗和生活细节中。

历时4年的记者生涯，使狄更斯开阔了视野，增长了知识，磨砺了意志，而且获得了比较优厚的薪金，他终于摆脱了童年和少年时代屈辱与贫困的生活。

在工作之余，狄更斯仍旧不忘读书，他经常出入伦敦大英博物馆图书阅览室，孜孜不倦地钻研书本里的知识，他要不断地充实自己，以弥补学校教育的不足；他仍旧在社会生活中历练自己，体验中下层人们现实生活的痛苦和无奈。他积累了十分宝贵的社会经验，也积累了大量的文学创作素材，如今的狄更斯满怀雄心壮志，即将登上文坛。

当狄更斯不遗余力地干他的记者行当时，一个叫"博兹"的人悄然出现在人们面前。

### （3）文坛上的一颗新星——"博兹"诞生

那是1833年秋天的一个傍晚，狄更斯走在伦敦市中心的舰队街。这里是英国报社的集聚地，也是英国各种媒体和舆论的中心。

狄更斯有些紧张地拐进了约翰逊巷，在一个订阅《月刊》杂志的信箱前停下了脚步。他小心翼翼地从怀里拿出一个纸卷塞了进去，然后朝着威斯敏斯特教堂方向走去。

那个纸卷是狄更斯在繁忙的记者工作之余写的文章，是他以现实生活为素材写下的题为"白杨园的晚餐"的短篇小说。在这个短篇小说中，狄更斯向人们讲述了一个家庭的成员为了获得财产而发生的极具戏剧性的故事。

故事中的谷物商人奥塔维克斯·巴登是个粗鄙的人，他一心想讨好有钱的表兄奥古斯塔斯·明斯。明斯是一个脾气古怪的中年单身汉，平生最怕狗和最烦小孩儿。巴登正好养了一条凶恶的大白狗，他不知道明斯表兄的怪脾气，想拿这条狗和小儿子去讨好他，结果狗和孩子加上他自己粗鄙、迟钝，给明斯留下了极坏的印象。这个故事情节滑稽生动，有些细节读了让人忍俊不禁。

一周后，狄更斯怀着忐忑的心情在一家书店买了一本他投稿的那份杂志——《月刊》（12月刊）。他欣喜地看到了自己的作品，《白杨园的晚餐》赫然地印在杂志上。年轻的狄更斯激动得双手发抖，满脸泪水。他沿着街道走进了威斯敏斯特教堂，待了整整半个钟头，心情才渐渐地平静下来。后来，狄更斯将这篇文章的标题改为"明斯先生和他的表弟"，成为蜚声文坛的《博兹札记》随笔中的第一篇。这篇稿子标志着狄更斯文学创作生涯的开始。

狄更斯童年时萌发的作家梦被唤醒了。

《月刊》杂志的主编是退休的开普敦·霍兰德上校。他办杂志是以宣传激进、开明的观点为宗旨，给初出茅庐的青年作者提供发表作品的平台，对刊登的作品一律不付稿酬。霍兰德先生非常欣赏这位无名作者的清新作品，还请他今后"多多赐稿"。

杂志的编辑告诉狄更斯，为《月刊》杂志撰稿是有名而无利的事情，但是狄更斯仍然将自己写的随笔寄给《月刊》杂志社。仅仅几个月，狄更斯就写了8篇文章。这些文章发表时没有署名，直到1834年8月，在发表《供膳的寄宿处》的第二部分时，狄更斯才开始用"博兹"这个笔名。

狄更斯的文章很快引起了人们的注意。当时有一个演员将狄更斯的一篇随笔改编成滑稽剧，在阿德尔菲剧院演出。狄更斯事后才知道这件事情。当时的著作版权，对剧院没有约束力，所以剧院经理根本不会考虑原著者是否同意用其稿件，也不会征求原著者对改编的意见。

一些报纸开始全文转载狄更斯的作品，并且大加推崇。一些杂志的主编为了获得上佳的稿源，也格外关心"博兹"的身份。这时，狄更斯觉得自己有身价了，他要体现自己的价值，他要赚钱了。

《纪事晨报》的编辑约翰·布莱克和乔治·霍格思也在关注"博兹"的情况。他们千方百计地打听"博兹"这个人，竟发现"博兹"原来就在自己眼皮底下，是《纪事晨报》的撰稿人。他们兴奋起来，对狄更斯开始重视起来。他们在《纪事晨报》上为他开设专栏，让狄更斯为专栏撰稿，狄更斯欣然应允。

狄更斯在《纪事晨报》的专栏上发表了一些文章，赢得了乔治·霍格思的赞许。

这时，狄更斯家中的经济负担并没有减轻。狄更斯的父亲挥霍的陋习未改，他经常向人家借钱。他的妻舅约翰·亨利·巴罗受不了他到处借钱的恶习，和他断绝了关系。

弗尼瓦尔旅馆

1834年11月，狄更斯的父亲又陷入了经济危机。狄更斯花光了全部积蓄，才使他父亲免受牢狱之灾，暂时渡过了难关。

没多久，父亲因欠酒商钱又一次入狱。狄更斯只好筹钱帮助父亲还债。父亲获得自由后，母亲又病倒了，家境更加困顿。狄更斯拼命写作，他的收入大部分用于全家的各项开销。为了节省租住费用，全家搬出了本延克街，家人们开始了分散的生活。

狄更斯带着他的小弟弟弗雷德里克住在弗尼瓦尔旅馆13号。房间很小也很寒酸，没有地毯，只有一张松木桌和两三张硬板床。狄更斯要维持全家的生计，自己也只能艰苦地熬着。但是，狄更斯对未来充满信心，他坚信一切都会好起来的。

## 4. 狄更斯的恋情之始及文学创作前奏（1834—1836）

狄更斯与乔治·霍格思相识大约是在1834年的秋季，当时《纪事晨报》正在酝酿推出一份衍生季刊《纪事晚报》，乔治·霍格思即将被任命为该晚报的首席编辑。

乔治·霍格思是苏格兰人，曾是爱丁堡一个地方刑事法院的名律师，社会地位颇高。他也是英国著名小说家沃尔特·司各特的朋友，1826年司各特破产后，他成为受委托的顾问。因律师薪水不足以维持一大家人的生活，他便放弃了律师的职业转向报业。几年前，他离开了爱丁堡，先于狄更斯两个月进入《纪事晨报》担任音乐和戏剧编辑。他现住在汉克姆地区约克广场18号。

《纪事晚报》的读者对象为伦敦周边农村地区的人们。霍格思请狄更斯给他的新刊物写札记，狄更斯爽快地答应了。不过，他以非常友好的态度向霍格思提出一个要求，那便是要付给自己一些薪酬。在这一点上，两人达成了一致。这样一来，狄更斯每周能拿到7英镑左右的薪资。

狄更斯连续写了20多篇描写伦敦风土人情、城市风貌和各种人物的作品，都刊登在《纪事晚报》报刊上。这些作品后来汇集成《伦敦札记》。这时的狄更斯就不为《月刊》撰写没有报酬的文章了。

在《纪事晚报》上发表了一组随笔后，狄更斯赢得了霍格思对他的喜爱和欣赏，两人的关系很融洽。霍格思经常邀请狄更斯去他家里做客，狄更斯也就成为霍格思一家的常客了。

狄更斯以讨人喜欢的性格、英俊的外貌以及与日俱增的名气，赢得了霍格思太太及她的女儿们的欢心。霍格思的大女儿凯瑟琳19岁，二女儿玛丽14岁，小女儿乔治娜7岁，她们与狄更斯相处

凯瑟琳·霍格思

得都很好。在后来的日子里，她们都融入狄更斯的生活，对狄更斯的一生产生了永久的影响。

凯瑟琳有着一双蓝色的大眼睛和浓密的眼睫毛，慢慢扑闪的双眼总有一种睡意。她的鼻子微微上翘，樱桃小口常带笑意，说话的声音很美妙。她体态丰满，通身上下透出娴雅、温柔和文静的气息。

狄更斯喜欢上了这位美丽、温顺的姑娘。

1835年2月，凯瑟琳在给亲戚的信中说自己很愉快地参加了狄更斯在弗尼瓦尔旅馆里举行的生日聚会，她还说喜欢狄更斯绅士般的举止和言谈。

凯瑟琳对狄更斯动心了。她喜欢狄更斯活泼、热情的个性，崇拜他的写作才华。

这时的狄更斯不再是几年前那个初出茅庐的小伙子了，他初恋时的激情因遭受到冷遇已经冷却了下来，他的情感颇具文人的诚挚和理性。狄更斯对凯瑟琳不像前几年对玛丽亚那样热情似火、心醉神迷，他爱凯瑟琳温柔、沉静、娴雅的性情，爱她丰满、性感的外表以及懒洋洋、慢悠悠的神态。他也知道凯瑟琳有着多愁善感的性格、心事重重的状态和无故生闷气的禀性，但狄更斯认为自己能够驾驭对方，能够调教对方。不久，狄更斯向凯瑟琳求婚成功，两人于1835年5月订婚。

凯瑟琳生活在一个中产阶级的文化名人家庭里。她受过良好的教育，精通音乐与法语，并擅长女红。当然她也有自己的独特个性，希望自己所爱的人,能全身心地关注、热爱自己,对他的文学事业想得不多。狄更斯生性活泼、好动、乐观,又是个工作狂,工作起来全身心投入,很难顾及热恋中女人的情感需求。可见,两人相近的文化素质并不能消弭个性差异引发的冲突。

订婚后的第三个星期的一天,两个人发生了第一次不愉快。接着,狄更斯就尝到了凯瑟琳动辄生气的苦头。之后,他在给凯瑟琳的一封信里,毫不客气地责怪了她。

他写道:"昨晚我告辞时你对我的那种突如其来和无缘无故的冷淡,不仅令我惊讶,而且使我深为痛心。我惊讶,因为我难以相信一个情窦初开的少女心中竟存有如此固执的阴沉和冷漠……假如你真的爱我,我希望你能自重,并且让我看到你对我的爱就像我对你的爱一样,超然于庸俗的欺骗和无聊的轻浮之上。庸俗的欺瞒和无聊的轻浮贬低了爱情的价值,是对于这个字眼的亵渎。"[1] 狄更斯在信中阐明了自己对爱的理解,同时也表达了自己对爱的忠贞。他坦言,为了爱情,他可以减少与朋友的往来,多关注爱人的心理感受和身体健康。

凯瑟琳屈服了,她被狄更斯热烈的爱情所感动,她认为狄更斯对自己的情感是别人无法企及的。同时,她认为自己是爱狄更斯的,因为她的思念从未中断过。狄更斯追求的爱情和事业是超越时空的,是永恒的,而凯瑟琳对狄更斯的天才和所从事的文学事业理解得不够,对狄更斯的情感世界也没有很认真地了解。可见两人对爱情和事业的理解不能完全一致,对爱情真诚和纯粹的认识也有差距。

狄更斯为《纪事晚报》杂志所写的系列文章深受市民欢迎,《纪

---

[1] 赫斯基思・皮尔逊. 狄更斯传[M]. 谢天振,方晓光,鲁效阳,等,译. 杭州:浙江文艺出版社,1985:39-40.

事晚报》的销售前景看好。狄更斯的写作目的很明确，就是用文字来阐释这个世界。他不断地扩展着自己的写作题材范围，他的写作渐入佳境。在创作中，他将虚构的东西和现实的东西用某种方式结合起来，在写实的基础上赋予作品极强的虚构性，使小说更具荒诞性，札记更加平易近人。那充满瑰丽的想象、富于创造的空间、美好浪漫的际遇，很好地符合了当时人们的阅读需求。

狄更斯要把自己的小说和札记区分开来，他决定在《纪事晚报》上新创一个系列，标题为"我们的堂区"。这时，狄更斯还担任着《纪事晨报》的新闻记者工作，在《纪事晨报》的专栏上还要转载和发表他的随笔。

狄更斯常常工作到深夜。在巨大的工作压力下，童年时一直困扰他的腹部痉挛又发作了。1835年5月，他不得已停止了为《纪事晚报》杂志的写作，将精力投入《纪事晨报》专栏的写作中。

狄更斯在《纪事晨报》专栏上发表了12篇系列文章，总题目为"情景与人物"，从1835年9月27日到次年1月17日连载，这些作品可以算得上他短篇小说中的上乘之作了。此时，他的创造力和观察力也显著提升，他开始用文字间歇性地表达对这个社会的愤慨，这已经成为他写作的一个方向了。因为狄更斯的新闻报道及时，言辞犀利，《纪事晨报》被《泰晤士报》视为竞争对手了。

1835年，狄更斯在报业有了一些名气，他认识了一些名人，哈里森·安斯沃思就是其中之一。哈里森比狄更斯年长7岁，是长篇小说《鲁克伍德》的作者，这部小说曾在1834年引起轰动。哈里森邀请狄更斯去参加他在别墅里举办的舞会，狄更斯欣然前往。在这里，狄更斯结识了出版家约翰·麦克隆，从此走上了文学创作之路。

## 三、创作者的生命轨迹

### 1. 早期创作（1836—1841）

#### （1）《博兹札记》问世

麦克隆对狄更斯极为赏识，建议狄更斯再写一些随笔，将其与之前发表的文章结集分上下两卷本出版。狄更斯采纳了这个建议。不久，两人签订了出版合同，狄更斯因此得到了150英镑稿酬。

狄更斯的眼前突现一片亮光，这是他人生中第一次得到这么大的一笔稿酬。他以巨大的热情整理已发表的作品，同时开始构思新作品。

1836年2月8日，狄更斯24岁生日的第二天，《博兹札记》出版了，这是狄更斯的第一部两卷本作品集。次年，他出版了另一部一卷本的《博兹札记》。这是狄更斯写作生涯的最初成果。

狄更斯的《博兹札记》在市场上销售得很好，麦克隆获得了巨大的经济收益，狄更斯得到了读者们的一致赞誉。

《博兹札记》内容丰富，有讽刺中小资产阶级的庸俗和趋炎附势的，有揭露议会、法院和慈善团体的黑暗与虚伪的，也有赞美城市人民的淳朴和温

《街市之晨》中的场景

厚的。内容有人物的速写，有伦敦的景色和风土人情的描述，有农村生活的素描等。随笔中那些幽默的故事、温和的讽刺调动着读者的情绪。文章的题目也很吸引人，如《国会一瞥》《公共马车》《我们的教区》《校长先生》《街市之晨》等。

由于这些作品把城市的美丑、人间的善恶、生活的诗意、人们的幻想，甚至把首都的神秘、魅力及浓雾等一一描绘出来，因而受到伦敦市民的热烈欢迎。这些作品体现了狄更斯的写作才能，狄更斯也因此坚定了做一个专职作家的信心。

狄更斯决定放弃记者的工作，专门从事文学的创作。

### （2）《匹克威克外传》风靡伦敦

《博兹札记》出版两天后，一位名叫威廉·霍尔的人就来到了弗尼瓦尔旅馆，拜访了狄更斯。

威廉·霍尔和托马斯·查普曼合伙开办了一家出版公司。霍尔负责出版和财务方面的管理工作，查普曼负责编辑工作。上一年，查普曼与霍尔出版的《诗歌、政治及名人讽刺年鉴》大获成功。这是一本以罗伯特·西摩讽刺漫画为主要内容的图书，现在他们想再现之前的辉煌。西摩提出一个讲述"好猎手俱乐部"英勇事迹的系列连环画选题，按月出版，定价1先令。写某俱乐部的成员们相约外出打猎、钓鱼，由于自作聪明，在游玩过程中常常将事情弄巧成拙而陷入种种尴尬的困境里的故事。这在当时是常见的喜剧主题，表明人们追求城市化、个性化生活的意识。在这个系列作品中，因为西摩擅长画幽默、滑稽的画，所以整体设计以绘画为主，文字或者插图上的部分文字是为图画做说明的。霍尔将以每期14英镑的稿费约狄更斯写"尼姆罗德俱乐部历险连环画"项目的文字说明。

狄更斯对这个约稿很感兴趣，他觉得自己的文笔也是幽默的，是不逊于漫画的，要按照自己的方式来写这部作品。他认为这个历险记选题应该以文字内容为主，文字是阅读的主体，这样才能展现更多的英国社会场景和人物形象。他建议文字不能受绘画的限制，要以文字为主，先有文字内容再进行绘图。

狄更斯的说法得到了查普曼与霍尔的认可，西摩也同意了。

狄更斯开始着手文字创作前的准备工作。首先要确立主人公的名字，他想起了在巴斯的一个马车业主的名字，当时他做采访工作时曾坐过这个人的车。这个人叫摩西·匹克威克。于是"匹克威克先生"就这样诞生了。按照约定，狄更斯在3月初就要交出第一期12000字的内容，3月末还要交出第二期的文字内容。

狄更斯搬进弗尼瓦尔旅馆一套较好的房子，他要利用早晚的时间进行创作。这个房子共有三间屋子，条件比以前的那间好多了。他把房间布置了一番，准备在这里迎接他的新娘。

1836年2月18日，狄更斯对整部书进行了大体规划之后，就开始写作了。第一期的《匹克威克外传》在3月末如期出版了，狄更斯的婚礼也快举行了。

4月2日，狄更斯与凯瑟琳在切尔西的圣卢克教堂举行了结婚仪式，狄更斯送给妻子一个镶嵌有象牙的檀香木针线盒作为结婚礼物。他们在约克广场举办了一个简单的结婚宴。用过早餐后，狄更斯便带着新娘去肯特郡乔克村的一间小村舍度蜜月，这里离罗彻斯特只有几英里。这对新婚夫妻在这个美丽的乡村住了不到两周，就返回了伦敦，回到了弗尼瓦尔旅馆，因为繁重的写作任务在等着狄更斯。

狄更斯与凯瑟琳的婚后生活可以说是幸福的，他们共生下10

个孩子（其中一个夭折），在外人看来是一个完美的大家庭。但由于他们夫妻二人性格等方面的差异，结局并不美满，他们之间远没有达到心心相印的程度。

狄更斯在《匹克威克外传》第二期上写的是《流浪艺人的故事》，他认为这期的有些插图没能很好地体现出故事中的人物形象。为此，狄更斯诚恳地邀请西摩一起商榷书稿绘画的事情。

两人如期会面，就书稿和绘画的问题进行了交流。西摩是知名画家，能应狄更斯之邀来商谈插图的创作，肯定不寻常。狄更斯在西摩的眼里只是一个小作家，尽管他有些名气，但西摩当时名声正盛。看到自己的作品被他评头论足，西摩心中自是不快，自尊心倍受伤害。

西摩在次日的作画中，突然一阵烦恼袭来，他抛下画笔，奔入花园开枪自尽。一位颇具盛名的画家就这样离开人世。

《匹克威克外传》的系列选题是西摩设计并提出来的，出版商也想借西摩的知名度来销售这个系列产品，西摩意外之死让他们感到出版此书的前景暗淡了。但狄更斯不认可他们的想法，他直言自己的才能还没有显露出来，读者还没有被引进最佳的情境中去。看到狄更斯坚定的信心和充沛的精力，霍尔和查普曼有了勇气，又物色了几个绘画者，其中有一位名叫哈勃雷特·布朗（笔名菲兹）的插画师，正在给狄更斯的一篇小品文《三头下的星期天》绘制插图。狄更斯认为他能胜任此项工作。菲兹果然不负众望，他准确地把握了狄更斯作品中人物的神韵，恰到好处地表现了作品中人物的漫画味。

狄更斯和菲兹密切配合，文字与插图相得益彰。《匹克威克外传》从1836年3月31日刊行后，每月一期，进展顺利。按此计划至次年11月连载完毕。

《匹克威克外传》第一期只销售了400份，此后几期销售虽不如意，但有了一些固定的读者，这让狄更斯和出版商得到了极大的鼓舞。到了第五期时，作品中的重要人物山姆·维勒出彩了，山姆是一位风趣、智慧、充满正义感的仆人。小说的发行情形出现了大的转机，发行量达到40000份。

1836年秋，匹克威克的名字传遍了英国的大街小巷，人们谈论着《匹克威克外传》中的片段，讨论着《匹克威克外传》中的场景。人们认为这个故事是无与伦比的，有着堪称英国小说中最精彩的幽默；人们惊呼匹克威克等人物形象的逼真，感到书中的气氛正扑面而来。

《匹克威克外传》所引起的强烈轰动在文学史上是罕见的，匹克威克的肖像给人们留下了深刻的印象。社会上掀起了一股狂热浪潮，时称"博兹热"。一时间，"匹克威克"式的帽子、外套、手杖、雪茄等产品应运而生；人们把家里养的猫、狗的名字也都改叫"山姆""金格尔""巴德尔"了；连人们相互取笑时的绰号也都是"塔普曼""文克尔"了；"胖小子"更是热词。每月的《匹克威克外传》一出版，那些廉价小报就立即摘录转载。盗印者、剽窃者因此获利，改编者、演出者也从中获利。

《匹克威克外传》销售的利润与狄更斯的收益无关，因为狄

《匹克威克外传》出行场面

更斯和出版商之间没有关于这部小说的书面协议，一切都根据口头协议办理。但是狄更斯心潮澎湃，因为他的名字已经走进了人们的心中，他因《匹克威克外传》热销而一举成名。

早在1836年5月，在对于《匹克威克外传》能否成功尚无把握时，狄更斯就与约翰·麦克隆签订了一份约稿合同，是一部题为《伦敦锁匠加勃里埃尔·瓦登》的小说。合同规定，11月底交稿时他将收到第一版稿酬200英镑。同年8月，《匹克威克外传》销路好转时，他答应为托马斯·泰格写一个题为《拉洋片的所罗门·贝尔》的少儿读物，稿酬为100英镑。同月，狄更斯又与一个名叫理查德·本特利的出版商签下了两部小说合约，稿酬为1000英镑。他还同意给一家新周报《卡尔顿纪事报》写札记。当时他还担任着《纪事晨报》的议会报道工作，还要继续《匹克威克外传》的创作。签下这些合同时，狄更斯心中想到的就是钱。

狄更斯太需要金钱了。他认为金钱会带来安全感，这是因为童年的马夏尔西监狱和沃伦黑鞋油作坊的经历在他的心灵深处顽固地存在着。1836年7月，狄更斯在彼得沙姆租了一幢乡间别墅——榆木小屋，在那里专心写作了两个多月后，于9月24日返回了伦敦。

狄更斯经常在写完议会的报道后创作小说《匹克威克外传》，他经常通宵达旦地写作。因为时间太紧张，10月，狄更斯辞去了《纪事晨报》的职务，开始从事专业创作。

《匹克威克外传》的故事向前进展着。在狄更斯头脑中，《匹克威克外传》故事的情节越发清晰，他文思泉涌，写作速度特别快，他的羽毛笔下漂亮的字母流水般地整齐呈现，整个章节一气呵成，很少有改动的地方。

狄更斯的名气越来越大，他意识到自己所写的任何东西，都会被报纸分期连载，还会被演艺公司排演。那些经营者由于转载或演出狄更斯的作品获得了很大的收益。狄更斯出于对戏剧的喜爱，动手写起剧本来。

狄更斯写了一部两幕滑稽剧《奇怪的绅士》、一部两幕歌剧《乡村俏妇》和一部独幕滑稽剧《她是他的太太吗？》。这些剧目分别在1836年9月、12月和1837年3月在新建的圣詹姆斯剧院上演。

1836年冬，狄更斯因劳累过度而剧烈头痛，但这丝毫没有影响他的创作激情，也没有减弱文中的幽默感。

《匹克威克外传》获得了巨大的成功，查普曼与霍尔不仅获得了巨大的出版利润，而且获得了巨大的广告收益。他们在第四期的正文部分前辟出一块"匹克威克广告栏"，用来刊登书籍广告。在第九期时，因来登广告的商家太多了，广告版面增至36页，超过了正文版面页数，广告的内容涉及了各个行业，可见《匹克威克外传》取得了非同寻常的成功。

《匹克威克外传》刚开始出版的时候，狄更斯还是一个不被人们熟知的文人，但在小说连载快要结束时，他已经是最受广大读者欢迎和热爱的作家之一了。他获得了法官、医生、贫苦的劳动者等的衷心拥戴，被举国上下各阶层人民所深深喜爱。狄更斯因《匹克威克外传》一举成名。

这部作品让狄更斯在当时文学界有了相当卓越的地位。

《匹克威克外传》第19章部分手稿

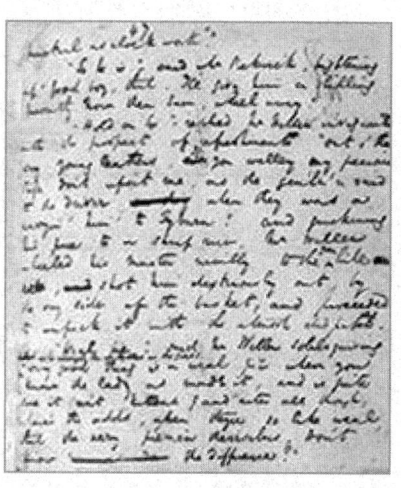

之后，狄更斯更是一发不可收，相继完成了《奥立佛·退斯特》（又名《雾都孤儿》）、《尼古拉斯·尼克尔贝》、《老古玩店》等作品。

### （3）传奇悲喜：第一部社会小说《奥立佛·退斯特》

1836年11月初，狄更斯接受理查德·本特利的聘请，从翌年1月起开始编辑理查德·本特利办的《风趣人作品杂集》（后改名为《本特利杂志》）杂志，月薪20英镑。他之前还答应为理查德·本特利写两部三卷本的小说。

狄更斯很快就开展工作了。他给他的同行和作家写信，请求大家的稿件支持，为此他也结交了一些与他兴趣相投的新锐作家。他的日常工作很忙碌，只能利用工作之余来完成与本特利的写作合约。小说的名字确定为《奥立佛·退斯特》，拟定于1837年2月在《本特利杂志》上首次发表。

24岁的狄更斯太急于利用自己目前的成就了，他满怀壮志地签下了那么多写作合约。现在为了完成这些合约，他必须要分配好自己的业余时间，制订写作计划了。

狄更斯看着眼前这么多的写作协议，担心同时或交叉写作会引起创作思路混乱和交稿不准时。于是他决定取消与约翰·麦克隆签订的《伦敦锁匠加勃里埃尔·瓦登》一书的合同。此时麦克隆正在出版狄更斯的第二部《博兹札记》，这是一卷本的，因为狄更斯近期太忙，没有写出原计划数量的文章。现在狄更斯又与麦克隆商谈取消《伦敦锁匠加勃里埃尔·瓦登》的写作合同，导致彼此都很尴尬。麦克隆知道狄更斯正在为本特利写作，心中很不愉快。狄更斯便将他两部《博兹札记》的全部版权售与麦克隆作为补偿，费用仅100英镑。这样狄更斯的写作压力减小了一些，他可以专心地为本特利创作了。

1836年底，狄更斯在哈里森·安斯沃思的寓所遇见了约翰·福斯特。福斯特与狄更斯同一年出生，两人一见如故，很快成了好朋友。此后，福斯特为狄更斯打点了许多事务性的工作，最后还写了《狄更斯传记》。

麦克隆是一个出版商，他非常清楚狄更斯目前的热度。他决定将《博兹札记》重新包装，以《匹克威克外传》相同的形式出版，按月连载。

这时，狄更斯的《匹克威克外传》正在分月连载中，《奥立佛·退斯特》正准备刊载。狄更斯知道麦克隆的想法后，非常生气。因为麦克隆以同样形式连载《博兹札记》这本重新包装的书，可能会损害狄更斯的声誉。他给福斯特写了一封信，说："如果这种新版本真的出版，我就要在所有的报纸上声明，此次不仅未经我准许，而且违反我的明确请求，对我来说它毫无好处，并且我最热切、最坚决地恳求我的朋友们和支持者们不要去买它。"他最后说，如果麦克隆的排版、印制费用发生了，希望查普曼和霍尔公司能买下《博兹札记》的版权。

福斯特代表查普曼和霍尔公司与麦克隆协商购买《博兹札记》版权一事，结果麦克隆大开狮子口。查普曼和霍尔公司最后以2250英镑买下。当时查普曼和霍尔公司分月连载的《匹克威克外传》正大红大紫，销售向好。他们在狄更斯与麦克隆的交涉中出手相助，一方面维护着狄更斯的声誉，另一方面也在收拢作者资源。况且《博兹札记》版权归属自己，自己就可以在合适的时候修订出版或分月连载。查普曼和霍尔认为对目前这位风头正盛的青年作家进行这种投资是值得的。

福斯特的交际很广，也是个热心人，他与狄更斯认识不久就帮助狄更斯解决了《博兹札记》的版权问题，对狄更斯来说确实是一个难得的好帮手，他理所当然地成了狄更斯的经理人。与狄更斯在一起的日子，福斯特感觉工作和生活是快乐的。尽管他有自以为是、好发脾气的缺点，经常与狄更斯发生争执，但两人的感情依旧。因为他们的出身和奋斗的境遇相同，又都是激进的知识分子。

　　以狄更斯和福斯特为核心的朋友圈子越来越大。这个圈子里的人大多带有粗俗气息，这个群体也是不为上流社会所接受的，他们大都是经历了人间的苦难，经过拼搏才闯出了一条成功之路的。这个圈子里有著名画家丹尼尔·麦克利斯，他比狄更斯大6岁。当年16岁的丹尼尔来到伦敦，是靠着自己的勤奋才获得了皇家艺术学院历史画金奖的，他绘制的狄更斯画像流传至今。有著名演员威廉·麦克里迪，麦克里迪因饰演莎士比亚戏剧中的人物风靡整个伦敦。还有风景画画家克拉克森·斯坦菲尔德、显赫的律师托·纳·塔尔福尔德、批评家威廉·杰丹、著名编辑李·亨特等。他们经常在一起喝酒，谈论时事，共叙友谊。

　　1837年2月份，《奥立佛·退斯特》在《本特利杂志》上开始连载了。这是狄更斯创作的第一部社会小说。狄更斯在这部小说里讲述了一个孤儿令人触目惊心的悲惨遭遇，把读者带进了贫困与痛苦的世界，展现了社会底层人们凄惨、可怕的生活画面，并宣扬了善有善报，恶有恶报的道德思想。

　　奥立佛·退斯特生在济贫院里。母亲生下他后，便饮恨而逝。这所济贫院的管理员本布尔先生凶狠骄横，他把奥立佛寄养在一个专靠剥削养育费为生的女人家里。饥饿使奥立佛身体发育不全，他矮小、苍白、瘦弱。9岁那年，奥立佛被领回济贫院当童工。童工们每天早上6点钟开始做工，终日忍受饥饿，一顿饭只能喝一碗稀粥。小伙伴们忍受不了这种饥饿，于是私下抽签，选出代表，向管事要求增加一点粥。奥立佛抽中签，他大着胆子走到管事面前说："对不起，先生，我要添一点儿。"奥立佛的举动，被管事视为大逆不道。为此，他受到严厉的体罚。不久，奥立佛被卖到棺材铺当学徒。在这里，奥立佛遭受了非人的虐待和侮辱。他逃出棺材铺来到伦敦，不想陷入了贼窝，被迫当了扒手。一个偶然的机会，他被富有的布莱罗先生收留了，可不幸还是降临了，他被贼人发现，又入贼窝受难。善良的女扒手南希知道了奥立佛的身世，为了营救奥立佛，她不顾贼头的监视和威胁，向布莱罗报信，说奥立佛就是他找寻已久的外孙。南希因此被贼窝头目杀害，警察随即围剿了贼窝。奥立佛终于与亲人团聚了。

奥立佛在济贫院的童工生活

在这里，人们看到狄更斯的手笔与前一部作品《匹克威克外传》大相径庭，整部书充斥着激进主义的调子。狄更斯描述的人物和场景让人们耳目一新，体现着他同情下层人民的创作思想。这一切源于他与伦敦这座城市融为一体，是其砖瓦和灰浆的一部分；这一切源于他对伦敦贫民生活的深入了解，是他埋藏在心灵深处的童年沃伦黑鞋油作坊经历的再现。《奥立佛·退斯特》是狄更斯对英国文学做出的最具有个人特色的贡献，他以描写伦敦气势的惊人才能成为善于咏叹城市的诗人，成为描绘社会整体风貌的先行者。

《本特利杂志》因连载《奥立佛·退斯特》大获其利，狄更斯也成了加里克俱乐部的一名成员。成了名作家的狄更斯，除了仍然不停地赶时间写作，还一直保持着夜晚散步思考的习惯。每到夜晚，不论刮风下雨，狄更斯漫步的身影总是出现在伦敦街头。他观察首都街头巷尾的人们，浏览五光十色的商店招牌和广告，细听人们谈论的话题。有时看到衣衫褴褛的人，他会跟着他们穿过小巷，进入他们的生活区域，入住下等公馆或旅馆，以便了解他们的真实生活。他把自己的所见所闻及收集到的民间口头语言，全部记录下来。

## （4）玛丽，心中永远的痛

1836年秋天的时候，凯瑟琳的妹妹玛丽来到弗尼瓦尔旅馆。

狄更斯当年走进乔治·霍格思家中时，玛丽曾送给狄更斯一把水果刀和一个银质墨水池。当时的她14岁，开朗、热情、活泼、善解人意，给狄更斯留下了深刻的印象。如今，玛丽已经长成一个伶俐、俊俏的大姑娘了。玛丽对姐夫狄更斯的才情很是崇拜和赞叹，她的言谈和神态都流露出对他的尊重和爱戴。经过近距离的接触，狄更斯被她温柔的性格，正直、美好的品格和超人的智慧所深深吸引。狄更斯视她为自己灵魂深处的知音。闲暇时间，狄更斯经常带着玛丽去见世面，让她认识自己的朋友，还带她去参观艺术展览、看戏或参加宴会。

1837年1月6日，凯瑟琳生下了第一个男婴，狄更斯非常兴奋。为了给凯瑟琳的卧室买一张合适的小桌子，狄更斯和玛丽在霍尔本区和周围的街上来来回回走了几个小时，乐此不疲。

凯瑟琳患上了产后抑郁症，这是一种严重的精神疾病，凯瑟琳的母亲和狄更斯的母亲都来家中照顾孩子。由于家中房间少，玛丽只好夜晚住在布朗普敦，白天再来家里照顾姐姐，帮助姐姐料理家务。

狄更斯为此颇为焦虑，终因操劳过度和写作压力，患上了剧烈的头痛症。夫妻二人在玛丽的陪伴下来到了肯特郡乔克村，他们曾经度蜜月的房子处，以便放松心情，调理身体。

狄更斯没有心情休养，他的事情太多了。作为编辑，他要审阅稿件，要校对修改文章，要计算稿酬等，最重要的是作为作者，他要赶写自己的两部连载作品和零星的文章，他开始感到力不从心。

1837年4月初，狄更斯带着凯瑟琳、孩子、弟弟和玛丽搬到了道蒂大街48号。这幢房子坐落在一条大路旁边，是18世纪建造的，房子的年租金是80英镑。房子共四层，内有12个房间，它比狄更斯以往住的任何房子都好、都大。一楼是饭厅、会客厅和书房。狄更斯为客厅添置了一个带纹理的大理石壁炉，书房里摆着一整套新购置的"经典小说"，地板上面铺着花朵图案的地毯，家具素雅，有着维多利亚中期家居的装饰风格。狄更斯的书房在二楼，可以俯瞰花园。玛丽住在三楼的一间卧室。狄更斯雇了一个厨师、一个女佣、一个奶妈，后来又雇了一位男仆亨利。狄更斯一家在这所房子里住了将近三年。

在这宽敞、舒适的房间里，凯瑟琳的身体慢慢地恢复了，狄更斯的头痛也有了好转。

伦敦道蒂大街48号

5月6日，这一天是星期六。晚上，玛丽从母亲住处赶回来，跟着狄更斯和凯瑟琳一同去圣詹姆斯剧院看戏。当晚剧院上演的节目里有狄更斯的一出滑稽剧《她是他的太太吗？》。大家看得非常高兴，回到家时已是夜里1点钟。狄更斯夫妇正要就寝，突然传来玛丽的一声喊叫。狄更斯急忙冲进她的房间，这时玛丽已经处于昏迷的状态。凯瑟琳也跑了进来，焦急地呼唤着妹妹。狄更斯的弟弟跑出去请医生。医生赶来，看到玛丽的病情很危重，也束手无策。玛丽的母亲霍格思太太也赶来了，一家人急得团团转。玛丽一直昏迷不醒，心脏跳动很微弱。次日下午，她死在了狄更斯的怀里。这一年，玛丽年仅17岁。

家人对玛丽的突然离世悲痛万分。玛丽的母亲霍格思太太当时就昏厥了，凯瑟琳也是悲伤不已，但还要照料母亲。玛丽的后事全部由狄更斯来安排。

玛丽的死对狄更斯的震动很大。她聪明、俊俏，说话幽默，帮助姐姐操持家务，排解姐姐的忧郁情绪，给家里带来了安宁和生机，狄更斯因此得以宁心静气地创作。玛丽视狄更斯为世界上最了不起的人，狄更斯也把玛丽看作一个至善至美的圣人。

六天后，玛丽被安葬在公墓，狄更斯亲自为她作墓志铭：

玛丽·斯科特·霍格思
辛于1837年5月7日
年轻、美丽、善良
上帝慈悲
在她年仅17岁之时
将她召去加入他天使的行列

玛丽葬礼结束后，狄更斯一直沉浸在对玛丽的回忆之中，无法集中精力写作，《匹克威克外传》和《奥立佛·退斯特》5月份的连载也被迫中断。

狄更斯夫妇在一个朋友的牧场静养了两周，然后回到道蒂大街的寓所。狄更斯随即投入了紧张的写作。

玛丽的死，是狄更斯心中永远的痛。

1838年4月，在玛丽去世快一周年的日子里，狄更斯在《奥立佛·退斯特》中塑造了露丝·梅里的少女形象："她尚未满17岁。她的身材是如此苗条娇小，性情是如此温柔可亲，外表是如此纯洁美丽，以至于地球似乎不该是她居住的地方，它上面的粗野动物也不配与她做伴。智慧之光闪耀在她深蓝色的眼睛里，印在她高贵的额头上，这智慧似乎不属于她的时代，也不属于这个世界，但是那变化无穷的、温柔可亲的表情，那频频闪烁、将整个脸庞照得通亮的光芒，尤其是那笑容，那喜气洋洋的、兴高采烈的笑容，是属于家庭的，带来了家庭火炉边的安宁与幸福。"这里面隐隐地现出了玛丽的身影，表达了狄更斯让心爱的、善良的、圣洁的玛丽永驻人间的心愿。在狄更斯后来写作的《老古玩店》中，他把玛丽的灵性与活力寄托在小耐儿身上："如此尽善尽美的人物是前所未有的。我熟悉她的心灵深处，她是一块无瑕的白璧。"

## （5）写作的春天来临了

1837年7月初，忙里偷闲的狄更斯和凯瑟琳、哈勃雷特·布朗乘一辆驿站马车周游比利时，访问了根特、布鲁塞尔、安特卫普等地，这是狄更斯第一次出访欧洲。回来以后，他继续写作《匹克威克外传》和《奥立佛·退斯特》。

9月，狄更斯带着家人以及霍格思太太前往肯特郡的布罗德斯泰斯。玛丽的离去让霍格思太太悲伤不已，此次出行，就是为了让老人家散散心。

布罗德斯泰斯位于伦敦以东约130公里处，是一个海滨城镇，这里适合人们休养生息。狄更斯很喜欢这个海滨小镇。他的身心在这里得到休养，他的创作思路在这里得以清晰。在以后的岁月中，他多次来这里休息和写作。

1837年10月份，《匹克威克外传》的刊载接近尾声了，《奥立佛·退斯特》也刊登了一半。人们不由得对这位青年作家表示惊讶和赞叹，他竟能同时写出《匹克威克外传》中的喜剧场景和《奥立佛·退斯特》中的悲惨画面。狄更斯被认定是一位天才作家。

一次，姐姐范妮和姐夫去看狄更斯。他们怕打扰狄更斯的创作，就与凯瑟琳在客厅的炉边聊天。狄更斯听说姐姐来了，就把《奥立佛·退斯特》的稿子和写作用品搬到客厅里来，一边听他们聊天，一边奋笔疾书，把脑海中的故事情节和故事场景不断地挥洒在纸上。其间，他还不时地插上几句妙语，逗得大家开怀大笑。

《奥立佛·退斯特》的成功推出，使《本特利杂志》名声大振，杂志社因此大获其利，相比之下，狄更斯所得的就太少了。1837年1月份，狄更斯同意编辑《本特利杂志》时的月薪是20英镑，1837年3月份，狄更斯的月薪加至30英镑。7月份时，狄更斯的知名度更高了，他认为《本特利杂志》因为自己的作品效益大增，自己所得月薪与自身的价值不符，于是他以信件的形式向本特利表达了自己的要求：修改在1836年8月签订的两部小说合同，将杂志上连载的《奥立佛·退斯特》以书的形式出版3000册并支付自己700英镑酬金，《巴纳比·拉奇》（原名《伦敦锁匠加勃里埃尔·瓦登》）

出版3000册并支付自己600英镑酬金。8月份，本特利因狄更斯的要求与狄更斯会晤，他坚持原合同的有效性，不能改变已经买下的两本书的版权的条款，但可以在原定的1000英镑基础之上增加300英镑。这样一来，狄更斯远没有达到目的，本特利只是追加了300英镑，且变成了一种恩赐，为此狄更斯很是不满。9月份，狄更斯提出辞职。本特利只好重新起草了对狄更斯较为有利的合同，即每一本小说支付750英镑，此事方作罢。

10月底，狄更斯与家人前往英国南方城市布莱顿，这是他第一次来到这座海滨小城。他们住在老船旅馆，这里是英国贵族的疗养地。这几天恰逢极端天气，刮起了飓风，但是美妙的休闲时光仍让狄更斯无比兴奋。回到伦敦，狄更斯又为本特利做了一件受雇卖文的差事，编辑了英国著名丑角演员约瑟夫·格里马尔迪的回忆录，并为该回忆录写了一篇序言。这部《约瑟夫·格里马尔迪回忆录》后来在1838年刊行问世。

1837年11月，《匹克威克外传》连载结束，《匹克威克外传》单行本出版。查普曼和霍尔举行了隆重的宴会，庆祝《匹克威克外传》连载获得圆满成功。《匹克威克外传》的发行结果让出版商和狄更斯感到由衷的满意，出版商从这本书上赚得的净利润达2万英镑，狄更斯得到2500英镑的稿酬。

为了报答查普曼和霍尔在《博兹札记》版权问题上对自己的帮助，狄更斯决定再为查普曼和霍尔公司写一部小说——《尼古拉斯·尼克尔贝》，同时他对自己的写作权益也重视起来。1837年底，狄更斯与查普曼和霍尔公司约定：狄更斯获得该书分月连载的酬金3000英镑。出版公司拥有该书五年的出版权，负责小说连载期间的经营活动，获取出版发行利润。五年后，该书的版权重归狄更斯所有。由于查普曼和霍尔公司正以月刊方式刊行《博兹札记》，狄更斯不想市面上同时有自己太多的作品，所以《尼古拉斯·尼克尔贝》计划在1838年4月开始连载，1839年10月连载结束。

### （6）另类风格的浪漫：《尼古拉斯·尼克尔贝》

1838年是狄更斯最繁忙的一年。狄更斯要继续为本特利创作《奥立佛·退斯特》，继续润色《约瑟夫·格里马尔迪回忆录》，继续编辑《本特利杂志》；要为查普曼和霍尔撰写一些随笔，以补充《博兹札记》第二部的内容；还要应《参查者报》之约写些即时文章。他还计划着在秋天的时候为本特利出版《巴纳比·拉奇》做准备。

狄更斯许诺查普曼和霍尔在1838年春天交出小说《尼古拉斯·尼克尔贝》第一期稿子。

1838年1月，狄更斯和他的搭档插画师哈勃雷特·布朗坐上了一辆黑色马车前往约克郡。他要去那里的几所学校进行调研，写一部反映孩子们在学校的生存状态和接受教育情形的图书。狄更斯怀里揣着他的一位律师朋友写给巴纳德城堡一位名叫理查德·巴恩斯的人的介绍信。信中谎称狄更斯是某位寡妇的朋友，这寡妇想把她的几个儿子送往约克郡的一所学校，委托狄更斯前来考察。巴恩斯热情地接待了狄更斯，他为狄更斯写了几封给当地校长们的介绍信。他不无担心地说："如果那个寡妇把她的儿子们送到这些学校去，这是十分可悲的。"狄更斯听后，觉得这里的问题很大。他和布朗暗访了几所学校，结果得到了一些恐怖的信息。最后，他决定到博尔斯学校去参观和考察。

博尔斯学校校长威廉·萧对两位来者心存戒备，根本不想带他们参观学校。前段时间，威廉·萧因虐待学生等事件被多次告上法庭，还缴纳了大笔损害赔偿金。之后，学校状况并无改观，学生们的生活和学习仍旧无人管理。学校以收养孩子达到赚钱目的的行为仍在继续，孩子们衣不蔽体，吃的是病死牛的肉，还经常挨饿挨打，饱受虐待。校长威廉·萧敷衍着狄更斯和布朗，一会儿就借故匆匆离去了。

狄更斯的调查证明约克郡的许多学校都发生了骇人听闻的虐待学生的事件。狄更斯决定彻底揭露这些学校虐待孩子的罪行，开始构思和写作《尼古拉斯·尼克尔贝》这部小说。

1838年3月6日，狄更斯的第二个孩子出生了，是个女孩，名字为玛丽（大家都叫她玛米）。凯瑟琳又一次陷入了产后抑郁状态。狄更斯一面应付家事，一面赶写那些连载的小说和编辑杂志稿件，他有些喘不过气来了。往往是刚写完了《奥立佛·退斯特》和《尼古拉斯·尼克尔贝》本月连载部分，又赶上杂志稿件编辑加工的任务。可想而知，在这多头绪的写作下，小说的情节和结构并非是经过深思熟虑的，小说大多是激情之作。在写作中，他往往事先并没有设想好某个人物或某个情节如何发展，而是在伏案写作了好长时间之后，回头再看故事情节，自己都会对书中人物的精彩描述和事件的峰回路转感到十分的惊讶。

1838年4月，《尼古拉斯·尼克尔贝》开始连载了。《尼古拉斯·尼克尔贝》出版的当天就售出5000册，超过了《匹克威

《尼古拉斯·尼克尔贝》中的孩子们

克外传》连载最高时的销量。之所以能取得如此大的成功，是因为狄更斯既保持了前一部作品般清新脱俗的写作风格，又对生活进行了较为逼真的描写，采取的是流浪汉传奇式小说的写法，结构方式与《匹克威克外传》相似。最可贵的是，狄更斯将《匹克威克外传》中的喜剧精神和《奥立佛·退斯特》中的悲怆情调结合起来，使文中处处充满了神奇和激情。狄更斯写得十分顺手，整个稿件几乎没有改动的痕迹，真可谓妙手天成。

《尼古拉斯·尼克尔贝》刚刚出版，就有人把它改编成戏剧搬上了舞台。狄更斯对自己的作品屡次被改编已经无可奈何。他曾经在剧院的包厢地板上躺着，一直到剧终才起来，以此表达对改编《奥立佛·退斯特》行为的抗议。现在的他倒是很平静，坐在剧院里静静地观看，对剧本和演员还不时地夸赞一番。

狄更斯想自己改编《奥立佛·退斯特》剧本，并希望他的好朋友麦克里迪饰演剧本中的人物。他经常在麦克里迪面前朗诵一小段自己喜爱的台词。麦克里迪赞叹他的朗读声情并茂，可以与经验丰富的演员相媲美；称赞他的肢体动作优美且有力度，认为他若在舞台上，其形象定会光彩夺目。

1838年春天，狄更斯和麦克里迪被选入文学俱乐部。由于他们有着共同的政治和宗教观点，对表演又都有着浓厚的兴趣，所以他们俩经常一起外出巡视，一起散步闲谈。他们的关系一直是友好的、平和的。这期间，福斯特等一些老朋友也经常和狄更斯来往，他们或者在狄更斯的榆木小屋消夏，或者在泰晤士河上泛舟，或者远足去汉普顿宫游览。

1838年秋，狄更斯利用两周的假期与哈勃雷特·布朗一起游览了利明顿，参观了肯尼尔沃思，去了沃里克城堡，又去了埃文河畔的斯特拉特福。在莎士比亚出生的屋子里，狄更斯留下了自己的签名。莎士比亚是狄更斯童年时的偶像，莎士比亚作品中的经典句子引发了他对戏剧表演的兴趣。他是读着《理查二世》中的句子走进大众目光中的。他心目中的莎士比亚是那么的无可逾越，是那么的传奇，是那么的遥远。此刻，近在咫尺，莎翁的气息传到他的身上，他顿时感到了一种神奇的力量。他们途经伯明翰、伍尔弗汉普顿前往希鲁斯伯里，走过了数英里长的煤灰路，穿过了烈火熊熊燃烧的高炉群，感受了震耳欲聋的蒸汽机声响，经过了一堆满是污垢的路段。这次旅行对狄更斯来说是有益的，其中的工业景象和地域特点都被他写入了小说。

1838年11月，《奥立佛·退斯特》连载结束。狄更斯在同月出版了《奥立佛·退斯特》单行本，他开始用本名发表作品了。

### （7）狄更斯的上流社会生活

狄更斯的作品受到社会上层人士的欢迎，特别是《尼古拉斯·尼克尔贝》的连载成功地打开了狄更斯通往贵族府邸和名流沙龙的大门。当时有名望的贵族府邸——戈尔府邸和霍兰府邸的人都在阅读狄更斯的作品。

戈尔府邸是布莱辛顿夫人的寓所，花花公子多尔赛伯爵经常出入此地，他们二人被传关系暧昧，贵族社交界的正人君子对他们都敬而远之。当时狄更斯初出茅庐，在这个花花绿绿的圈子里正怡然自得，很快便成为布莱辛顿夫人和多尔赛伯爵的莫逆之交。在这里，狄更斯认识了诗人沃尔特·萨维奇·兰多。兰多博学多才，但刚愎自用，唯我独尊，他经常和狄更斯为一些小事情争吵。但狄更斯仍然认为他是世界上最杰出的、最有骑士风度的老伙计。两个人在相互调侃中保持着友谊。

　　霍兰府邸比戈尔府邸的层次更高一些。由于霍兰夫人鄙视布莱辛顿夫人与多尔赛伯爵的暧昧关系,这两个府邸之间也不往来。霍兰夫人与丈夫的关系一度反常,那些冷落布莱辛顿夫人的贵妇人,也与霍兰夫人保持了距离。在霍兰府邸,狄更斯与宗教哲学家西德尼·史密斯相识。在狄更斯看来,西德尼是一个无法用笔墨形容的人,所以当时这位最有个性、最具幽默感的人没被狄更斯写进小说。狄更斯还结识了集银行家和诗人身份于一身的赛缪尔·罗兰斯。人们普遍认为世上最难融合的两种东西是金钱的铜臭和诗人的浪漫,狄更斯看到了罗兰斯在宴会上由于没人跟他说话而气得发狂的样子,这怪异的性格,让狄更斯感到有些不可思议。

　　狄更斯成为当时风靡社会的四大才子之一,另三位分别是本杰明·迪斯雷利、爱德华·布尔沃和哈里森·安斯沃思。四大才子无论是衣着、言谈还是作品,都成为人们谈论的话题。当然,他们的服装和他们本人一样"出类拔萃",四人当中,本杰明·迪斯雷利打扮得最为离奇。

　　流连于上流社会社交活动中的很多细节被狄更斯捕捉并成为他日后创作的素材。

## (8) 狄更斯的烦恼

　　1839年1月,狄更斯开始写作《巴纳比·拉奇》了,这是他与理查德·本特利签订的合约。

　　当《奥立佛·退斯特》在《本特利杂志》上连载只剩最后几章的时候,狄更斯就答应理查德·本特利在5月份连载小说《巴纳比·拉奇》。如今《奥立佛·退斯特》的大卖让本特利获得了大笔的收益,可本特利并没有给狄更斯额外的酬劳，这让狄更斯感觉自己被剥削了。他提出了将《巴纳比·拉奇》的出版延后6个月。本特利答应了，但有两个条件：一是狄更斯在《本特利杂志》的编辑工作延长6个月；二是在完成《巴纳比·拉奇》之前不接受其他公司的约稿。狄更斯被彻底激怒了，两天后，也就是1月31日，狄更斯辞去了《本特利杂志》的编辑工作。

狄更斯与理查德·本特利的关系就这样结束了。一年以后，即1840年6月，查普曼和霍尔又拿出2250英镑从本特利手中买下了《奥立佛·退斯特》《巴纳比·拉奇》的出版权。查普曼和霍尔相信这笔费用将会从发行《巴纳比·拉奇》中赚回来。

狄更斯非常感谢查普曼和霍尔的再一次出手相助，他全心为查普曼和霍尔公司写作《尼古拉斯·尼克尔贝》。

家中的事情多了起来。先是男仆亨利对狄更斯的家人有无礼的表现，狄更斯解雇了他，又雇了一个叫威廉·托品的男仆。接着是他的弟弟和父亲带给他的一系列烦恼。

狄更斯曾利用自己的名气为小弟弗雷德里克在财政部谋到了一个职员的位置。没想到弟弟也如父亲一样嗜酒，接连出现一些状况。而父亲慷慨的毛病依旧，他把狄更斯的书稿手迹卖给寻求签名者，还向与狄更斯合作的出版商借款。狄更斯很是恼怒，以致他的写作精力难以集中。最后，他决定在郊外找一处房子，把父亲和弟弟迁出伦敦。

1839年3月份，狄更斯匆忙南下来到德文郡，考察了周围的乡村，最后在艾凡顿村找到了一座宜人的小别墅——迈尔恩德小屋。此处距德文郡首府埃克塞特仅一英里。狄更斯非常喜欢这个地方，他以每年20英镑的租金租下了这座别墅。接着，他购买了地毯、

摄政公园德文郡大街排屋1号

家具、瓷器、煤和园艺工具等生活必需品。他先把母亲请来布置房间，然后嘱咐一位朋友，将他父亲、兄弟，还有一些物品送到从伦敦出发来此地的马车上。安排好这一切后，狄更斯匆匆赶往伦敦，他要继续写《尼古拉斯·尼克尔贝》。

1839年10月29日，凯瑟琳又生下了一个女儿，女儿名字叫凯特·麦克雷迪·狄更斯。有着3个孩子的家，道蒂街的房子显得拥挤了。狄更斯又南下考察，最后选中了德文郡大街排屋1号一个宽敞的住所。这个住所位于马里波恩路和马里波恩商业大街的拐角处，正对着摄政公园的约克大门，其地理位置比道蒂大街48号要显赫得多。房子共两层，约有13个房间。室外有一个漂亮的方形花园，四周围着高墙。狄更斯把前门和屋外的栅栏刷成了亮绿色。

1839年12月中旬，狄更斯把家搬到了这里，孩子们很喜欢这里的环境。他们全家在这里住了12年，狄更斯夫妇在这里又生了5个儿子和1个女儿。

### （9）《汉弗莱老爷的钟》与《老古玩店》

1839年10月，《尼古拉斯·尼克尔贝》连载结束了，《尼古拉斯·尼克尔贝》的单行本也出版了，出版商查普曼和霍尔大获成功。他们另付1500英镑给狄更斯以表达敬意，狄更斯欣然接受。狄更斯提议创办新杂志，查普曼和霍尔立即响应，并提出每周付给狄更斯50英镑，外加利润的50%作为提成的合作方式，狄更斯很满意。

新杂志被命名为《汉弗莱老爷的钟》，它是一份周刊，主要刊登故事、散文、人物速写、游记等。狄更斯是本刊的主要撰文者，布朗和另一位设计者乔治·卡特莫尔负责插图设计。

《汉弗莱老爷的钟》初创时发表的稿子是这样的。汉弗莱是一位老绅士，居住在一幢老宅里，他的几位老年知己每周在他家聚会。晚上10点钟，钟声响起了，朋友们围坐在这个老座钟前，各自把自己写的故事和诗读给大家听。

《汉弗莱老爷的钟》（第一期）于1840年4月4日出版发行，刚一上市就销售了7万份。当时狄更斯和凯瑟琳、福斯特正在伯明翰旅行，听到这个消息后异常激动。但接下来的第二期和第三期发行数量渐减。狄更斯决定写一部小说连载在刊物上以重振刊物，就在4月25日的第四期上发表了有着"小耐儿"这一人物形象的小说，结果刊物销售盛况重现。这就是《老古玩店》的第一章。

这部小说很快挤走了《汉弗莱老爷的钟》里的其他故事、人物速写和散文，占据了该杂志的整个篇幅。

狄更斯在写作《老古玩店》之初并没有一个完整的布局，但他的故事与读者之间的情感纽带却牢牢地维系着。《老古玩店》中的一个人物叫丹尼尔·奎尔普，

《汉弗莱老爷的钟》中的场景

在酝酿和写作这个人物时，狄更斯无意间在个人生活中扮演了这个角色，他疯狂的举止和言谈让他的夫人和他的朋友们感到十分不安。他完全走进了角色中，他时而大喊大叫，时而翻跟头，时而乔装打扮，时而咏诗诵文。其中的"女王之恋"情节竟体现在他与朋友的书信中，令朋友不知其所云。他对妻子说话的方式和态度，也令凯瑟琳瞠目结舌。这部小说已经掠夺了狄更斯的全部想象力。当狄更斯从故事的角色中走出来时，外界的谣言四起，有说他是精神病患者的，有说他是变态的，云云。朋友们对狄更斯之前的表现感到滑稽，却也觉得乏味。妻子凯瑟琳对狄更斯的行为只能是无奈地笑笑。

狄更斯决定离开伦敦去布罗德斯泰斯继续创作这部小说。布罗德斯泰斯是他和妻子常去的地方。5月初，狄更斯已经写完了第三、四、五章，书中的人物渐渐丰富起来，不仅有讨人厌的侏儒奎尔普，有善良又讨人喜欢的小伙计吉特·那布尔斯，还有奎尔普的手下、有点放荡又不失善良的年轻人狄克·斯威夫勒。

《老古玩店》的故事是这样的：在伦敦一个僻静的角落，有一家衰败、老朽的古玩店，白发苍苍的店主人吐伦特和死去了母亲的14岁的外孙女小耐儿相依度日。吐伦特把从放高利贷的暴发户奎尔普那里借来的钱在赌博中又输得精光，阴险狡诈的奎尔普趁机吞并了老古玩店，还企图霸占小耐儿做自己的姨太太。可怜的吐伦特

《老古玩店》中的小耐儿和她的外公

被逼得走投无路，只好在一个漆黑的夜里带着外孙女偷偷离开了伦敦，过起了颠沛流离、乞丐式的生活。祖孙俩提心吊胆，担心奎尔普的跟踪追讨。他们有时与木偶剧团、马戏班子、卖艺闯江湖的流浪艺人为伍，有时与从事蜡像巡回展览的乍莱太太结伴。他们露宿草棚、墙脚，经常饿得头昏眼花。一天，小耐儿拉着一辆马车乞讨，突然晕倒在地，幸好被一个心地善良的乡村教师救起，被安置在一所乡村教堂里。小耐儿和吐伦特结束了流浪生涯，但是，身心备受损伤的小耐儿终因疲劳过度、精力衰竭而过早地离开了人世，吐伦特老人因此心碎而死。

狄更斯通过小耐儿之死，控诉了黑暗的社会对青少年的摧残和迫害。长相丑陋、心地狠毒的奎尔普，不仅在经济上逼得吐伦特一家倾家荡产，被迫逃亡，而且他追踪的魔影时刻笼罩着小耐儿的心灵；小耐儿的哥哥为了夺得吐伦特的财产，指使一个无所事事的男人欺骗小耐儿；一些流浪艺人为了得到一笔赏金，密谋出卖小耐儿和她的外公。人情的冷酷、环境的恶劣，让纯真、善良、美丽的小耐儿无处藏身。小耐儿悲苦的命运牵动着广大英国读者的心，也牵动着大洋彼岸美国读者的心。当时的美国民众聚集在纽约的港口前，询问从大洋彼岸来入境的旅客"小耐儿死了吗？"不少读者写信要求狄更斯笔下留情，保住小耐儿的生命。但是，这个社会是无情的，善良的小耐儿终将被这个黑暗的社会所吞噬。

1841年1月21日凌晨4点，狄更斯忍受着精神上的痛苦，打破了他以往大团圆结局的叙事手法，以小耐儿的离世结束了《老古玩店》的创作。

狄更斯长长地呼出了一口气。他欲将小耐儿的形象尘封起来，可是他已经无法与自己所塑造的这一形象分开了。

1841年1月份的第四周，《老古玩店》连载结束，销量已达10万册。因为《老古玩店》，英国人民把狄更斯和莎士比亚相提并论了。

狄更斯的好友、著名的哲学家托马斯·卡莱尔看到这个悲剧性的结局后，像孩子般痛哭流涕。一位议员在火车上看到故事中小耐儿的结局，哭泣着把书撕碎，并抛到窗外。狄更斯何尝不深切地同情小耐儿的悲惨命运呢，他为她的美好、天真和无邪所感动，为她的苦难、死亡而伤心哭泣，这种情形持续了很久，很久。

狄更斯后来在爱丁堡的演讲中，回答了人们对小耐儿之死的疑问，"我们所爱的人撒手人寰，这会给我们带来很大的痛苦，我也有过这种经历，因此我当时就想：在我那以怡情为目的的区区小作中不落俗套地处理死亡题材，即不让恐怖玷污我们的墓地，而是用鲜艳的花环去点缀它，这岂不是一件好事儿？但愿我在书中写的一些东西能够使年轻人对死亡抱有较好的态度，或者能够缓解老年人因丧失亲人而产生的痛苦；即使我只写过一个能给痛苦中的老年人或年轻人带来欢乐或安慰的词语,我也会把它看作成功……"[1]可见，小耐儿之死不仅仅是狄更斯的一种"玛丽情结"，更是一种深切关注人间痛苦的博大情怀。英国这个满是工业化景象的中部地区，已然进入了一个迥然有别的年代，这个年代里没有永恒的纯真。小耐儿生命的终结，就标志着人们心中那个曾经美好的年代的终结。

从1836年到1840年的五年间，狄更斯在伦敦可谓出尽风头。他连续出版了两卷特写集和三部长篇小说，其著述之丰，是当时文学界的奇迹。他的每部小说都受到公众的热情欢迎，他被自己取得

---

[1] 狄更斯. 狄更斯演讲集 [M]. 丁建民，殷企平，徐伟彬，译. 杭州：浙江文艺出版社，2006：5.

的巨大成就所鼓舞着。

　　1841年2月8日,狄更斯的第四个孩子降临人世。这是狄更斯的第二个儿子,名字叫沃尔特。凯瑟琳产后又显露出疲惫的迹象,或许是长期情绪不佳的缘故,病越发厉害了。

### (10)第一部传奇色彩的历史小说《巴纳比·拉奇》

　　1841年1月29日,狄更斯在写完《老古玩店》的第八天,就开始继续写作《巴纳比·拉奇》了。

　　《巴纳比·拉奇》是狄更斯的第一部历史小说,这部书在他心中酝酿了许久,早在1836年狄更斯在写札记时就想写题为《伦敦锁匠加勃里埃尔·瓦登》的小说,并于当年5月与约翰·麦克隆签订了该小说的约稿合同。后来狄更斯取消了与麦克隆签署的这份合同,将书稿名字改为《巴纳比·拉奇》,由本特利公司出版。由于狄更斯与本特利合作不顺利,他只写了两章就放下了,加上狄更斯忙于创作《老古玩店》,他脑中的"小耐儿"占据着他的全部心绪,这个写作计划就暂时搁浅了。如今查普曼和霍尔从本特利手中买下了《巴纳比·拉奇》的出版权,这部作品的经营权在狄更斯、查普曼和霍尔的手中了。

　　为了写好这部小说,狄更斯开始在伦敦四处寻找"最悲惨、最贫困的街道",以便作为小说中的背景素材;他两次走访监狱寻找小说中的主人公形象。他设定的主人公巴纳比·拉奇是一个头脑简单的好心人,小说要从他的角度出发展开故事情节,重点描写1780年在英国爆发的那场反天主教的动乱。狄更斯在这部作品中对发动者和参加动乱者是同情的。

　　《巴纳比·拉奇》在1841年2月开始连载。

巴纳比在监狱中

狄更斯感觉这次写作《巴纳比·拉奇》不像往常那样得心应手、挥洒自如了。有时某一部分内容至少需要经过一整天的苦思冥想，他非常苦恼，感到自己江郎才尽了。狄更斯决定改变环境来刺激自己的思维，于是他只身去了布莱顿，用了一个星期的时间集中精力进行思考，然后开始艰难地写作。

这时，辉格党人推荐狄更斯竞选议员，狄更斯还获得了"下议院宣读议员候选人资格"。但狄更斯拒绝了这个机会，因为他不想去当什么议员，也没有大量的钱财支撑自己去竞选议员。他当记者时，看到过议会开会的情形，看够了议员们讨论时的嘴脸，他不想浪费时间和生命去做没有意义的事情。

狄更斯写作的心绪难以平静，这时他的崇拜者英国批评家、特写作家、《爱丁堡评论》编辑杰弗勋爵建议他到苏格兰进行访问。

6月19日，狄更斯携夫人动身前往苏格兰首府爱丁堡。在爱丁堡，他下榻在皇家旅馆，住进长廊尽头一个与外界隔绝的房间。闻讯而来的人们将皇家旅馆围得水泄不通，狄更斯第一次感受到这种热情的场面。25日，苏格兰文学家、爱丁堡大学伦理学教授约翰·威尔逊为他举行了盛大的欢迎宴会。参会者约有300人，还有200多名妇女看热闹、围观。宴会上的致辞热情洋溢，狄更斯很受感染，他也应邀做了出色的演讲。

在爱丁堡期间，他参观了司各特住了27年的房子，接待了无数的来访者。在6月29日，他还获得了该城荣誉市民的称号。狄更斯在这里停留到7月4日。

12天后，狄更斯一行到苏格兰高地旅游，陪同他们前往的是一个名叫安德斯·福莱彻的古怪的苏格兰人。安德斯的离奇行径引起了狄更斯的极大兴趣，以至于后来他成了狄更斯家中的座上客。他们白天游玩，晚上到剧院看剧。在剧院里，观众们看到狄更斯走进来，全都起立向狄更斯鼓掌致敬，管弦乐队的乐师们演奏《查理，我亲爱的》来欢迎他。人们看到了大名鼎鼎的狄更斯：个子不高，身材消瘦，一头棕色的头发，脸上的胡子修剪得像喜剧演员，打着黑色的领结，穿着时尚的衣服。狄更斯就以这样的形象走进了苏格兰人们的心中。

7月中旬，狄更斯回到了伦敦，继续创作《巴纳比·拉奇》。

《巴纳比·拉奇》讲了一个引人入胜的故事，其中最引人注目的是西蒙·塔帕蒂特这个人物，他是那种充满喜剧性的、典型的"小人物"形象。大约在一百年后，这种"小人物"形象得到应有的尊敬。但当时《巴纳比·拉奇》受欢迎的程度远不如狄更斯其他的小说，杂志的销量开始明显下滑，每周只有3万册的销量。由于这个周刊的制作成本太高，这个销量已然没有利润了。狄更斯认为《汉弗莱老爷的钟》销量不理想与自己的创作疲劳

塔帕蒂特的骑士团

或者读者对自己的审美疲劳有关。他果断地决定在一年之内自己不写任何作品,沉淀一段时间后再重出江湖。

狄更斯与查普曼和霍尔商议后决定中止《汉弗莱老爷的钟》的出版,以后也不再复刊。同时双方又达成了以下协议:狄更斯为查普曼和霍尔先写一本游记,然后写一本小说,一年之后动笔。查普曼和霍尔将在狄更斯开始创作之前的12个月中,每月付给他150英镑,这样一年就是1800英镑。作品以月刊形式连载时,每月再支付200英镑,还加上3/4的利润。这是一份对狄更斯极其有利的合同,狄更斯感到很欣慰。他欠查普曼和霍尔的情与作品更多了。

1841年11月,《巴纳比·拉奇》连载结束了,《汉弗莱老爷的钟》也停刊了。

## 2. 中期创作(1842—1858)

### (1)美国之行

有着突出的小说创作成就的狄更斯,不仅在本国和欧洲其他一些国家引人注目,而且也蜚声大洋彼岸的北美大陆。当赞美之词从美国传到狄更斯的耳边时,他无比激动。

当时的一些英国知名人士写了大量关于美国人民生活的文章,这让狄更斯对美国这个崭新的国度充满了好奇。此时的狄更斯对英国的政治形势持一种激进的看法,又想象不出如何对旧的君主制度进行改进。他开始向往美国人人平等的社会,甚至感觉不去那里会悔恨终身。渐渐地,他访问美国的念头强烈起来,也产生了写一些美国游记文章的念头。

这时的狄更斯已经是四个孩子的父亲了,他要考虑家庭的生活,他需要有更多的写作素材。

1841年秋，美国文学奠基人之一华盛顿·欧文向狄更斯发出邀请信函。信中称"如果狄更斯来美，整个美国从西海岸到东海岸都会陷入一片狂喜之中，而这将会是世界上绝无仅有的成功"。狄更斯兴奋极了，访美的决心更加坚定了，他要体验一个英国作家在美国大受欢迎的感受。

狄更斯向妻子凯瑟琳提起此事，凯瑟琳竟然痛哭流涕。她担心充满激情的丈夫到了美国会冒出什么怪念头；她担心孩子们没有人照料，毕竟最小的儿子沃尔特不满周岁。狄更斯只好请求好友麦克里迪去做凯瑟琳的工作。麦克里迪不仅答应了他的请求，而且主动提出在他们夫妇访美期间照顾他们的孩子。

凯瑟琳终于同意了。狄更斯决定将房屋出租，家务事由弟弟弗雷德里克照管。

1842年1月3日，狄更斯与夫人凯瑟琳、女仆安妮，乘坐1154吨的汽轮"不列颠"号驶离利物浦港口。

海上风和日丽，狄更斯非常兴奋，他的大部分时间都被消磨在谈天、观海和进餐的快意中。行程过半，海上天气突变，风起浪涌，船身剧烈地摇晃，狄更斯感到浑身发软，凯瑟琳已经连话都说不出来了，人们都在担心发生最坏的情形。凯瑟琳死死地抓住沙发扶手，否则就会从沙发的一端滚到另一端。这段艰难的行程大约持续了半个小时。在经历了港口处的泥滩后，船才驶进了英属加拿大的哈利法克斯港口。

船只驶抵港口，有一个气喘吁吁的人跑过来，扯着嗓子喊着狄更斯的名字。他一把抓住了这个作家，说自己是州议会众议院议长。他把狄更斯介绍给州长，然后把狄更斯奉为当日州议会开幕式上的贵宾。狄更斯在家信中常自称"独具一格",因为查塔姆的校长威廉·贾尔斯曾经送给他一个鼻烟盒,上面刻着"送给独具一格的博兹"。狄更斯向福斯特描述了自己在哈利法克斯受到的欢迎场面:"我真希望你能看到成千上万的人在街头向一个独具一格的作家欢呼,看到法官们、司法官们、主教们和议员们欢迎这个独具一格的作家。"

## 波士顿

轮船于1842年1月22日抵达波士顿港。狄更斯站在甲板上,新鲜的空气和陌生的景象让他有些恍惚。他发现十几个人正在向他这个方向张望,接着有几个人冒险跳上船来。他们臂下夹着大捆报纸,脖子上围着羊毛围巾,手里拿着布告牌。狄更斯以为他们是报童,但他们自称是记者。他们拼命地与狄更斯握手,直到狄更斯的手被握得失去了知觉。

狄更斯设法脱身后就与夫人凯瑟琳、女仆安妮,还有一个在蒙特利尔认识的旅伴马尔格雷夫勋爵,一起乘坐马车前往当地最好的特雷蒙特大酒店。

狄更斯兴高采烈地跳下马车,大步走上旅馆的台阶。他目光快速地扫视着四周,然后跨进大厅,高声喊着"我们到了"。他全无旅途疲惫之感,谈笑风生,口若悬河,毫无违和之感,仿佛回到自己的家中。

晚饭后,狄更斯与马尔格雷夫一起奔出旅馆,后面还跟着一个他刚刚结识的美国人。这是一个寒冷刺骨的夜晚,空中悬着一轮满月,周围的一切清晰可见。狄更斯身着一件皮大衣,在雪地上快步走着。他大声读着街边商店的招牌,评论着道旁建筑的优劣,他滔滔不绝地说着，不时地发出爽朗的大笑。当他看到南方古教堂时突然大叫一声，同伴们被他的惊叫所震惊，迷惑不解。"那声喊叫对我依然是一个谜"，他们当中的一人几年后这样说。但是，对于了解狄更斯性格的人来说，这并不神秘。

2月1日的晚上，波士顿青年联盟会为狄更斯举办了隆重的欢迎晚宴。晚宴从下午5点开始，一直进行到第二天凌晨1点。在晚宴上，联盟会主席向狄更斯致辞表达敬意，并评价说："这位横跨大洋的年轻人，没有世袭的头衔，没有军人的荣誉，没有丰厚的财产，但他的到来却受到了举国上下的热烈欢迎，不论男女老少、富贵贫贱……"狄更斯在晚宴上也表达了自己非常向往民主与和平的社会，正是因为这种向往才与美国这个崭新的国度存在共鸣之处。在这个晚宴上，几乎所有人的讲话都提到了他小说中的人物。狄更斯因此谈到了图书的国际版权问题，提到了美国的某些出版商存在侵犯自己和其他英国作家版权的事情。宴会上，狄更斯接受着大家的赞美，也看到了人们彼此间的阿谀奉承，整个晚宴热闹非凡。

狄更斯在波士顿参观了一所盲人学校，感受到了政府机构的管控力度，目睹了社会转型时期的社会福利。他对公共福利社会的美好未来充满了希望。

狄更斯每天的时间都被安排得满满的，各阶层人士的会见、各种研讨会议令他应接不暇。当乔纳森·查普曼市长请他做客时，他们的对话只能是这样了：

"狄更斯先生，你能与我一起赴宴吗？"

"对不起，我有约会。"

"你能与我共进午餐吗？"

"我有约会。"

"那么，你能否与我一起睡觉呢？"

"谢谢，太愿意了，没有任何事情比接受一个睡觉的要求，能更让我心满意足了。"

在波士顿的上层人物中，有人开始点评他的言谈、装束和举止了。因为在言谈上，他热情洋溢，语速很快，但他讲话缺少思考，嘴巴没遮拦，他们认为他讲话的样子不像一个绅士；在装束上，他身着嫩绿和鲜红的丝绒背心出席庄严的场合，两条表链和一条别出心裁的领带随意挂在身上，在一群身着黑色礼服和绸缎背心的人中显得很奇葩，他们认为他的着装也不像一个绅士；在举止上，他竟在晚宴上拿起精致的梳子毫无顾忌地梳头，令四座愕然，他们认为他的行为更不像一个绅士。

有一次，在波士顿的名门望族普雷斯科特法官的家庭宴会上，当人们在谈论萨瑟兰公爵夫人与卡罗琳·诺顿夫人谁最美丽时，狄更斯却说："哦，我不知道，或许诺顿夫人更美丽一些，但是我认为公爵夫人是一个更值得一吻的人。"此话一出，宴会上的人们大惊失色，鸦雀无声。这就是不拘一格的狄更斯。

狄更斯在波士顿待了近两周，2月5日乘坐火车前往纽约。在火车站上，人们蜂拥而至，都想看看这位伟大的作家的尊容。

在去纽约的途中，狄更斯一行在哈特福德逗留。人们闻讯从四面八方赶到他入住的酒店，狄更斯每天接见几百人。一天晚上，狄更斯准备就寝了，在卧室外的走廊上，有人弹着吉他低声吟唱，唱起了歌唱家乡、歌唱远方朋友的小夜曲。狄更斯感动得难以形容，他明白人们对他的爱戴是出于对文学的热爱。

狄更斯对美国热爱文学的人充满了敬意，可对美国的图书出版商却有一些看法。由于没有国际版权法，狄更斯的小说在英国一面世，美国的出版商们就以最快的速度翻印销往全美，以此获得巨大的利润，而作为作者不仅分毫未得，也不曾得到过一封感谢信。这对狄更斯来说，心里不快是很正常的。在哈特福德举行的送行晚会上，狄更斯再一次提出英国作家应当分享美国出版商从他们作品中获得的巨额利润的一部分。他说英国一些作家已向国际社会提出了著作权保护的建议，并希望美国做出相应的反应。

尽管狄更斯的脑子里从未产生过自己应分得美国出版商多少利润的念头，但他的确觉得一个作家连续几个月拼命写作，给无数读者带来了难以形容的乐趣，应该有理由从中获得微薄的报酬。

狄更斯的言谈引起了美国报业对他的攻击，各种充斥污言秽语的文章出现了。匿名信、口头劝阻也纷纷而来。纽约有一个欢迎狄更斯来美活动的机构写信给他，请求狄更斯不要再谈这件事情。狄更斯郑重地予以拒绝，他说："应该感到可耻的是他们，而不是我。正如我回国后将不会饶恕他们一样，我在这里也不会默不作声。"

狄更斯在一个陌生的国家如此置公众舆论于不顾，可见他的魄力虽然他的提法没有得到相关方面的回应，但他赢得了民众的尊敬。

在纽黑文逗留时，狄更斯会见了美国最大的一所学院的学生和教授，还接见了一些市民，他站着和五百多人一一握手。在另一个城镇沃林福德，由于来看他的人太多，火车迟迟不能发车。

途中，狄更斯夫妇还参观了伍斯特和斯普林菲尔德。

**纽约**

2月中旬，某报发了一条消息：狄更斯偕同夫人到达纽约，下榻卡尔顿旅馆。

狄更斯到达纽约的当晚，美国著名作家华盛顿·欧文就来到旅馆拜访他。狄更斯热情地迎上来，手里拿着餐巾，大声向客人问好，然后把他拉向餐桌，问他喝点什么。桌上胡乱地堆满了食物，桌布上满是汤迹和酒污。这位英国天才让这位美国绅士大为吃惊，欧文对这种不拘礼节的亲热，有些不适应。

在纽约，无论狄更斯去何处，都会被热情的人们团团围住，其情形比在波士顿更甚。他被如此的狂热搅得不安宁了。

2月14日，公园剧场里正举行一场名为"博兹舞会"的大型活动，三千多人身着礼服出席。整个剧场被装饰得富丽堂皇：中间是一个巨大的舞池，华美的大吊灯、枝形大烛台很是抢眼；墙上是白色的平纹细布，上面设计着许多巨大的奖章，每一枚都代表着狄更斯的一部小说；中间是狄更斯的一幅肖像，头上盘旋着一只雄鹰，鹰嘴里叼着一顶桂冠；舞台上布置着狄更斯小说中的各种场景造型。市长和一些显要人士致欢迎词，现场人声鼎沸，掌声雷动。狄更斯应众人要求，绕着巨大的舞池走了两圈。狄更斯从来没有结交过像波士顿和纽约这里这样的权贵人物，那些达官贵人的着装和举止令他瞠目结舌，他仿佛置身于梦境中。

舞会后，狄更斯患了咽喉炎，他不得已取消了18日之前的所有约会。几天来，狄更斯一直处于公众活动之中，他很想看看纽约市民们的真实生活。一天晚上，他避开了公众的视线，请两名警官陪自己暗中考察。他看了城里的妓院、胡同里的贼窟、传说中的凶宅，还有水手们的舞场。

狄更斯刚踏入美国国土的时候，目不暇接的新鲜事物令他兴奋至极。但当他亲身经历之后，他才发现这个国度并非他所想象的那样美好，这里同样存在着许多不公平的现象，同样有着黑暗的社会现实。

狄更斯在纽约受到人们的敬慕，但接连的活动让他变得越来越难以忍受。他没有休息的时间，也没有独立思考的时间，一想到在每个城市都要出席宴会和招待会，内心就焦灼不安。于是他拒绝了费城、巴尔的摩、华盛顿等地公共机构的邀请，尽可能地按自己的行程计划走访，但他并未完全如愿。

狄更斯在波士顿和纽约曾阐明过作品版权问题的观点，现在他又就美国的蓄奴制发表了对美国平等问题的看法，他认为共和主义者们"我不能容忍高踞我之上的人，同时不许任何屈居我之下的人靠得太近"[1]的态度，"为世界树立了不光彩的榜样，这个国家将给自由以最沉重的打击"[2]。这些话题令那些社会上层人士不敢回应。

狄更斯看不惯当地人用餐时用餐刀往嘴里送食物，还看不惯男人用手擤鼻涕，最让他不能忍受的是他们到处吐痰。痰迹遍地的酒店和旅馆的过道，给狄更斯留下了极其不好的印象。

**费城**

3月初，狄更斯一行从纽约出发抵达费城，入住合众旅店。一位显要人物会见了狄更斯并询问他第二天上午能否接见几位朋友，狄更斯未表示反对。第二天上午，狄更斯看到旅店外面的大街上挤满了人，还有纷至沓来的人，他不禁大吃一惊。这时有人告诉他，那位显要人物在晨报上宣布了狄更斯先生将"乐于在10点半到11

---

[1] 赫斯基思·皮尔逊. 狄更斯传[M]. 谢天振，方晓光，鲁效阳，等，译. 杭州：浙江文艺出版社，1985：135.
[2] 赫斯基思·皮尔逊. 狄更斯传[M]. 谢天振，方晓光，鲁效阳，等，译. 杭州：浙江文艺出版社，1985：135.

点半与他的朋友们握手"的消息。狄更斯很生气，他不想与任何人握手。但旅店老板告诉他，如果使这群人失望的话，将会发生暴乱，酒店可能遭劫。于是他只好同意接待"他的朋友们"。狄更斯夫妇站在酒店的会客厅里，在接下来的两个小时里，他们被排队走过来的人们紧紧握手，胳膊几乎被拉脱臼，苦不堪言。有些女人甚至向狄更斯讨要一绺头发，狄更斯实在不想此次的接见活动后就戴上假发，于是就为她们签名留念。还有好多人从他的大衣上拔毛留念，可怜的大衣已经不成样子了。这群来访者的行为被狄更斯写进了《马丁·朱述尔维特》中。

费城是一座美丽的城市，但狄更斯认为它过于整齐划一，未免显得单调。他访问了几个公共机构，其中包括东部监狱。监狱里的单独监禁制度已延续多年，他认为这种惩罚对人大脑中枢的损害，千万倍于对肉体的折磨，会给服刑者带来巨大的心灵折磨和精神摧残。这表明了他的人道主义精神立场和人文主义思想情怀。

狄更斯在费城期间，收到了一个包裹。包裹内有两本"故事集"和一封信。信中附有对狄更斯的小说《巴纳比·拉奇》的评论。此前，狄更斯经常收到类似的稿件和信件，寄信件者无非是想请他为自己的稿件提出修改意见，并帮助其在英国出书，有的甚至还提出给他一部分出版利润，还有的建议合作出版并付给他一半稿酬，所以狄更斯对收到稿件的事，感觉很平常。但这次，他不仅读了这两本书和这封信，还邀请书稿的作者埃德加·爱伦·坡来此晤谈。

爱伦·坡是费城的诗人，经常发表文学评论。两人谈得很好，爱伦·坡认为狄更斯的小说进入了一个新的时代；狄更斯对爱伦·坡的书稿评价也很高，还说他的评论文章观点鲜明，直言不讳。

狄更斯回国后极力向几家公司推荐爱伦·坡的作品，但他们都不肯出版一个名不见经传者所写的短篇故事集。

1845年，爱伦·坡发表了一首题为《乌鸦》的诗，并因此一举成名，他说该诗的构思受到《巴纳比·拉奇》中那只鸟的启发。1849年，爱伦·坡发表了一首题为《钟》的诗，再一次蜚声文坛，他说此诗的创作灵感在很大程度上来自狄更斯的圣诞故事《教堂钟声》。

**华盛顿**

离开费城后，狄更斯一行来到美国的政治中心华盛顿，他们下榻在威拉德旅社。当地许多官方的显要人物来旅社拜访他，他也应这些人的邀请出席参、众两院的会议。但那些政界要人的演讲并未给他留下什么特别的印象。

在这里，狄更斯的时间依旧被安排得很满，仅以一个星期日的下午为例，2点30分，他要与前总统约翰·昆西·亚当斯一起进餐，5点30分，他又要与学者罗伯特·格林豪一起进餐。他无暇以自己的方式了解这座城市的文化。

美国总统约翰·泰勒接见了狄更斯，他惊奇于闻名美国的狄更斯竟然这么年轻。狄更斯感到总统是一个和蔼可亲的人，心中很是敬重。3月15日上午9时，总统又为狄更斯举行了为期一个小时的招待会，到会的有2000多人。参会的人们伸着脖子、睁大眼睛看狄更斯，还以缓慢的步伐绕着他走了一圈，这让狄更斯感觉浑身不舒服。当狄更斯离开时，人们追到更衣室，追到马车旁，最后追到旅社。

在美国人所谓的好客、坦率、彬彬有礼和富有骑士风度面前，这里的一切都让狄更斯感觉很恍惚、很不真实，这里好像不是他想象中的那个共和国。他没有看到这里的言论自由，却看到官场上的阿谀奉承、卑躬屈膝，看到各种角落里的党派纷争，看到一个个无关正义的卑鄙、可耻的新闻媒体。

狄更斯决定南下自行参观，他要开始自由之旅。他访问了一个蓄奴区，在弗吉尼亚州的里士满逗留了两三天。他看到了种族歧视在美国大行其道，他感到了奴隶制的无所不在。他担心，在这种罪恶制度下成长的美国人，将来很可能会变成一只只惨无人道的野兽。在一次应邀出席当地显要人物为他举行的晚宴上，主人告诫狄更斯，决不能像拿破仑那样被胜利冲昏头脑，狄更斯就说，他一定尽最大努力把他的头保持在自然的位置上。主人对《老古玩店》中的某个人物表示赞赏，狄更斯就说谁都是一件活的古玩。这样的戏谑对谈持续了一个晚上，或许这种玩笑能使狄更斯暂时忘记农奴制无所不在的恐惧。

狄更斯一行从里士满回到华盛顿，又从华盛顿来到巴尔的摩。在这儿稍做停留，避开欢送的人群，坐火车和马车到达哈里斯堡，在这里登上了一艘运河船前往匹兹堡。住进交易旅社后，他又一次遭到人们的包围。照例又是一场招待会，又是接待每一位访客，与几百人握手。他在匹兹堡了解到美国的商业和制造业一蹶不振，信贷市场瘫痪，感到人们意志消沉，还见到了一个生意失败的英国人。

几天后，他们乘坐一艘汽船，沿着俄亥俄河西下，在辛辛那提的百老汇旅社逗留了两天，最后来到了俄亥俄河与密西西比河汇合处的凯罗。凯罗曾一度被一家股份公司恶炒成一个黄金国，害惨了一大批英国的投资者。如今这里是热病、疟疾和死亡的滋生地。在凄凉的沼泽地上，未建成的房屋被风雨侵蚀着，地上杂草丛生，一些流浪者的尸体倒卧在草丛中，还有一堆堆的白骨。这里的一切被狄更斯写进了《马丁·朱述尔维特》中。

汽船继续前行，驶入密西西比河。受情绪的影响，狄更斯称密西西比河是一条肮脏的稀泥河。之后，他们北上前往圣路易斯。狄更斯与一群男人前往参观大草原，尽管大草原非常平坦和辽阔，但丝毫激不起他的激情。看着这光秃秃的、荒凉的土地，一股单调枯燥、索然无味的感觉袭来，他感到了压抑。

下一站是哥伦布，狄更斯一行决定在辛辛那提上岸。船在夜里到达，他们步行去百老汇旅社住下。第二天，他们乘马车前往哥伦布。

在这次行程中，狄更斯夫人表现得非常出色，在社交场合她与丈夫配合得无懈可击，她笑容可掬地聆听那些对她丈夫没完没了的赞颂，不厌其烦地与那些无聊的人握手。她的和顺、温柔、宽厚和谦虚让美国人很赞叹。现在，马车上的她继续忍受着对面一位男子唾沫星子乱飞地吐着烟圈。

在哥伦布，狄更斯租了一辆马车前往桑达斯基。没有了烟草的味道，没有了关于美元和政治的话题，也无人打搅，所以这段路途大家很愉快。其中有一大段由圆木和整棵树搭在沼泽地上的"木排路"，车子颠得他们东倒西歪，凯瑟琳的脖子被颠得几乎都要断了，但他们仍然开着玩笑，乐不可支。

到达桑达斯基时，一场可怕的暴风雨把他们困在了一处简陋的木房子里。他们在里面度过了一夜，体验了一下美国人住小木屋的感觉。第二天，他们乘船渡过伊利湖前往克利夫兰，在布法罗下船，换火车去尼亚加拉，住在加拿大境内的克利夫顿旅社。

狄更斯被尼亚加拉的瀑布惊得目瞪口呆，烦躁顿时消除，随之而来的是心灵的宁静和安谧。之后，他们访问了多伦多和金斯顿，前往蒙特利尔。狄更斯兴致勃勃地为科尔斯特里姆警卫队的卫戍军官同胞上演了三出独幕剧，他自己当主角，还兼任舞台监督、总导演、提词员、道具管理员、布景技师等职位,他的夫人凯瑟琳也参加了演出。这是狄更斯自来美国五个月以来做的最令自己高兴的事情。5月底,他们一行回到了纽约。

1842年6月7日,狄更斯和几位美国朋友一起吃了早餐后,携家人登上了"乔治·华盛顿号"驶向英国。

狄更斯在美国所受到的接待是史无前例的,25年后狄更斯重访美国也是如此,此外,没有任何一个国家的作家受到过如此热烈的欢迎。他写信给福斯特说:"我如何才能向你最简单地描述一下我在这里所受到的欢迎呢?如何才能描述整天涌进又涌出的来访者,我外出时站在街道两侧的人群,我去剧院时人们发出的欢呼声,一本又一本的诗集,一封又一封的贺信,五花八门的欢迎仪式,没完没了的舞会、晚宴和集会……我见到了从边远的西部长途跋涉两千英里来到这里的代表团,他们来自湖区、河区、林区、木屋、城市、工厂、村庄和小镇,几乎所有的州政府都给我写了信,我也接到了大学、国会、参议院和各种各样的公共或私人机构的问候。钱宁博士昨天写信给我说:'这不是胡闹一场,也不是普通的感情,这是一片真心。过去没有,将来也不会有如此巨大的成功……'有人正在为我画像和塑半身像。"[1]

狄更斯在北美大陆近半年的时间,给福斯特等友人写了大量的书信。他以激动的心情描述着旅途的见闻。这段时间,福斯特的书房简直成了狄更斯的素材库。回到英国后,狄更斯就把这些信件整理成《美国札记》。

---

[1] 赫斯基思·皮尔逊. 狄更斯传[M]. 谢天振,方晓光,鲁效阳,等,译. 杭州:浙江文艺出版社,1985:127-128.

## （2）旅行的收获：《美国札记》和《马丁·朱述尔维特》

1842年6月29日早上，狄更斯和凯瑟琳乘坐的"乔治·华盛顿号"在利物浦靠岸了，接着他们一行坐火车回到了伦敦。

晚上，狄更斯来到了位于摄政公园克拉伦斯门5号公寓麦克里迪的家里。久别重逢，狄更斯和麦克里迪热情相拥，叙述别离之情。狄更斯夫妇出国期间，他们的孩子在麦克里迪家里生活，他很想念孩子们，现在和孩子们相聚，他感到无比高兴。

回到国内的狄更斯不停地穿梭在好友之间，倾诉着离别的情感，他感到伦敦的一切都是美好的，到处都充满着诗意。他一时无法定下心来写作，不是和孩子们吵吵闹闹地整天做游戏，就是与福斯特等朋友们一起去郊游。

这时，凯瑟琳15岁的妹妹乔治娜来到了狄更斯的家里。因为凯瑟琳的性情越发懒散，家中好多事情都料理不周了。乔治娜只好像她去世的姐姐玛丽一样，帮助大姐料理家务，照料并教育孩子，成了狄更斯家中非正式的家庭教师。

随着时间的推移，乔治娜逐渐地担负起了全部家务。她崇拜狄更斯，理解和支持狄更斯所从事的文学事业，为狄更斯一家贡献了宝贵的青春年华，倾注了毕生的精力。为此，她赢得了狄更斯的感激和尊敬。在管理家庭事

凯瑟琳的妹妹乔治娜

务中,狄更斯和福斯特都把她看作家中的女主人。有了乔治娜的帮助,狄更斯的精力更充沛了。

两个星期过去了,狄更斯开始写《美国札记》了。他要在《美国札记》中向人们介绍他所了解的美国。他整理了自己从美国写给福斯特的信件,以此为参阅开始了写作。8月,狄更斯来到避暑胜地布罗德斯泰斯,一边游泳散步,一边思考写作。

10月份,《美国札记》出版了。而这时的狄更斯与福斯特、麦克利斯等人租了一辆敞篷马车去了康沃尔,游览了廷特格尔、圣迈克尔峰和洛根摇石,并在"天涯海角"观看了日落。

狄更斯回到伦敦,发现《美国札记》销售得很好。英国读者对这本书的喜爱大多是出于对狄更斯的崇拜,但喜欢这本书的美国人并不多。很多美国人以为狄更斯会因在美期间受到的隆重礼遇而在此书中对美国有溢美之词,结果,狄更斯对美国时弊冷嘲热讽,这令他们十分失望乃至反感。比如,爱默生认为《美国札记》肤浅无知,是最笨拙的滑稽模仿之作。尽管有一些进步人士也给予它公正的评价,如朗费罗说这本书生动活泼而宽厚。紧接着,狄更斯在《马丁·朱述尔维特》这本书中对美国生活画面的描绘,让对他最为宽容的美国评论家也无法淡定了。

狄更斯从1842年年底开始创作长篇小说《马丁·朱述尔维特》,这是狄更斯最诙谐幽默的一部作品。1843年1月小说开始连载,1844年6月连载结束。这本书的主题关乎道德,表达了人们对金钱的崇拜及其所造成的恶果。

小说描写了富翁老马丁的孙子小马丁和乔纳斯为争夺老马丁的财产而不择手段斗争的故事。老马丁虽然富有,却并不幸福,他厌恶家人的贪婪,收养了孤儿玛丽为义女。小马丁玩世不恭,游手好闲,被祖父打发去他的堂兄派克斯尼夫处学习建筑。派克斯尼夫是个道貌岸然的伪君子，他图谋老马丁的财产，甚至诱骗和欺负玛丽，胁迫她嫁给自己。小马丁也看上了玛丽，但他自私的本性使老马丁根本不信任他。在遭到祖父的痛骂后，小马丁一怒之下带着仆人马克一起离家出走，漂洋过海来到美洲大陆。在那里，他投资失败，差点死于热病。经过这些苦难的磨炼，小马丁终于认识到了自己的不足，他回到英国，请求祖父原谅。与此同时，老马丁也揭露了派克斯尼夫伪君子的面目，重新接纳了小马丁，并同意他娶玛丽为妻。小说的另一个主要人物是乔纳斯·朱述尔维特，他是资产阶级的典型代表，满脑子都是"利润""金钱"。"要干掉别人，不然别人就会干掉你"成为他的处世箴言。他阴险恶毒，凶恶残暴，不仅虐待自己的妻子，甚至为了争财产蓄意谋杀自己的父亲，还谋杀保险公司经理。东窗事发后，他畏罪服毒自杀。在这里，狄更斯将美国和英国的社会现实联系在一起，无情地揭露了这两个国家的欺诈和投机活动以及资产阶级唯利是图、人性扭曲的丑恶嘴脸。

老马丁

狄更斯写作《马丁·朱述尔维特》的过程是很艰难的，他谢绝了一切社交活动，独居斗室，有时握笔多时也未见只言片语落在纸上，总感觉这些文字难以表达对这两个国家的感受。他那忧郁和孤独的心情，他那暴怒和任性的行为，让他的亲朋们深深担忧。

狄更斯认为《马丁·朱述尔维特》比他以前所有的作品都好，但美国读者似乎不买账。小说中的小马丁在美国游历的那部分内容在美国引起了轩然大波。因为在那部分，狄更斯嘲弄美国社会各个阶层的代表人物，把他们描绘成拜金者、空谈家、伪君子、说谎者、骗子手、吹牛客，指责他们粗暴无礼、卑鄙下流、妒能害贤、肮脏污秽、狂妄自大。狄更斯不仅揭露了美国民主和新闻的虚伪性，还无情地批判了美国的自由制度和奴隶制度，指责了贵族的恣肆无忌和官员的腐败堕落。因此，美国的上层人士及社会各行业的精英人士对本书抱有好感的人很少。

从该书的销路看，开始几期的连载，每期销售约2万份，相比《匹克威克外传》《尼古拉斯·尼克尔贝》每期销售四五万份，《老古玩店》每期销售六七万份，最高达十万册，这种销售情况让他深感屈辱。况且，他与查普曼和霍尔签订的出版合同中，有一项条款规定，如果该书的销售金额少于每月付给作者的稿酬，作者本人应当承担损失。现在查普曼和霍尔公司开始执行这项条款了，狄更斯由不满进而变得狂怒。他在给福斯特的信中说："我很生气，好像眼皮的最敏感处被人撒上了盐，因此我怒火中烧。"

狄更斯下一个作品《圣诞颂歌》的经济效益更令他沮丧。

1843年10月，狄更斯还在写作《马丁·朱述尔维特》的时候，曾到曼彻斯特去探望姐姐范妮，并在她家小住。曼彻斯特是一座新兴的工业城市，这里的劳资矛盾尖锐，生活贫困的劳工比比皆是，这给狄更斯留下了深刻的印象。范妮是一名虔诚的福音派教徒，但她对宗教烦琐的教条不感兴趣，只想为穷人做些切实有益的事情，因此她全身心地投入到教育事业中。狄更斯的宗教观与姐姐大致相同，主张打破宗派门户之见，以基督的博爱、宽容的精神为劳工子弟提供道德教育和工艺技术教育。

狄更斯在曼彻斯特会晤了他童年时的恩师威廉·贾尔斯，这时的贾尔斯在附近创办了一所私立学校。为了给教育事业筹集资金，也为了给自己的老师助阵，狄更斯在此地参加了几次演讲活动。狄更斯很高兴代表教育机构发表演讲，这是许多作家宁死不愿做的事情，而狄更斯做起来既情愿又认真。狄更斯在演讲中强调教育的重要性，他几次挥着拳头说："愚昧是产生苦难和罪恶的温床。"与他一起演讲的有著名的政治家理查·科布登，还有日后担任首相的本杰明·迪斯雷利。

回到伦敦后，狄更斯决定写一部中篇小说《圣诞颂歌》，作为一份圣诞礼物献给英国的贫苦同胞。

### （3）圣诞故事之一——
### 《圣诞颂歌》：理想的寓言与窘迫的现实生活

1843年秋，狄更斯在创作《马丁·朱述尔维特》的同时，就开始动笔写《圣诞颂歌》这篇小故事了。《圣诞颂歌》是狄更斯圣诞作品中的第一部，后来他又创作了四部，形成了《圣诞故事集》，一种新的文学体裁——现代童话就这样偶然地被创造出来了。

狄更斯在《圣诞颂歌》的创作中采用了西欧一些国家和英国民间寓言故事中常用的写作手法。故事的主角是一个贪婪、吝啬的商人，名叫斯克鲁奇，他冷酷自私、爱财如命。圣诞节前夕，他的朋友让他募捐，以救济穷人，被他断然拒绝。这一夜，他做了一个梦，梦中与已故的生意合伙人马利的鬼魂相遇。鬼魂领着他做了一番游历，让他看到了自己的过去、现在和将来。鬼魂告诫他，如果不改邪归正，将来一定不会得到善终。《圣诞颂歌》的写作完全主宰了

马利的鬼魂

狄更斯的感情，他一会儿痛哭流涕，一会儿又哈哈大笑，他为这个故事全身心投入。好多个夜晚，当人们进入了梦乡，他却在漆黑的伦敦街道上苦苦思考，经常行走15或20英里的路。

狄更斯用了六周的时间完成了《圣诞颂歌》的创作，这是他第一次一气呵成的小说。他坚信这部凝结着他全部身心情感、有着他童年许多熟悉元素的小说，一定会大卖，他期待能得到1000英镑的销售利润。

鉴于这是一本关于圣诞的图书，狄更斯要以完美的外在形式来呈现。该书封面采用红色的布面材料，上有烫金的图案；正文有4幅全色蚀刻版画，还插有4幅黑白木刻画，正文每页纸张烫金边。总而言之，这是一本相当精美的图书，成本费用相当高。

狄更斯非常看重这本书，他同查普曼和霍尔商定，采取委托出版的方式出版《圣诞颂歌》，自己承担出版费用，出版商抽取销售佣金。

12月19日，《圣诞颂歌》出版了，故事本身很成功，赢得了各类读者的一致赞誉，成为当季最成功的圣诞图书。到圣诞夜这一天，销量累计6000册，持续销售到新年。但由于该书的制作过于精美，印刷装饰成本很高，而这本小说的销售价格只有5先令，结果狄更斯只赚了130英镑，原先希望能得到1000英镑的计划落空了，狄更斯忧心忡忡。

1844年1月,狄更斯的第五个孩子出世了,这是狄更斯的第三个儿子,名字叫弗朗西斯。

此时,狄更斯不仅在经济上面临窘境,而且在其他方面也一筹莫展。这是他自写作以来还从未感到过的迷茫和绝望时期。他决定携家人去国外生活,但是在这样做之前,他必须与查普曼和霍尔公司结束债务关系。他只好另找出版商合作,来偿还欠查普曼和霍尔公司的债务。

赠送给史密森太太的《圣诞颂歌》

狄更斯让福斯特同布雷德伯里和埃文斯的印刷公司接洽,商谈合作的事情。但由于福斯特是查普曼和霍尔公司的文学顾问,在此事上不便出面,只好由狄更斯少年时的朋友托马斯·米顿出面商谈合作一事。印刷商布雷德伯里和埃文斯起初对涉足出版事务有些犹豫,但考虑到从狄更斯身上有可能会捞到好处,便打消顾虑,同意出版狄更斯的作品,并预付给狄更斯2800英镑的稿酬,条件是狄更斯将今后八年内创作的全部作品的1/4交给他们出版,至于狄更斯何时动笔,以何种形式创作,由他自行决定。这样,狄更斯还清了欠查普曼和霍尔公司的全部债务。

狄更斯的写作和生活都处于艰难之际,他决定携家人去欧洲别的国家旅居一年。当时欧洲大陆别的国家的生活费用比英国低很多,况且意大利的热那亚还是一座风景优美的城市。狄更斯委托朋友帮他在热那亚找一处合适的房子。

1844年6月,他们出租了德文郡大街的排屋,临时搬到了奥斯纳伯格街。这个月的最后一天，狄更斯完成了《马丁·朱述尔维特》最后一期的连载，同时他中断了与查普曼和霍尔公司的合作。

有人对狄更斯因为金钱和出版商纠结一事大加抨击，但是我们应当看到狄更斯在创作中的心态和感受。当《马丁·朱述尔维特》最初几期连载的销量并未达到他的期望时，他在拼命地写作以期好转。因为他既要承担自己这个大家庭的生活重任，还要偿还父亲在他去美国期间欠的债务，他还要款待相识相帮的好友们。他也知道自己的作品已为出版商带来巨大利益，而自己所得相比甚少，所以当《马丁·朱述尔维特》的销量已无改善的迹象时，查普曼和霍尔公司立即执行合同中制约他的那项条款，这大大地激怒了他。查普曼和霍尔未能预见这一做法对一个专注于事业并正在发挥自己最大才能的人会产生什么影响，他们忘记了自己的发迹是靠狄更斯昔日不舍昼夜的辛勤写作带来的。

恰在这时，一家周刊对狄更斯的《圣诞颂歌》进行删减，编成"简缩版"登载。狄更斯认为此举比起擅自将他的作品改为剧本的行为还要恶劣。他向法院提出诉讼，申请对这家周刊的出版行为发出禁令，并且要求得到1000英镑的赔偿费。结果来了一个说情者，请求他宽宏大量，说什么他在书中表达的感情，使得自己和出版商们相信他能够谅解等等，狄更斯回答道，不应该因为这些感情而把他看成甘愿被掠夺的人。这家周刊当即破产了，而狄更斯也必须支付700英镑左右的各种诉讼费用。狄更斯无比气愤却很无奈，他得到的结论是：与其受法律的掠夺，不如受个人的抢劫。

狄更斯如果没有这种雷厉风行的气质，他就不会成为"别具一格"的狄更斯了。

### （4）圣诞故事之二——
### 《教堂钟声》：意大利的钟乐与希望的曙光

狄更斯在与出版界的剽窃者做斗争期间，患上了很严重的伤风感冒。他耳朵失聪，喉咙嘶哑，脸色发青，涕泪俱下，关节疼痛。为了尽快换个环境休息，也为了在新的环境下安心写作，狄更斯加快了旅欧计划的行程。他买了一辆旅行用的大四轮马车，又雇用了一个男仆路易斯·罗奇，准备在7月初携家人前往意大利。临行前，狄更斯在临时租住的奥斯纳伯格街9号举办了告别晚宴，向他最亲近的朋友们告辞，并将财务事务委托给托马斯·米顿操持，将出版事务委托给约翰·福斯特打理。

狄更斯携全家渡海到了法国的布洛涅。狄更斯到一家银行取款，然后他们乘着宽敞的马车驶过巴黎，车内有狄更斯、他的妻子、他妻子的妹妹、他的五个孩子以及仆人安妮等十二人。

1844年7月中旬，狄更斯一家来到了意大利热那亚的海滨郊区阿尔巴罗，住进了位于山坡上的巴格那莱罗别墅。这里的空气清新，景色宜人，房子四周围有高墙，房前一条蜿蜒的羊肠小道，连接着海滩和山顶。每个房间都很宽敞，只是屋内的陈设简陋，甲虫、蚊子、跳蚤、苍蝇、蝎子、蜥蜴、青蛙、老鼠、猫等经常出现在房间内外。

当地的权贵们听说本地来了一个大作家，纷纷前来拜访。狄更斯大多避而不见，让夫人凯瑟琳与他们见面寒暄，自己则开始了游泳、散步、爬山等活动。为了学习当地的语言，他雇请一个意大利人与自己对话。

狄更斯对这里的一切都好奇，他走访了这里的大街小巷，经常笨拙地用当地语言与当地人交流。他认为"这里的一切都令人赏心悦目，唯有人显得猥琐可憎"[1]，这是因为这个地方挤满了面目可憎的教士。

在这里，狄更斯遭遇了两次灾难。

狄更斯在法国领事馆举行的一次宴会上认识了一位意大利侯爵，这位侯爵邀请他参加一个大型招待会。在招待会上，大家一起吃冰激凌、跳舞和交谈，不知不觉中时间已晚。狄更斯突然想起热那亚的城门于午夜关闭，就匆忙离开晚宴现场，摸黑奔下山坡。途中他被一根木桩绊倒了，衣服破了，好在没有受外伤。他一路跑，终于赶在城门关闭前进了城。但是这一跤，引发了他儿时的病症，肋间痉挛了。

三周后，狄更斯的兄弟来家中做客，全家去海边游泳。大家正开心地游玩着，突然一股激流卷走了狄更斯。大家瞬时乱成一团，拼命呼喊。幸亏一艘渔船此时离港，狄更斯获救了。事后，狄更斯竟对此不以为意，好像觉得有神灵在佑护他似的。

10月，狄更斯一家人从阿尔巴罗迁到了热那亚的帕拉佐·佩雪埃尔（鱼池宫），房租大约是每周5英镑。这是意大利最漂亮的住宅之

热那亚的帕拉佐·佩雪埃尔（鱼池宫）

---

[1] 赫斯基思·皮尔逊. 狄更斯传[M]. 谢天振，方晓光，鲁效阳，等，译. 杭州：浙江文艺出版社，1985：168.

一，宫殿在蓝天下更加壮美，庭院里有多处喷泉，空气里弥漫着花香。宫殿内的大厅高达50英尺（1英尺≈0.30米），内有米开朗琪罗绘制的壁画。站在大厅向外看去，城市和海港的迷人景色尽收眼底，狄更斯顿时感觉自己像意大利王子一样生活在童话的世界中，陶醉在难以言喻的梦境里。

在这里，狄更斯结交了一批情投意合的朋友。他经常和朋友们坐在歌剧院的包厢里，看美轮美奂的舞美设计和精彩绝伦的演出，可他的思绪时常游离。自来到意大利，他一直在构思他的圣诞故事，现在他连一行字也没有写成。

一天，他正伏案苦思冥想，突然全城钟声齐鸣，他心情更加烦躁。然而，当钟声戛然而止时，他脑子里突然冒出了福斯塔夫的台词：我们在半夜听到了钟声，饶舌老爷。这句话开启了狄更斯创作的源泉，从这一刻起，他对钟声着魔了，他把热那亚所有教堂和修道院的钟声都置入伦敦古老钟楼的钟声中。从此，他七点钟起床，早饭前洗一个冷水浴，然后挥笔疾书，一直写到下午三点钟。他激情满怀，几近疯狂，他的双颊凹陷下去，眼睛大得吓人，头发稀疏凌乱，他把全部爱恋和激情都深深地融入作品中。

11月3日，狄更斯写完了《教堂钟声》，坐在桌前久久未动，眼泪从这个坚强的男人眼里流了出来，继而他开始大哭。

狄更斯认为《教堂钟声》是一部异常出色的书，为此他激动不已。11月30日，他带着自己的新作只身奔回伦敦。

在福斯特的寓所里，卡莱尔、麦克利斯、麦克里迪等十几位狄更斯的朋友，围坐在火炉边，静静地听狄更斯朗诵他的新作《教堂钟声》。

《教堂钟声》中的主人公是一个老年脚夫托比。新年快到了，托比站在教堂门口等生意，他的爱女梅格特地买了父亲最爱吃的牛肚来看他。这一幕被政治经济学专家法勒和市政官丘特看见，两人争相奚落父女俩。当得知梅格和铁匠理查德准备结婚时，他们就说穷人结婚，必然导致悲惨的下场，生下的孩子必成流浪汉，是政府要取缔的对象。当市政官得知托比已经60岁，就说他的年龄早已超过人类的平均年龄。托比听了很不舒服，感觉自己不该活着似的。托比在回家的路上，看见一个流浪汉抱着一个幼女，就把他们接到家中，把仅有的食物拿给他们吃。在圣诞钟声敲响之前，托比做了一个梦，在教堂大钟幽灵的引领下，他看到了更多的现实生活，看到了未来更可怕、更贫困的生活。教堂的钟声响了，他在钟声中似乎听到了希望。

《教堂钟声》是狄更斯的一部充满激进的、具有革命性观点的圣诞佳作。狄更斯朗读的声音对在场的每一个人都产生了神奇的感染力，在场的人被小说中的故事深深打动了。画家麦克利斯用画笔记录下这个场面，麦克里迪在沙发上呜咽哭泣。

这次朗诵的效果极大地鼓舞了狄更斯，他萌发了公开朗诵自己作品的想法。狄更斯从小就对表演有着浓厚的兴趣，现在的他渴望自己拥有更多的观众。

12月16日，《教堂钟声》由布雷德伯里和埃文斯公司出版。

1844年12月8日，在伦敦逗留了8天的狄更斯回到了热那亚，回到了凯瑟琳的身边。新年过后，狄更斯携夫人离开热那亚南下，他们来到罗马参加狂欢节。狄更斯对罗马旧城科利西姆和埃帕尼亚赞叹不已，对新城则有点不屑，他认为圣彼得教堂胜不过英国教堂。在那不勒斯，乔治娜与他们夫妻会合。三人一同去攀登维苏威火山，体验着旅行带来的种种乐趣和惊险。

这期间，狄更斯的生活出现了一个小插曲。瑞士银行家和他的妻子奥古斯塔·德拉茹闯进了他和凯瑟琳的生活。狄更斯与银行家是在热那亚结识的，因为德拉茹夫人的面相很像他的姐姐范妮，故狄更斯与他们走得近一些。德拉茹夫人曾患有严重的失眠和神经性的面部痉挛，狄更斯认为自身有一种磁力能帮助病人，便自告奋勇为德拉茹夫人进行治疗。狄更斯对她进行了催眠，消除了她的失眠之苦，还缓解了她面部痉挛的症状，并且为她的神经错乱找到了心理上的因素，所以，银行家夫妇一直很感激狄更斯。他们夫妻二人得知狄更斯一家在罗马游玩，就在此地等他们，并陪伴他们一起游玩。一天晚上，德拉茹夫人突然脑痉挛发作，身体缩成一团，大嚷着说见到了各种鬼怪。狄更斯立即对她实施催眠，很快她就安静下来。凯瑟琳对狄更斯的热心很是不满，旅行因此有些不快。他们访问了佛罗伦萨后，于1845年4月初就返回了热那亚。

经过近十个星期的旅行，狄更斯明显胖了，还蓄起了胡子。

1845年6月，狄更斯携全家离开热那亚，取道圣哥达山口走上返程之路。在佛兰德斯时，狄更斯与福斯特、麦克利斯和杰罗尔德度过了一周的愉快时光，他们游山逛景，谈天说地。狄更斯还听到一个让他十分高兴的消息，布雷德伯里和埃文斯付给他《教堂钟声》的稿酬大大多于查普曼和霍尔付给他《圣诞颂歌》的酬金。带着这份喜悦，狄更斯一行愉快地游览着沿途阿尔卑斯山的风光，了解着洛桑等地的风土人情。

7月份，狄更斯一家返回英国德文郡大街的家中。

意大利之行历时一年，这期间，狄更斯给福斯特等人写了大量有关意大利印象的书信。狄更斯回国后依据这些信件写成了他的第二本游记《意大利风情》，交由布雷德伯里和埃文斯公司出版。风景画家斯坦菲尔德，原本答应为这本书画插画，但因为他信奉天主教，看到书中有对罗马天主教不敬的内容，便婉言谢绝了。后来，这本书的插画由赛缪尔·帕尔马来完成。在狄更斯看来，罗马天主教维护了意大利统治阶级的专制政权，却无视广大人民水深火热的生活，尤其令狄更斯反感的是意大利教士成天打听个人生活隐私，侵犯了普通人的生存权利。但狄更斯对意大利的人民充满了友善和耐心，他深信意大利民族总有一天会在专制的废墟上兴起。

### （5）创办报纸《每日新闻》
###    写就圣诞故事之三——《炉边蟋蟀》

回国后的狄更斯计划办一份宣传激进主义者力求改革的报纸，拟与《泰晤士报》一争高下。狄更斯与布雷德伯里和埃文斯商量具体事宜，最后确定新报纸名为《每日新闻》，定价为5便士，狄更斯任主编。布雷德伯里和埃文斯公司提供办公场所与部分办报启动资金，狄更斯提供大部分启动资金，由他的朋友约瑟夫·帕克斯顿出资。

布雷德伯里和埃文斯的印刷厂厂区内有两幢破旧的房子，其中一幢作为印刷厂区，另一幢的一、二层作为《每日新闻》的办公区，三层为排字工作区。

一层是一个开放间，有一张办公桌、一把扶手椅、一张斜面书桌、六把包皮椅子、一张沙发和一个小书架；二层有两间屋子，分别是副主编室和新闻记者工作室。

狄更斯开始召集当时最优秀的批评家、社论作家和记者为报社撰稿，并给予他们优于同行的薪酬。自由贸易运动的一名重要成员W.J.福克斯任首席社论记者；狄更斯的老朋友福斯特、道格拉斯·杰罗尔德、马克·莱蒙等受聘为报纸撰稿人。狄更斯还把一些差事分派给他的亲戚，他的父亲负责管理记者，岳父担任音乐和戏剧评论，舅舅约翰·亨利·巴罗担任印度版记者，叔父进入了编辑团队。

狄更斯还有自己要做的事情。他这边筹备办报，那边开始编排琼生的《个性各异》和博蒙特、弗莱彻合写的《兄长》两出戏。他负责组织剧团排练、安排布景、设计服装、制作海报等事务，并在剧中串演角色。1845年9月，《个性各异》在索赫的皇家剧院首演，引起了轰动。两个月后又在圣詹姆斯剧院为艾伯特王子和挤满一屋子的贵族们演出。1846年1月，《兄长》也上演了。

1845年秋，狄更斯夫人给他生下了第六个孩子，这是狄更斯的第四个儿子，名字叫艾尔弗雷德。高兴之余，狄更斯深感未来家庭生活的压力，他感觉自己有些力不从心，感到自己的创作能力在减退。眼下1845年圣诞节要来了，读者们正在期待他的新作。

狄更斯在创办《每日新闻》之前，与福斯特讨论报纸名称的时候想到了蟋蟀，他喜欢蟋蟀的叫声，但因为福斯特说以蟋蟀为报名不雅，他就放弃了。然而狄更斯对蟋蟀的叫声仍然钟情，他决定构思写作《炉边蟋蟀》献给1845年的圣诞节，还希望将《炉边蟋蟀》搬上舞台，力争图书和话剧同时面世。

《炉边蟋蟀》讲述的是一个上了年纪的男人怀疑比自己年轻许多的妻子有不忠贞的行为的故事，涉及的是道德层面的情感压抑和情感宣泄。女主人公皮瑞宾格是一个热情、善良的少妇，她的丈夫约翰也是一个热心却有点粗鲁、愚笨的人。约翰因玩具商的欺骗，误以为妻子背叛自己。他在炉边经历了一番思想斗争，认为是自己束缚了年轻妻子的自由。故事虽然是一个误会，却让人发自内心地喜欢这样一个充满爱的家庭。这里有狄更斯的一些人生经历，还有他周围的人日常生活的影子。

12月20日，《炉边蟋蟀》出版了，这本书毫无疑义地引起了人们的共鸣，销量是《教堂钟声》的两倍。

狄更斯办报的热情持续高涨，他开始组织稿件，设计新闻栏目，忙得不亦乐乎。他决定第一期报纸在议会下一个会期开始的当天发行，即1846年1月21日，出版内容紧跟该议会的主要议题"谷物法"并围绕其展开讨论。狄更斯在《纪事晨报》和《先驱者报》登出公告，宣布"一份崭新的晨报"即将发行，它追求"自由主义政治理念和完全独立的精神"，"提供和铁路相关的一切科学、商业信息，不论是实际运营、建设还是计划中的铁路线，您都将在这里找到完整的消息"。

1月21日，早上4时报纸还没有开印，出资人约瑟夫·帕克斯顿非常焦急。后来，报纸终于在指定的时间里印制出来了，可其整体质量堪忧。报纸出版当天卖出了1万册。尽管狄更斯的《意大利风情》第一部分十分吸引人，但它被印在了劣等的白报纸上，立马逊色。整个版面的版式设计很难看，编排很粗劣，在股票行情的报道上还出现了印制差错。同行业的竞争对手们拿到报纸浏览后，马上高兴起来。

狄更斯不言败，他经过精心设计和反复调整，《每日新闻》终于取得了成功。

狄更斯在办报中自己做主编，到处拉稿子，网罗最优秀的批评家、社论作家和记者，给他们高额的酬金。这一做法无形中抬高了整个报业人员的工资。这让同行业的其他杂志社的老板、出版商对狄更斯又恨又惧。同时，也正是狄更斯自信的性格使他的管理工作不可避免地染上了独断的色彩，福斯特在具体的工作中与他意见不太一致，狄更斯还能忍下烦躁的情绪，可布雷德伯里和埃文斯说他招的一名编辑（实际暗指他的父亲）不称职，狄更斯内心的不满就被引爆了。他认为是他给自己定的年薪高于布雷德伯里和埃文斯的年薪，他们才以用人不当之事为说辞向自己发难，千头万绪的烦恼让狄更斯内心暴怒。不久，狄更斯对自己的角色感到不安，因为他明白自己是一个小说家，他需要静心写作，主编的工作总是打断他的写作思路。《每日新闻》创刊不到三周，即2月9日，狄更斯就辞去了主编职务，他推荐福斯特接替自己的工作。接下来几个月，他继续为《每日新闻》写一些关于社会事务的文章。同时，他也准备在5月中旬出版《意大利风情》图书版。

## （6）瑞士之行：消解生活的压力，寻找人间的温情

这期间，狄更斯利用业余时间编排了两出戏，其演出所得用于慈善和公益事业，为此他也付出了不少的精力和财力。回到伦敦才一年，自己就快要入不敷出了。他曾向内阁大臣提出在伦敦谋一个差事，未果。他决定再将房子出租，到瑞士安静地写新书赚钱。

1846年6月1日，狄更斯带领一家人离开了家，沿着莱茵河南下。

在美因兹时，同船的人发现了狄更斯，很多人当场从随身的旅行包里拿出狄更斯的小说，请他签名。可见狄更斯的小说在德国受欢迎的程度。狄更斯对这种情形并不感到意外。上一年，朗费罗来欧洲旅行时与狄更斯见面，曾告诉狄更斯，《匹克威克外传》被分为五个单行本，在德国陆续印发，而且销量很大；《博兹札记》题目被改成《伦敦人的随笔》也在德国印制发行，受到德国读者的青睐；《尼古拉斯·尼克尔贝》和《奥立佛·退斯特》两部小说也刊登了出版广告。

与美国不同，狄更斯的书在德国出版并没有引起他的不快。早在1841年时，一个名叫本哈德·淘乞尼兹的德国出版商出版了狄更斯的《匹克威克外传》和《美国札记》等作品，虽然当时没有任何形式的国际版权公约，但在1843年，他专程来到英国拜访了狄更斯等作家，慷慨欣然地为英国作家付出版费用。狄更斯为了回报他的诚意，表示愿意给他提供自己新书的初校样，这样，狄更斯的新书在英国出版的同时，在德国也可以出版。从1843年到1846年，狄更斯在德国相继出版了十部作品。狄更斯对德国人民非常尊重，认为德国人有着天赋的才能和高贵的文化，是世界上最优秀的民族之一。德国人也高度评价狄更斯，当时主编《莱茵报》的青年学者卡尔·马克思，就是一个狄更斯作品的热情读者。他说狄更斯的小说丝毫没有掩盖和粉饰弗里德里希·恩格斯在《英国工人阶级的状况》里所报道的英国状态。

狄更斯一家到达德国的斯特拉斯堡后，分乘三辆马车直奔瑞士洛桑。整个行程达十余天。

在洛桑的吉本旅馆住下后，狄更斯和凯瑟琳开始寻找房屋，很快找到一座名叫罗斯芒特的小别墅。它坐落在背山面水的小山坡上，穿过一片牧场和葡萄园就能到达日内瓦湖畔。这里环境幽雅，庭院中玫瑰繁盛，每月房租只需10英镑，他们租下了这座房子。

狄更斯不仅要对子女们今后的物质生活负责，也要对他们的精神生活负责，所以他没有立即写他的新作，而是用简单的语言为孩子们写了一个有关基督的故事。

洛桑附近的乡村使狄更斯想起了英国，这里的人们干净、整洁、勤劳、乐观和独立，具有英国人的美德。街道的两旁有很多书店，最让狄更斯高兴的是这里没有僧侣和教士。

在瑞士逗留期间，狄更斯招待了一些来自家乡的朋友，他们大多是来旅游的，有老友哈里森·安斯沃思，有新婚度假的T.J.汤普森夫妇。最值得一提的是大诗人丁尼生。

一天傍晚，丁尼生走在通往罗斯芒特小别墅的小路上，突然传来了钢琴声和一个女孩子的歌声，歌词正是他的诗作《五月皇后》。他静静地听完，然后走进了别墅。当晚，丁尼生和狄更斯一家人围在钢琴边，举行了家庭音乐会。这个其乐融融的情境被后来的英国画家斯透恩绘成一幅油画。

狄更斯认真学习法语（洛桑地区说法语），很快就能说流利的口语了。在夏季结束之前，他带着凯瑟琳和乔治娜游览夏蒙尼小镇，游玩大圣伯纳德山口。面对这奇观壮景，狄更斯内心涌出一种难以形容的激动。

狄更斯很快就适应了这里的生活环境，他开始构思写给布雷德伯里和埃文斯公司的两部小说。

6月底时，狄更斯就开始着手写作《董贝父子》了。这次写作速度较以往慢了许多，这是因为他总在想着写作圣诞故事的事情。由于过度分神，他心中有些烦乱，常常陷入情绪低沉的状态。9月，他索性将《董贝父子》搁到一边，开始写作已经承诺的圣诞作品《人生的战斗》。但他写了三分之一后，又担心如此争分夺秒、全力以赴地赶写《人生的战斗》，可能会影响《董贝父子》的写作思绪。他左思右想，心中越加烦躁，于是他独自前往日内瓦调整自己焦躁的心态。回到洛桑之后，他同时写作《人生的战斗》和《董贝父子》。在寂静的晚上，他总是要走上15英里的路，消解一天下来的写作疲劳。

## （7）法国之旅：圣诞故事之四——《人生的战斗》

1846年11月中旬，狄更斯一家开始了巴黎之旅。他们乘坐马车走了5天，来到了巴黎，住进了布莱顿旅馆。狄更斯立即开始在城内找房子。四天后，他找到了位于库尔赛勒街的一幢小房子。狄更斯认为这是世界上最荒诞不经的房子之一。卧室就像剧院的包厢；餐厅像一个山洞，室内墙壁上涂着油彩；去客厅要通过一连串的小房间，屋里挂着不可思议的帷幕；楼梯和过道的布置与装饰，简直令人莫名其妙。

起初，狄更斯无法在这个如此奇怪的地方工作，在书桌前坐上几个小时，也写不出几行字。好在狄更斯喜欢这座城市，心情烦躁的他便步行游览了歌剧院、戏院、音乐厅、宫殿、酒店，还有医院、公墓、监狱和陈尸房。这些或艳丽或恐怖的场景在他的脑海里交错出现，特别是陈尸房深深地吸引着他。陈尸房是法国典型的公共机构，它每天会在特定时间陈列无名尸，供市民辨认。街头的浪漫人群使他振奋，陈尸房的寂静景象让他安宁，他终于可以全身心地写作了。

《人生的战斗》顺利完稿。这期间，他反复与插画师进行沟通，讲解他要表达的书稿内容和要表现的人物性格。

《人生的战斗》讲述的是两姐妹爱上同一个青年男子的故事。故事发生在一个古老小镇，在杰德勒医生的家中。杰德勒医生有两个女儿，姐姐格蕾丝因母亲早早去世而扮演着母亲的角色，她用一颗温柔的心真诚地疼爱着妹妹。美丽的妹妹玛丽昂对姐姐充满了孺慕之情，她也愿意用自己的一切去换取姐姐的幸福。玛丽昂的未婚夫阿尔弗雷德要离开她们去外国医科学院学习，临走前，杰德勒医生为他们订下婚约。三年后，阿尔弗雷德要回来了，医生一家高兴地准备举办盛大的婚礼，而这时妹妹玛丽昂却一反常态地忧虑起来。在阿尔弗雷德要回来的那个晚上，医生的家里举行了盛大的欢迎仪式，小镇上的人们聚在一起，尽情地跳舞，尽情地欢笑。当阿尔弗雷德乘坐着马车迫不及待地回到他日思夜想的未婚妻的家中时，看到的却是一片混乱，格蕾丝在他面前晕倒，而玛丽昂不知所踪，只留下一封信，恳求大家的原谅。原来玛丽昂发觉姐姐在自己爱上阿尔弗雷德之前已经爱上了阿尔弗雷德，姐姐为了自己，付出了所有，包括舍弃了爱情。玛丽昂能为姐姐做的，就是让姐姐成为阿尔弗雷德的妻子。

这是一篇歌颂人间美德的精彩之作，表现了人类的高尚情操和勇于自我牺牲的精神。这与当时的生物进化规律同样适应人的论调相背离，引起了一些剧院经理的兴趣。

12月5日至23日，狄更斯回到伦敦，他要监督根据他的圣诞新作《人生的战斗》改编成的舞台剧的排演。他发现剧团中只有极少数人理解故事的主题，于是他在福斯特家里为他们朗读和讲解剧本。他提示大家不能疏忽任何细节，要求演员去做社会调查，观察穷苦妇女的言谈举止。经狄更斯的指导，此剧排演顺利，首演时大获成功，观众对狄更斯发出热烈的欢呼声。

阿尔弗雷德的告别

《人生的战斗》在 12 月 19 日出版当天就销售了 2.3 万册，有 17 家剧院上演根据这篇小说改编的戏剧。

狄更斯回伦敦的另一件事就是看望姐姐范妮，此前听说姐姐得了痨病。看到了姐姐，他的心情难受到了极点。

### （8）透满金钱和情感的《董贝父子》

多家剧院争先上演狄更斯的作品《人生的战斗》之时，这作品竟遭到了报业竞争对手《泰晤士报》的攻击。他们将狄更斯的中篇小说《人生的战斗》说成"没有一点点独创性、真实性、可行性、自然感和美感"，还把上一年的圣诞中篇小说《炉边蟋蟀》说成是"唠唠叨叨的一些蠢话"。针对《泰晤士报》的做法，狄更斯当时很生气，但他的情绪并没有被报上的评论文章所影响，那些贬义之词，很快在他的脑海里烟消云散。他已经埋头在《董贝父子》的写作中，他要设计小保罗之死的高潮部分了。

狄更斯是在 1846 年 6 月底开始创作《董贝父子》的，《董贝父子》于 1846 年 10 月开始出版。他塑造的董贝先生是伦敦一家大商行——董贝公司的老板，是一个靠海外殖民贸易发财的新型资本家。万贯家财以及财富不断增加的公司成为他傲慢的本钱，而傲慢使他丧失了人的品性和感情，他成了一个高傲、冷漠、古板的商人。他用"金钱可以买到一切"的思想教育

董贝的家庭

儿子，希望儿子能够成为自己事业的继承人。他认为女儿不能继承父业，因此对女儿的态度不冷不热，甚至有些歧视。然而，不幸的事情不期而至。

董贝先生为儿子小保罗雇了一个奶妈波莉。波莉为生活所迫忍痛舍弃了对自己孩子的喂养，悉心照料小保罗。但由于她私自探家触犯了董贝先生家中的条规，她被辞退了。小保罗本来身体就弱，现在是越来越差了。而董贝先生恨不得儿子一夜间长大，好与他一起管理他的公司。保罗刚够入学年龄就被送到博勃林茂博士主持的一所贵族学校住校读书。小保罗稚嫩的头脑被塞进大量的古希腊语、拉丁文和古代典籍，他的身体不堪重负，日渐衰弱。聪明的小保罗，已经被死亡的阴影笼罩了。

1847年1月14日，这是一年中最寒冷的日子，屋子里能结冰的东西都结冰了。晚上10时，狄更斯握笔凝思，洒泪书写，小保罗在他的笔下离开了人间，狄更斯也久久地陷入哀伤之中。夜深了，他难以入眠，便走出家门，在巴黎的街道上四处游逛，直到第二天早餐时，才失魂落魄地回到家里。

小保罗之死，就像以前的小耐儿之死一样轰动了伦敦。美国和法国的读者也无法接受，悲叹不已。萨克雷（他的《名利场》第二部分刚刚在《笨拙》杂志上出版）看到小保罗之死后，疾步走进《笨拙》编辑部，把杂志扔在一位编辑的办公桌

董贝先生在保罗病床旁

上，大声说："这真是举世无双之作，真是天下无敌，出类拔萃。"杰弗里给狄更斯的信中写道："昨晚读着它，我泪如泉涌，哭泣不止，今晨又是如此；我感到这些眼泪净化了我的心，并对你促使我如此落泪而向你表示祝福和爱慕；我对你的祝福和爱慕深情无比。"[1]

小保罗的死是董贝先生崩溃垮台的前奏，故事还在继续。

董贝先生的儿子夭折了，他续娶的贵族少妇爱狄丝因不堪忍受董贝的冷酷，便和自己的助手私奔了。董贝深受刺激，公司也在商业竞争中破产。他孤苦伶仃，深感绝望，决定自杀。幸亏被他驱逐的女儿带着周岁的孩子主动向父亲表示爱意。女儿的爱，让董贝感到了人间的温情，父女和解，生活在了一起。

1847年1月，福斯特来到巴黎，与狄更斯一起度过了1月份的最后两个星期。他们访问了当地的一些名人，与大仲马和欧仁·苏共进晚餐，与西奥菲尔·戈蒂埃、拉马丁等人会面，还拜访了夏多布里昂和维克多·雨果。他们参观了监狱、宫殿、画廊和娱乐场所，还去了凡尔赛、圣克卢、罗浮宫，欣赏了歌剧、话剧及杂耍等。

早些时候，狄更斯的大儿子查利回到伦敦在君主学院附中学习。这一天，突然传来查利染上了猩红热的消息。狄更斯立即结束了巴黎之旅，携夫人于2月28日返回伦敦。乔治娜和狄更斯的另几个孩子也很快回去了。

正值3月初，狄更斯在德文郡大街的那个房屋还在出租，他们只好暂时住进了摄政公园的切斯特广场1号，他们要在这里住到6月底。这时，凯瑟琳有孕在身，医生不让她靠近正处于传染期的查利。狄更斯细心地照料儿子查利，直到孩子痊愈，他才松了一口气。

---

[1] 赫斯基思·皮尔逊. 狄更斯传[M]. 谢天振，方晓光，鲁效阳，等，译. 杭州：浙江文艺出版社，1985：188.

1847年4月份，狄更斯的第五个儿子出生了，男孩的名字叫西迪尼·史密斯·哈迪曼·狄更斯，这是他们的第七个孩子。

狄更斯看着人丁兴旺的一大家子，很是高兴。他经常给孩子们讲故事，陪孩子们一起去郊外散步、采花、嬉戏。尽管他在某些方面讲究秩序和规矩，显得冷酷无情，一副自高自大的样子，但他对孩子们却倾注着自己全部的爱。他与孩子们在一起时更像是孩子们的一个玩伴，他似乎是在通过陪伴儿女的成长来弥补自己童年缺失的快乐。

这一年，狄更斯的财政紧张状况迎来了转机。小说《董贝父子》面世后很畅销，前四期的销售就让狄更斯从布雷德伯里和埃文斯那里获得了1500英镑的收入。前六个月，他在他所有的图书销售中共赚得3000英镑。他又找出自己曾经出版的图书，为每一部作品写一篇新序，推出新版，以低廉的价格献给"英国人民"。这种做法堪称开创了出版形式的先河。狄更斯在发行这套"普及版"的图书中获得了相当可观的收入，他已经跻身当时酬劳最高的作家之列。1847年夏季，他购买了600英镑的统一公债，这是他人生中的第一笔投资。

6月底，狄更斯一家来到了布罗德斯泰斯避暑。这期间，狄更斯北上伦敦，开始创办"妇女之家"。11月，又建了"乌拉尼小屋"。他想让那些有着"不幸过去"的姑娘，在这里通过一系列的教育和教化改变她们的人生。

1847年最后的几天，狄更斯和凯瑟琳来到苏格兰出席格拉斯哥学院举办的文学协会会议。狄更斯在开幕式上讲话。现在的他已是声名显赫，备受爱戴了，他走进了人生中最快乐的一段时光。

1848年1月3日，他们返回了伦敦德文郡。2月底，狄更斯南下来到布莱顿,他想在这个度假胜地完成《董贝父子》的最后一期。事实上他又心生烦躁,两周后就回到了伦敦德文郡,在3月份的最后一周终于完成了小说的创作。

《董贝父子》自1846年10月出版,即大获成功,其销量比狄更斯的上一本小说《马丁·朱述尔维特》多12000多册。此后按月连载,1848年4月连载结束,它的月平均销量已经达到35000册左右。

《董贝父子》是狄更斯在中期创作中的里程碑式作品。这部小说真实反映了十九世纪三四十年代英国工业资本主义发展的现状,揭露了资产阶级冷酷无情的利益原则和金钱关系。在庆功晚宴上,狄更斯称自己对《董贝父子》非常有信心,并对它寄予厚望。他坚信人们多年以后还会记得并阅读这本书的,因为这本书凝结着自己的心血,有着独特的精彩段落。

1847年,英国诞生了《名利场》《简·爱》《呼啸山庄》三部小说。这三部小说被认为是当时十分重要的作品,这些小说的作者陆续进入了读者的视野。人们纷纷拥戴新生的"自然主义"思潮,有许多人钦佩萨克雷作品中新古典主义的宁静,有许多人称颂夏洛蒂·勃朗特作品中的道德思想,也有许多人沉迷艾米莉·勃朗特作品中的哥特式风格和超自然色彩。文学界的这些变化促使狄更斯改变自己的创作手法,他要更深层次地了解这个社会,探究社会发展中的神秘力量。他暗暗发誓要走在作家队伍的前列,他有许多的事情要做。

### (9)圣诞故事之五——《着魔的人》:怀念与救赎

姐姐范妮的身体越来越不好了。1848年6月底,姐姐和姐夫从曼彻斯特搬到霍恩西,目的是离家人和医生近一些。面对38岁的姐姐就要离开人世，狄更斯控制不住地哭泣，他最不能忘记的就是和姐姐一起长大、一起进学堂、一起唱歌的日子。姐姐表现得很平静，她告诉弟弟，姐弟俩一定会在美好的世界里重逢。

每年的夏日，狄更斯都要带领全家到布罗德斯泰斯度假，这里的环境便于他的写作。这一次，狄更斯因为思念姐姐，心情难以平静，所以取消了自己的大部分社交活动，圣诞故事的写作也了无头绪。8月底，狄更斯全家离开了布罗德斯泰斯，回到了德文郡排屋。

回到伦敦的狄更斯立即去看望姐姐范妮。此时，姐姐已气若游丝。她告诉弟弟，到了晚上，她能闻到小时候常常散步的那片树林里的落叶味道。狄更斯看着姐姐，难以控制自己的伤悲。9月2日，范妮去世了，葬礼在海格特墓地举行，狄更斯无比难受地接受着这个现实。

第二天，狄更斯独自去了布罗德斯泰斯，调整自己悲伤的心情。待了三周后，他回伦敦途经罗彻斯特，做了短暂的停留，这里是他和范妮儿时生活过的镇子。看着这里的一切，童年的生活场景一幕幕地涌现在他的脑海中。前几个月，他的朋友出版商威廉·霍尔去世，令他对过往时光产生了感慨。往昔的点点滴滴不断地敲打着他的神经，他决定写一部怀念往日时光的小说，记录自己过去的经历，书的名字就是《大卫·科波菲尔》。

在正式动笔之前，狄更斯要完成圣诞故事的第五部《着魔的人》。

《着魔的人》是一本怀念逝去岁月的书，强调记忆的重要性，尽管它是痛苦的，却也是幸福的。化学家莱得洛身世坎坷，年轻时的爱人和陪伴自己奋斗的妹妹都不幸去世，他无比哀伤。在圣诞夜，他遇到了一个幽灵，在幽灵的诱导下，他请求它剥夺自己的一切记忆。失去记忆的莱得洛更加痛苦。后来，莱得洛得到了米丽姑娘的拯救，找回了忘却的记忆，重新获得了人间的温暖。

这部酝酿已久的图书，写作进度很慢，到了11月的第三周时，仅完成了前两章。他在布莱顿的贝斯福特旅馆继续写作后两章。1848年11月30日夜，狄更斯终于完成写作，他的眼睛哭肿了，手稿上的字迹也被泪水浸花了。

《着魔的人》发表于圣诞节前的12月19日。其中掺杂着狄更斯的个人回忆、宗教信仰和对社会的讽刺。全书有着强烈的个人情感以及宣扬希望、救赎的宗教寓意。他把对逝去岁月的忧虑置入更广阔的象征性世界里，真切地反映了他所处的那个时代。

《着魔的人》是狄更斯最后一部圣诞故事。

## （10）半自传性小说《大卫·科波菲尔》

1849年2月，狄更斯的第六个儿子出生了，取名为亨利，这是狄更斯的第八个孩子。狄更斯带着产后的凯瑟琳到布莱顿的国王大街148号休养，并开始了《大卫·科波菲尔》的写作。住下没有几天，房东突然患病，举止疯癫，狄更斯一家只好移居贝斯福特旅馆。在那里，他全身心地写作。女儿玛米的生日到了，狄更斯和夫人又回到了女儿的身边。整个春天，狄更斯都是忙碌的，他的家里总有一批又一批的客人，他还要出席一场又一场的宴会，他也只能分秒必争地进行他的写作。

《大卫·科波菲尔》讲述的是主人公大卫·科波菲尔的成长史。大卫·科波菲尔是一个遗腹子，他一出生就与心地善良、性格软弱、年轻漂亮的母亲相依为命，庆幸有忠心耿耿的女仆皮果提的关心照顾。但幸福的童年生活因为默德斯东骗取母亲的信任成为他的继父而终止了。继父是一个生性凶残、贪婪的人，他的姐姐掌管了大卫家中的经济大权。软弱的母亲权力尽失，任由默德斯东姐弟操控这个家庭。大卫备受虐待，软弱的母亲不敢与大卫亲近，只有皮果提在保护着他。不久，母亲精神失常而死，大卫被继父送去做童工。受尽孤独、劳累之苦的大卫历尽千辛万苦找到了这个世上他唯一的姨婆。在姨婆的教育下，他成为善良诚实、勤奋努力、乐于助人的人，后来成为一名作家。

在后来的生活中，他又经历了朋友的背叛，遭遇了丧妻的痛苦，但他仍坚强地走下去，最终找到了真正的幸福，所有的付出也都得到了回报。书中对大卫善良和诚挚的品德，对他自强不息和积极进取的精神进行赞扬，展现了狄更斯"仁爱"的人生精神追求。

小说采用了第一人称写作的手法，以主人公大卫·科波菲尔的求学谋生、交友恋爱、游历著述等成长过程为线索，反映了英国儿童教育的循规蹈矩，揭露了司法界的黑暗腐败，抨击了社会上盛行的卑鄙的利己主义。

《大卫·科波菲尔》是狄更斯的一部代表作，它涵盖了最为广泛的社会生活内容，展示了最为复杂严密、曲折生动的故事情节。其跌宕起伏的情节，妙趣横生、细致入微的叙事，将现实主义和浪漫主义完美结合，向读者展现了19世纪中叶英国下层社会生活的广阔图景。这是狄更斯耗费心血最多、篇幅最长的一部半自传

母亲精神失常

大卫被继父虐待，被送去做童工

体小说，曾被列夫·托尔斯泰誉为"一切英国小说中最好的一部"，也是西欧最早传入中国的古典名著之一。

《大卫·科波菲尔》于1849年5月开始分期连载，开始几期销量没有狄更斯前几部作品好。狄更斯感到有些沮丧，他写作的思路有些不畅了，速度也慢了下来。7月份时，他跌了一跤，摔得很严重，他到布罗德斯泰斯的海边疗养。一天，他去一家商店，看见一位女士正在购买《大卫·科波菲尔》。她说："这一期我已经读过了，我要下一期的。"店员说下一期要到月底才出版。狄更斯非常惭愧，下一期他还没落笔呢。他咬紧牙关，昼夜执笔，终于在指定的时间写完了7月末的这一期。

狄更斯要找一个比布罗德斯泰斯更安静的地方写作，他在怀特岛做了一次匆忙的踩点，在邦丘奇找到了一个住处——"温特伯恩"庄园。狄更斯把家人都带到了这里，家人们在这里度夏，他继续写作《大卫·科波菲尔》，完成了8月份的连载。住了两个多月后，狄更斯感到头痛，胳膊和腿不自觉地颤抖，他认为是这里的湿热气候导致身体有恙，他们又回到布罗德斯泰斯。这里的空气凉爽多了，他精神振奋，又能专心写作了。

几乎整个1850年，狄更斯都在写作《大卫·科波菲尔》。这个故事中有他早年的经历，刚下笔时，他思绪万千，又总是跳不出当年的情境，现在这些往事像泉水般在他的笔下流出了。

一年来，狄更斯无论居住在布莱顿、邦丘奇，还是在伦敦，都在不停地写作《大卫·科波菲尔》，但大部分还是在布罗德斯泰斯写成的。

布罗德斯泰斯是一座海滨城市，这里的空气、阳光和蓝天，这里的绿植、云雀和大海，让狄更斯心情恬静。这里成了狄更斯写作的最佳地方。

1850年8月16日，狄更斯的第三个女儿朵拉出生了。按计划，狄更斯全家要南下布罗德斯泰斯，可产后的凯瑟琳精神状态不太稳定，朵拉的身体也不太好，狄更斯只好把她们留在伦敦，带着其他家人来到了布罗德斯泰斯，住进了堡垒山庄。为了照顾孩子们，乔治娜跟着来到这里。

堡垒山庄的地理位置很好，站在房间里的巨大窗户面前，就能观赏辽阔大海的美景，感受明媚阳光的普照。狄更斯在这座面向大海的山庄书房里继续写作《大卫·科波菲尔》。10月23日，狄更斯在这里完成了这部半自传性质的长篇小说的创作。

《大卫·科波菲尔》出版后，好评如潮。而堡垒山庄也因为《大卫·科波菲尔》这部小说而闻名。10月底，狄更斯和家人返回了伦敦。

《大卫·科波菲尔》是狄更斯篇幅最长的一部半自传体小说，他借用大卫的成长经历，回顾了自己的生活经历，反映了他的人生道路和思想观念。这部小说被他称为"心中最宠爱的孩子"。

小说中的许多人物和故事，都是根据狄更斯的个人经历或者自己生活中熟悉的人物和故事写成的。大卫最初读书的那个实行棍棒教育的学堂，那个在伦敦摩德斯通和格林比货仓公司洗瓶子、贴商标的童工，那个旅行欧洲大陆的旅者，那个名作家的经历，包括大卫娶的那个美丽、天真而不善理家的妻子朵拉等等，这些都和狄更

狄更斯在写作中（大英图书馆藏）

斯的经历相似。小说中的密考伯先生，就是狄更斯父亲的生动写照。狄更斯母亲的形象，在书中也有逼真的体现。

当然，大卫·科波菲尔的经历绝非狄更斯的全部经历，大卫·科波菲尔也不等于狄更斯。大卫身上聚集了狄更斯的部分生活经历，他的演员气质、他的坐卧不安的写作状态都可显出狄更斯的影子。有些经历就完全不同：比如大卫父母双亡，狄更斯则双亲健在；大卫的妻子很早去世，狄更斯的妻子健在，还给他生儿育女。狄更斯和大卫的性格也有差异：狄更斯的性情既有温和、善良、宽厚的一面，也有粗暴、无情的一面；大卫则完全是温文尔雅、善良和蔼的。

1850年11月，《大卫·科波菲尔》连载结束了，狄更斯获得了前所未有的成功。这部作品很快被译成各国文字出版。狄更斯不仅是英国人崇拜的偶像，还是整个欧美国家追逐的明星，狄更斯已声名远扬。

## （11）反映时代精神的周刊《家常话》

狄更斯在写作《大卫·科波菲尔》期间，就想与朋友们合办一份周刊。这份周刊的文章要集评论、漫谈于一体，反映时代精神，关注社会发展状况，文章要具有趣味性和娱乐性，反映社会生活万象。周刊面向多层次的读者群体。

狄更斯与朋友们反复酝酿刊名并商定合作方式，最后确定刊名为《家常话》，每周一刊，定价2便士。主编为查尔斯·狄更斯，外来稿件的发表均不署名。期刊总部设在威灵顿北街16号。狄更斯作为主编每年获取500英镑，外加利润的二分之一；布雷德伯里和埃文斯公司负责发行事宜，获取利润的四分之一；福斯特作为编辑获取利润的八分之一；还有一位助理编辑W.H.威尔斯，他曾在《每日新闻》任主编的秘书，他从剩下的八分之一利润中每星期提取8英镑。

第一期杂志于1850年3月30日问世。狄更斯在《家常话》上写给读者的"致辞"中，阐述了办刊的宗旨："对自己的坚持更加热忱，对他人更加宽容忍耐，对人类的进步更加坚信，对有幸生活在一个鼎盛时期更加感激。"

不论是在伦敦还是在外地，狄更斯时刻把杂志的事情放在心上。他凡事躬亲，对稿件认真筛选，对好的文章不辞辛劳地修改，每份稿件上都有狄更斯的批阅。

狄更斯初办该刊时发现了一位奇才，他就是乔治·奥古斯塔斯·萨拉。他在《家常话》上崭露头角后声名大振，成为英国著名作家和该刊驻俄记者。

狄更斯对周刊的出版内容把控得很得体，他要求发表的文章可以披露社会事件，但不可以刊登私人丑闻。他要把周刊办得活泼，充满生机，他要求每一篇文章都妙趣横生、引人入胜。他喜欢看人们兴高采烈的样子，他认为，人们能悠闲度日，对整个社会来说都大有裨益。他不喜欢那些无所事事、游手好闲的人的罢工活动，他认为，那是对民主的威胁，不论是不是事出有因，持续不断的争执和冲突只能造成社会局面的不堪，个人的权利终会受到侵害。他认为英国工人阶层的精神是崇高的，天性是和善的，他们只有在被钳制或束缚下工作，才是不愉快的。

狄更斯尽管对议会不抱希望，他做议会记者时就了解他们的状态，但他希望政府去干一些对民众有益的事情。他的周刊要为民众代言，反对一切形式的压迫，揭发各种盛行的假话，嘲讽愚蠢的行为，他希望引起政府对民生的重视。正因如此，《家常话》周刊在郊区比在贵族居住区更受人们欢迎，发行量达 39000 册左右。

12 月，狄更斯在《家常话》上发表圣诞小说《圣诞树》。此后，他每年都发表一篇圣诞小说，一直坚持到 1867 年。

1851 年 1 月，狄更斯在《家常话》上开始连载《写给孩子们看的英国历史》。1853 年 12 月，连载结束。这是狄更斯给自己的孩子们写的一本关于英国历史方面的书，是由狄更斯口述、小姨子乔治娜笔录的方式写成的。狄更斯希望孩子们读到这本书后能对英国历史中的历次征战有一个了解，提醒他们不要盲目地去当所谓的战争英雄。狄更斯认为斯图亚特王朝与都铎王朝相比并没有很大的改进，他对罗马教皇也不存在幻想，他意在劝阻他的长子在政治上成为托利党人，或在宗教信仰方面成为高教会派，希望孩子们在今后的宗教信仰上和政治行为上能有自己的认知。

## （12）最悲伤的半个月

狄更斯把更多的精力用在了《家常话》的管理上。此外，他还举办了一些他喜欢的演剧、演说等活动。这时，他家中的事情多了起来。

有一段时间，凯瑟琳和朵拉母女俩都病得岌岌可危。后来朵拉转危为安了，全家人悬着的心才放了下来。可凯瑟琳的焦虑状态仍很严重，狄更斯决定带她去空气新鲜的海边休养。

1851年3月间，狄更斯带着凯瑟琳来到马尔文的克纳茨福特旅馆养病。这里是狄更斯朋友的乡间寓所。因为孩子们还住在德文郡大街，事务性工作也多，所以狄更斯只好往返于伦敦和马尔文之间，既要照顾孩子和料理工作，还要陪伴妻子凯瑟琳。

这时，狄更斯的父亲病倒了。老人患有膀胱疾病，他一直瞒着狄更斯，直到病情严重了被送进医院做手术，才告诉狄更斯。狄更斯赶到医院，看着躺在病床上的父亲，看着血迹斑斑的裤子，他的大脑一片混沌，签字时双手不停地抖动。医院的救治并没能挽救父亲的生命，3月31日，65岁的父亲去世了。

4月5日，父亲在海格特墓地下葬。狄更斯悲痛不已，他忘不了儿时父亲对自己的呵护和鼓励，随着年龄的增长，他对父亲越发推崇。他含泪在父亲的墓碑上写下了"热情的、实际的、愉快的精神"的墓志铭，赞颂父亲一生的为人和性情。

狄更斯依旧往返于伦敦和马尔文之间。4月14日，狄更斯来到伦敦，计划主持一场大众戏剧基金会活动，这是一场慈善活动。他下了火车直奔德文郡的家中，看望孩子们。他抱着小朵拉在屋内走来走去，想着等小朵拉康复了，这个夏天全家仍去布罗德斯泰斯度夏，并计划在秋冬时，开始写作一本新小说。

4月14日晚上，狄更斯离开家去主持年度大众戏剧基金会活动的晚宴。在晚宴上，他刚讲完话，就有人来告知他女儿朵拉夭折的消息。

狄更斯在小女儿的床头坐了整整一夜，整个人懵懵懂懂的。他一直在想自己离开家时，8个月大的女儿还手舞足蹈地跟他咿咿呀呀呢。直至有人送来一些漂亮的花，他把花放在死去的宝宝身上时，他的情绪瞬间崩溃。

小朵拉也被安葬在海格特墓地。

福斯特带着狄更斯写给凯瑟琳的信来到马尔文。狄更斯担心凯瑟琳脆弱的神经难以承受失女之痛，于是在信中委婉地叙述了女儿的病情，用大量的语言为女儿的离去做了铺垫，并鼓励她要负担起照顾其他几个孩子的责任，并让她跟随福斯特返回家中。凯瑟琳陷入了极度的悲痛之中，好久，她才控制住了情绪。

半个月的时间，狄更斯失去了两个至亲的人，他无比悲痛，心情异常烦躁。这个春天，正是新刊的起步阶段，诸事冗繁，但为了调整凯瑟琳的精神状态，他还是抽出时间陪凯瑟琳出行。

5月到10月，狄更斯全家又来到了布罗德斯泰斯，又租下了那座堡垒山庄。狄更斯希望这个他们曾经住得最开心的地方能给妻子带来安慰，希望一切都可以转圜。可是，这个地方不再安静，各种乐器的声响和人们的歌声让狄更斯无法写作，凯瑟琳的状态也一直不见好转。这期间，狄更斯经常返回伦敦，处理《家常话》的一些事务性工作。8月，狄更斯在写作《家常话》中的文章时产生了要写一部长篇小说《荒凉山庄》的念头。

德文郡大街的房屋租期到了，狄更斯买下了一幢房子——塔维斯托克宅第。

这是一幢朴素的砖房，与公共街道隔着铁栅栏，对面就是塔维斯托克广场，位置很好。宅第里有一

塔维斯托克宅第

个院子，绿植茂盛；有18间屋子，很宽敞。这座房子的原主人是狄更斯的朋友弗兰克·斯通。狄更斯接手的时候，这处房屋是残破的。

这个夏天，狄更斯开始改建房子，他设计图纸，实地指挥，忙得不亦乐乎。在装修中，他看到了工人的磨蹭和懒惰：油漆匠吹着口哨，木匠想着心事，小工吵吵闹闹，他们心不在焉地干着活。狄更斯干着急，他对工人阶级有了自己的认识。

经过狄更斯的重新装修，房子焕然一新，称得上是一幢漂亮、壮观的宅邸了。

### （13）法网笼罩的《荒凉山庄》

1851年11月初，狄更斯全家搬进了塔维斯托克宅第。在这里，狄更斯开始了《荒凉山庄》的创作，开始探访伦敦这座城市中的神秘与黑暗。

12月上旬，狄更斯完成了《荒凉山庄》第一期的写作，随即他又转入《家常话》圣诞季的随笔创作。他在小短文《当我们渐渐老去，圣诞节意味着什么》中追忆逝去的亲人和逝去的岁月，呼吁人们对过往要有一颗宽容和理解的心。这个圣诞节对狄更斯来说是充满苦涩的，他的父亲和女儿朵拉永远离开了他。

1852年3月上旬，《荒凉山庄》第一期在《家常话》上开始发表，以后每月连载，该书最初几章大获成功。

1852年3月13日，狄更斯的小儿子爱德华·布尔沃·利顿·狄更斯出生了，这是狄更斯的第十个孩子。

狄更斯拒绝了朋友们的各种宴请，每天清晨五点开始写作《荒凉山庄》。他埋首写作，情绪随着作品中人物情绪的变化而变化着。几个小时的连续写作使他的腿和脚麻木了，他竟浑然不觉。

1852年7月,狄更斯与家人去英国东南部海滨避暑,住在多佛的康登蛾眉月街10号。他们在这里一直住到10月。这儿的海水微波荡漾,周围的景色优美秀丽。在蛇麻草园和果园之间的坎特伯雷公路上,狄更斯独自散步。这是狄更斯每每在创作一部小说之前的"徘徊""求索",他在思考和寻求着生活中那些可写的东西。

狄更斯的时间总是被安排得满满的,在八、九月期间,狄更斯做公益演出,为文学社进行募捐。10月份,狄更斯夫妇及乔治娜来到了法国的布洛涅,在贝恩旅馆住了两个星期,感觉这个城镇很适合夏日来度假。后来,这个地方成了狄更斯一家的第二个避暑胜地。他们在安排好下一年夏季的度假事宜后就回伦敦了。

1853年6月到10月,狄更斯一家住进了布洛涅的一处别墅。别墅坐落在一处高地上,这里的空气清新,气候宜人,四周是花园,房子后面是一片小树林。8月份,狄更斯完成了《写给孩子们看的英国历史》《荒凉山庄》两部书稿的写作。《荒凉山庄》于1853年9月连载结束,《写给孩子们看的英国历史》于12月发表最后一期。

《荒凉山庄》是一部抨击腐败的司法制度和揭示贵族昏庸、没落的小说。小说是以约翰·贾迪斯和累斯特·德洛克两个家庭故事为主要线索,围绕"贾迪斯控告贾迪斯"的官司和德洛克夫人的隐私展开的。小说的一条线索是约翰·贾迪斯的后代们因在继

荒凉山庄

承遗产一事上争执不休，到专门办理遗产、契约纠纷的"大法官庭"打官司。一场官司持续了很久，涉及几代人，仍然得不到解决。一对年轻的表兄妹理查德、艾达和孤儿艾丝特受贾迪斯的监护来到并居住在荒凉山庄，等待"大法官庭"的宣判。后来，理查德在一堆废纸里找到了一份遗嘱，拖了几十年的贾迪斯案终于结案了。然而全部遗产已被诉讼费消耗一空，理查德虽然成了继承人，却未曾到手分文，一气之下，口吐鲜血而死。小说的另一条线索是德洛克夫人婚前与一个名叫霍顿的舰长私通并生下女儿艾丝特的隐私，这一隐私被家庭律师发现，律师威胁德洛克夫人并要向德洛克爵士告密，德洛克夫人雇人杀人灭口，事情败露后离家出逃，死于情人的墓旁。

狄更斯在这里愤怒地揭露了以"大法官庭"为代表的英国司法制度的腐朽，指出了烦琐的法律程序带给人们的无尽烦恼和无情伤害。老一代的托姆·贾迪斯为了遗产毁了自己的一生，最后在绝望中自杀；新一代的理查德也因为一心指望能从法官的判决中得到遗产而耗尽心血和钱财，最终丧命；其他与此有关的人也是在无望的等待中，或者丧命，或者发疯。

"大法官庭"的受害者　　　　　　　　　　　　墓地

那些法官、律师却靠此案发财升官。审理案件所写的起诉书、反起诉书、答辩书、二次答辩书、禁令、宣誓书等文书统统进入了"大法官庭"的废品商店。同时，狄更斯在对德洛克夫人和她的丈夫德洛克爵士的描写中，揭露了贵族阶级的腐朽没落，指出了这些贵族人物生活糜烂、心灵空虚、思想僵化，陶醉于家族的煊赫历史而看不到时代的发展，从而揭示出这些社会寄生虫必然灭亡的命运。

狄更斯在这部小说中采用了象征的写作手法，比如描写伦敦空气中无所不在的大雾、工厂机车散发出的铺天盖地的烟尘，使人们有一种烦闷和压迫感，这象征着英国社会令人窒息；在"大法官庭真是个人间地狱"的咒语中，"大法官庭"这个具有讽刺性的绰号，对应的是当时英国司法界和政界的恐怖与黑暗；小说最后描写废品商店发生了"自燃"，预示着这个黑暗的"大法官庭"和"大法官"社会将被烧成灰烬，象征着英国司法制度将被毁灭。

狄更斯这部小说在结构和情节设置上颇具特色，情节清晰，节奏分明，事件紧凑，环环相扣，体现了狄更斯写作风格的转变。

这部书对当时的社会各界，特别是对司法部门产生了极大的影响。狄更斯的老朋友、前审判长登曼勋爵写了一系列文章攻击这部作品。许多资深律师的生计因此书受到了影响，他们纷纷发表言论表达自己的不满情绪。但让狄更斯高兴的是：大法官庭的诉讼程序有了改革。

## （14）公益演出：首次登台朗诵自己的作品

狄更斯酷爱演出，是一个天生的演员。他活泼好动，热情奔放，对周围的一切异常敏感。他情绪多变，时而乐于交际，时而喜欢孤独。他与笑者同笑，与哭者同哭，且有过之而无不及。英国诗人、作家李·亨特与他初次见面就感觉他那古怪的脸上包含着 50 个人的生命和灵魂。历史学家卡莱尔在一次晚宴上惊讶地看见他那一双清澈的充满智慧的蓝眼睛弯成弓形，一张大大的颇为松弛的嘴奇怪地凸起着，说话时那异常灵活的脸上，眉毛、眼睛、嘴巴都在扭动。

狄更斯认为自己当演员一定会像当作家一样成功。他愿意扮演任何角色，更乐于自己设计角色。著名演员麦克里迪是一个性情暴怒的人，他竟与狄更斯情投意合，是狄更斯唯一没有吵过架的朋友；法国演员费克特也是狄更斯后半生的挚友。可见狄更斯身上的表演天性，很受业内人士认可并使狄更斯与他们成了一生的朋友。

早在 1836 年，狄更斯的滑稽剧《奇怪的绅士》《她是他的太太吗？》和歌剧《乡村俏妇》就在当时新建的圣詹姆斯剧院上演。尽管演出非常成功，但他对演员和改编者很不满意。1845—1846 年，狄更斯在筹备《每日新闻》的同时，就编排琼生的《个性各异》和博蒙特、弗莱彻合写的《兄长》两出戏。在排演时，他征求麦克里迪的意见，非常认真地组织剧团排练，对布景、道具、提词、指导乐队、演出海报设计、座位编号等事情亲自过问，事无巨细。他自己在剧中串演角色，他的朋友们也来参加演出或提供某些帮助。《笨拙》周刊第一任编辑马克·莱蒙的演技异常出色，后来成为他的演出搭档。1845 年 9 月，《个性各异》在索赫的皇家剧院上演，引起了轰动，11 月又在圣詹姆斯剧院为艾伯特王子和贵族们演出；《兄长》在 1846 年 1 月上演。狄更斯将演出的收入捐给了某个慈善机构。

1847 年，狄更斯为资助朋友李·亨特在曼彻斯特和利物浦出演琼生的剧。1848 年，狄更斯为帮助困境中的戏剧家谢立丹·诺里斯在伦敦、伯明翰、爱丁堡、格拉斯哥、曼彻斯特和利物浦巡回演出。1848年5月，狄更斯在伦敦和外地进行业余演出，还为维多利亚女王演出，为保护莎士比亚的诞生地演出"莎剧"《温莎的风流女人》。1850年11月，狄更斯为帮助文学家布尔沃·利顿解决创建文艺协会面临的困难在克内勃沃斯出演了三场琼生的喜剧。

1852年八、九月期间，狄更斯在写作《荒凉山庄》的同时，带着他的戏班子访问了英格兰北部，出演了布尔沃·利顿的剧。在曼彻斯特，他们在自由商会大厅演出，观众达4000人，现场气氛热烈非凡。他们还在纽卡斯尔一所不太安全的建筑物里演出，观众热烈的掌声让狄更斯很担心建筑物的牢固程度。

1853年8月份，狄更斯完成了《写给孩子们看的英国历史》《荒凉山庄》两部书稿的写作。可短暂的轻松过后，狄更斯便坐立不安了。他决定与奥古斯特·埃格、威尔基·柯林斯去瑞士和意大利旅行。他们三人曾在利顿的喜剧中串演角色。早在1851年初，狄更斯经画家奥古斯特·埃格介绍，认识了比自己小12岁的威尔基·柯林斯。1853年春天，柯林斯开始为《家常话》撰稿，1856年9月成为该刊的编辑人员，他是狄更斯唯一允许在《家常话》杂志上署名发表连载小说的人。柯林斯的小说不仅给自己带来了可观的收入，而且使自己闻名一方。狄更斯与柯林斯有着十四年的密切交往。

1853年10月初，他们三人动身，经由瑞士到了查姆涅克斯。越过辛普隆山隘，经由米兰抵达热那亚。在那里，狄更斯见到了许多熟人。一路走来，他们三人相处得非常融洽。在旅馆，埃格经常写日记，柯林斯大多在看书，狄更斯则记挂着妻子和孩子，经常写信。然后他们从海路抵达那不勒斯，接着到达罗马。登上维苏威火山时，狄更斯北望英伦，心潮澎湃，对年底应伯明翰学院邀请朗诵自己作品的艺术尝试无比向往。他们游玩了罗马之后，到了佛罗伦萨。柯林斯兴致勃勃，他曾当过画家，对美术馆的雕塑和油画品鉴起来很是专业。之后，他们游玩了威尼斯、都灵。12月中旬，狄更斯一行回到了伦敦。

回到伦敦的狄更斯立即投身于为伯明翰学院和中部学院筹款的活动中，他在伯明翰市政厅举行公开的朗诵会，听众每人次收6便士。12月27日，狄更斯朗诵了《圣诞颂歌》；29日，他朗诵了《炉边蟋蟀》；30日，他再次朗诵了《圣诞颂歌》。朗诵会活动现场人流涌动，听众大多是工人，达6千人次。

这是狄更斯首次登台朗诵自己的作品。这次活动效果很好，全国很多慈善机构纷纷邀请狄更斯朗诵这几篇故事。狄更斯有着与生俱来的演员气质，他很愿意在这样的舞台上展示自己。

1853年对狄更斯来说是著作丰收的一年，是在众人的喝彩声中度过的一年。这一年，他还游览了意大利、法国和瑞士。

## （15）社会慈善的践行者与功利主义下的《艰难时世》

狄更斯是现实生活中的作家，是一个感情用事的人。当见到不人道、不公正的事情时，往往不深入了解事情的原委，就予以揭露和批判，因此他成不了史学家。他对下议院极端蔑视，对历届政府都不信任，无论是辉格党还是托利党，他认为他们都在谋取自己的利益，即使有人出竞选费用请他进入议会参政，他也置之不理，因此他成不了政治家。狄更斯对当时宗教的态度是独树一帜的，他接受基督的教诲，但不接受基督教的教义，他不能忍受乏味的、千篇一律的布道说辞，他要做的是公益事业。

尽管狄更斯成不了史学家，但他和历史学家卡莱尔成了朋友；尽管他成不了政治家，但他的作品赢得了政治家的赞叹；尽管他漠视基督教的教义，但他因慈善事业为社会底层人民所爱戴。当然他对贵族阶级也不感兴趣，但他与其中的个别人也存在平等的交往。因为他是反映现实生活的作家，所以他对伦敦贫民区贫困的根源和滋生的罪恶进行了深入调查并写出报告，他就贫民子弟学校出现的问题向当地官员写了长篇报告；因为他是救助贫苦大众的慈善家，所以尽管他的家庭一直处于缺钱的状况，但他为人宽厚，在钱财方面很是慷慨，他经常借钱给经济困难的朋友，救济那些向他写信要食物、现金的人，对那些生活艰难的艺术家更是尽力相助，他还成立了"妇女之家"。《家常话》周刊的助理编辑威尔斯和另一位工作人员就是帮狄更斯向那些有困难的人发放救济金的。狄更斯本人还是阔太太安吉尔·伯德特·库茨的私人顾问和救济金发放人，他帮助这位夫人设立了慈善机构。所以，他为社会各个阶层的人所爱戴是必然的。

狄更斯经常走进贫民窟，给无家可归者提供衣物和住宿。一个冬天的夜晚，天下着雨，狄更斯与一位友人正行走在华尔特彻波尔的泥泞路上。他们来到一个贫民收容所，看见墙角处蹲着5个衣衫褴褛、神情绝望的女人。原来这里收容的人已经满了。狄更斯赶紧找人协商，最后收容所收下了带孩子的女人。他给了另外几个女人够吃晚饭和住宿的钱。她们木讷地接过钱，不说话也不感谢。狄更斯看着她们麻木的样子，感到一阵惶惑和绝望。

1852年6月14日，狄更斯在园丁慈善会成立9周年的庆祝会上进行了演讲。他担任主席一职。他说："诸如园丁慈善会之类的每一个协会都应该这样处事。首先，要救助那些既自救又助人者。其次，要把对慈善会重要性的认识化为行动，把解救那些沦入困境的人员视为神圣的职责。最后，要对他们无微不至，不给其心灵造成丝毫的痛楚,或者不让其因尴尬而脸红。"

经济学家们在高谈当代的经济理论,商人们在专注自己的发财之道。当下的人间惨景,他们却熟视无睹。这一切促使狄更斯动笔写了他的下一部小说《艰难时世》。

《艰难时世》是一部以劳资矛盾为主要内容的长篇小说,它揭露了维多利亚时代的社会罪恶,反映了19世纪40年代末50年代初,宪章运动遭到镇压以后资产阶级不管工人的死活疯狂地压榨工人,劳资矛盾日益尖锐,引起工人阶级罢工的社会现实。

小说以工业中心城市的焦煤镇为背景,讲述了靠做五金批发生意发财的国会议员、教育家葛擂硬的功利主义思想。葛擂硬坚定地认为人生只不过是现金交易,他把万事万物甚至人性、情感都归为隔着柜台的现金买卖关系。在他的功利主义思想的毒害与摧残下,他的女儿露易莎和儿子汤姆失去了童年的快乐,过着囚徒似的与外面世界完全隔离的生活,他们思想空虚,感情贫乏,精神萎靡。葛擂硬把年轻的女儿露易莎嫁给了他巴结的50岁的纺织厂老板庞得贝,结果他的女儿婚姻不幸,人也差点儿精神崩溃。在他的功利主义教育思想的影响下,他的儿子汤姆成长为一个极端自私而残忍的利己主义者,染上吃喝嫖赌的恶习,最后因赌博输钱,沦为偷窃银行的盗贼,又畏罪逃亡,后来死于海外。狄更斯通过这个人物形象,嘲弄了当时

国会议员和教育家葛擂硬

的英国哲学家兼经济学家边沁倡导的功利主义伦理原则，嘲弄了当时典型的官僚主义思想。阐明了以所谓的数字来说明供求关系是粗俗的理论，是利己主义思想，它否定了人类社会的理想。

小说还描写了资本家庞得贝与工人的冲突，表现了工人阶级在官僚资本压榨下的生活状况，展现了工人在工业城镇中可怖的生活状态。狄更斯在书中抨击了社会上如庞得贝这种丑陋的人物形象，尤其是那些表面上大谈为公众造福，实际上却谋一己私利的人。他们在"自由竞争"的口号下，贪婪地、残酷地剥削工人，全然不顾工人的死活。在他们眼里，工人是给他们带来金钱收益的"许多匹马的马力"。狄更斯揭露了资产阶级功利主义的反动实质，呼吁穷人也应该和富人一样，享受公平和自由。

狄更斯第一次在小说中正面表现英国宪章运动后期的阶级斗争。小说中的斯蒂芬是一个工人形象，是庞得贝工厂里一名老实安分的工人。他娶了一个酗酒的妻子。他想离婚，却付不起高额的离婚手续费。他始终不能觉察自己不幸的根源，又不肯与自己的工友们一起投入到罢工斗争中。庞得贝看他不肯参加工会，就对他采取拉拢和收买的手段，让他为自己卖命。斯蒂芬不肯投靠资产者出卖自己的工友，结果被庞得贝解雇，只得外出谋生。庞得贝的银行发生失窃事件，斯蒂芬又被怀疑是窃贼，甚至被庞得贝悬赏捉拿。斯蒂芬为了自证清白，只得回焦煤镇辩白，结果在赶往焦煤镇时不幸误坠矿坑，摔成重伤，结束了自己悲哀、不幸的一生。狄更斯通过工人斯蒂芬的悲惨遭遇，呼吁人与人之间的宽容和理解，也阐明了安于被资产者压迫的工人阶级的必然命运。

《艰难时世》于1854年4月1日开始在《家常话》上连载。第一期出版时，封面上印着"《艰难时世》，查尔斯·狄更斯著"，这是他在该杂志唯一一次刊登作者名。整个文章没有插图，版面是两栏的文字，有一种严肃的味道。

1854年6月到10月，狄更斯全家又到了法国的布洛涅，住在德乔埃营别墅。房子位于山顶，门窗很多，通风很好。安顿下来以后，狄更斯便投入了紧张的《艰难时世》的写作。每周一次的连载让狄更斯无比辛劳而且压力巨大。狄更斯的写作状态近乎疯狂，他废寝忘食、昼夜不分地将积累在心头的感受倾泻于笔端。《艰难时世》于7月17日完稿，8月12日连载结束。

《艰难时世》的连载，使《家常话》的发行量猛增一倍多。

狄更斯将《艰难时世》这部小说题献给托马斯·卡莱尔。卡莱尔是与狄更斯同时代的英国作家、历史学家、思想家。他积极参加宪章运动，批判现存的社会制度，抨击贫富不均的现象，认为人民群众艰苦的经济状况是造成社会动荡的原因。卡莱尔的思想观点影响了狄更斯，狄更斯把《艰难时世》题献给卡莱尔也表达了自己的写作观点。可见，他们一个是以史学家的世界观探讨真理，一个是用文学创作表现劳资矛盾来验证真理。

狄更斯对社会状态的真实描写，得到了卡尔·马克思的高度赞扬。这位无产阶级运动的导师说："现代英国的一批杰出的小说家，他们在自己的卓越的、描写生动的书籍中向世界揭示的政治和社会真理，比一切职业政客、政治家和道德家加在一起所揭示的还要多。他们对资产阶级的各阶层，从'最高尚'人的食利者和认为从事任何工作都是庸俗不堪的资本家到小商贩和律师事务所的小职员，都进行了剖析。"

1854年10月，狄更斯回到伦敦后，正值克里米亚战争，为了减轻人们的恐惧心理，他会同私人慈善团体举办了几次朗诵会。12

月份，他在累丁、布拉德福、舍伯恩等城市朗读了《圣诞颂歌》。年末，狄更斯写了几出小戏，在塔维斯托克住宅区的一个临时小场子里演出，他的家人们饰演戏中的人物，连家中两岁多的孩子都被抱上了舞台，一家人自娱自乐。

## （16）世界是一座大监狱——《小杜丽》

1855年2月，狄更斯和威尔基·柯林斯准备去巴黎游玩十天。临走前，狄更斯收到了一封署名为"温特夫人"的来信。这位夫人原来是狄更斯的初恋情人玛丽亚·比德奈尔。这封书信出乎意料地燃起了狄更斯对往日恋情的怀念。在回信中，狄更斯说自己把以往的一切都记在心里，并回忆了自己失恋时的那段时光。他告诉玛丽亚，自己在巴黎，可否需要为她和她的孩子买些什么。

在法国，狄更斯和柯林斯住在墨里思旅馆。由于柯林斯身体状态不佳，两人只一起在餐馆用了几次餐，一起去剧场看了几场戏，此外大部分时间，狄更斯都是一人在巴黎参观游览。

狄更斯又收到了玛丽亚的信。玛丽亚在信中说自己当年因追求虚荣和舒适而错失狄更斯，现深感后悔。狄更斯的第二封回信措辞有些热烈，说自己早期的成功归功于她，是她把自己天性中的想象、热情和抱负都激发出来了，是她赋予了自己创作《大卫·科波菲尔》中的朵拉的灵感。在返回伦敦的途中，狄更斯又写下了第三封复信。信中说自己心情激动，觉得他们之间完全有理由保持一种无人可分享的友谊。他对她"牙齿脱落、肥胖、苍老和丑陋"的自我描绘婉转地表示不敢苟同。

回到伦敦后，狄更斯就偕夫人与玛丽亚及她的丈夫见面了。结果，脑满肠肥、俗不可耐的真切的温特夫人让他了却了对早年情场失意的怀念，看来，他对她的怀念只是那融进自己血液中的初恋情结和青春梦想。

初恋情人的出现，粉碎了狄更斯对重温初恋旧梦的期盼，也暴露了狄更斯在感情上的幼稚和饥饿，他只好默默地独自承受着大卫·科波菲尔成年时的那些忧伤。这一段经历被狄更斯写进了他的下一部小说《小杜丽》中。

早在1854年10月，狄更斯就产生了写作《小杜丽》的念头。现在玛丽亚的出现，让狄更斯内心烦乱，茫然若失。他现在什么也写不出来了，人之将老的感觉也随之袭来。1855年5月，柯林斯寄给狄更斯一个名为《灯塔》的情节剧剧本，狄更斯将写作《小杜丽》一事放到一边，开始了排戏。6月中旬，此剧在塔维斯托克宅第的小剧场演出了三场。7月初，又在坎普登为慈善事业募捐演出了三场。狄更斯和他的女儿们，还有柯林斯和埃格都在剧中扮演了角色。

《灯塔》演出以后，狄更斯和柯林斯经常聚在一起。7月，狄更斯携家眷去福克斯通，柯林斯也一同前往。他们住在阿尔比恩别墅3号（现改名为"科波菲尔"），停留了三个月。其间，狄更斯写出了《小杜丽》的第一卷，计划年底发表。

10月中旬，狄更斯只身前往巴黎，在香榭丽舍大街49号租了一个有着十多间房屋的住处，月租700法郎，计划租期为6个月。狄更斯收拾好寓所，就把家眷接来了。

狄更斯的作品在法国也广为流传，报纸上报道了卓越的小说家狄更斯到达巴黎的消息。狄更斯与许多人见了面，其中有奥伯、拉马丁、斯克赖伯、仲马和乔治·桑。报业巨头艾米尔·德·杰拉丁为他举办了几次豪华的宴会。大仲马邀请他做了一次颇具浪漫色彩的游历。

12月初,《小杜丽》第一期出版了。由于布雷德伯里和埃文斯事先做了大量的宣传活动,发出约4000张海报和30万张传单,结果第一期的发行数量相当可观,第二期的印刷数量达到了3.5万。

《小杜丽》是狄更斯对英国司法制度和社会丑恶现象进行深入批判的作品,反映了英国19世纪中叶的社会面貌。在这里,狄更斯将英国社会政治的腐败、统治阶级的虚伪、资产阶级的贪婪、底层人民的贫困及人性的浮躁一一展现。

女主人公小杜丽出生在马夏尔西债务人监狱。生活的磨难让成年后的她身材瘦小,但也养成了她坚强、纯真和善良的美德。她对被拘禁在监狱里的父亲竭尽孝道,努力减轻他的痛苦。

小杜丽爱上了一个男子,名叫亚瑟·克伦南姆,但是这种感情只是单方面的。后来,一个意外的机会使小杜丽的父亲成为一笔巨额财产的继承人,父亲出了狱成了富翁。从此,一家人除小杜丽以外,都变得傲慢、盛气凌人。而克伦南姆却因投资不当被关进债务人监狱。他在狱中病倒,悲观绝望。小杜丽到狱中探望克伦南姆,关心他、照顾他,使他在贫病交迫中感到温暖和希望,体会到了小杜丽真诚的爱。当克伦南姆还清债务出狱的时候,小杜丽一家却破产了。这时,金钱再也不是他们婚姻的障碍了,克伦南姆和小杜丽结为终身伴侣。

小说围绕着小杜丽的父亲和情人,先后因欠债入狱的情节,

小杜丽

揭露了英国政府机关的官僚制度和无良的官吏对人民的迫害；揭示了负债人监狱中的黑暗内幕，展现了底层人民的苦难；抨击了资产阶级利己主义的可耻；赞扬了小杜丽为了全家人的生活，历尽千辛万苦的善良、朴实和自我牺牲精神。小说采用了象征手法，监狱的阴影笼罩全书，暗示整个资本主义世界就是一座不见阳光、没有欢乐的大监狱。

马夏尔西监狱与拉科特法庭

1856年初，柯林斯带着家人也来到了巴黎，他选择在狄更斯附近的一处公寓入住。柯林斯每天和狄更斯一家一起用餐，和狄更斯一起看戏和外出。柯林斯着手编剧本，狄更斯埋头写作《小杜丽》。

因为《家常话》的日常编辑业务需要狄更斯处理，所以狄更斯也常常回伦敦处理稿件。同时，他不忘他的慈善事业和他童年的愿望。1856年3月11日，狄更斯在伦敦短期停留时，安排助理编辑威尔斯帮助安吉尔·伯德特·库茨实施慈善计划。3月14日，狄更斯花了1790英镑买下了罗彻斯特附近的盖茨山庄。

1856年5月初，狄更斯的家眷离开了巴黎，狄更斯要留下来继续写作，晚回三天。狄更斯回到伦敦，在塔维斯托克宅第的家中仅住了一个月，还代表艺术家慈善基金会发表了一次演说。接着，他又带着全家去布洛涅住了三个月，在那里，他全身心地写作。

1856年秋，狄更斯带着全家回到伦敦。这时柯林斯的剧本《冰海深处》已完成，狄更斯便带领大家开始排演，狄更斯、柯林斯、乔治娜和狄更斯的两个女儿都是剧中的主要角色。狄更斯在戏中扮演一个失恋的人，在紧急情况中救下了自己的情敌，使得情敌与恋人团聚，自己却悲哀地死去。因为剧情中有一幕发生在北极，所以狄更斯和柯林斯蓄起大胡须。1857年1月上旬，他们在塔维斯托克宅第的场子演出了几场。现在这个场地可容纳百名观众了。

狄更斯在演出过程中，产生了写作《双城记》的灵感。

1857年5月份，狄更斯在塔维斯托克宅第书房里完成了《小杜丽》最后一期的创作。《小杜丽》的连载结束了，其销量一直很好，最后一期发行量达到2.9万。

### （17）义演援助，温暖未亡人

完成了《小杜丽》的创作之后，狄更斯只身搬进了盖茨山庄，监督房屋的修缮进度。6月，狄更斯的家人来此度夏时，塔维斯托克宅第交由老仆人照管，狄更斯在伦敦处理工作业务时可以随时住在那里，凯瑟琳的娘家人也经常在那里驻留。

狄更斯的二儿子沃尔特要去印度工作。在南安普顿港，狄更斯目送孩子乘巨轮消失在远方，心中隐约有些不舍。他更没有想到这一别，竟是他们父子俩的诀别。

6月，狄更斯回到伦敦，听到他的老朋友道格拉斯·杰罗尔德病逝的消息。悲痛之后，他联系杰罗尔德的朋友们为杰罗尔德一家进行经济援助，他计划在伦敦和曼彻斯特上演《冰海深处》与朗诵《圣诞颂歌》以期获得捐助。但杰罗尔德的家人觉得接受大家的捐助有失体面，拒绝此举。狄更斯觉得他们家没有意识到即将到来的窘迫的经济状况，大家真诚的相助也是出于实际的考虑，于是，狄更斯向此前邀请他在温莎宫演出的维多利亚女王请求以女王体恤的名义演出。

女王对狄更斯的新剧很好奇，就答应在白金汉宫的一间房子里做非公开的演出。狄更斯不愿自己的女儿们在应该按社交礼仪谒见女王的场合以演员身份出场，就建议将演出地点改在摄政街的陈列室，女王应允了。7月19日，狄更斯为皇家进行了表演。

为了杰罗尔德的基金活动，7月份，狄更斯在伦敦上演了三场《冰海深处》，在伦敦和曼彻斯特共朗诵了三次《圣诞颂歌》。8月份，狄更斯要在曼彻斯特的自由贸易大厅上演两场《冰海深处》。由于剧场大，所以需要具有一定嗓音条件的演员来演出，方能达到效果。狄更斯就雇用了职业演员特南夫人和她的两个女儿艾伦与玛丽亚来替换乔治娜和自己的女儿们。结果，演出大获成功，观众达三千人次。狄更斯将2000英镑的演出收益送给了杰罗尔德的遗孀，兑现了自己的诺言。

演出结束了，但特南夫人女儿艾伦那轻盈的体态、美丽的容貌和灵秀的气质在狄更斯的心中挥之不去了。

这一年的10月份，狄更斯与柯林斯合作撰写的中篇小说《两个懒学徒漫游记》在《家常话》上刊出，这篇稿子记述了他们此前去湖区访问过程中发生的故事。

## （18）狄更斯与安徒生之间的往事

丹麦作家汉斯·克里斯蒂安·安徒生是19世纪的欧洲文学巨子。十年前，狄更斯与安徒生在伦敦见过一面，有过简短的交往。

那是1847年，声名鹊起的安徒生接受布莱辛顿伯爵夫人的邀请，到英国宣讲自己的作品。在一次贵族晚宴上，狄更斯、安徒生两位文坛巨星见面了。安徒生比狄更斯大7岁，安徒生表达了对狄更斯的崇拜之情，称他为"我们这个时代最伟大的作家"。狄更斯同样表示与他相见恨晚，并约安徒生择日长谈。

这日，安徒生来到了狄更斯在布罗德斯泰斯的小屋，他们谈论了许多的话题。第二天上午，狄更斯陪安徒生走了两英里半的路来到拉姆斯盖特，送安徒生登上了去哥本哈根的汽船。

安徒生回到丹麦后经常给狄更斯寄信，并附上他自己的书，请求得到点评。狄更斯也如期回信，邮寄自己的作品，更是几次邀请安徒生到他家做客。

1857年7月，安徒生再次来到英国，来到了狄更斯的盖茨山庄。狄更斯热情地款待安徒生，两人谈论各种话题。有一次，性格内向的安徒生在谈到报纸上对其作品的不公正评论时，感到很委屈。狄更斯伸出脚，用靴子尖在地上写出"批评"这个词，然后用靴子底把字蹭掉，对安徒生说："你看，消失了吧。"

狄更斯开朗、幽默的性格感染着安徒生，也影响着这位童话大王。安徒生本计划在此停留两个星期，却因主人的热情在盖茨山庄住了五周。

盖茨山庄内的每个客房，都有备好的纸笔，安徒生在这里生活和写作像在家里一样方便。白天，狄更斯夫妇陪着他参加伦敦的各种社交活动，会见社会各界名流。傍晚，这位声名显赫的童话作家和狄更斯在一起漫步，感受伦敦的风情，内心很是高兴。

在童话世界里的安徒生，从没想到久居会给主人带来不便。在他看来，这个家庭是非常美满的，狄更斯是那样的彬彬有礼、才华横溢，凯瑟琳是那样的温柔贤惠、平静淡泊。有一次，他看见凯瑟琳暗自流泪，但他并没有想到她的悲伤会来自她的丈夫。他对这个家庭一年后发生的变故没有一点感觉。

当时，狄更斯正忙着排演柯林斯的《冰海深处》，他的心中装满了与女演员艾伦·特南的排戏感觉。狄更斯的生活字典里没有"空闲"二字，他的时间排得满满的，他没有想到安徒生会因自己的热情款待久居，心里很是着急。狄更斯的家庭有着英国中产阶级的生活方式和社交规矩，而安徒生的行为举止与这个家庭格格不入，出现不少尴尬场面。狄更斯的太太面对这么一个内向、不苟言笑的人在精神上很有压力。所以，当安徒生离开盖茨山庄时，狄更斯和家人都松了一口气。

安徒生离开盖茨山庄时，心怀不舍。而狄更斯的不舍之情要轻得多，他还在客房的镜子上调侃般写道：安徒生在这个房间里睡了五个星期——似乎都要变成家庭中的一员了！

这两位作家之间的通信不久就停止了。一段美好的友谊由于各自的生活习惯、思考问题的不同角度竟然无疾而终了。

## （19）夫妻间的龃龉 劳燕分飞的萌芽

狄更斯与凯瑟琳的婚姻不能说不完满，但作为作家的狄更斯更需要一个志同道合的配偶。从这一点来说，凯瑟琳远未达到狄更斯的要求。尽管她为人和蔼可亲，性情温文尔雅，喜欢平静淡泊、宁静安谧的生活，但她的兴趣就是陪自己的孩子，谈论的无非是孩子及家中琐碎的事情。她陪丈夫到国外旅行，一路上饱受舟车劳顿，还常常处在危险中，她能默默忍受；在宴席上，她坐在女主人的位置上，听人们谈论自己不感兴趣的话题，内心很不自在，找不到自己的存在感；她陪狄更斯参加各种各样的会议，接见各种各样的人，身体疲倦至极，但脸上安放的是永久的微笑。她本来对生活就没有什么奢望，甚至可以说毫无个性，在日复一日的家庭生活中，她越发懒散，做事也笨拙起来。当乔治娜代她管理起家务的时候，她还很乐意，甚至还很感激。20年来，她不断怀孕，生了十个孩子，产后出现抑郁症状，任何的外事活动都令她紧张和苦恼，她没有精力去应付丈夫这个伟大作家的古怪要求了。

多年来，狄更斯一直压抑着心中的怅惘，他在极力维护着家庭的完整。他知道自己是一名小说家，是当时的名人，他不愿人们在评议自己的作品时与家事混淆。但是狄更斯是一个情感至上的人，初恋情人玛丽亚带给他的失恋的痛苦并没离他远去，他也没有忘记玛丽带给他家庭的那抹亮丽的色彩。虽然他与妻子共同生活了20年，但性格和气质的不同导致他的生活缺少那种激情。当一个专职作家的情感无处安身时，这个家里的人们就难以和谐共处了。

狄更斯和多数具有创造力的艺术家一样，在彰显人类特征的程度上要比普通人强烈得多。艾伦与狄更斯在艺术气质上有着高度的契合，她唤醒了狄更斯心灵深处的那种渴望。狄更斯把对他人和他作品中的人物的怜惜和同情转移到自己身上了。

1857年秋，凯瑟琳与狄更斯发生了一次争吵。原因是狄更斯有个习惯，就是在每次演出结束后，都会给合作者赠送纪念品。这一次，他给艾伦买了一枚胸针。因胸针有些毛病，便送去给店家修理。修好后，店家将胸针送到了凯瑟琳的手上。凯瑟琳从妹妹乔治娜那里了解了一些艾伦的情况，便与狄更斯吵闹起来。狄更斯向凯瑟琳、乔治娜等所有人说明自己与艾伦之间是清白的，是一种高尚的情感。这件事情，凯瑟琳的娘家人也参与进来了，狄更斯愤怒了。

1857年10月11日，狄更斯在盖茨山庄写信给佣人安妮，要她将塔维斯托克宅第的房间做一个调整，将自己与妻子卧室之间的通道封上。狄更斯向凯瑟琳提出非正式分居，两人轮流住在盖茨山庄和塔维斯托克宅第，对外两人维持夫妇的样子。1858年1月，狄更斯回到塔维斯托克宅第时，发现关于自己与艾伦的流言蜚语已是沸沸扬扬的了。

狄更斯与妻子的关系已无转圜了。

## （20）第一次巡回朗诵表演活动

面对家庭的烦恼，狄更斯内心烦乱，无法安心写作，他开始琢磨举行朗诵会的事情。好朋友福斯特反对他成为一名职业的朗诵者，担心这样会有损他小说家的形象。狄更斯则认为自己在大庭广众下朗诵自己的作品会令自己兴奋，他在这种兴奋中就会忘掉自己目前家庭中的烦恼，至少是暂时忘掉这些烦恼。

1858年3月，狄更斯指定朋友阿瑟·史密斯当他的代理人，策划首次巡回演出活动，这是狄更斯的首次营利性朗诵活动。

首次朗诵活动安排如下：4月29日到6月初在伦敦圣马丁大厅演出；秋天在英格兰、苏格兰和爱尔兰的几个城镇巡回演出。

代理人史密斯对外预告了《圣诞颂歌》朗诵活动的消息。

维多利亚女王得悉狄更斯的演出消息，派人向狄更斯表示十分渴望听狄更斯朗诵《圣诞颂歌》。狄更斯对来人说，如果女王想听他朗诵《圣诞颂歌》的话，希望女王在自己公开演出时能御驾亲临一次。狄更斯知道，若女王公开出现在他的演出现场，那对提升自己的声望来说是多么重要。但是"皇恩"没有达到如他所希望的程度，后来也就再没有人向狄更斯提及此事了。

1858年4月29日，狄更斯的第一次朗诵会在圣马丁大厅举行。两周前，狄更斯曾在这里为大奥蒙特街的儿童医院和爱丁堡科学研究院募捐举办了两场朗诵会。此刻,大厅里挤满了人,人们静静地期待着狄更斯的登场。

当狄更斯右肩前倾,纽扣孔里插着花,手里拿着手套,腰板笔挺地走上讲台时,人们的欢呼声震耳欲聋。狄更斯简单的开场白如下:

在过去的几年中,我曾习惯于为帮助种种公益项目而对不同的听众朗读我的一些较短的作品。除了贴上时间以外,我还自己掏钱负担那些朗读会的开销。由于对朗读会的需求总是在不断增加,以前的那种做法最终已无论如何不可能继续,因此我一直不得不在两种可能性中间作出选择:要么作为我的一种公认的职业偶然为我自己的利益举办朗读会,要么就不再朗读。现在,我已经毫无困难地,或者说几乎毫无困难地,选择了前者。[1]

接着狄更斯讲述了自己做出这个决定的三个理由:

其一,我感到满意的是,它不可能让文学在地位和独立性方面作出妥协;其二,我长期以来持这样的看法,而且一直奉行这个观点,即在现时,无论有什么事儿能让一位"大众人"与其所属的大众在相互信任和相互尊敬的基础上面对面地坐在一起,这都是好事儿;其三,在以往的朗读会中,我的听众们非常慷慨地对这种活动表示了兴

---

[1] 狄更斯. 狄更斯演讲集[M]. 丁建民,殷企平,徐伟彬,译. 杭州:浙江文艺出版社, 2006: 279-280.

趣,他们也给了我很多快乐,这一点我体会很深。因此,我将朗读会作为我加强与读者联系——我几乎想说私人友谊——的尝试手段。我认为,与许许多多本来永远不会听到我的声音或看到我的面容的人们保持联系,这既是我崇高的责任,也是我最大的特权和骄傲。正因为如此,我今天自然而然地来到你们中间;也正因为如此,我接下去将从从容容地朗读这本小书,就像我从从容容地以任何别的方式撰写或出版这本书一样。[1]

狄更斯的开场白获得了人们的阵阵喝彩。狄更斯随后朗读了《炉边蟋蟀》中的片段,人们全神贯注地倾听,并不时报以掌声。朗诵会获得了圆满的成功,狄更斯以此开启了第一期巡回演出活动。

在此后的演出中,狄更斯陆续增加了一些朗诵的篇目,他在圣马丁大厅朗诵的《教堂钟声》也大获成功。狄更斯明白,如果今后他愿意专门干这个职业的话,那他朗诵所得的钱,一定会比他写作的收入丰厚得多。

狄更斯的演出计划如期进行。从8月1日起到11月,他一直奔波在苏格兰和爱尔兰的一些城市中,表演了近80场。狄更斯朗诵的书目,除《圣诞故事集》外,又增添了"匹克威克受审""小保罗之死"等精彩片段。他在朗诵时模仿人物的语言特征,再加上适当的动作,使小说中的人物立刻立体起来。以往,狄更斯在演戏时只能扮演某一个角色,而朗诵演出时他可以扮演所有的角色,这让他过足了演戏瘾。托马斯·卡莱尔说狄更斯的帽子底下藏着整整

---

[1] 狄更斯. 狄更斯演讲集[M]. 丁建民,殷企平,徐伟彬,译. 杭州:浙江文艺出版社,2006:280.

一个剧团。观众并没有因为他家庭变故的流言而冷落了他的才华,狄更斯在观众的喝彩声中既忘却了烦恼又获得了自信。

这是狄更斯营利性演出的第一个时期,以后还有三个时期大规模的商业演出。

## (21) 狄更斯与妻子分居

家中的矛盾仍在升级。此前,凯瑟琳的娘家人经常住在塔维斯托克宅第中,在狄更斯首次进行职业性演出前夕,娘家人将凯瑟琳带回了娘家。

狄更斯与凯瑟琳的感情纠纷已经扩散到狄更斯的朋友圈子里,狄更斯与乔治娜、艾伦的流言蜚语在上流社会传得沸沸扬扬。在这场吵闹中,乔治娜认为,家庭出现这样的问题,姐姐有不尽治家本分之责,她极力阻止狄更斯与凯瑟琳的分居,结果竟遭到娘家人的诘难和猜忌。15岁的乔治娜因为姐姐凯瑟琳的懒散,为了姐姐的家庭幸福,来到姐姐家,帮姐姐料理家政。她把主要精力放到孩子们的培养和教育上,获得孩子们的爱戴和狄更斯的尊敬。如今无故遭受这不白之冤,她无比气愤,申请法医对自己进行身体检查。结论是她守身如玉,有关她的谣言不攻自灭。而有关艾伦的谣传,当时也没有任何证据之实。

狄更斯了解到流言的传播者是霍格思太太和她的家人。自己赡养了20多年的霍格思一家竟散布有损自己名誉的谎言,他无比愤怒,与凯瑟琳的正式分居是必然的了。他授权福斯特去做安排。

狄更斯写给凯瑟琳的分手信

1858年5月的最后一个星期，狄更斯和凯瑟琳签署了分居契约，狄更斯每年给凯瑟琳600英镑的生活费，大儿子查利与凯瑟琳去摄政公园格洛斯特蛾眉月街70号居住，其他孩子留在狄更斯身边。在他看来，这样安排能保证家人过上舒适的生活。

分居后，双方都陷入了痛苦的思考中。狄更斯内心开始了一场意志与

狄更斯与妻子的分居契约草案

良心的交战，他清楚凯瑟琳由温文尔雅、唯唯诺诺变得脾气暴戾、一蹶不振是有自己的原因的，他也清楚这是两人的不同性格使然。他认为此次分居的原因在凯瑟琳一方，他埋怨妻子从来都不关心自己和孩子们，从来都不帮自己分担家庭生活上的压力，而如今却伙同她得到不少好处的两个亲戚，一起中伤自己，让自己付出了身心和声誉上的痛苦代价。而凯瑟琳因为丈夫提出分居而感到伤心，她感到自己有口难辩，还要承受远离自己孩子的悲苦。

### （22）狄更斯与萨克雷之间的故事

1858年6月，加里克俱乐部有一个名叫埃德蒙·耶茨的年轻记者，他写了一篇关于萨克雷的文章，登在《市镇闲话》杂志上。其中有一段对萨克雷个人的评价，引起了萨克雷的不满。萨克雷给耶茨写了一封怒气冲冲的信，指责文中的言辞纯系污蔑，并拒绝他的道歉。耶茨不久前曾在狄更斯的家庭纠纷中帮过狄更斯的忙，就去征求狄更斯的意见。狄更斯认为他的小品文是一个难以原谅的错误，况且萨克雷不接受道歉，就建议他回复一封表达愿意交流但对萨克

雷的态度又很无奈的信。萨克雷将此事上报加里克俱乐部，要求俱乐部委员会裁定耶茨的行为损害了俱乐部的安宁。7月10日，俱乐部针对萨克雷与耶茨一事进行全员会议讨论，最后以70票对46票的表决结果裁定耶茨向萨克雷道歉，耶茨若不服从裁定结果将被逐出俱乐部。由于耶茨一意孤行，没有向萨克雷道歉，委员会将他的名字从成员名单上除去。耶茨通过律师准备起诉俱乐部。狄更斯为了平息这件事情，给萨克雷写信，建议自己代表耶茨与萨克雷指定的一名朋友举行一次会晤，以便使事情能得到好的解决，同时承认自己给耶茨出过主意。萨克雷知晓了狄更斯在委员会上发表过不予以支持解决两个成员之间的私人纠葛一事的意见，认为狄更斯在与自己为敌。他又将此事上报委员会，双方又是一场乱哄哄的官司。最后，耶茨登报道歉，此事才算了结。

　　此前，狄更斯和萨克雷的关系就从友好变成了不冷不热。尽管他们彼此钦佩对方的才气，萨克雷甚至申请为狄更斯作品绘画，但是两个人毫无共同之处。这是因为他们在所受的教育及童年的经历等诸方面存在差异。狄更斯是一个精明的出版人，萨克雷则对出版生意一窍不通，且憎恨商务行为；狄更斯精力旺盛，萨克雷则懒散怠惰；狄更斯在意穷人对自己的褒奖，萨克雷则渴望富豪对自己的青睐；狄更斯自命清高，自食其力，不屑于讨好贵族社会，萨克雷则以博得贵族社会的恩宠为荣；狄更斯是一个深受男人们爱戴的人，萨克雷则是一个备受女人们推崇的人。在俱乐部里，他们的表现也迥然不同：萨克雷在酒吧间、图书馆和台球室如鱼得水，悠闲自在，兴致高时便与别人聊天；狄更斯到俱乐部总是在约人谈正事。他俩在一起时谈的话题也热烈不起来。1847年，萨克雷的《名利场》大获成功后，他俩的关系又增加了一个不以他们意志为转移的新因素。俱乐部成员和一些评论家纷纷说，这下终于有一本由一位绅士作者为绅士们写的书了。于是文学界分成了萨克雷派和狄更斯派两大阵营，他俩由于各自被自己的仰慕者们捧为当代最伟大的小说家而陷入一种人为的隔阂状态。萨克雷十分诚实地认为狄更斯的才华高过自己；狄更斯同样诚实，对萨克雷的作品不屑一顾。畅销书作者总是妒忌高雅文人的威望，而高雅文人则总是妒忌畅销书作者的盛名，所以无论是狄更斯还是萨克雷，他们见到对方时，尽管不会有什么共同话题可言，但总还可以坐在一起高谈阔论一番。

这一次，由于耶茨的事情两人发生了争吵，他们终于不用虚与委蛇了。

后来，在1860年初，两人在德鲁里大街剧院大厅中相遇，虽然握了手，但是相对无言。

萨克雷去世前不久主动与狄更斯和解。1863年底，萨克雷在雅典娜俱乐部的大厅与西沃多·马丁谈话。狄更斯从一间屋子里走出来，从他们旁边经过，径直穿过大厅，向通往图书馆的楼梯走去。萨克雷突然起身离开马丁，在狄更斯踏上第一级台阶时追上了他，对他说："这种愚蠢的疏远应该结束了，让我们重归于好吧。来，握握手。"狄更斯吃了一惊，但很快就伸出手来，于是两人交换了几句友好的话。萨克雷告诉狄更斯自己病了，浑身发冷，颤抖不止，他想尝试一种新的疗法。接着，他笑嘻嘻地将这种疗法描绘了一番。萨克雷回到马丁身边后，说："我无法抗拒我内心的冲动，因为我喜爱这个人。"一星期后，萨克雷溘然长逝。狄更斯在萨克雷生前编辑过的《科恩希尔》杂志上写了一篇情深意切的文章，悼念他的好友萨克雷。

狄更斯与萨克雷之间虽然曾经闹得不可开交，但终究和好了，这可能就是文人的视界。

与此同时,狄更斯和他的出版商之间发生的私人纠葛就更为严重了。他的挚友《笨拙》杂志的主编马克·莱蒙,曾在狄更斯夫妇分居的谈判中代表狄更斯夫人,他在布雷德伯里和埃文斯的支持下,拒绝刊登狄更斯那篇《致＜家常话＞读者》的声明,因为他们都觉得狄更斯对待妻子太刻薄了。狄更斯与莱蒙、布雷德伯里和埃文斯以及所有对他的家庭纠纷持与自己不同看法的人闹翻了。他命令自己的子女与这些人断绝来往,并且还希望自己的知己好友也都能与这些人断交。埃文斯毫不掩饰对凯瑟琳的同情,并且与凯瑟琳及其儿子查利走得比较近。三年后,当狄更斯的儿子查利和埃文斯的女儿结婚时,狄更斯不仅自己没有参加婚礼,还写信给查利的教父托马斯·比尔德,说自己能理解比尔德出席婚礼的愿望,但不希望比尔德跨进埃文斯的房子。可见狄更斯对埃文斯的耿耿于怀。

## 3. 晚期创作(1859—1870)

### (1)创建《一年四季》 挥笔《双城记》

狄更斯与埃文斯、布雷德伯里、莱蒙之间的关系僵化了。虽然他觉得有愧于凯瑟琳,但他无法对那些认为他对妻子刻薄的人保持宽容,他不愿意与出版商布雷德伯里和埃文斯继续共事了。他提出要购买布雷德伯里和埃文斯在《家常话》中的股份,但布雷德伯里和埃文斯拒绝出售他们所持的股份。狄更斯便创建了一个由他全资控股的新杂志《一年四季》,目的是与《家常话》杂志抗衡。

《一年四季》编辑部设在河滨路的威灵顿大街上,离《家常话》编辑部仅几步之遥。新杂志每周一刊,威尔斯继续担任他的助手,柯林斯是编辑部成员。狄更斯全力以赴地投入到新杂志的编辑工作中。

1859年4月30日,《一年四季》创刊号出版了,短短三个月,杂志取得了巨大的成功。《家常话》马上陷入一文不值的境地。

《一年四季》的成功,在很大程度上与狄更斯在创刊号上连载他的新小说有关,这部小说的名字叫《双城记》。这部小说一直连载到11月26日。

1859年夏天的每周,狄更斯都是这样度过的。他周一下午通常去伦敦,周三上午待在威灵顿街上的办公室,周四到下周一上午在盖茨山庄写小说。

狄更斯于1859年2月份开始创作《双城记》。由于他的这部小说要反映法国那个疾风暴雨的时代,要揭露骇人听闻的暴行,要反映各种邪恶的势力,所以,狄更斯请他的朋友史学家卡莱尔帮他找几本关于法国革命的权威著作。卡莱尔给他送来了两大捆有关这个历史事件的书。

狄更斯逐一研读这些资料,他认为法国大革命是对腐败社会的判决。狄更斯秉笔直书,把阶级对立、社会分化、山雨欲来的时代特征,概括得精要,描述得贴切,他那以简驭繁的手笔,显示出一个文学大家的成熟。

《双城记》是狄更斯后期

法国革命的浪潮

创作中最著名的小说。作品以18世纪法国大革命前后的英、法两国社会生活为背景，描写了封建贵族生活的豪华奢侈、政治上的滥施淫威、经济上的残酷压榨，真实地再现了城市贫民和广大农民的悲惨生活景象，揭示了阶级的尖锐对立所引发的暴力革命过程。他在肯定大革命正义性的同时，反映了革命者狂热地镇压贵族所造成的"恐怖""混乱"的情景。

故事发生在伦敦和巴黎，贵族埃弗瑞蒙德侯爵的残暴狠毒和飞扬跋扈的行为引起了底层人民的反抗和斗争，这是他们对贵族阶级长期仇恨的爆发。埃弗瑞蒙德侯爵为满足自己的淫欲，害死了农村一家五口人。马奈特医生写信向朝廷告发埃弗瑞蒙德侯爵兄弟虐杀农民的罪行，无辜受到18年的监禁，后来他却宽恕了陷害自己仇家的后代，成为仁爱与宽恕的化身，是人道主义的典型代表。德发日太太一家苦大仇深，在革命中勇往直前，但为了报私仇对仇家的后人斩尽杀绝。助理律师卡屯为了自己所爱的姑娘，主动退出情场角逐，后来又冒名顶替姑娘的爱人上了断头台。以史为鉴，狄更斯在这里对血腥的暴力革命提出质疑，表达了对英国前途的担忧。他向英国统治者呼吁改良，要求缓和社会矛盾，避免人类的血腥厮杀。

《双城记》连载后不久，狄更斯的旧病复发了，但小说的情节紧紧抓住他的心，他情绪激愤，不写不快，他觉得自己正在写有生以来最出色的小说。小说还没有写完，他就迫不及待地渴望扮演书中西德尼·卡屯的角色。卡屯原本是一个玩世不恭的公子哥，在爱情的驱使下变得崇高起来。他为了拯救自己所爱女子的丈夫的生命，不惜牺牲自己的生命，他像圣人一样活在他们的记忆之中，成为他们孩子心目中的英雄。仅就小说的情节而论，狄更斯便认为这是他自己的最佳作品，他将自身的戏剧气质在这部作品中表现得淋漓尽致。

《双城记》自问世以来，所受欢迎的程度堪与《大卫·科波菲尔》相媲美，甚至有过之而无不及。贵族圈里的读者，看完《双城记》后，指责狄更斯夸大了阶级压迫；有些激进的读者，指责他笔下的暴动者是无理性的人群。狄更斯在这部作品中同情苦难中的人们，承认他们的暴动起义是被压迫者的正义行为，同时他又把暴力和流血看成恐怖的事件。伴随着写作的一个个不眠之夜，他被人误解的郁闷情绪得到了释放，故事的结局让他的人道主义思想得到阐释，这部有着浩瀚场面和社会深度的小说让他的心得到了莫大的安慰。

《双城记》的发行给狄更斯带来了不菲的经济收入。《一年四季》因登载这部小说，销售量直线上升，从3万份增至10万份，远远超过《家常话》的销量。这在当时是任何杂志都无法超越的。

狄更斯的烦恼伴随着《双城记》中卡屯的高尚精神和可观的经济收入被驱散了不少，而此时怀旧之情也不断向他涌来。他在《一年四季》上发表了许多回忆童年的文章。这些文章和后来的几篇圣诞故事以《非商业旅行者的见闻》为名结集出版。

狄更斯的老朋友哈勃雷特·布朗（笔名菲兹）为《双城记》画插图，这是两人最后一次合作。因为布朗答应为埃文斯出版的新杂志画插图，狄更斯就宣布停止与他的合作。

狄更斯与布雷德伯里和埃文斯打了一场官司，双方终止了合股契约。狄更斯如愿以偿，他以3550英镑买下了《家常话》杂志，把它正式并入《一年四季》，他终于成了该刊的唯一老板和主编。

《一年四季》以连载长篇小说为主，文学内容占了刊物的大部分版面，而政治、时事、社会新闻版块则退居次要地位，这与狄更斯和美国出版商的签约有关。双方约定每期杂志出版前，一份印版运送到美国，两地同时印制出版，这样他必须提前两周定稿。由于新闻类的稿子有很强的时间性，所以狄更斯减少了时事和社会新闻的版面。

柯林斯不久即因病退出了编辑部工作，但他后来最受欢迎的三部小说《白衣女人》（1860）、《无名氏》（1862）和《月亮宝石》（1868）都是在《一年四季》上连载的。

### （2）盖茨山庄：最后的居住地

早在1856年3月14日，狄更斯就花了1790英镑买下了罗彻斯特附近的盖茨山庄，他童年的愿望得到了实现。正如他父亲所说，如果他非常努力地工作，有朝一日就可能成为这幢房子的主人。

从1860年起，狄更斯的所有空余时间都是在盖茨山庄度过的，这里成了他的永久住所。他放弃了塔维斯托克宅第，把那里的大部分家具移到盖茨山庄，把一些必不可少的家具，放置在威灵顿大街《一年四季》编辑部楼上的几间房间里，以便他去伦敦居住时使用。

自从狄更斯将盖茨山庄变成他真正的家以后，他便对这所房子产生了比他在伦敦的任何住处都强烈的兴趣。在房子里面的一堵墙上，有一块匾，上面题着这样一句话："此屋，坐落在莎士比亚为之作颂的盖茨山之巅，大师妙笔写成的约翰·福斯塔夫爵士为盖茨山庄增添了不朽的光彩。"

盖茨山庄

狄更斯要求盖茨山

庄中一切物品的摆放都要井然有序,对于山庄的修葺,他事必躬亲,亲自监督通烟筒、打井、整理花园、晒干草、换地板、换墙纸等事情。有一次,家中的座钟坏了,他写信给钟表匠:"自从敝人大厅里的钟承蒙贵店上油以来,它就不大乐意报时,现在,在经受了一连串难以忍受的内部痛苦之后,它干脆完全停止报时。当然,这样一来钟是可以痛痛快快地歇一歇了,但敝人全家甚感不便。如果足下能委派一个可以信赖的匠师来和钟谈一谈,我想这钟会乐意把心中的烦恼和盘托出的。"可见狄更斯居住在盖茨山庄的愉悦心情。

狄更斯对家庭成员的要求也是严格的,家中的每个人都要用各自的衣帽钩,每个人都要收拾房间。狄更斯经常在早晨来到他们的房间,检查房间物品的摆放是否整齐。同样,他对花园、马厩也不放过,每天都要巡查一遍,以确保一切井井有条。他不允许家人以任何借口在进餐和赴约时迟到。

大女儿玛米是盖茨山庄的管家。狄更斯要求她勤俭持家,逐条逐项查看开支。玛米尊重和崇拜她的父亲,自父母分居后,她就再也没有去见过她的母亲。由于父亲的反对,她还拒绝了一桩婚事。她把一部分家务委托给她的姨妈乔治娜和妹妹凯特管理。

凯特对父母分居不满,她经常去看望母亲。威尔基·柯林斯的兄弟查尔斯·柯林斯向她求婚,她虽然不爱他,但是她不愿生活在家中,所以不顾父亲的规劝,接受了他的求婚。1860年7月,凯特和查尔斯·柯林斯举行了婚礼。在婚礼现场,狄更斯显得异常激动,而在客人离去之后他在凯特的卧室里呜咽抽泣,他知道凯特是因为自己才离开家的。

1860年的夏季,狄更斯面临的是痛失和分离的境遇。老房子卖掉了,承载着20多年夫妻生活的家随风而去了。女儿凯特出嫁了,她是因为不愿待在没有母爱的家中才出嫁的；最有出息的工程师弟弟艾尔弗雷德去世了，留下弟媳和5个孩子。狄更斯忍着悲痛料理了弟弟的丧事，又将弟媳和侄子们安排在伦敦租房居住。最小的弟弟弗雷德里克对金钱毫无管理的概念，这一点像极了父亲，他总担心弟弟又做出令人意想不到的事情。母亲病倒了，还不知能否渡过难关。狄更斯的情绪低落，每晚都难以入睡。

8月初，他开始构思一部新书，表达时光是不能用来忧伤的，生命还在不断前行，要向前看，揭开人生新的一页。这就是狄更斯创作《远大前程》的初衷。

几个星期之后，狄更斯突然心血来潮，企图忘掉过去，要把自己早年的生活印记统统抹去。1860年9月3日，狄更斯把他所有的私人文件和书信，都运到盖茨山庄附近的一片空地上，付之一炬。就这样，卡莱尔、萨克雷、丁尼生、勃朗宁、柯林斯和其他声名显赫的同时代人写给他的大量书信，都化成了一堆灰烬。自此以后，他每处理完一封非商业性的信件，便立即销毁。

狄更斯很爱自己的孩子，希望他们每一个人都有很好的发展前程。当他的儿子们选择职业时，他劝他们不要步他的后尘，而是支持他们向外发展。因为他熟谙作家生活的艰辛和苦恼，更深知投身文学的人大部分是为生活所困。

大儿子查利加入巴林的公司，后来破了产，父亲安排他在《一年四季》

1860年的狄更斯

编辑部做编辑，后来他继承了这份杂志。二儿子沃尔特去东印度公司所属部队当见习军官，父亲在南安普顿港相送，后来他于1863年死在加尔各答。三儿子弗朗西斯愿意加入孟加拉骑警队，父亲让他如愿以偿。四儿子艾尔弗雷德对商务有兴趣，父亲便在伦敦金融界为他谋得一个职位，后来他渴望到澳大利亚去发展，父亲也同意，结果他在那里定居了。五儿子西迪尼早年就喜欢海军，并且有锲而不舍的精神，父亲大力支持，令他遂心如意。六儿子亨利聪明好学，父亲送他到剑桥读书，他获得了两项奖学金，后来当上了律师。七儿子爱德华是一个羞涩的、性情温和的孩子，缺乏专心致志和持之以恒的精神，父亲建议他去澳大利亚找他四哥，这样会有助于他成长，他在赛伦塞斯特的农学院学习了一段时间后，就离家前往安蒂波德斯群岛。

狄更斯对每个孩子的出行都无比牵挂，这个坚强的父亲在帕丁顿车站为七儿子爱德华送行的时候，情不自禁大哭了一场。

### （3）幻想破灭的《远大前程》

1860年9月，狄更斯宣布他正在酝酿一部长篇小说《远大前程》。由于之前《一年四季》登载利弗的小说，使发行量有所降低，所以他决定在《一年四季》上连载他的这部新小说，挽回发行量。

《远大前程》是一部幻想破灭的悲剧性小说，表达了狄更斯对英国社会的失望情绪。它讲的是主人公匹普不安心做一个铁匠，一心想进入上流社会，在了解了一系列社会真相后，摆脱了这种不切实际的幻想，走上了新的生活道路的故事。

此前，狄更斯的小说有出于善战胜恶的道德思想的，有出于对社会的乐观幻想的，作品中的主人公们，往往意外地得到援助，从社会底层走出来，摆脱了窘迫的生活境地。如大卫·科波菲尔碰到了好心肠的姨婆，奥立佛·退斯特遇到了善良的资产者布莱罗先生。而在《远大前程》这部小说中，狄更斯揭示了在阶级社会里，穷人要想变成"上等人"，完全是一种幻想，小说主人公匹普的经历就说明了这一点。

匹普从小父母双亡，在姐姐和做铁匠的姐夫的抚养下长大。匹普小时候曾在父母墓地附近的沼泽地碰到一个逃犯。逃犯威胁匹普，让他带钢锉来帮自己逃跑并偷食物给自己吃。匹普一一照做了。后来逃犯被抓获并流放，匹普也很快就忘掉了这件事。不久，他到神经受过刺激的郝薇香小姐家里做童仆，给这个百无聊赖的女士消愁解闷。在那里，匹普对郝薇香的养女——美丽的艾丝黛拉一见钟情。艾丝黛拉受郝薇香小姐监护。郝薇香小姐当年在新婚之夜被情人抛弃，她痛恨天下的男人，她训练养女艾丝黛拉如何伤男人的心，让她去报复男人。匹普成了郝薇香报复男人的对象。艾丝黛拉冷漠、孤傲，她根据郝薇香的安排对匹普挑逗并嘲弄。匹普为了得到艾丝黛拉的爱情，一心想做"上等人"，可是生活中他只能是姐夫的学徒。

有一天，律师贾格斯突然来到铁匠铺，说是受一个不肯透露姓名的富翁的委托，要出一笔巨资把匹普送到伦敦去接受"上等人"的教育。匹普喜出望外，误以为这是郝薇香小姐有意栽培他，认为自己的"远大前程"有可能变成现实。

他在伦敦接受"上等人"教育的时候，经常和艾丝黛拉来往。艾丝黛拉对他冷热无常，把他弄得神魂颠倒，十分痛苦。一天深夜，匹普童年时掩护过的那个逃犯麦戈维奇突然来访，声称在国外发了财，为了报恩，暗中出钱要贾格斯律师把匹普培养成"上等人"。匹普对这个消息大失所望，原来让自己成为"上等人"的资助者竟是政府通缉的逃犯。不久，这个逃犯因私自潜回国内寻找女儿触犯刑律，重新被捕判刑，后来死在了狱中。而这个逃犯的女儿竟是艾丝黛拉，艾丝黛拉被郝薇香嫁给了一个"畜生不如"的人。匹普了解了事情的全部真相后，精神备受折磨，做"上等人"的幻想全部破灭。他负债累累，生了一场大病，幸而在姐夫的帮助下，还清了债务。后来，他在一个朋友的支持下到埃及开罗谋生。

匹普离开了姐姐和姐夫

11年后，匹普回国探望姐夫。在郝薇香的庄园里，遇见婚后备受摧残、已经成为寡妇的艾丝黛拉。两个饱经沧桑的人，在互道"我们言归于好"中离开了这个曾经吞噬他们两人幸福的废墟。

匹普的经历说明了在当时的英国，劳动人民想要挤进上流社会，是一种无法实现的空想，怀有这种"远大的前程"是不切合实际的。

《远大前程》第一部分于1860年12月1日开始连载，小说连载一个月后，杂志的销售量便达到了利弗的小说发表之前的水平，后来又超过了这个数量。为了写好这部小说，狄更斯于1861年2月租下汉诺佛街3号的房子，一住便是三个月。5月份时，他因坐骨神经痛，便前往多佛的若德爵士旅馆休养，在那里写作和散步，享受着与世隔绝的乐趣。这部《远大前程》小说到1861年8月3日连载完毕。

与狄更斯的其他作品相比，《远大前程》的篇幅小了一些，故事情节脉络显得很清晰，开头几章，写得十分精彩。狄更斯试图使用当时风行的现实主义、自然主义的心理描写方法，而放弃了自己的艺术创作手法。他想写得简明易懂，但总感到不踏实，后来他听从了朋友布尔沃·利顿的劝告，重写小说的最后几段，让小说有了一个平庸的、极不自然的结尾。

### （4）第二次巡回朗诵表演活动

1861年至1863年，狄更斯开启了第二次在英国各地以及巴黎巡回朗读自己作品的活动。巡回演出行程计划如下：1861年3—4月，狄更斯在伦敦举行朗诵表演；10月到第二年的1月，到外地表演；1862年3—6月，在伦敦朗诵表演。

朗诵的台词早已烂熟于心，但舞台上的狄更斯已不是单纯的朗诵者了，而是一个做着戏剧表演的演员。狄更斯是他作品中各类人物的扮演者。当他从一个角色转向另一个角色时，顷刻之间，他的嗓音、五官、肢体动作等都发生了彻底的变化。他能模仿很多种人的声音，男的、女的、老的、少的、中年的、城市的、乡村的、陆军的、海军的，以及医生、牧师、法官等各色贵族的。他还能模仿很多种人的表演，从一个青年男学生的天真神情到一个吝啬鬼的贪婪面容，他都能扮得惟妙惟肖。他天生一副深沉、浑厚的好嗓子，能发出各种全音和半音，表达无奈的哀婉、欢闹的幽默和战斗的激情。除去丰富的嗓音和模仿的天才，他还具有一种磁石般的、像催眠术一样的吸力，能够抓住观众的心，激发他们的情感，随心所欲地使他们欢笑、痛哭、振奋和喝彩。

在朗诵《匹克威克外传》中审讯那段情节时，狄更斯在台上一会儿突然发出打鼾声，一会儿又骤然一跃而起，观众分明感觉到法官斯塔利先生自始至终都在诉讼现场，甘普太太的声音就在脑海中萦绕。在朗诵《董贝父子》时，小保罗·董贝的童声传来了，观众们仿佛看见一个累得筋疲力尽的孩子就站在他们面前。在朗诵《尼古拉斯·尼克尔贝》时，当朗读到范妮·史奎尔斯与尼古拉斯·尼克尔贝争吵的情景时，狄更斯的脸上一半是范妮的表情，一半是尼古拉斯的神色。

狄更斯扮演史奎尔斯时，面目是那么狰狞可怕；扮演乔纳斯·朱述尔维特时却又是满脸杀气。他本人最喜欢朗诵《大卫·科波菲尔》中的片段，他对大卫·科波菲尔怀有无限的柔情。

在巡回朗诵期间，狄更斯很少见朋友，而且几乎不外出赴宴。他终日马不停蹄地从车站赶到旅馆，从旅馆赶到朗诵大厅，又从朗诵大厅赶到车站，他常常在火车上度过夜晚的时光。

当时的英国戏剧舞台上出色的演员寥若晨星，而狄更斯以其独特的表演才能赢得了观众们的心。往往狄更斯的朗诵结束了，观众们仍然在剧场里欢呼不已。狄更斯只得再一次出场，做简短的演说，以表示对观众们欢呼声的感谢。朗诵会结束了，人们成群结队地等着他，渴望有机会触摸一下他的手或大衣。

狄更斯从小就有强烈的表演欲望，现在他很是享受被大家热捧的感觉。他对自己的表演着了迷，完全进入了一个属于他自己的天地。他扮演着自己创作的一系列作品中的角色，可以随心所欲地进行增删，可以创造性地改编自己的剧本。他适时地改变自己的朗诵形式，或是增添悲剧的气氛，或是强化表现的主题。他在朗诵时省去了对人物描写的句子，而是用表演呈现人物的立体形象，更好地诠释了人物的面貌和性情，体现了狄更斯多角度、多层次的创作能力。狄更斯的这种创作和实践可以说是空前绝后的。

想象一下，如果人们能看到莎士比亚在他自己写的剧中扮演主角，能看到贝多芬指挥着他自己谱写的交响曲，那人们一定会激动不已，这是人们期盼而不得的事情。狄更斯做到了人们期盼却不得的事情，他开创了作家演讲和表演自己作品的先河。当狄更斯右肩向前倾斜，钮孔中插着一朵花，拿着手套走上舞台时，观众席就爆发出一阵震耳欲聋的欢呼声。只要狄更斯一开口，观众席顿时就鸦雀无声，除偶尔爆发出一阵笑声和掌声以外，观众们自始至终都如痴如醉地沉浸在一种悬念之中。狄更斯的表演才能无人能敌，他表情丰富，瞬息万变，一人表演了书中的所有人物。他善于模仿各种声调，根本不需要乐队伴奏。卡莱尔说，在看狄更斯朗诵会之前，他对一个人的脸部表情和声音所蕴含的能量一无所知。麦克里迪赞叹狄更斯的演技之高，自愧不如。

狄更斯对演出现场有着超强的控制力。一次，他在伦敦演出一幕喜剧，突然，舞台上的帷幕着火。观众见状，纷纷涌向唯一的出口。正在台上演出的狄更斯径直走到脚灯前面，用一种权威的口吻说道："坐下，全部坐下。"500名观众马上乖乖地服从了。接着，他命令其他人去灭火，自己继续演出。这样类似的情景在他的演出中出现过多次。

1863年初，狄更斯在巴黎的英国大使馆举行了三次朗诵义演。

狄更斯无论去什么地方演出，都会带上自己的工作人员和设备，并且总是亲自指挥工人架设幕布、安装瓦斯板及瓦斯钢管，以确保安全。

在第二轮朗诵会尚未结束时，他的经理人阿瑟·史密斯去世了。后来查佩斯公司的乔治·多尔贝接管了他的第三轮和第四轮朗诵会。

### （5）《我们共同的朋友》和他的朋友

近十年来，狄更斯经历了亲朋好友的接连去世。他的弟弟艾尔弗雷德去世后，他的母亲、他的次子沃尔特也于1863年去世。他的小弟弟弗雷德里克、他的妹夫以及他的老朋友约翰·利奇和斯坦菲尔德也都陆续地离开了这个世界。狄更斯感念这些年来与亲朋之间的亲情和友谊，心情沉重，只能默默追忆。他不忘斯坦菲尔德的嘱咐，与《笨拙》杂志的主编马克·莱蒙在斯坦菲尔德的墓前，握手言和了。

1863年秋，他决定动笔写作《我们共同的朋友》。

狄更斯杜门谢客，开始了全身心的写作。这是他最艰难的写作阶段，写着写着，他会突然跳到镜子面前，对着镜子中的自己做一连串怪异的面部表情，然后奔回书桌前，畅快淋漓地书写一阵。过了一会儿，他又冲到镜子面前，自言自语一番，然后又平静地回到书桌前，一言不发地埋头写作。他着魔般的写作，让家人胆战心惊。

为了塑造书中的人物，狄更斯在几位法官的陪同下，走访了罪犯巢穴、藏污纳垢的小酒店；为了展现书中的场景，狄更斯多次夜访伦敦东区的船坞和码头。可见，这部小说的人物及故事情节是狄更斯观察和想象相结合的产物。

《我们共同的朋友》讲述了被父亲驱逐在外的约翰·哈尔蒙在父亲死后回到英国继承巨额遗产的故事。按遗嘱规定，他要跟一个他不认识的女子蓓拉结婚。哈尔蒙为了了解未婚妻的为人，对自己回国的消息秘而不宣。一天，在泰晤士河里捞起一具尸体，根据衣着和证件判断，死者是已故垃圾承包商老哈尔蒙的独生子约翰·哈尔蒙。老哈尔蒙的财产后来归老哈尔蒙的佣人鲍芬夫妇所有，约翰

约翰·哈尔蒙和蓓拉

的未婚妻蓓拉小姐也由鲍芬夫妇收养。许多人都企图从这笔由垃圾变来的财富中分一杯羹，因此展开了一场争夺。然而，约翰·哈尔蒙并没有死，那个死者是冒名顶替约翰·哈尔蒙并企图谋害约翰·哈尔蒙的人。约翰·哈尔蒙改名为洛克·史密斯，充当鲍芬先生的私人秘书，暗中考察和了解蓓拉的情况。经过一番曲折以后，他终于继承了遗产，并且和善良、美丽的蓓拉小姐结成良缘。

在这里，狄更斯用散发臭气的垃圾堆象征腐朽的资本主义社会，指出了金钱对人性的危害，揭示了社会秩序的混乱和道德的堕落，表达了对英国社会的失望和愤懑的心情。

小说《我们共同的朋友》从1864年5月开始连载，每月一期，至1865年11月完成连载，由他早年的合作者查普曼承印发行。此时，他们虽然恢复了商务往来，但并未重叙旧谊。在《我们共同的朋友》中，狄更斯的写作风格重新转向他拿手的喜剧和怪诞写法。赛拉斯·威格之所以能被写得活灵活现，引人瞩目，就是因为狄更斯重展故技再加上创新功力。作品中的讽刺读起来更加尖刻、辛辣，令人过瘾。他塑造的人物形象如此接地气，是因为其原型是生活在他的现实生活中那些可书可写的人。

狄更斯不断地修缮盖茨山庄，他买下了屋后那一片可以打板球和进行其他运动的草地。在海厄姆有一个板球俱乐部,狄更斯允许他们在他的草地上进行比赛,他对这种运动感兴趣。

狄更斯像往常一样热衷于社交活动,盖茨山庄成了他众多朋友聚集的地方。宾客们总是络绎不绝,他还派马车去海厄姆车站接他们。他家的每个房间都配有一个小小的图书角,并且配有茶杯、茶托、茶叶、茶壶、铜水壶,还有糖和牛奶。狄更斯上午埋头写作,客人们则自寻其乐。如果他们想访问罗彻斯特或附近的什么地方,可乘马车或爱尔兰短途旅游车前往。狄更斯会在午餐时来到客人中间,虽然他自己的食物通常只有面包、奶酪和一杯啤酒,但他总是饶有兴趣地看在场的人们就餐。午饭后,他总是建议人们出去散步,因为他特别喜欢散步。尽管他患有严重的腰部风湿痛,但他并未因此减慢行走速度或缩短行走路程,他每天都要走四小时。在晚餐宴席上,他神采奕奕,同人们谈论着各种话题,倾听人们谈论各种新鲜的事物。

狄更斯不仅拥有伦敦的朋友,还有法国、美国等地的知心朋友。有一次,狄更斯从外省朗诵回来,他的车夫去车站接他。车夫告诉他有58个大箱子已经运到家里了。原来这些箱子是狄更斯的莫逆之交法国著名演员查尔斯·费克特送的礼物,里面装有一座瑞士小木屋的各个组成部件。狄更斯决定将小木屋建在马路对面的那座属于他的种植园内。他兴致勃勃地指挥工人们安装小屋和安置家具,他设计、装饰内部,加修小暖房。他让工人们挖了一条隧道,将他的前花园和种植园连通起来,这样他就可以不经过马路直接进入自己的小屋。1865年春,小屋安装好了,狄更斯乐不可支,他可以在这座居高临下的小屋里,在树木的簇拥环抱中写作了。

狄更斯还经常住在伦敦威灵顿大街的寓所里。他要处理《一年四季》杂志的事务，还要过问一些公共事务，文学协会的事务便是其一。这个协会是1850年他与布尔沃·利顿共同创建的。狄更斯一直在关注协会的各项活动，为此他花费了大量的精力与时间。

1865年夏，文学协会要在克奈伯沃思举办一次活动。起因是七年前，协会在斯蒂文内杰附近的布尔沃·利顿的庄园里建了三所房屋来援助那些需要帮助的艺术家，如今要举办一次庆贺活动。利顿邀请了当地上流社会的一些人参加游园和午宴，并请狄更斯出面邀请一大批艺术家参加此次活动。

狄更斯带领着艺术家们乘火车到达了斯蒂文内杰车站。福斯特前来迎接并安排车辆前往克奈伯沃思。当时天气炎热，狄更斯让大家在路边一家酒吧里等候。这些艺术家兴致高涨，畅饮了几杯，又去参观了三所济贫院。当他们到达克奈伯沃思时，艺术家相互之间已经称兄道弟了。那些上流社会的乡绅视艺术家们为怪人，艺术家们则觉得绅士们是一群冷冰冰的俗人。两个阶层的人格格不入。利顿和福斯特忙于接待那些贵族，对艺术家们有些怠慢，这让狄更斯心中很是不快。午宴后，放荡不羁的艺术家们借故纷纷离开了，但他们对狄更斯心存敬意。

### （6）狄更斯与艾伦的最后恋情

《我们共同的朋友》中有一个人物是蓓拉·维尔弗。她大概是狄更斯所有作品中与艾伦·特南最相像的人物了。

艾伦·特南生于1839年3月3日，是牛津街公主剧院的一对演员夫妇的女儿。7岁那年，艾伦的父亲因精神病故去。她的两个姐姐范妮和玛丽亚都在儿童剧院里当演员。

狄更斯很早就认识艾伦。1857年，狄更斯和艾伦在曼彻斯特合作演出柯林斯的戏剧《冰海深处》，那一年，艾伦18岁，狄更斯45岁。

艾伦身材娇小，纤细动人，一头浓密的金发，散发着勃勃生机，一双蓝眼睛，透出一种早熟的专注的神情。

狄更斯在《双城记》中对露茜·马奈特的描写，正是18岁的艾伦在他记忆中的再现。她的脸上，"呈现出一种早熟的热切的神情"，"一种与她的年龄不相称的专注的表情"。在《远大前程》中，狄更斯对艾丝黛拉也描述过这种专注的神情。可见艾伦的神情已经在他的心里驻扎了。当时狄更斯对艾伦的痴情，还处在毫无希望的阶段，这从狄更斯在1862年秋写给朋友的信中可见。在给威尔基·柯林斯的信中，他倾吐了自己烦恼的心情；在给福斯特的信中，他说自己心乱如麻，强迫自己坐在书桌边，强迫自己写作。艾伦与当年的玛丽亚·比德奈尔和玛丽·霍格思一样对狄更斯的写作产生了极大的影响。

狄更斯渴望得到一件东西，他就一定能得到，这是他的性格使然。

艾伦家境贫困，母亲带着她们姐妹三人靠打零工度日，这是因为她们姐妹三人的演技一般，很难在舞台上出人头地。狄更斯就尽自己所能帮助艾伦一家。他在自己办的刊物上登载了她姐姐范妮的作品；1861年，他还写信给本杰明·韦伯斯特，请求帮忙将她的另一个姐姐玛丽亚招进剧团；1862年，他又拜托费克特雇用玛丽亚做演员。狄更斯还可能为特南一家支付了位于安普特希尔广场霍顿街2号房屋的租金。

凭着自己锲而不舍的努力，凭着自己的名望和钱财，狄更斯终于打动了艾伦的心。大约在1863年，艾伦·特南成了狄更斯的情妇。

艾伦任性顽皮、喜怒无常，经常纠缠生活中的一些小事情，这让狄更斯有些猝不及防。这追来的爱情像云彩一样飘来飘去。艾伦的言谈举止，影响着狄更斯笔下蓓拉的性格，也影响着故事的情节脉络。当艾伦将金钱置于情感之上去讨狄更斯欢心时，狄更斯笔下的蓓拉这样诉说："我爱钱，我想钱，万分地想钱。"当艾伦渴望狄更斯给予她荣华富贵的生活时，狄更斯笔下的蓓拉这样说："我恨当穷人，因为我们穷，人家就看不起我们，讨厌我们，可怜我们，羞辱我们，把我们当牲畜一样对待。"当艾伦对狄更斯流露出兴高采烈的情绪时，狄更斯笔下的蓓拉步入了婚礼的殿堂，"啊，人生在世，有时候是多么美好啊，真值得为之而生，又值得为之而死，那支古老的歌谣唱得多好啊：啊，是爱，是爱，是爱把世界转动！"由此可见，狄更斯作品中的女性形象，除朵拉以外，蓓拉是被描写得最逼真的——因为艾伦。

想象丰富、热情奔放、容易钟情的狄更斯却因一时的感情冲动，把爱情理想化了。爱情是现实的，生活是现实的，人间是存在烟火的。

1865年夏天，狄更斯经历了一场交通事故。狄更斯与艾伦·特南在法国度过一个短暂的假期之后，于6月9日从英国东部的福克斯通返回伦敦。他们乘坐的这列火车在下午3点13分途经斯泰普尔赫斯特时，驶入了一段因修理而被拆除了铁轨的路，八节车厢从桥上翻入下面的河中。狄更斯与艾伦·特南和特南夫人所乘坐的头等车厢被撞坏的桥体挡住，以一种不可思议的姿势挂在断桥边上，悬在半空中。

车厢倾斜着，人们都滑到了车厢的一角。狄更斯从车窗口爬出车厢，站在车门的踏板上，看到了十分可怕的景象。脚下的桥已荡然无存，只有两根铁轨，铁轨下面大约15英尺处是一片沼泽地，掉下去的车厢胡乱地躺在河床深处。车厢中的乘客惊慌失措，乱作一团。狄更斯看见两个列车员，便向他们要来车钥匙，又有一工人来帮忙，他们合力将车厢里的人都救出来。狄更斯不顾自己的安危，一连数小时救护受伤的和垂危的乘客。后来，狄更斯又爬回车厢，抢救出自己刚刚写好的《我们共同的朋友》一个章节的小说手稿，而艾伦关心的只是自己的帽子。尽管在这场事故中狄更斯没有受伤，但是现场的斑斑血迹、呻吟声四起的可怕景象让他感到阵阵恶心和头晕。事后好多天他都走不出那片阴影，一时无法写作。

在斯泰普尔赫斯特事故发生后不久，狄更斯与艾伦的事情被传开了。一位名叫约翰·加勒威的剧作家以之为题材写了一出独幕剧。那段时间，狄更斯的绯闻传得沸沸扬扬。

1867年初，狄更斯为艾伦在坎伯韦尔的农赫德租了一所房子——林登园16号的温泽别墅。狄更斯每周去那里住几天，他的最后一部作品《艾德温·德鲁德之谜》中的部分章节也是在那里写成的。可能是狄更斯希望他们的关系能体面些，也可能是艾伦的要求，1869年夏天，艾伦住进了狄更斯的盖茨山庄，并且参加了他的家庭板球赛。

狄更斯获得了他所期盼的爱情，但是他却未从中得到持久的幸福。作为一个感情细腻的作家，狄更斯心中十分清楚，艾伦并不爱他。这种不爱带来的痛苦，无时无刻不在折磨着他，使他整个人都发生了变化。每一个被艾伦热情谈论的人，每一个与艾伦交谈热烈的人，在他

当时报纸对车祸的插图报道

撞车现场若干天后的照片

眼里都是一个个潜在的追求者,这种疑虑一直到死都未能消除。正如托马斯·赖特所言:"他以为他已开始了新的生活,以为从今以后前程似锦,一路玫瑰。但他忘记了,玫瑰是有刺的。他以为他眼前是有史以来凡人所享有的最大的幸福,但他错了。"

狄更斯的精力也日渐衰落下来了,这让他感到了双重的痛苦和不幸。

狄更斯把单恋的痛苦写进了他的作品中,他对人的绝望情绪进行了淋漓尽致的描写,对人的嫉妒心进行了入木三分的刻画。这种对情绪的渲染和描绘,除了莎士比亚,世上是无人可与之媲美的。《艾德温·德鲁德之谜》中的约翰·约斯泼正是这种狂热感情的牺牲品。

## (7)第三次巡回朗诵表演活动

经历了斯泰普尔赫斯特事故的狄更斯,身心俱疲,对所有交通工具的声音都感到恐惧,写作也不在状态。为了克服对火车的恐惧,在9月中旬,他安排好工作上的事情后去了法国,他要以乘火车的方式来摆脱对它的恐惧。他在布伦停留了几天,在海边散步消解着紧张的情绪,可他的左脚又肿了,年初时这只脚曾肿过。接着他又去巴黎待了几天,一边继续写作小说,一边构思圣诞的故事。这期间他得了一次轻度的中风，但他以为是中暑。

狄更斯回到伦敦后，身心的疲惫有所缓解，他决定在1866年到1867年举行第三次在英格兰、苏格兰和爱尔兰各地巡回朗诵他的作品的活动。

1866年新年年初，他不听朋友的意见决定在英格兰和苏格兰举行新一轮朗诵会。上一次的朗诵活动没结束时，他的朋友兼经理人阿瑟·史密斯去世了，当时他手足无措，临时找了一个经理人，将所有后勤和经营上的事务都交给查佩斯公司管理。狄更斯与查佩斯公司就巡演有关事项达成了一致。狄更斯举办30场朗诵会，查佩斯公司支付给狄更斯1500英镑，支付他个人的旅行开销，并负责所有演出联系和后勤事宜。公司指派一个叫作乔治·多尔贝的经理人安排朗诵会的所有事宜。狄更斯之前见过多尔贝，这是个秃顶、高个子、身体健壮、面色红润、声音响亮、爱说笑话的人，是狄更斯恰好喜欢的那种人。

整个1月份和2月份，狄更斯的身体都很不舒服。他的医生弗兰克·比尔德说他的心脏肌肉缺乏动力，他的脉搏也不正常，建议他多休息。而狄更斯没有办法让自己停下来，就像没有办法让自己停止呼吸一样，他必须在耀眼的煤气灯灯光下与自己的观众面对面，向观众证明他小说的种种优点。他固执地认为开朗诵会对自己的健康有好处。

1866年3月，狄更斯在乔治·多尔贝和威尔斯的陪同下，开始在伦敦及外地举行朗诵表演，这是他三四年以来不间断巡演的时间最长的一次。23日，狄更斯开始了此次巡演的第一场，地点是在切尔滕纳姆礼堂。之后前往利物浦、曼彻斯特、格拉斯哥、爱丁堡、布里斯托、伯明翰、阿伯丁、朴次茅斯等地。这期间，狄更斯身穿厚呢子短大衣，披着斗篷，带着宽沿毛毡帽，一副海盗的形象。他一有时间就去马戏团，经常为乔治·多尔贝和威尔斯跳上一个舞蹈，他活泼欢快，让人看不出他身上的病痛。近三个月的演出，他所到之处无一例外地受到民众的热烈欢迎。6月份，狄更斯回到了伦敦，处理刊物上的一些事情。

1867年1月，狄更斯又开始了在英格兰、爱尔兰各地的巡回朗诵表演。5月13日，他在圣詹姆斯礼堂进行此轮朗诵活动的最后一次演讲。闷热的屋子和耀眼的灯光让他很疲惫，他确实累了。

在《我们共同的朋友》发行大获成功的时候，狄更斯的身体就出现了一些不健康的征兆，但他向来不肯承认自己身体有问题。1865年初，狄更斯的一只脚肿痛，他认为这是在雪地里走得太多的缘故，未加注意。脚痊愈后，他还是每天步行10到12英里的路。1866年初，他的心脏出现了毛病，吃了补药后身体略微好转，他也未加注意。狄更斯对自己身体上的毛病总是讳莫如深，他把视力衰退归咎于他服用药物的副作用；他把脚部痛风归咎于他的足部受寒；他把心脏不舒服归咎于自己神经不畅；他甚至把晕倒说是自己失眠导致的。

1867年夏，狄更斯又一次因足部痛风病而卧床。外界传闻狄更斯的身体垮了，一家报纸说他的"身体岌岌可危"，狄更斯怎能接受和承认这样的传言，他赶紧要求一位编辑朋友发表了一篇否认声明。这就是永不言败的狄更斯。

## （8）二次访美

早在1859年，就有人向狄更斯建议去美国进行朗诵演出，后因美国内战爆发，此事作罢。战争结束后，现在这一建议又被一些人提出，各种委员会、经理人、投资商等纷纷提出要赞助狄更斯。由于狄更斯的身体原因，以及他对美国发表过的一些言论，他的好朋友柯林斯和福斯特极力劝阻他，不希望他去美国。但狄更斯已心动，1867年8月，他派他的经理人多尔贝去美国与相关机构联系访美事宜。

乔治·多尔贝是一个憨直、乐天的人，他精力充沛，为人诚实，多年以来，他一直在做音乐会、戏剧、演讲会、庆典等活动的经理人。在他打交道的所有人当中，他最推崇狄更斯，认为狄更斯是最有激情的、最脚踏实地的和最和蔼可亲的人。狄更斯从不摆名人架子，从不发号施令，总是以商量的口气跟多尔贝说话。无论所到城市多么破败，旅店多么肮脏，狄更斯从不抱怨，因陋就简地展开工作，多尔贝对狄更斯心生敬意。在即将开启的访美行程中，多尔贝决心安排好狄更斯的行程，保护好狄更斯的安全，保障他的生活。

狄更斯访美的消息在美国传开了。此前狄更斯的游记《美国札记》和长篇小说《马丁·朱述尔维特》中有对美国现状抨击的内容，在美国社会引起了轩然大波，美国学界有一股反狄更斯的思潮，反英的情绪高涨。《纽约先驱报》发表了一则"狄更斯必须首先道歉"的声明。狄更斯的好友们担心他在纽约被暴徒围攻，都写信劝他慎思。可是狄更斯太向往美国的舞台了，他想在那里引起轰动，想赚更多的钱。

9月下旬，多尔贝回来了，他向狄更斯汇报了此次美国之行的总体安排及预计的种种美好。

狄更斯不顾朋友们的劝阻，为自己去美国找了十几条理由。在这些理由中，狄更斯巧妙地掩藏了赚钱这个真正的目的，而是说要通过精妙绝伦的戏剧式朗诵表演，重振因《马丁·朱述尔维特》而严重受损的个人名望，想叫美国人大吃一惊，迫使他们对自己的贬抑转变为赞扬、愤怒转变为爱慕。1867年9月30日，狄更斯在罗斯向波士顿发出了一份同意访美的电报。

此前，狄更斯和柯林斯在《一年四季》上合作刊发了一篇圣诞故事《禁止通行》。费克特读了清样后，觉得这篇小说可以改编成一部剧本。于是狄更斯在动身赴美之前，与费克特一起讨论剧情，并请柯林斯根据小说改写剧本。这出戏在狄更斯出国期间由费克特成功地搬上了舞台。

1867年11月2日，狄更斯的朋友们在共济会大厅为他举行了一场浩大的送别宴会。宴会由利顿勋爵主持，S.亚瑟·查帕尔、托马斯·查帕尔、威尔基·柯林斯、查尔斯·法契特、查尔斯·肯特、爱德华·莱维、查尔斯·罗素、乔治·罗素、W.H.威尔斯和埃德蒙·耶茨等都参加了宴会。由于活动场地能容纳450人，楼座两侧的位置也坐满了人，但仍有很多报名的社会各界人士无法参加。这些到不了现场的人请求将自己的名字列入宴会名单，以表达对狄更斯的敬佩之情。约翰·福斯特因病没来参加，他写了一封长信表达对狄更斯的情意。

送别晚宴现场热闹非凡，大厅的四面墙上写满了各种字体的狄更斯作品的名字，正前方竖立着英国和美国的国旗。艺术家、演员、作家、大律师、贵族、商

1867年，狄更斯在共济会大厅

人、银行家、记者济济一堂,人们舞动着扇子和手帕,爆发出一阵阵欢呼声。狄更斯脸上泛着红光,眼睛里含着泪水,激动地说道:

> "从我上次去美国至今,完全崭新的一代人已经在美国成长起来。从我上次去美国至今,我最出名的书的多数也写成并出版了。新的一代美国人和那些书已经结合在一起。那些连续读了我的许多书的人们终于表示了一个强烈愿望,即要我本人去朗读我自己的书……我想亲眼看看四分之一个世纪以来美国的惊人变化和进步;我想再一次紧握留在那里的朋友们的双手;我想会见无数个我从来没有见过面的新朋友;最后一个但却不是最不重要的愿望是,我要尽我的努力在新世界和旧世界之间铺设第三条通信和合作的电缆……无论我明亮的眼睛在他们的眼睛里看到了什么样的尘埃,他们是一个友好的、胸怀宽广的、慷慨的、伟大的民族。抱着这样的信念,我将再次去看望他们;抱着这样的信念,我将在春天回来;抱着这同样的信念,我将生活下去直到离开这个世界!"[1]

这场浩大的送别晚宴,轰动了整个伦敦。

11月9日,狄更斯离开利物浦前往波士顿。临行前,他给"他的夫人"凯瑟琳写了一封信。此时的他想起了"夫人"陪他出国的往事,此次出行,他的心情复杂,竟有一种欲语还休的况味了。这是他给凯瑟琳的最后一封亲笔信。

---

[1] 狄更斯. 狄更斯演讲集[M]. 丁建民,殷企平,徐伟彬,译. 杭州:浙江文艺出版社,2006:420-421.

10天后,狄更斯到达了波士顿,下榻在帕克旅馆。房间里鲜花芬芳,书报繁多,设施齐备,狄更斯的心情颇佳,旅途的疲劳一扫而光。为了狄更斯的安全和不被打扰,酒店派专人守护在门前。这一切得益于出版商菲尔兹夫妇的精心布置和安排。

刚刚住下,各种请帖纷至沓来,但狄更斯不愿到别人家里下榻和出席宴会。狄更斯在波士顿期间只去过菲尔兹家中,在那里会见了朗费罗、爱默生和奥利弗·温德尔·霍姆斯。

狄更斯来波士顿朗诵的事引起人们极大的兴趣。朗诵会的前一天晚上,人们蜂拥到售票地点,在附近安营扎寨等候买票。还有一些人是被雇来排队买票的。他们大都带着酒和食品,或坐在椅子上,或倚靠着褥垫,或裹着毯子躺在地上,唱着《约翰·布朗的尸体》和《不到天亮不回家》等流行歌曲,好一个热闹场面,就像在举行一场规模空前的野餐会。

12月2日,狄更斯在波士顿特里蒙特礼堂举办了第一场朗诵会。狄更斯朗读了《圣诞颂歌》,观众报以长时间的热烈掌声和欢呼声,首场朗诵会大获成功。接着,狄更斯又举办了三场朗诵会,全城的人都为他发了疯,狄更斯朗诵会成为人们街头巷尾必谈的话题。

狄更斯每朗诵一次便能赚到500英镑,而当时1英镑可以兑换4美元。

狄更斯离开波士顿前往纽约,住进了欧文街威斯敏斯特旅馆的套房。酒店经理考虑得非常周到,安排得也非常到位。不仅有一个专用的楼梯直通这个房间,还派一个仆人在门前守护,防止外人擅自闯入。狄更斯访美期间,把这里设为办事处。几年来,纽约变化很大,狄更斯印象中的美国已不复存在了,如今的这里,一切看起来都那么美好。

在纽约，狄更斯朗诵会的售票场面同样壮观，人们冒着严寒在售票处大门外通宵达旦地排队。每天上午9点，排队买票的人就有5000多人。周围的饭馆争先为排队买票的人送早餐，场面热闹非凡。当大门打开时，人们蜂拥而上，队伍乱了，场面一片混乱，警察们挥舞警棍维持着秩序。这种现象时有发生，甚至出现了转手倒卖朗诵票的事，5美元的票经倒手达到50美元。为了一睹狄更斯的风采，人们慷慨解囊。狄更斯在斯坦威音乐厅举办了六场朗诵会，每场都获得了观众们热烈的掌声。狄更斯感受着这一切，无比感慨也无比激动。

这一年的冬季格外寒冷，狄更斯患了咽喉黏膜炎。在之后的几个月里，他忍受着咳嗽、头晕、气短、失眠和昏厥的折磨，每个晚上只能睡几个小时，面容消瘦明显。但是只要他登上舞台，所有的病痛立即烟消云散了。有时候他白天病得十分厉害，但是令人不可思议的是，晚上他照样能出现在舞台上，仍然是最佳的竞技状态。他从来没有让前来听他朗诵的观众失望，他从不将自己的痛苦让他人分担。医生说狄更斯太虚弱了，不能登台朗诵了。狄更斯却说，只要能起床，任何人都无权在公众面前失约。

狄更斯连续几个星期轮流在波士顿和纽约两地朗诵。在两个城市之间来回奔波，闷热的车厢和紧闭的车窗使他苦不堪言，更何况铁路的状况远比25年前更糟糕，他饱受颠簸之苦。

不少剧院利用狄更斯来美的机会，在大城市中上演了许多根据他的小说改编的形式各异的戏剧。狄更斯已不在意他著作的版权问题了，因为此时的美国正是他赚钱的大舞台。

1868年1月，狄更斯在费城、巴尔的摩和布鲁克林等地举办朗诵会。中旬，狄更斯来到了奎克城，因为城中每家铺子的橱窗里都摆着他的肖像，所以他在大街上很快就被人们认出来。狄更斯回到纽约，在布鲁克林的沃德·比彻教堂又举行了四次朗诵会，然后前往巴尔的摩，继而又去了华盛顿。

2月1日，狄更斯在华盛顿巡演时，与极力反对蓄奴制的社会活动家查尔斯·萨姆纳一同进餐。萨姆纳还邀请了政要陆军部长埃德温·M.斯坦顿。大家在一起谈论美国和英国的一些时事，这让狄更斯对美国的政治以及世界的形势有了更深一层的了解。

安德鲁·约翰逊总统曾两次邀请狄更斯在方便的时候前去做客。这一天是狄更斯56岁的生日，房间里摆满了人们送来的各种各样的花篮和花束。上午，狄更斯去拜见了总统，他们彼此仔细地打量着对方，交谈中都尽量使对方感到满意。会见结束时，总统表示要在晚上看狄更斯的朗诵会。

不料，当天下午，狄更斯的咽喉黏膜炎严重复发。萨姆纳听说狄更斯的嗓子哑了，脖子上还敷着芥末，认为他晚上肯定无法朗诵了。但是到了朗诵的时候，狄更斯又像往常一样，神采飞扬，声色并茂。萨姆纳极为震惊，视他为神人。朗诵完毕后，总统全家、各部部长、最高法院的法官们、大使们和许多达官贵人纷纷起立，连声喝彩。狄更斯再次登台，妇女们把手中的花束，男人们把纽扣中的花蕾统统扔上台去，现场气氛达到高潮。接着，狄更斯发表了简短的演说，表达了对总统的感激之情，表达了对美国人民的热爱之意。

整个2月，狄更斯在巴尔的摩、费城、哈特福德、普罗维登斯等地进行巡演。狄更斯为了能入睡，他开始服用少量安眠药，可是他的脚又肿胀起来。

狄更斯决定前往西部城镇巡演。旅行前夕，一场暴风雨席卷美国，洪水泛滥的消息铺天盖地。3月初，他们按计划踏上了前往赛拉丘兹和罗彻斯特的路程。在布法罗朗诵完毕后，狄更斯请身边的工作人员到尼亚加拉瀑布城度假两天。这里的景象和他上次来时一样，令人叹为观止。狄更斯兴奋地在雪中行走数小时，结果，他的左脚肿胀更严重了，走路一瘸一拐的。当天晚上，狄更斯在奥尔巴尼还有一场朗诵会。去奥尔巴尼的途中，他们在尤蒂卡遭遇了洪水。这时票已经卖出去了，狄更斯很着急。当他们冒险乘坐临时火车赶到目的地时，狄更斯悬着的心才放了下来。当晚，狄更斯成功地朗诵了《圣诞颂歌》等。

3月底，狄更斯回到了东海岸。恶劣的气候、长途的奔波和紧张的演讲，加上病痛，使狄更斯的身体状况堪忧。为了保持体力，他强迫自己每天上午7时，喝一杯新鲜乳脂奶和两匙朗姆酒；中午12时，吃一块雪利水果馅饼和一片饼干；下午3时，喝一品脱（1品脱≈568.26毫升）香槟酒；朗诵之前，尽力吃一份掺入一杯雪利酒的炒鸡蛋；朗诵间歇，喝少量浓而热的肉汁；晚上10点以后，喝些汤和其他饮料。整整一天，他吃的固体食物不超过一磅（1磅≈0.45千克）。他在夜里2点到凌晨6点咳得最严重，他只得服用一些安眠药。在波士顿举行最后一次朗诵会时，狄更斯的身体状态更不好了，多尔贝扶着他登台和下台。朗诵完毕，狄更斯平躺在更衣室的睡椅上，全身瘫软，脸上没有一丝血色。

狄更斯在纽约结束了巡回演出，也差一点儿在那儿结束自己的生命。4月18日，纽约新闻界在德尔莫尼科饭店为狄更斯举行盛大的欢送宴会。宴会由《纽约论坛报》主编贺瑞斯·格里利主持。

一向恪守时间的狄更斯迟到了一个小时，当他倚在格里利的臂膀上一步一跛地走进宴会厅时，人们发现他的右脚缠着绷带，他的脸上流露出无法掩盖的痛苦。当人们暴风雨般的掌声和欢呼声安静下来以后，狄更斯的眼泪流了下来。他的声音哽咽了，他说，自己每到一处，都受到人们"彬彬有礼、细致周到、温柔可亲、热情好客和无微不至的接待，并且充分考虑到我的职业特点和健康状况，处处给我安排一个清静的环境，只要我还活在世上，只要我的子孙后代对我的作品拥有法律权利，我都要把这段话作为附录印在我的两本谈论美国的书上"。最后，狄更斯谈到英美两国的未来关系，他说："英国人的心被高高飘扬的星条旗所深深激动。""这两个伟大的国家以各自的方式在不同的时刻为了自由而艰苦奋斗，并取得了辉煌的成就。如果英美两国发生对抗，那就是这个星球上最可怕的灾难。与其如此，不如让地震将地球震裂，让彗星将它毁灭，让冰山将它覆没，让北极的狐狸和熊将它任意蹂躏。"狄更斯的讲话赢得了现场人们的一致拥戴和热烈欢呼。由于狄更斯病痛缠身，他不得不提早退席。

一周后，狄更斯乘坐"俄罗斯号"轮船前往利物浦。

回到祖国的狄更斯受到民众的热烈欢迎。从格雷夫森德到盖茨山庄的路上，每座房子上都挂着彩旗，当地的人们站在路边欢迎他归来。狄更斯的住宅也被各种各样的旗帜遮蔽着。他心情激动，他眼里的家乡像天堂一样美好。

美国之行的20周内，狄更斯举行了76场朗诵会，整个行程大约支出费用13600英镑，净收入近2万英镑。狄更斯此行收获了金钱，赢得了荣誉，但狄更斯不是安享荣誉的人，也不是守着金钱就此罢休的人。

## （9）第四次巡回朗诵表演活动

狄更斯访美归来的时间正是英国最美的季节，他院子里的各种花草焕发着勃勃生机，各种鸟儿欢快鸣唱，各色蝴蝶飞来舞去。他在盖茨山庄的小木屋里安心休养身体，适时写作，岁月如此静好。

然而，美好总是稍纵即逝。狄更斯的助手威尔斯在一次狩猎活动中发生了事故，造成严重的脑震荡，终身残疾。威尔基·柯林斯在狄更斯外出时处理杂志社的杂事，现在他对编辑事务感到厌倦，好在有他的小说《月亮宝石》在《一年四季》上连载支撑杂志的版面。刊物的大量事务摆在了狄更斯的面前，他只好亲自处理。

几个月后，自认为身体和精神状态俱佳的狄更斯心中又涌出开朗诵会的念头。

1868年秋，狄更斯在查佩斯公司的赞助下开始了第四轮巡回朗诵表演活动。

首场朗诵演出在伦敦的圣詹姆斯大厅举行。由于狄更斯日益增长的名气，现在他每晚登台一次赞助方就支付给他80英镑，还承担所有的费用。这较第一轮和第二轮在国内巡演时每晚支付给狄更斯的50英镑和60英镑多很多。狄更斯知道赞助商在自己的朗诵演出上是一本万利的赢家，但他对他们给的薪酬总是报以感激。因为对他来说，朗诵的收益相较出版的收益真是天壤之别。

10月，狄更斯一行到达利物浦。当地的朋友们请他赴宴，他因身体不适让多尔贝代表他参加宴请，并让多尔贝顺路去书店买一本司各特或者自己的书。多尔贝先去书店买了一本《老古玩店》送回住处，然后去赴宴。当多尔贝宴罢归来，发现狄更斯正捧着《老古玩店》哈哈大笑。看到多尔贝愣愣地站着，他说自己想起了当年写作的情景，其中有很多愉快的事情。

狄更斯在5年前就计划在朗诵节目单中增加《奥立佛·退斯特》中南希被谋杀的那一段。他的这个想法无疑是将自己的健康置之度外，因为这其中情感表达的激烈程度对他的身体是有致命危险的。狄更斯对自己此举会带来的后果并非一无所知，况且他的朋友埃德蒙·耶茨对这一点也直言不讳。为此，狄更斯写信征询福斯特的意见，他在信中说："我将《奥立佛·退斯特》中的谋杀场面编成了一小段朗诵节目。然而，我下不了决心，不知该不该登台表演。我确信，要是我照自己的设想去朗诵，听众听了一定会大惊失色。在经受这样的惊吓之后，下一次他们还敢不敢再来听我朗诵，我就说不上来了。"福斯特认为不妥。狄更斯又去征询查佩斯公司的意见，得到的建议是下个月巡演前先对一部分朋友试读，看大家的反应再决定。

狄更斯回到盖茨山庄后，就开始了这个计划的准备工作。一天，狄更斯的儿子查利来看望父亲，突然听到房子后面传来了一阵令人毛骨悚然的声音。他走进花园，发现他的父亲正在做着"谋杀南希"的动作，他顿时吓得魂飞魄散。原来父亲正在做朗诵前的演练。

11月14日，狄更斯在圣詹姆斯大厅为一些好朋友和一部分评论家试读"谋杀南希"这段故事。朋友们听得目瞪口呆，好久大家才纷纷发言。惊魂未定的女士们直呼可怕至极，一个男人说自己好不容易才没有大声叫出来，一个内科医生预言这段朗诵会使观众出现歇斯底里的场面。福斯特坚决反对演出，多尔贝也认为不妥，大多数人都觉得这个节目太恐怖。但查佩斯公司的有些人持赞成态度，其中一个有名的女演员建议此事一定要做，她说50多年来，公众们一直寻求的就是这种刺激。

狄更斯将比较明智的朋友们的意见置于脑后，将这段朗诵定名为"赛克斯与南希",并开始了更缜密的准备工作。

1869年1月5日,《赛克斯与南希》第一场公开朗诵表演在圣詹姆斯礼堂举行。

舞台上有两个巨大的紫褐色屏风摆在背景幕布的两侧,同一颜色的帷幕张挂起来,遮住了台上所有的道具。狄更斯在帷幕后面表演,他的每一个动作会在灯光的照射下投在深色的幕布上。整个舞台看上去神秘且恐怖。

朗诵从费金叮嘱诺亚·克莱波尔监视南希开始,接着描述南希在伦敦桥头与人会面。由于狄更斯精湛的朗诵技艺,念到此处,人物形象已经栩栩如生地呈现在听众面前。在诺亚将偷听到的情况告诉赛克斯之后,话锋便转向了对南希的谋杀。这段朗诵开始时是那么恬淡平静,但读到后来的谋杀场面却是那样的阴森恐怖,令人毛发直竖,把听众们吓得一个个面如死灰,鸦雀无声,仿佛瘫痪了。狄更斯用一种摧人心肺的声音模仿南希的声声尖叫,这声音响彻了整个大厅。朗诵结束时,人们木然不动,几乎连气都不敢喘,狄更斯用神思恍惚的谋杀者的"层出不穷的幻觉"结束朗诵,最后给人一种毁灭感。

狄更斯走下了舞台,走进了更衣室。当他精疲力竭、气喘吁吁地平卧在躺椅上时,观众席上才爆发出雷鸣般的掌声和此起彼伏的欢呼声。

正如那位女演员所说,公众们终于找到了许久以来寻求的刺激。当狄更斯在都柏林演出时,当地不得不出动大批警察维持秩序。狄更斯特地为麦克里迪在切尔特南举行了一场朗诵会。朗诵完毕后,这位以饰演麦克白而闻名于世界的大演员来到他的更衣室,瞪着眼看了他好久,一言不发。狄更斯搀扶着这位老演员坐到沙发上,递给他一杯香槟酒，竭力用笑话缓和气氛，但是激动着的麦克里迪话语还是不连贯，他说自己的黄金时代已经过去了，现在世上有两个麦克白。

1869年2月，狄更斯的脚病复发，医生嘱咐他好好休息，于是他不得不推掉几场朗诵活动。几天之后，他就不顾朋友的劝告，登上了去爱丁堡的火车。

狄更斯在爱丁堡朗读《奥立佛·退斯特》中那段《赛克斯与南希》的谋杀情节之后，他的经理人多尔贝发现，狄更斯常常会无缘无故地兴奋起来，大喊大叫，挖空心思地想重返讲台，迫不及待地渴望再读一遍。一天，狄更斯在晚餐时间，把下几场朗诵会的节目单交给多尔贝。多尔贝发现那段谋杀情节是每到一地必读的，便对狄更斯说："朗诵这段谋杀情节的节目，对您的健康十分有害。以前别的朗诵结束后，您的脉搏是每分钟80到100次，但是在读完了这段之后，您的脉搏就激增到每分钟120次左右，这不是自杀吗？"狄更斯突然间暴怒，他从椅子上起身，将手中的刀叉狠命地摔向盘子。狄更斯很少见地对多尔贝发起脾气来。

多尔贝离开餐桌，把巡回演出节目单放进自己的文具袋里。待他转过身来，发现狄更斯正在哭泣。"原谅我，多尔贝，我知道你是对的。"狄更斯伸开双臂朝多尔贝走去，深情地拥抱他，然后泣不成声地说道，"我刚才并不是故意的，明天早上我们心平气和地好好商量这件事儿。"

翌日上午，狄更斯划掉了几场朗诵会中"谋杀"的节目，但是划得不多。

狄更斯不知疲倦地奔波在巡演的路上，他太痴迷舞台了，他不愿在其他的事情上耗费自己的精力了。1869年4月10日，利物浦市政当局在圣乔治大厅为他举行宴会。席间霍顿勋爵发表演说，希望狄更斯参与一些公共事务。但是狄更斯说自己一年前就拒绝过伯明翰和爱丁堡的一些朋友希望他竞选议员的建议，自己的一生已经献给了文学，他无法离开艺术的真实世界而进入政治的虚幻世界。

狄更斯经历着失眠、头晕、左半身麻木、左手抓物困难等病症的折磨。埃德蒙·耶茨于4月12日到利兹的女王旅馆找他，发现他躺在沙发上，脚上缠着绷带，神情极度疲乏和沮丧。耶茨感到他突然变老了，他的身体似乎到了崩溃的边缘。

狄更斯在布莱克普尔时病得更严重了，他不得不到布莱克普尔的帝国旅馆休息了一天。从那里直奔普雷斯顿之后，又不得不派人去请医生。医生立即命令他取消余下的巡回演出活动，狄更斯只好取消了在普雷斯顿和沃林顿的演出，并吩咐多尔贝做好退款和解释工作。之后，在4月下旬，他返回伦敦寓所。

## 四、最后的时光

回到伦敦的狄更斯看过医生后，便一头扎入《一年四季》的繁杂事务中。他还收拾了他的助手威尔斯的办公室，整理了文件柜。做完这一切，他才回到盖茨山庄。

狄更斯同往常一样，似乎很快就恢复了健康，一周之后便"精神抖擞"。但是著名内科医生托马斯·沃森爵士在他的病历卡上记下了他脑损伤的初步症状,医生提醒他已处在中风和瘫痪的边缘了，告诫他不适合进行频繁的铁路旅程和紧张的朗诵活动了，不能过于劳累和激动了。

## 1. 遗嘱

1869年5月12日,狄更斯起草了一份遗嘱。他在遗嘱中这样写着:给艾伦·特南小姐1000英镑不含遗产税的赠款;给乔治娜·霍格思8000英镑不含遗产税的赠款;"夫人"凯瑟琳将继承8000英镑的遗产,如果凯瑟琳去世,就将遗产传给他们的孩子们;长女玛米继承1000英镑遗产,如果她不出嫁的话,每年还可得300英镑,直到她去世;其他子女平均分配剩下的财产;仆人们每人将得到20英镑。书籍、照片、首饰和家具留给他的大儿子查利和他的妻妹乔治娜;表、表链、印章等物,连同已经发表的作品的大量手稿,一并留给约翰·福斯特。遗嘱执行人为乔治娜·霍格思和约翰·福斯特。

遗嘱中对乔治娜·霍格思对家庭的贡献表达了感谢:

我庄严地要求我亲爱的孩子们永远记住乔治娜·霍格思的大恩大德,他们应该全心全意地报答和爱戴她,要知道在他们成长和进步的每一个阶段,她一直是他们无私的、忠心耿耿的益友。

他在遗嘱中的最后一段对自己的身后事做出了安排:

我强烈要求把我的丧事办得简单、朴素,不要宣布下葬的时间或地点,至多雇三辆普通的出殡车。参加我的葬礼的人不要穿戴披巾、斗篷、黑领结、长帽带等令人厌恶的奇装异服。我的墓碑上只需用英语字母将我的名字刻上就行了，不必加上"先生""阁下"之类的称呼。我恳求我的朋友们不要为我建立纪念碑、纪念堂，我的作品将足以使我的同胞记得我，而我生前与朋友们的交往也足以使他们对我深深缅怀。救世主耶稣基督将会把我的灵魂交付仁慈的上帝，我希望我的孩子们以《新约全书》的精神来指引他们自己，而不要相信任何人对它断章取义的狭隘解释。

福斯特是狄更斯最好的朋友之一，他得到了狄更斯的大量手稿。福斯特不负狄更斯的嘱托，整理了狄更斯的作品，编写了狄更斯的传记《查尔斯·狄更斯的一生》三卷本，分别出版于1872年、1873年和1874年。几年之后，福斯特由于身患胸部疾病，于1876年去世。

柯林斯的名字没有出现在狄更斯的遗嘱中。柯林斯也是狄更斯的老朋友，两人曾合作写小说和剧本，还一起演出，甚至一起出行，只是晚年时，他们两人很少见面了。1870年1月，柯林斯得了一场重病，狄更斯给他写了一个纸条："我之所以不来看你，是因为我不想打扰你。或许你不久之后会乐于与我会面的，谁知道呢？"这证明他们昔日的亲密关系正在衰退。柯林斯身体一直不太好，后来于1889年去世，终年65岁。

晚年时的狄更斯有诸多年轻朋友，如珀西·菲茨杰拉德、埃德蒙·耶茨和查尔斯·肯特等，但谁都无法取代福斯特或柯林斯在狄更斯心中的地位。

狄更斯将其内心的忧伤和身体的痛苦掩藏起来，他仍旧精神抖擞。1869年5月，狄更斯的朋友菲尔兹夫妇从波士顿来到伦敦见他，他带他们去圣堂武士庙、四法协会、教堂、剧院等他们想去的地方，带他们见他们想见的任何人。他与菲尔兹夫妇一起去伦敦东区考察，还参观了温泽堡，访问了里士满，游览了汉普斯特德荒原、杰克·斯特劳城堡和西班牙人旅店。6月，菲尔兹夫妇来到盖茨山庄，他们在狄更斯的陪伴下兴致勃勃地参观狄更斯作品中提到的地方：罗彻斯特、查塔姆、库林、科巴姆、坎特伯雷等。狄更斯还雇了两辆驿站马车，驭手都穿着红上装、鹿皮马裤，戴着大礼帽，以这种古老的方式游览坎特伯雷。车子载着菲尔兹夫妇和他们的朋友，还有来自费城的蔡尔兹夫妇、狄更斯的经理人多尔贝以及其他几位客人，他们一路游玩。狄更斯看到菲尔兹对英式老家具感兴趣，就买了一把古老的椅子送给他。

这是狄更斯生命中最后一个夏天了，狄更斯的生活和工作依旧正常运转着，周末他在盖茨山庄休养身体，周四在伦敦的办公室处理杂志的事务。他的大儿子查利接替了威尔斯的工作，成为狄更斯的好帮手，一切似乎都在正常地行进着。

## 2. 未完成的《艾德温·德鲁德之谜》

1869年7月，狄更斯的身体刚刚恢复，他就产生了写一部新小说的念头。8月初，他兴奋地告诉福斯特，自己为新小说想到了一个非常奇妙且新颖的主意。8月20日，他写信给出版商查普曼，提出了这部新小说的出版方案。查普曼很快就将合同拟好了，狄更斯将获得7500英镑的稿酬和销售利润一半的收益。狄更斯特别要求在合同中增加一条，若作者逝世或伤残，仲裁人要估算需要偿还给查普曼公司的钱款，也就是说如果自己不能完成此书，就要向查普曼公司赔偿损失。这说明狄更斯已经意识到了自身疾病的严重，他不想给出版商带来损失。这反映了狄更斯在与出版商打交道时，只要他们不盘剥他，他总是能从对方的角度思考问题。

9月中旬，狄更斯开始了小说的构思。故事是这样的：一个年轻人遭到自己叔叔的谋杀，而这起家庭内部的谋杀案直到凶手本人在死刑牢房里反思自己沾满他人鲜血的职业生涯时才被揭露出来。这个犯罪的故事建立在激烈而受挫的恋情上，通过剖析谋杀犯约翰·贾斯珀的犯罪心理，揭示人的攻击行为以及性迷恋的本质。

这部书的名字确定为《艾德温·德鲁德之谜》。在这部小说中，狄更斯另辟蹊径，致力于安排有趣的情节和挖掘人物的内心世界。此时，他敏锐的目光已经观察到当时正时髦的放荡的英国圣公会牧师，并且不无同情地将这种人体现在克里斯帕克尔的形象中。

这部书的插画由狄更斯的女婿查尔斯·柯林斯绘制。他让女婿认真研读哈勃雷特·布朗以前的创作风格，以便达到和自己的创作文风和谐的效果。他相信女婿会让这部书更加出彩。

10月中下旬，狄更斯完成了小说的第一期，11月底写完了第二期，他试图加快速度，因为医生告诫他需要休息的时间段已经过去了，他的心又跃跃欲试了。可是这种兴奋很快被身体的痛楚抑制下去了。圣诞节那天，他的脚肿痛得无法走路，他只好躺在沙发上和家人度过了这个曾多次进入他作品中的节日。

## 3. 十二场告别朗诵会

狄更斯在盖茨山庄度过了1869年的圣诞节。现在，狄更斯已是儿孙满堂，宠爱孩子的狄更斯允许他们在山庄里自由玩耍，唯独他的书房是禁地。

玛米想在来年春季去伦敦居住，于是狄更斯便在海德公园街大理石拱门5号对面租了一座房子，为期五个月。狄更斯的家人们于1870年1月来到这里小住。

狄更斯还在想朗诵的事情，他很享受在舞台上的感觉，同时还希望以此弥补上次由于他未能走完全程而对查佩斯公司造成的损失。他的私人医生托马斯·沃森爵士迫于他的恳请只得同意他举办12场告别朗诵会，条件是不能外出旅行。

1—3月，狄更斯的告别朗诵会在圣詹姆斯大厅举行。

有一场朗诵会是应一群男女演员的请求而举行的。他和演员们在一起，心情感到舒畅，当他看到这些演员中的天才，便为自己的慧眼而得意。他想租用那座古老的河滨剧院，当这座剧院的总管，添置一流的剧场设备，对上演的剧目进行全面的修改，带出一个出类拔萃的演艺剧团。但他又不得不打消这个想法，因为他的身体已经不允许他再操持如此大的事情了。事实正是如此，在告别朗诵会上，他四次朗诵了《奥立佛·退斯特》中的谋杀情节。第一次他的脉搏从每分钟72次激增到112次，第二次118次，最后一次竟高达124次，他不得不由人们搀扶着回到更衣室。在更衣室里，他几乎不省人事，15分钟之后，他才说出一句话来。

维多利亚女王曾安排迪安·斯坦利的夫人邀请狄更斯、勃朗宁、卡莱尔等人进宫做一次非正式的会见，结果其他几个人都到了，唯独狄更斯未到。现在女王一定要见狄更斯，便让她的朋友枢密院的秘书阿瑟·赫尔普斯来安排。狄更斯的女儿凯特想看看王宫，狄更斯便接受了邀请。1870年3月9日的晚上，狄更斯带着女儿来到了白金汉宫，拜见了女王。按宫中的规矩，持续半小时的会晤是站着进行的。会见的气氛轻松而愉快。女王赞美狄更斯的声音和举止，向他要一套他的作品全集，并递给他一本签着自己名字的《苏格兰高地日记》。

3月15日，狄更斯举行了他人生中最后一次朗诵会。观众们见他进场，纷纷起立，欢呼声、掌声持续数分钟。狄更斯身穿一套礼服，在煤气灯光的照射下，他的双眸炯炯有神。他朗诵了《圣诞颂歌》和《匹克威克外传》的部分情节，但有些词的发音已经不清晰了。之后，狄更斯做了一个简短的告别演说："现在我怀着诚挚、感激、崇敬和眷恋的心情向你们辞别，我将要永远离开这耀眼的灯光了。"

狄更斯的热泪沿着两腮流了下来。

自1858年4月以来，狄更斯一共举办了423场朗诵会，还举办了数次慈善朗诵和演出。狄更斯的朗诵会净收入45000英镑左右，几乎占他所有资金的一半。可这一切成就，都是以他的健康为代价的，不停息地创作、长途的远行和情绪的过度激动让他过早地走向了人生的终点，实在是得不偿失。

3月底，也就是最后一次朗诵会的两周之后，狄更斯的神经又露出了疲劳的迹象，而且比以往严重得多。可他仍然俯身案前，置身于故事的情节中。

1870年4月初，《艾德温·德鲁德之谜》第一章发表了，小说一上市就获得了巨大成功。出版商查普曼给狄更斯预支了7500英镑的高额稿酬，只是这部小说后来只发表了六章。

1870年4月，狄更斯的故交丹尼尔·麦克利斯去世；5月，好友马克·莱蒙也离开了人世。狄更斯无比伤心，他强忍悲痛，鼓励自己要勇敢地走下去。他的脚又肿了，疼痛让他无法入睡，他昼夜进行热敷。他取消了大部分与朋友们的约会，包括女王的舞会，但是为了与他相识的威尔士王子和比利时国王会面，他还是出席了一次霍顿勋爵的宴会。他因脚疾无法上楼去参加接见，只能在餐厅里坐等接见结束，在餐桌旁边与王子见面。

这是狄更斯最后一次离开伦敦了。临行前，他在克伦威尔剧院指导了几出戏的排练，他的女儿们参加了演出。演出之后，人们在幕后的一个角落里找到了狄更斯，发现他神思恍惚。他可能意识到自己要永远离开舞台了。

1870年5月底，狄更斯回到了盖茨山庄。

## 4. 消失在耀眼的灯光中

回到盖茨山庄后，狄更斯在他的遗嘱中增加了一个条款，将杂志《一年四季》遗赠给他的大儿子查利。

自1865年的那次火车事故以来，狄更斯一直饱受着头昏、肢体麻木和脚痛的折磨。坚强的狄更斯，只要脚疾稍见好转，便在院子里散步，欣赏着园中的美景，思考着小说的创作。

1870年6月初的一天，女儿凯特来到盖茨山庄。她正在规划自己的事业，来听取父亲对演员职业的意见。狄更斯认为女儿的性格过于敏感，无法承受演员行业中是是非非带来的压力。父女俩从夜里11时一直谈到第二天凌晨3点。

6月6日上午，凯特来到父亲的暖房与父亲道别，当时狄更斯正在创作《艾德温·德鲁德之谜》。凯特看着有些老态的父亲，想着父亲在舞台上的矫健身影，心里有一种说不出来的感觉。凯特与父亲道别后，刚走出家门，突然又飞跑回去，扑到了父亲的怀里。

中午，狄更斯吃饭的动作有点僵硬，脸部有时痉挛。

下午，狄更斯牵着狗步行去罗彻斯特。他慢慢地走进葡萄园，目不转睛地看向复辟大厅。那房子在他的《远大前程》中变成了萨梯斯大厅，是匹普爱上艾丝黛拉的地方，此刻，他心里明白，他对爱情的付出永远得不到回报了。

晚上，他在起居室里来回踱步，又看了一会儿书，吸了两口烟。

7日上午，玛米要去看望妹妹凯特，狄更斯目送女儿玛米离开盖茨山庄。下午，狄更斯同乔治娜乘坐马车前往科巴姆森林。到那儿后，他们绕着公园走了一圈，然后走回盖茨山庄。狄更斯在暖房里挂起了一串中国灯笼。晚餐后，他与乔治娜坐在餐厅里望着那团柔和的光影，他动情地说，住在盖茨山庄，是他童年时的梦想，即使死了，他也愿意埋在罗彻斯特城墙下的教堂墓地里。

6月8日，狄更斯早早起床，吃完早餐后，就去小木屋埋头创作。下午1点时，他吃过午饭后又回到小木屋，一种不明的预感袭来，他写下了光影中的罗彻斯特：

> 清晨的艳阳照耀着古城，它的古迹和废墟显得美丽无比，一株茁壮的常青藤在阳光下闪烁，枝繁叶茂的树木在和风中摇摆。摇曳的枝条反衬出斑斓夺目的光彩，鸟儿在欢唱，花园、树林、田野——或者说，像整个岛屿经过垦殖培育，如今正值丰收季节那样的一个大花园——散发出阵阵清香。这清香渗入了教堂，盖过了它的泥土的气息，带来了万物复苏的勃勃生机。几百年前的冰冷的石墓变暖了，细碎的光点射进了这座建筑物的最阴冷的大理石的角落里，就像鸟儿振翼飞舞。[1]

---

[1] 赫斯基思·皮尔逊. 狄更斯传[M]. 谢天振，方晓光，鲁效阳，等，译. 杭州：浙江文艺出版社，1985：419-420.

狄更斯的第一部小说《匹克威克外传》是以"第一缕阳光刺破黑暗，带来光明"描写光明的罗彻斯特为开头，今天，他在《艾德温·德鲁德之谜》中又以"清晨的艳阳"描写光明的罗彻斯特作为结尾，冥冥中的定数让人感到不可思议，这岂不是预示着狄更斯写作的圆满，人生的圆满。

狄更斯吩咐傍晚6时开晚饭，饭后他还要去散步，这是他的习惯。就餐之前，他写了两封信。在写给他的朋友查尔斯·肯特的信中，他引用了莎士比亚在《罗密欧与朱丽叶》中的一句话："这种狂暴的快乐将会产生狂暴的结局。"信中约定第二天下午3点在伦敦见面。在另一封写给一位牧师的信中，他对一名读者错误地理解他书中的一段话作了回应，他表明了自己的写作一直力求表达对生命的敬意并传递救世主的训诫。

晚餐刚开始，乔治娜就发现狄更斯表情不对，问他哪里不舒服。狄更斯说，自己不舒服已经有一个小时了，但他坚持要他们继续用餐，还说晚饭后他马上去伦敦。接着他嘟哝了几句话，乔治娜只听到了福斯特的名字。狄更斯从桌边站起身来，摇晃了一下，乔治娜扶住他，他浑身无力，只说了一声"躺在地上"，便倒向地板，失去了知觉。

家中的仆人骑马向罗彻斯特飞奔，请来了当地的医生，这时是傍晚6点半。

经过医生的急救，狄更斯仍然一动不动。仆人们从楼上搬下来一张沙发，把狄更斯抬到上面。乔治娜急忙叫人给狄更斯的孩子们发电报，玛米和凯特当晚便赶回来了。第二天，查利和亨利也赶回来了。

狄更斯躺在饭厅里那张绿色的沙发上，接受着6月阳光的普照。

他太喜欢光明了，以至于不顾当地在黑暗中走完人生的习俗。

9日傍晚6时10分，狄更斯突然浑身颤抖，然后叹了一口气，右眼中一大滴泪水顺着他的脸庞淌下，那疲惫的躯体便永远地睡着了。

查尔斯·狄更斯与世长辞了。

人们在放置棺木上方的那面墙上挂上了一张狄更斯年轻时的画像，那是画师丹尼尔·麦克利斯在1839年绘制的。画面上的狄更斯坐在书桌前抬头看向前方，他的眼睛闪着光芒，像是在期待着即将到来的荣耀。

6月10日，狄更斯逝世的第二天，《每日新闻》在一篇报道中写道："他绝对是最能代表这个时代的小说家。后人将在他刻画的当代生活图景中了解到比史料还要清晰的19世纪生活面貌。"[1]

狄更斯的挚友卡莱尔听到狄更斯逝世的噩耗，写下了这样的话："这是一个世界性的事件，一位独一无二的天才突然陨灭了……"[2]

伦敦街头一个女孩在询问记者："狄更斯先生死了吗？那么圣诞老人是不是也要死掉呢？"

许多人失声痛哭，人们为失去一位可敬可爱的伟大作家而悲痛。

6月14日早晨，狄更斯的遗体从盖茨山庄运到了海厄姆火车站，在那里乘一列专车来到了查令十字街。由三辆马车组成的一列车队沿着怀特霍尔街缓缓行进着，当进入拱门驶向迪恩广场时，教堂的大钟响了。

罗彻斯特——这座他人生真正开始的地方和最后一部小说取景的城市——教堂钟声为他鸣起。

---

[1] 彼得·阿克罗伊德. 狄更斯传[M]. 包雨苗，覃学岚，译. 北京：北京师范大学出版社，2015：引子3.
[2] 同上。

狄更斯曾希望能被埋在罗彻斯特城墙下的教堂庭院里，或埋在科巴姆或肖恩的教堂庭院里，那是他童年时常去的地方。人们却将之理解为，他不会反对被安葬在威斯敏斯特教堂的"诗人之角"，因为这里是伟大作家的归属地，这里长眠着他推崇的莎士比亚和许多著名的英国诗人与小说家。

狄更斯的亲友们在威斯敏斯特大教堂做了简短的仪式，管风琴演奏的《死亡进行曲》在人们心中回荡。前来吊唁、瞻仰的人们络绎不绝，上千人排队向他告别。他们走过他的墓前，向他的棺木敬献鲜花。

查尔斯·狄更斯长眠在"诗人之角"，他的墓碑上这样写着："他是贫穷、受苦与被压迫人民的同情者；他的去世令世界失去了一位伟大的英国作家。"

## 第二部分 | 艺术特色与艺术成就

顽强的毅力可以征服世界上任何一座高峰。

狄更斯是19世纪英国批判现实主义小说家，他的创作侧重当代题材，他的作品揭示了当时社会各个层面的丑恶现象：既触及了上流社会，也涉及了下层社会；既描写了贵族庄园，也描述了孤儿院、济贫院；既诉说了法律界，也谈到了雾都的街头、工厂、监狱。他深度挖掘产生这种不合理、不道德现象的根源，深刻地批判了19世纪英国的社会制度。

狄更斯直面社会、关爱人民的写作品格以及浪漫、写实的创作手法，使他在长期的创作实践中，形成了自己的艺术特色和艺术风格，铸就了非凡的艺术成就。斯蒂芬·茨威格称赞他是"一个最充分地表达了他同时代人们共同趣味的天才"。

# 一、别具一格的写作技法

## 1. 诙谐幽默的喜剧性表达和辛辣讽刺的戏谑式手法

狄更斯往往以诙谐幽默、辛辣讽刺的写作手法，表达其严肃、深刻的创作思想，他的作品主题鲜明，内涵丰富。这种以乐观主义精神诉说残酷现实是寓愤怒于俏皮风趣之中的，是狄更斯特有的表达方式。狄更斯永远不会忘记自己苦难的童年经历，他不愿看到人们对生活绝望，也不愿哀伤在人们的心中永驻，他要让苦难中的人们从他轻松诙谐的作品中得到一点娱乐，在笑声中激发对虚伪、邪恶事物的憎恶，对真实、美好事物的祈盼。

### 诙谐幽默的喜剧性表达

以喜剧表现快乐的生活，让苦涩的人生充满喜感，是狄更斯早期创作的特点。

狄更斯的诙谐幽默，不同于果戈理措辞尖刻的挖苦，也不同于马克·吐温轻松犀利的嘲讽，它是一种哀而不伤的喜剧性的艺术表达。社会上那些不合理、不道德而又司空见惯的事物和现象，他都可以对其进行调侃，挖掘这些事物和现象的不协调性、不相称性，以突出事物的荒谬性、可笑性，并以戏谑的方式展示出来，从而引起人们对这些事物和现象的关注和思考。

在诙谐幽默的语境下，狄更斯经常在叙述时对语意进行意外转向，打乱读者的阅读思路，产生令人惊讶的喜剧效应，问题也悉数展现。但狄更斯在揭露现实问题时又不忘让人们对社会充满幻想和希望，比如，狄更斯在第一部长篇小说《匹克威克外传》中，对善良的退休商人匹克威克进行了一系列的行为描写，表现了主人公因与环境的种种不协调而产生的种种滑稽可笑的情景，既揭露了事物之间的冲突与矛盾，又奠定了小说轻松幽默的基调，表达了他对未来充满信心的乐观的情绪。在描述假绅士、车夫等各种人物的语言和行为上，他既披露了当时英国现实生活的"一团糟"，又描绘了他心目中"古老的、美好的英格兰"，反映了人们向往不受封建思想压迫和资产阶级剥削的社会的思想。

狄更斯对于本性善良、行为可笑的人物，采用了善意的、温和的、幽默的叙事风格，在嘲笑、揶揄中饱含着同情。在作品中，他往往以超然物外的旁观者身份讲述发生在人们身边的故事，以轻松幽默的笔调来提醒和规诫麻木愚钝的人们。比如《大卫·科波菲尔》

中的密考伯先生，在生活中一遇到难题就呜咽抽噎，肝肠寸断似的要自杀，难题过后又高谈阔论，悠闲自在地哼唱流行歌曲。他一生都在等待"奇迹"，却又老是"生不逢时"。最后，他穷困潦倒，无力

绅士派头的密考伯

还债，只能身陷债务人监狱。狄更斯用幽默的手法批评了密考伯这个人物身上那些浮夸、脱离实际、崇尚空想、明明贫困而又保持绅士派头的行为，鲜明、丰满、逼真的人物形象呼之欲出，表现出现实生活中的人情世故，这种叙事手法堪称独特。由于密考伯本性善良，狄更斯不忘给他一个完好的结局，体现了狄更斯善有善报的人道主义思想。

**辛辣讽刺的戏谑式手法**

狄更斯诙谐幽默的写作手法中往往还包含辛辣讽刺的因素，他是以辛辣讽刺的戏谑方式表现苦涩、悲哀的人间。比如在《奥立佛·退斯特》中，当饥饿难忍的奥立佛想要一点食物的时候，肥胖而又强壮的济贫院管事看着这手无缚鸡之力的孩子竟然惊呆了，他的助手也吓得呆若木鸡。其幽默的笔触带有悲怆的味道，这是对色厉内荏的资产阶级的辛辣讽刺，是对济贫院假慈悲的无情揭露。再比如在《艰难时世》中，对功利主义者葛擂硬的得意门徒毕周的描写：看起来，他的皮肤是不健康的，缺少了自然的色素，被刀割了以后，

可能连流出的血也是白的。这句话讽刺毕周是冷血的,揭露他比葛擂硬更加功利的本性。为了向庞得贝表衷心,他可以抓自己老师、恩人的儿子。在这里,狄更斯对功利主义的价值观进行了无情的、辛辣的讽刺。

狄更斯对于厌恶的人物,采用讽刺、挖苦、丑化的写作手法。比如在《老古玩店》中,狄更斯出于对高利贷者奎尔普的痛恨,把他的外形塑造成怪诞、可怖、丑陋的小矮子,将他刻画成毒如蛇蝎的邪恶之人。他的仆人干完一件事后,得到的报酬经常是被他用木棍狠狠地敲一下鼻梁,仆人被弄得酸痛难熬,眼泪直淌,奎尔普却引以为乐。当知道和他合伙陷害好人的律师布拉斯招供以后,他顿生歹念,要把布拉斯推到河里淹死:"啊!看着他浮起三次,在他的面孔露出水面一大口一大口喝水的时候,嘲笑他一番!那该是多么有趣的事啊!"奎尔普全身上下无不充满着邪恶。对于这种令人厌恶之人,狄更斯不满足于只把他们刻画成令人憎恶的形象,更要对他们的形象进行挖苦、讽刺,比如,奎尔普吃鸡蛋时会连蛋壳一起吞下,吃饭时把调羹咬得弯弯曲曲,还经常咬自己的妻子等等。一个毫无人性的小丑,必然会受到人们无情的嘲笑。

狄更斯的晚期作品,其悲剧性的因素在增加,这与狄更斯对社会认识的不断深入有关,但他坚信世界会向好的方向发展。当他揭露和展示社会的肮脏与

高利贷者奎尔普

病态时，不是用激扬的强势文字表达，而是在愤怒的情绪上披上了嘲笑、戏谑的外衣，让悲剧涂上一层喜剧的色彩。在《小杜丽》中，狄更斯描述了小杜丽的父亲威廉·杜丽由一个有教养、温文尔雅的绅士蜕变成一个虚荣、自私、贪婪、势利的庸人的悲剧过程。多年的监狱生活让威廉·杜丽不以为耻反以为荣，他把别人对他"马夏尔西监狱之父"的称呼看成了一种特权，心底坦然地接受着新犯人的膜拜。狄更斯讽刺而又戏谑地写道："对这个称号，他渐渐感到骄傲了。倘若有哪个骗子站出来说这个称号不是他的，他会因为有人要剥夺他的权力感到气愤而流下眼泪。"在《艰难时世》中，他批判资产阶级的代表人物葛擂硬和庞得贝的功利主义哲学，讽刺英国议会是一架"声音嘈杂而相当肮脏的机器"，戏谑那些议员是"专门研究度量衡、专门会背乘法表"，"对其他任何事情都装聋作哑、视而不见"的"贵人"。其间，狄更斯在给他的好友查尔斯·耐特的信中写道："我的讽刺对准那些只知数字和平均数而不知其他的人，这些人是这时代的最邪恶的最重大的弊病的代表。"

英国著名的狄更斯研究专家 K.J. 菲尔丁说"以喜剧方式处理可怕的、严肃的题材，在喜剧中蕴含着严肃的目的，现在（狄更斯晚年）是狄更斯小说的主要成分"。

## 2. 漫画式的典型人物形象的塑造

狄更斯在他的作品中塑造了近两千个个性鲜明的人物形象。这些人物形象是他经过长期的观察体验，运用艺术的写作手法突出人物的某些特征而形成的。

狄更斯在塑造人物形象时，往往不是从人物的内在心理活动来刻画性格，而是从人物的外部肖像、服饰、举止、语言、风度以及人物的生活环境处着手描写。他善于抓住人物身上的典型外貌特征、语言特点和行为癖好、习气，采用漫画的笔调、夸张的手法加以强调，使人物形象丰满，性格鲜明，以至于作品中的人物讲几句话，做几个动作，读者就能如闻其声，如见其人。比如，人们一看到那个戴着圆眼镜，身着白背心和紧身裤，挺着圆圆的肚子和翘起背后的上衣尾巴，时时不忘显示领导的风范和不懂时务却爱打抱不平的胖绅士时，就会异口同声地说这是匹克威克先生；人们一看到那个讲起话来咬文嚼字，走起路来神气十足，写起信来堆砌辞藻，债户登门时想自杀，债主一走又把皮鞋擦得锃亮、把衬衫领烫得笔挺的人物时，就立刻知道这是穷困潦倒而又天真乐观、充满幻想的密考伯先生；人们一看到那个直挺着身子，板着面孔，行为怪异，满园子撵驴子的"怪人"，就知道这是善良的贝西姨婆，等等。这些被称为"扁形人物"或"只有二度空间"的人物，以其自身的鲜活性弥补了缺少心理深度的缺憾。狄更斯塑造的这些人物，都是世界文学长廊中的著名人物。

狄更斯从道德角度出发，把作品中的人物分成了正面形象、中间形象和反面形象三类。每一类人物的形象都被他塑造得性格鲜明、特征突出。

正在讲话的匹克威克先生

对于那些天性善良的人，狄更斯展现的是他们丰富的精神世界和纯真的思想品质。如《匹克威克外传》中的匹克威克代表着善良的人，无论处于何种险恶的境地，他都乐于助人，是正义的化身。《老古玩店》中的小耐儿是一个孤儿，她与外祖父相依为命，当外祖父陷入高利贷者奎尔普的圈套，经营的老古玩店破产，自己也被奎尔普觊觎时，她勇敢地面对，搀扶着年迈的外祖父趁黑夜逃出伦敦。长期的饥饿、逃亡的惊险、旅途的劳顿让她的身体严重受损，以至于早逝。小耐儿有着善良、忍让和宽容的美德，即使对那些伤害过她和她外祖父的人也保持着一份真诚，是纯洁天使的化身。《奥立佛·退斯特》中的奥立佛自小生活在济贫院，后来又被弄进贼窟，但他却保持着善良的天性，宁可身体被摧残，也不违背内心的善良，是纯真童心的化身。《大卫·科波菲尔》中的大卫一生历尽坎坷，却始终坚守着道德的标准，是纯真品质的化身。

对于那些社会底层的"小人物"及道德层面的中间人物，狄更斯展示了他们诚实、仁爱的道德品质。在拜金主义横行的时代，金钱、名誉、地位充斥在社会的各个层面，侵蚀着人的灵魂，贫苦的下层人民受这种不良社会风气的影响也会有欲望。狄更斯对他们的命运寄予深情的关切，用了大量的笔墨来叙述他们。比如，《远大前程》中的主人公匹普从小生活在铁匠姐夫和姐姐的关照与呵护之下，当他见到了美丽、高傲的艾丝黛拉小姐后，他明白自己是"下等人"，内心开始不平衡了。由于某种机缘，他的绅士生活突然实现了，他的内心获得了新的平衡。成为绅士的他对家人的亲情淡漠了，但他仍没有得到艾丝黛拉小姐的爱情。当匹普发现资助自己接受教育成为绅士的人原来是一名逃犯时，他获得的那种新的平衡被打破。经过一系列的变故和灵魂的拷问后，他对自己过往的经历，由迷茫、自责、自怨、内疚到自省，最后他终于过上了自食其力的生活。匹普的人物形象表达了狄更斯的只要不背弃善良，仍有光明前途的救赎思想。他惩恶劝善，对董贝、葛擂硬等道德层面的中间人物，不忘道德教育，通过事实不断感化他们，希望他们重获新生。

对于那些凶残、极端自私的人物，狄更斯对他们进行无情的批判和鞭挞。比如，丧失人性的赛克斯、奎尔普、庞得贝等反面人物在他的笔下往往不得善终。对于那些奸诈的人物，狄更斯不忘给他们加上喜剧成分，利用夸张、漫画化的写作手法进行嘲讽，让人们看到他们可鄙可恨的嘴脸，达到了尖刻嘲讽和愤怒谴责的艺术效果。比如，在刻画乌利亚·希普这个卑鄙、奸诈的伪君子形象时，狄更斯描写了他经常挂在嘴上的"卑贱"字眼，乌利亚·希普对身份比他高的人故作卑微之态，他的身子像鳝鱼一样扭动；描写了他的手像鱼一样又冷又潮湿，他总爱和别人握手，让人很不舒服；在他读过的书上，手指留下一道又黏又湿的印儿，好像蜗牛爬过一样。狄更斯通过夸张描写这些令人厌恶的习惯、癖好、行为，让恶人的形象丰满，以激起读者的憎恨情绪，使人们很自然地就会对这个人物产生厌恶。这种手法表明狄更斯对人物观察得细致，对人性了解得深刻，因而才写出了一般人看不到的人物性格的外部特征。

综上可见，狄更斯塑造的典型人物形象，完好地揭示了人物的特点、性格和思想。他描写了大量处于英国社会底层的"小人物"形象，其数量在以往任何作家的个人文学作品中是空前的，广泛、深刻地反映了英国社会底层人民生活的苦难和艰辛，激发了人们对社会上不公平现象的愤慨、同情和思考。

## 3. 对比、夸张、象征手法的运用

### 对比手法

对比衬托是狄更斯特别擅长的一种塑造人物形象和性格的写作手法。狄更斯作品中的人物往往分为两个群体：一个是代表着光明、善良、美好的人物群体，一个是代表着黑暗、冷酷、丑恶的人物群体。狄更斯往往通过这两个群体的对比，将人物形象相互映衬得更加突出，更加鲜明。比如《远大前程》中厚道、善良的铁匠乔·葛吉瑞和势利小人潘波趣的对比；《双城记》中善良、宽容的马奈特医生与邪恶、残忍的埃弗瑞蒙德侯爵兄弟的对比；《奥立佛·退斯特》中心地善良的露丝小姐与冷酷自私的保姆曼太太的对比，慈祥的布莱罗先生与凶残的教区官吏班布尔的人物对比：都使得前者更加可敬、可爱，后者更加可憎、可鄙。

人物形象的自身对比，是狄更斯深化及展开人物性格的写作手法。比如《双城记》中德发日太太革命前与革命后的自身对比，德发日太太在革命前是一个性格坚强、才智卓越和组织能力非凡的形象，在革命后却变成一个冷酷、凶狠、狭隘的复仇者的形象。不论是从内在心理还是外在行动上，德发日太太自身前后都形成了鲜明的对比，体现了时代发展对人物的终极影响。再比如《双城记》中的卡屯遇到露茜前后的自身对比，卡屯在没有遇到露茜之前，是个聪明绝顶而又玩世不恭、酗酒放纵，生活没有目的的青年，遇到并暗暗恋上露茜后，为了心上人的幸福，他甘愿代替达奈去死。

人物所处环境的对比，体现了狄更斯作品中人物和故事的真实性。如《奥立佛·退斯特》中老费金的贼窟与布莱罗先生的家的对比，一处是藏污纳垢的罪恶之所，另一处是光明幸福的温暖之家。把对立的形象和环境加以相互衬托，增强了人物和故事的真实性与艺术感染力，突出了作品的主题和思想倾向。

  人物性格的对比，体现了狄更斯在人物塑造上的丝丝入扣及对故事情节的发展作用。如在《远大前程》中，有一段郝薇香小姐与艾丝黛拉的对话，引出了一老一少的性格对比。一边是郝薇香小姐的雷霆之怒，另一边是艾丝黛拉的冷若冰霜。年轻漂亮的艾丝黛拉冷酷地站在炉火旁却没有年轻人应有的激情，相反，上了年龄的郝薇香却激愤满腔，二者形成一个鲜明的对照。之所以艾丝黛拉对郝薇香小姐的雷霆之怒无动于衷，是因为郝薇香小姐把冷酷的种子种在了她的心里，她的情感早已被郝薇香扼杀了。

  人物人性的对比，则表达了狄更斯的人道主义思想。如《双城记》中的德发日太太和卡屯这两个人物人性的对比。德发日太太是法国大革命时期的一个下层社会妇女的形象，她的童年是很悲惨的，她的父亲、哥哥、姐姐和姐夫被埃弗瑞蒙德家族迫害而死。成年后的她养成了机智、果敢的性格，她时刻准备对那些沾满人民鲜血的贵族复仇。德发日太太本应作为正面人物出现，但狄更斯却描写了她的凶狠、可怕、冷酷无情以及为了复仇不惜殃及无辜的变态心理。她的死似乎就是她应有的下场，却让人们生出几声叹息。狄更斯通过她反映了一种非人性的行为，鲜明地表达了自己反对暴力的人道主义思想。而卡屯只是一个默默无闻的助理律师，他的身上有着忧郁的色彩，灰心、失望、冷漠、凄凉遍及他的生活。他才华出众，却断绝了与名利、社会的关系。可他为了内心的崇高和纯粹的爱情，用自己的聪慧和睿智解救自己所爱之人的丈夫达奈，以自己年轻的生命换来了露茜一家人的幸福，破坏了德发日太太疯狂的复仇计划，表现出圣洁的情感和高尚的人格。狄更斯用卡屯高贵的死与德发日太太卑鄙的死形成鲜明的对比，表现出理想的利他主义者与资产阶级利己主义者的根本区别。

### 夸张手法

狄更斯常常运用夸张的写作手法，冲破事物外表的粉饰，把人物和故事情节中隐含的幽默因素放大、突出，以机智俏皮的语言进行夸张化的渲染叙事，给严肃的事实披上一层滑稽幽默的外衣，赋予人物鲜明的个性特征。比如在《博兹札记》中，代理牧师念祷文时，总爱右手按在左颊上，好让大家看清他手上戴的那枚贵重的钻戒；《大卫·科波菲尔》中的贝西姨婆，她总是以"直挺挺的身子和板着的面孔"示人，当驴子经过她门前的草地时，她无比愤怒，冲出去驱赶驴子或痛打赶驴人，表现出贝西姨婆的"古怪"特征；《董贝父子》中的董贝，全身直挺挺的，不会打弯，被比作"雕像""木头人"，突出了董贝先生的机械、僵硬，从而表现出他内心世界的冷酷无情。

狄更斯还采用夸张并重复的写作手法，以达到强化讽刺效果的目的，增强作品的感染力。在描写《奥立佛·退斯特》中济贫院的教区官吏班布尔时，狄更斯夸张地描绘了他的手杖，重复了他的习惯用语，从而充分衬托出班布尔的卑鄙、自大和虚伪。又如《双城记》中，为了突出表现圣安东尼贫民窟寒冷、肮脏、贫困、饥饿的凄凉情景，狄更斯写道："那把他们折腾得精疲力竭的磨盘，是把青年磨老的磨盘；孩子们面目苍老，声音悲怆；在他们身上，在他们苍老的脸上，在每一道岁月犁出的旧纹新皱里，都是'饥饿'的标记，到处都是'饥饿'横行。'饥饿'给赶出了高楼大厦，钻进挂在竿子和绳子上的破衣烂衫;'饥饿'同草秸、破布、木片、纸屑一起把这些衣衫补缀起来;'饥饿'附在那锯木人锯子下面的每一块小小的木柴上;'饥饿'从断了炊烟的烟囱上目不转睛地俯视,沿着污秽的街道起步,那里的垃圾堆中,没有一点儿可以充饥的残渣余屑。'饥饿'镌刻在面包铺的货架上,写在它那货存匮乏的每一小块发霉变坏的面包上;在腊味铺里,写在每一份专供出售的死狗肉制品上。'饥饿'这副枯骨架子在滚筒里的炒栗子中间吱嘎作响;'饥饿'被碾成了颗粒粉末,撒在每一小盘仅用难得的几滴油煎过的带皮土豆片里。"[1] 这让我们仿佛看到了当时的人们衣不蔽体、面黄肌瘦的悲惨情景,嗅到了那些污秽恶臭的气味,感到那残败的气息正迎面扑来,从而情不自禁地产生同情。这种写法强烈地表现了法国革命前夕封建贵族对农民残酷迫害的程度。

狄更斯的夸张手法还体现在对事物外在特征的真实与幻想的融合上,如在《远大前程》中,匹普第一次见到郝薇香小姐时,她正身着白里泛黄的新娘礼服坐在梳妆台前:"这位穿着新娘礼服的新娘,岂止身上穿的服装、戴的花朵都干瘪了,连她本人也干瘪了;除了

郝薇香小姐

---

[1] 狄更斯. 双城记[M]. 张玲,张扬,译. 沈阳:辽宁人民出版社,2019:35.

凹陷的眼窝里还剩下几分神采,便什么神采都没有了。我还看出,穿这件礼服的原先是一位丰腴的少妇,如今枯槁得只剩皮包骨头,衣服罩在身上显得空落落的。"[1] 这里突显了郝薇香小姐在经历了沉重打击之后的被扭曲的心灵和性格。

**象征手法**

狄更斯在小说中运用了大量的象征写作手法,无论是自然景观、建筑,还是色彩、人物动作,都被赋予了表现小说主题的意象,增强了故事的表现力和艺术性。

在《荒凉山庄》开篇,狄更斯就把大法官庭和漫天的浓雾、满街的泥泞联系在一起,象征着法网下世界的混沌,营造出悲剧性故事的阴郁氛围。接着把大法官庭一件案子审了几十年,弄得当事人家破人亡、倾家荡产的事实毫无保留地展现在人们面前,一种无头绪的扑朔迷离感如浓雾弥漫开来。大法官庭在英国有着悠久的历史,它的腐败、黑暗虽然也引起了有识之士的不满,但并没有使人产生深恶痛绝之感,不少人对它腐朽的丑恶面貌还认识不清。狄更斯通过这种象征的笔法,让人们在混沌、迷蒙中惊醒,在这荒唐、可笑、气愤的事件中,认识到大法官庭的昏庸腐败,认识到必须彻底抛弃不合时宜的司法机构和秩序,从而呼吁社会各阶层重视以达到改造、整顿社会的目的。

在《小杜丽》中,"监狱"作为一种象征意象贯穿整个作品。在小杜丽的眼里,那光溜溜的白墙上一个个以铁栅门示人的修道院,颇像一座监狱;剧院门前闲坐的人跟狱卒没什么不同,剧院也像一

---

[1] 狄更斯. 远大前程 [M]. 王科一, 译. 上海: 上海译文出版社, 1979: 67.

座监狱。人道主义理想者亚瑟·克仑南姆回到阔别 20 年的伦敦。在他的记忆里，童年的生活就像监狱犯人的生活，看着眼前一座紧挨着一座的房屋，仿佛深井和深坑，居民们被挤得透不过气来，人们简直生活在监狱中。这个"监狱"的意象统领着全书，表明世界就是一座监狱，象征社会的腐败与堕落，人与人之间的虚伪和欺骗。狄更斯这样写道："监狱像一口井，像一座地下教堂的墓穴，像一座坟墓，从不曾见识过外界的光明；仿佛它污染了的空气即使是在印度洋上的一座香料岛上，也会原封不动地滞留着。"[1]

在《双城记》中，"红色"作为一种视觉意象，被狄更斯赋予了诸多意蕴来表达小说复杂的主题。在西方文化中，"红色"主要指鲜血的颜色，让人联想到"鲜血""革命""暴力""危险"等意味。在第一卷第五章中，一个装酒的大木桶掉在巴黎圣安东区街，酒桶被砸碎了，饥饿的路人们纷纷抢酒，忘乎所以地喝着。酒染红了"许多手，许多脸，还有许多赤脚"，地上到处都流淌着红色的酒。这个场景表明了有些人会因为即将到来的大革命而流血牺牲，而有些人则会在即将到来的狂风暴雨中变成疯狂的嗜血者。这鲜明的"红色"，不仅浸染了食不果腹、准备揭竿而起的法国底层人民，也笼罩着作威作福的法国贵族。爵爷的马车碾死了穷人家的孩子，象征着死亡的血色残阳吞噬着他的马车，那落日把马车照得通亮，把车里的人浸染得浑身血红，暗示着一场厄运的到来。

狄更斯还经常通过象征手法描绘场景，塑造人物，刻画人物的命运。场景中的事物被赋予了生命，再通过这些事物的生命体察人物内心的情感世界。在《荒凉山庄》第 66 章里，狄更斯描写了一

---

[1] 狄更斯. 小杜丽 [M]. 金绍禹，译. 上海：上海译文出版社，1998：6.

盏古老的玻璃小吊灯，它象征人老珠黄的老处女。玻璃小吊灯上那些小玻璃坠子和光秃秃的小吊杆，仿佛是那60多岁了却故作天真的伏龙妮亚的神态。玻璃小吊灯象征着伏龙妮亚是累斯特爵士家的一件装饰品，她的存在为爵士带来了照顾穷亲戚的美名。这种场景象征深化了人物的命运，使故事有了一种无穷的况味。

### 4. 戏剧手法和情节结构

狄更斯的早期小说创作，采用的是流浪汉小说的形式和戏剧性的手法。故事内容大多是散漫的，讲的大多是一连串的事件，从一件事讲到另一件事，像是冒险小说和旅游日记。其结构是线性的、松散的，小说人物众多，枝蔓繁多，可以延续下去；其情节是巧妙的，故事发展极具戏剧性和复杂性。狄更斯选择生活中罕见的、特殊的、戏剧性的人和事，将这些客观的人物与事件与自己的主观意图有机地结合，组成具有真实背景和细节的独立故事，几个叙事单元再形成一个整体。比如，狄更斯的第一部长篇小说《匹克威克外传》，描写的是老绅士匹克威克一行五人到英国各地漫游的故事。从故事内容上来说，是以匹克威克等人在旅途中的见闻和遭遇展开的。匹克威克和他的俱乐部成员虽然是有产者，但他们并没有该阶级的恶习，而是有着平民阶层的道德和操守。一路上，匹克威克怀着向好的心肠却办出了一些傻事，出尽了洋相，还多次被骗，陷入了困窘的境地，但匹克威克一直保持着天真、仁爱之心。从故事结构上说，在匹克威克等人身上发生的故事，虽然有相对的独立性，但是故事的进展又能自然地衔接起来，散而不乱，终是一个完整的故事。从故事情节上说，故事发生的脉络清晰，细节颇有戏剧性，矛盾冲突明显，在屡次遭受挫折的情况下，匹克威克仍然保持着乐观开朗的性格，让人觉得可笑，也让人觉得可爱。

　　狄更斯的晚期小说创作，在故事结构上大多采用的是环状结构，也就是封闭式结构。故事从开端、发展、冲突、高潮到结局，通过故事情节线巧妙联结，使得整个故事具有内在的有机性和完整性。比如《荒凉山庄》讲述的是大法官庭审理"贾迪斯控告贾迪斯"的案件。大法官庭对这个案件的审理一拖再拖，几十年过去了，诉讼费用耗完了案件中的诉讼财产，整个案件也就不了了之，故事中的很多人成了僵化死板的法律条文和墨守成规的国家机器的牺牲品。这部小说有两条情节线，分别讲述了两个山庄的故事，但它们都与大法庭中的人物和事件密切相关。荒凉山庄的主人约翰·贾迪斯及受他监护的理查德·卡斯顿都是大法官庭的受害者；切斯尼山庄的主人累斯特·德洛克爵士是封建制度的得益者和卫道士，是大法官庭的支持者。两条线索巧妙交织，抨击了英国司法制度的腐朽和无能，批判了律师们的贪心本性和龌龊行径，展现了以傲慢、虚伪的德洛克爵士为代表的贵族阶级的贪婪与自私。

　　在小说《双城记》中，故事没有按照事件发生的先后顺序展开，而是采用了倒叙和插叙的方法。全书45章，狄更斯用了24章的篇幅描写革命前期的准备和革命爆发的过程。这24章中描写革命准备情形的有8章，描写革命爆发初期情形的有3章，另外13章则用于表现革命爆发后期的情形。这24章不仅展现了法国革命的全过程，而且表现了主要人物命运的变化。这些主要人物之间的故事，不仅与法国革命密切相关，而且成为全书的中心线索，众多事件都围绕这个中心线索展开。小说的故事情节起伏跌宕，高潮迭起，一个悬念接着一个悬念。小说开篇描写英法两国动荡不安的局势，一开始就渲染了一种神秘和紧张的气氛。在法国革命准备阶段，小说前两章架设了两条情节线索：一条线索是揭示法国封建贵族"爵爷"骄奢淫逸的腐朽生活和对人民群众的残酷剥削与压迫，叙述了"爵爷在城里"和"爵爷在乡下"的情形；另一条线索则描写马奈特医生出狱移居英国的过程，这条线索只点明了几个人物之间的关系，对造成马奈特18年牢狱之灾的原因只字不提，留下一个巨大的悬念，这个悬念随着故事情节的展开而越发神秘——马奈特医生出狱后奇怪的缝鞋动作，达奈婚前和马奈特的神秘对话，卡屯和达奈的面貌酷似，这种种疑团增添了小说的魅力。随着两条情节线的发展，围绕几个人物之间的故事真相逐渐浮出水面，解开马奈特医生的牢狱之谜成为全书的关键点。他对侯爵家族的一纸控诉，使得众多悬念得到解释，故事在真相大白中结束。故事结构的严谨性及人物个性的戏剧张力，完好地展示了全书的主题和人物之间的冲突；故事的结局因把散见于全书的各条线索串联起来，从而创造出豁然开朗的艺术效果。

## 二、独特的艺术风貌和格调

狄更斯的早期作品幽默诙谐，充满乐观主义和浪漫主义精神，结构略松散，基调偏轻松乐观，情节颇具传奇性，体现了一种浪漫的思想情怀，充满了对美好生活的幻想和期盼。创作中期，他对英国社会现象有了深入的观察和冷静的分析，对资本主义社会金钱的本质以及资本家的自私和贪婪有了进一步的认识，并对此持批判立场。他本着善良的心，以笔为中下层贫苦人们代言，意在调和社会矛盾，希望资产者能够悔改，因此他作品中的故事情节更加令人动容，感伤情绪弥漫，体现了温和的道德思想。创作晚期，他对资本主义社会有了更深刻的认识，对资本主义社会资产者已经绝望，他创作的作品主题思想更加深刻，创作的题材更加广泛，反映的社会问题更加尖锐，表达了对资本主义社会制度的痛恨。他在情节设计及写作手法上对资本主义社会各阶级的对立和矛盾冲突进行了立体化的呈现，对社会各个方面进行了广泛的、深层次的批判，那些隐藏在字里行间的忧郁和感伤直达人们的心灵深处，引起人们的深切关注和共鸣；他在创作的艺术手法上较以前也有所改变，故事的情节和结构比以前更复杂，艺术技巧更成熟，早期那种乐观幽默的情调减弱，忧愤的情绪和批判的笔触加重，体现了他强烈的人道主义精神，也表明在写作上他形成了自己独特的艺术风貌和格调。

## 1. 批判现实主义的创始人

狄更斯被誉为"英国文学史上批判现实主义的创始人和最伟大的代表者"[1]。

19世纪的英国工业革命带来了社会的巨大进步，资产阶级迅速发展壮大，但这并没有给穷人的生活状态带来改观，反而工业化带来的竞争，使得社会的贫富差距更大，社会问题越来越复杂。狄更斯从小就生活在社会底层，他的创作从一开始就关注底层人民的生活现实，他有意识地把许多现实中重要的事件渗入其作品之中，借助小说中的故事所发生的时代和人物的言行，勇敢地抨击英国的社

---

[1] 阿尼克斯特．英国文学史纲[M]．戴镏龄，吴志谦，译．北京：人民文学出版社，1980：381.

会制度，揭露政治、经济、道德等方面的腐败和丑恶现象。对社会问题的揭露和批判一直贯穿他的全部创作过程。

### （1）对维多利亚时代社会制度及英国资本主义伦理道德的批判

在维多利亚时代（1837—1901）早期，工业革命引起社会两极分化：一方是统治阶级的大资本家，另一方是出卖劳动力的穷苦劳动者。工业革命促使英国由一个农业社会转变成一个工商社会，无地可种的农民大批出现。无家可归的农民和出卖劳动力的无产者汇集形成了廉价的产业大军，为资本家残酷地榨取廉价劳动力提供了客观条件。狄更斯看到了底层人民生活的贫困状况及恶化趋势，对资本主义制度深恶痛绝。

在19世纪30—40年代，狄更斯在作品中对社会现实的揭露和批判，一般只限于局部制度和领域，比如《匹克威克外传》《奥立佛·退斯特》《尼古拉斯·尼克尔贝》等，其内容仅涉及民主、孤儿、教育等社会问题。这期间他对这些问题采用诙谐幽默、温和讽刺的写作态度，故事的结局大多是善有善报，恶有恶报，通篇充满对美好事物的幻想，具有乐观主义精神。

《匹克威克外传》是狄更斯的第一部长篇小说。狄更斯通过匹克威克和他俱乐部成员的游历，描绘当时社会生活的各种场景，描写当时社会上所有阶层人物的生存状态。全书语言幽默风趣，情节生动，其中既有对正义战胜邪恶斗争的支持，又有对政治制度的辛辣讽刺；既有对妙趣横生的民间故事的褒扬，又有对社会阴暗面的揭露；既有对底层百姓生活无助的深切同情，又有对上层社会的虚伪、庸俗的抨击。狄更斯运用的主要讽刺手法是"漫画笔法"，即通过放大或缩小事物的典型特征来制造漫画式的效果，用夸张变形的方式来反映事物的本质特征，突出事物的不协调性，予以喜剧性表达，让人们在愉悦的情绪中去否定和鞭挞丑恶与落后的东西。

长篇小说《奥立佛·退斯特》是狄更斯的第一部社会小说，从此拉开了狄更斯揭露黑暗现实的序幕。在作品中，狄更斯通过描写孤儿奥立佛在济贫院、棺材铺和贼窟里的悲惨生活，抨击了英国当时《新济贫法》的"假慈善"，揭露了社会的"真黑暗"。这一时期的狄更斯站在人道主义立场，同情小人物的悲惨遭遇，谴责济贫院对儿童的残酷剥削和虐待，讽刺了资本主义制度的虚伪，揭露了遍及社会各个角落的黑暗现象。这时的狄更斯认为社会罪恶是由个别人道德败坏和某些法律条文的不公正造成的。

长篇小说《尼古拉斯·尼克尔贝》则反映了尼古拉斯同腐朽的黑暗势力进行斗争的精神。狄更斯通过尼古拉斯在多西伯义斯堂的经历和所见所闻，披露了私立学校黑暗和腐败的内幕："学店"老板办学以盈利为目的，巧立名目多收学费，却给孩子们提供极其恶劣的住宿和饭食，教学设备极其简陋，教学质量极其低劣。更可怕的是，学校经营者残酷地虐待学生，以至于有的学生被虐待致死，有的落得终身残疾。尼古拉斯的抗议和与斯奎尔思的斗争，体现了狄更斯人道主义者的情怀。

在19世纪40年代，狄更斯在作品中对金钱至上的资本主义社会，英国的议会制度、司法制度等进行了揭露和批判。主要作品有长篇小说《老古玩店》（1840—1841）、《美国札记》（1842）、《马丁·朱述尔维特》（1843—1844）、《圣诞颂歌》（1843）、《董贝父子》（1846—1848）、《大卫·科波菲尔》（1849—1850）等。

《董贝父子》是一部揭露资本主义社会里金钱世界与情感世界

相较量的作品。在这里，狄更斯塑造了一个冷漠、拜金、狂傲、自负的英国商业资本家董贝的形象，反映了19世纪40年代资产者只有满脑子的商业利益和金钱交易，无视人性的本质特征，揭露了资本主义制度下的种种黑暗。这是狄更斯批判现实主义作品中一部里程碑式的作品，他对资产阶级拜金主义的批判达到了高峰。

《大卫·科波菲尔》是一部半自传性的作品，狄更斯通过主人公大卫·科波菲尔探索人生的历程，展现出19世纪中叶英国中下层社会广阔的生活画卷。小说揭示了当时社会的真实面貌，表现了金钱对婚姻、家庭和社会的腐蚀作用，批判了监狱和负债人诉讼律师的黑暗与腐败，表达了大卫·科波菲尔的生活态度和人生理想，体现了"善有善报，恶有恶报"的道德思想。狄更斯在这里既揭露现实，又相信社会会进步，他认为个人只要努力，就有可能取得成功，获得幸福。从某种程度上来说，《大卫·科波菲尔》是狄更斯个人生活历程的深刻写照。

《马丁·朱述尔维特》是一部批判资产阶级利己主义的小说，围绕争夺老马丁遗产的过程，揭示了朱述尔维特的亲戚、朋友们身上表现出的形形色色的丑态，批判了贵族资产阶级的虚伪道德。小说同时也赞美了纯朴善良的下层民众，希望他们能改变这混沌的社会风气。

在19世纪50—60年代，狄更斯的作品对英国的政治制度、法律制度、官僚机构的腐败和反动进行了深刻的揭露。主要作品有《荒凉山庄》(1852—1853)、《艰难时世》(1854)、《小杜丽》(1855—1857)、《双城记》(1859)、《远大前程》(1860—1861)、《我们共同的朋友》(1864—1865)。其中《荒凉山庄》《艰难时世》《小杜丽》是政治意识很强的作品。

《荒凉山庄》通过一桩遗产纠纷案，展示了大法官庭法律条文的陈旧和烦琐程序的腐败，揭露了法官和企业家、金融巨头、律师相互勾结，导致原告几代人在无望的等待中消磨终身，断送了一切。狄更斯在这里抨击了以大法官庭为代表的英国法律的腐朽性和破坏性，指出上诉者就是倾家荡产也解决不了实际问题；批判了包括议会在内的整个社会政治制度，深刻地指出资本主义条件下法律所具有的邪恶性质，因为其中的各种体制和各项制度都是反人民的；提出了资产阶级与广大劳动人民之间呈敌对关系的问题，而且这个问题在资本主义制度下是不能解决的。《荒凉山庄》具有丰富的思想内涵和搅动人心的艺术力量，成为狄更斯创作生涯中一个重要的转折点，也成为英国19世纪现实主义小说的重要代表作。

《艰难时世》是一部以英国资产阶级和无产阶级的矛盾为主要内容的小说，反映的是英国的宪章运动被反动的资产阶级镇压后日益尖锐的阶级矛盾，具体体现为劳资对立的矛盾，指出了资产阶级的经济法是以"事实"和"利益"来代替人性和情感的，揭露了资产阶级功利主义哲学的丑恶实质和对社会及亲人的毒害，展现了19世纪50年代英国的阶级关系和社会风貌，深刻地批判了资产阶级制度。

《小杜丽》是狄更斯批判范围更广泛、批判角度更尖锐的一部小说。在这里，狄更斯揭露了负债人监狱对犯人灵魂的腐蚀，揭示了金融资本家对人民的剥削和掠夺，展现了底层人民在贫民窟里的痛苦生活，进而揭露了英国统治者的腐败实质。这个世界就是一座大监狱，没有自由，灵魂无处安放，到处充满着欺诈、虚伪与腐败。狄更斯虽然对维多利亚资本主义社会进行了广泛而深刻的揭露，但他仍然相信人道主义具有改造人、改造社会的力量。作品中不乏描写有爱心和温暖的画面，使得人们在阅读中，既感到愤懑又会潸然泪下。

《远大前程》反映了在资本主义社会里，贫苦少年的"远大前程"注定是要幻灭的。同时，通过匹普对待逃犯麦戈维奇的态度，说明了匹普是可以被塑造的。当他知道多年来一直帮助自己的人是个逃犯时，他感到无比厌恶。这并不是因为他小时候在教堂墓地里被麦戈维奇吓过，而因为他曾经是囚犯，尽管资助匹普的钱是通过正道来的，但这钱在匹普看来就是"肮脏的钱"。同时这也说明麦戈维奇是一个社会上被挤压的受害者形象，其犯罪尽管有着社会原因和经济原因，但其所有的行为，哪怕是善举，都像福斯塔夫般古怪，或许他又像堂·吉诃德般可悲。狄更斯用隐喻的人物形象批判了不人道的社会制度和腐朽的资本社会。

狄更斯的作品大都具有鲜明的思想性和批判性。童工的生活经历，让他了解了底层人民生活的疾苦与艰辛，使他具备了基于现实的创作思想。他要以普通人的生活经历为中心构思小说情节，塑造典型人物，抒发普通百姓的心声；他要透过种种社会现象思考社会问题，从而突出作品主题，引起读者的关注、同情，乃至憎恨和愤怒，最终引发全社会的思考。

狄更斯作品无论在批判的深度和广度上，还是在影响力上都是后来者借鉴的典范。

### （2）对迷失人性的拯救，对丑恶人性的鞭挞

随着时间的推移，狄更斯的作品对社会批判的力度不断加深，他不仅揭示了维多利亚时代英国社会的各种丑陋现象，揭露了资本主义制度下社会的黑暗，还批评了资产阶级人性的丑恶。

狄更斯所在的时代，社会的文化价值观念尚未受到工业社会发展的冲击，劳苦大众在道德上仍受当下虚伪观念的限制和侵害，这让狄更斯更加深切地同情劳动人民。他完全站在了底层人民的立场，关注社会的发展，思考社会的道德，对人类生命本体进行了深层思索，呼唤真正的博爱和人道主义精神。

狄更斯始终思考和探索仁爱的救赎作用，他的写作总是怀着道义上的目的，他想用自己的笔拯救迷失的人性，他的作品被后世奉为"召唤人们回到欢笑和仁爱中来的明灯"。

在《远大前程》中，匹普本是一个穷人家的孩子，一个偶然的机会，他来到伦敦接受上等阶级的教育，之后逐渐迷失了自我，看重绅士地位和物质财富，而忘记了初始的善良和友情。后来，当匹普知道他是被一个逃犯所资助的时候，他开始认真地审视自己。在经历了一系列的挫折之后，匹普渐渐意识到了自己的错误，重拾了当初的善良。《远大前程》中另一位迷失人性者是郝薇香，她本是一位富家小姐，年轻貌美的她爱上了康佩生。在新婚之夜，这个男人带着她的大笔财产逃跑了。遭受感情和财产双重打击的她从此性格变得扭曲，她身着泛黄的婚纱，画着浓厚的妆，置身在布满灰尘的婚房里，痛恨着所有的男人。她培养了美丽却冷若冰霜的艾丝黛拉，利用她玩弄男人的感情，以发泄自己的情绪，而这也毁掉了艾丝黛拉的幸福。最后，当郝薇香被骗的谜团逐渐明了时，郝薇香终于觉醒了。她将自己的所有财产留给了艾丝黛拉，渴望求得她的谅解。在《远大前程》这部小说中，狄更斯通过穷人匹普、富者郝薇香的各自经历，让他们迷失的人性得到拯救，并说明真正的"远大前程"在于精神方面而非物质方面。

在《双城记》中，德发日太太作为一个受压迫的下层妇女，狄更斯对她有着深深的同情。在法国革命前，她是成熟稳定的革命者，但失去亲人的仇恨在她的心中已深深扎根；在革命爆发后，她为了复仇不惜一切代价，变态的心理让她变成了一个凶狠、残酷的杀人魔王。这时的她对社会产生了厌恶，她人性中的光辉泯灭了，这导致了她人生的悲剧。在这里，狄更斯对德发日太太在法国革命中造成社会灾难的过激行为进行了批判，对德发日太太这种骨子里极端自我的人性进行鞭挞。

狄更斯具有人道主义思想和社会批判精神的作品，代表了英国维多利亚盛世小说的最高成就，在英国乃至世界文学史上占据一定的地位，成为英国文化的重要组成部分。

## 2. 浪漫主义与现实主义相融合

狄更斯每每以现实生活为描写对象，揭示那些平凡、琐碎事件背后的深刻含义，展示生活的本质，体现了现实主义思想在他创作中的主导地位。然而他又具有积极、乐观、向上的性格，怀揣着对未来人类社会的种种美好的愿望，渴望着人人都有美满的幸福的家庭，这又决定了他的作品将携带浓厚的浪漫主义色彩。狄更斯的创作就是在捕捉现实生活的典型事例的基础上，依靠想象、幻想来描写事物的奇特，在故事中表现生活中可能有或应该有的情节，形成了浪漫主义与现实主义奇妙融合的艺术风格。

### （1）在现实与理想之间穿梭

狄更斯生活在19世纪中叶维多利亚女王时代前期，他目睹了中下层广大民众的疾苦，特别是妇女、儿童和老人的悲惨处境，看到了社会上层和资产阶级虚伪、贪婪、卑鄙、凶残的本性。他要为弱势群体代言，主张社会正义，探寻和追求和谐的人类社会。他以写实笔法创作了大量的现实主义文学作品，道出了许多人的心声和梦想。无论是幽默滑稽的《匹克威克外传》，还是笔调沉郁的《尼古拉斯·尼克尔贝》，小说中的人物形象无不在现实生活的笼罩下滋生出一股浪漫的情调，呈现出美满的理想结局。《尼古拉斯·尼克尔贝》中的主人公尼古拉斯尽管受尽折磨，但仍保持着正直、善良的天性。狄更斯通过尼古拉斯努力工作终于事业有成，又与他钟情的女孩喜结良缘，体现自己对理想社会的苦苦寻求。

　　狄更斯是一位改良主义者，其创作思想始终与时代潮流同步，始终关注广大民众的生存状态。在对现实社会进行审慎的观察和思考的同时，他借助道德感化的力量，提倡博爱和真诚，希望社会和谐发展。他以笔下小人物的真挚温情使恶人良心发现，改造这个充满着剥削和压迫的社会，力求实现人人均享美好生活的理想社会；他以现实生活中的典型人物形象作为写作对象，以严肃、慎重的态度描写他们的觉醒，描写他们的勇敢抗争，描写他们憧憬并获得理想生活的生存状态；他竭力挖掘人性的共同内涵，展现人物的良善与生命魅力，体现对人类世界向好的期盼。可见，他在以理想主义者的浪漫主义豪情，讴歌着人性中的真、善、美，憧憬着合理的社会制度和美好的人间生活。比如在《老古玩店》中，狄更斯把主人公小耐儿塑造成一个纯洁善良的少女，是一个天使般的儿童形象。她聪明、善良，处处体现出忍让和宽容，甚至对那些伤害过她和她外祖父的人也保持着真诚。狄更斯通过天使般的小耐儿的悲惨经历，强烈地谴责了19世纪英国摧残人性的社会制度和金钱、私欲充斥的畸形社会，颂扬了人类与生俱来的道德风尚以及充满温情和美好的人间,体现了狄更斯充满积极、乐观精神的道德理想和社会理想。

### (2) 传奇性与戏剧性的共生

狄更斯的小说既有现实的痛彻肺腑的悲怆感伤,又有浪漫的令人神往的戏剧色彩。他在情节设置、人物塑造和情感驾驭上张弛有度,使小说具有催人泪下的悲怆、感伤的情调,比如天使般的小耐儿的死,让无数读者痛哭流涕。他在结构上善于布局谋篇,善于运用戏剧化的传奇情节,比如《奥立佛·退斯特》中奥立佛的身世之谜、《荒凉山庄》中德洛克夫人的隐私底细、《远大前程》中匹普庇护人的真相、《双城记》中马奈特医生被囚的实情等,它们都形成了强烈的悬念,有着浪漫的传奇色彩。

狄更斯的作品往往在大的故事框架中穿插着小故事,画面交错更迭,在想象中描写现实,将现实与幻想完好地融合,让平凡的事物变得奇异,使无生命的东西有了生机,让故事更具传奇色彩。比如《远大前程》中的匹普是出生在社会底层的穷人,他不甘心于贫困的生活、卑下的地位,向往上层社会的生活,一个偶然的机会,他终于过上了绅士的生活,在环境的诱惑下丧失了原有的淳朴天性。几经沉浮,他的幻想破灭。在经历了严酷的磨难后,他幡然悔悟,重新生活。整个小说的人物关系颇具戏剧性,情节很是传奇,体现了现实与浪漫融合的色彩,表现了富于奇特的幻想最后回归现实。而《大卫·科波菲尔》的戏剧性则表现在人物命运的"大团圆"结局上。

狄更斯善于凭借敏锐的观察力看清社会现实,以饱含深情的笔墨来反映人间苦难,进而揭示社会现象的本质。比如《奥立佛·退斯特》,围绕主人公奥立佛悲惨、曲折而又艰险的童年生活经历,展示了当时英国伦敦下层社会人们的生活场面,深刻揭示了资本主义社会人与人之间尔虞我诈的关系。奥立佛的母亲在生下他后就病死在济贫院,幼小的奥立佛成了孤儿,在济贫院残酷的生存条件下长大。他从未感受过丝毫的人间温暖,却饱尝了人世间的辛酸和苦难,经常遭受教区官吏班布尔的欺凌和毒打。后来,奥立佛被送入一家棺材店做苦工,备受折磨和虐待,无奈之中冒险逃往伦敦,不幸又落入贼窟。贼匪头子费金利用奥立佛的天真无知,强迫他去偷窃。在一次行窃中,奥立佛被一位仁慈的富人布莱罗先生相救并收留,却又遭到了贼匪的绑架,重陷魔掌。原来是他同父异母的哥哥为了独吞家产,毁了父亲的遗嘱,并且暗中勾结贼匪,设计使他堕落成为小偷。在暴徒比尔·赛克斯威逼他抢劫一座别墅时,奥立佛受了重伤,得到了心地善良的露丝小姐的细心照料。不久,同情奥立佛的南希向露丝小姐讲了奥立佛同父异母哥哥的险恶用心,由此弄清了奥立佛的身世。然而,可怜的南希却因此被凶残的赛克斯杀害。然而作恶必有报应,赛克斯在逃跑中被吊死在屋顶之上,遭到了应有的惩罚,其他匪贼和恶人也一一被揭露与惩办。狄更斯通过描写奥立佛的悲惨遭遇,批判了惨无人道的资本主义制度,谴责了济贫院对儿童的残酷剥削和虐待,揭露了济贫院虚伪的"慈善"实质。他写道:

"他虽然是个孩子,但是饥饿和痛苦得无法忍受,便不顾一切,铤而走险。他从饭桌旁站起来,手拿碗和汤匙向着管事的走去。对于自己这样的大胆他也感到有些吃惊……"

"对不起,先生,我要添一点儿。"奥立佛天真地希望济贫院的先生能再给点吃的,他所要求的只不过是人生存所需要的最基本的东西,却遭到凶狠的毒打和惩罚,这无疑是对小小的奥立佛生存权的野蛮践踏，同时这也是19世纪英国宪章运动中人民要求和争取人生基本权利的真实写照。

狄更斯关注社会现实的笔触从未停歇，他创作的主题不断深化，写作的技艺更加成熟，浪漫主义气息越发浓重，他所描写的事物具有与人物的感情、气质相契合的"灵性"，散发着极强的感染力。

## 3. 独到的人道主义评价标准

狄更斯是一个人道主义作家，道德是他人道主义思想的主要内涵，人性是他人道主义思想的基础，这构成了其作品的主要内容，体现了其作品的艺术张力。

狄更斯对于社会、人生有着自己的观察、思考与判断，他将自己的道德体系与人性观察紧密地联系起来，形成自己的道德—人性的标准，对符合这一标准的加以肯定，对不符合这一标准的加以批判。狄更斯的批判矛头主要是针对当时的英国社会以及他曾向往的美国社会的各种不合理的制度和人的不道德行为，如《董贝父子》批判傲慢，《马丁·朱述尔维特》批判自私、伪善，《双城记》批判残暴，《荒凉山庄》批判当时的法律制度和机构。这种批判是建立在道德的基础之上的，在批判的同时，他对自己的道德思想做了充分的表述。

### （1）道德体系

狄更斯的道德体系分为三个层次。在《大卫·科波菲尔》中，狄更斯借大卫的婆姨之口嘱咐大卫：永远不要卑贱，永远不要虚伪，永远不要残忍。卑贱、虚伪、残忍的反面是高尚、诚实、仁爱，这是狄更斯道德体系的核心层次。中间层次是正直、勇敢、无私、利他、厚道、温柔、忠诚、通情达理等，指的是人们的教养、生活作风、处事态度。最基本的层次是善良、文雅、谦和、稳重、严谨，指的是有礼貌、尊敬他人、举止得体的行为。

在狄更斯的作品中，正面人物都具备狄更斯理想的道德品质，反面人物都违反这些道德原则，中间人物则具有好、坏两种道德因素。他的作品中大都包含正面、反面、中间这样一组人物，比如《奥立佛·退斯特》中的奥立佛、费金、南希，《老古玩店》中的小耐儿、奎尔普、斯威夫勒，《艰难时世》中的斯蒂芬、庞得贝、葛擂硬，《大卫·科波菲尔》中的艾尼丝、希普、密考伯，《远大前程》中的乔、奥立克、匹普，等等，他们虽然性格各异，但道德因素在其中占据着举足轻重的地位。

狄更斯在塑造人物或描述事件时，都赋予其丰富的道德内涵。如在《双城记》中，在对待革命这个事件上，他既同情革命爆发前苦难的人民，肯定革命的意义，支持他们的反抗斗争；但他也反对革命爆发后人民行动的不可抑制，反对他们的残暴与疯狂。他认为这种革命的手段太残忍，其中有些是个人的报复行为。他着重描写了革命中一些无辜的贵族被迫害，一些无辜的人被送上断头台，这都是违反人性与道德的。他看似矛盾的态度，其实有着内在的一致性，就是道德的衡量标准。在对待人物达奈、埃弗瑞蒙德侯爵和卡屯的态度上，也可以找到他们所代表的狄更斯道德体系的层次。夏尔·达奈出身贵族，善良、真诚、严谨的他厌恶叔叔埃弗瑞蒙德的飞扬跋扈，对自己家族的罪恶深感痛苦，他放弃了贵族的称号，抛弃了安富尊荣的生活，独自来到英国，靠教法语自食其力。面目英俊、举止文雅的他爱上了露茜，等露茜也爱上自己的时候，他才向她打开自己的心扉。法国大革命爆发,他家的管家加伯尔被监禁,向他求救,他出于道义,只身去巴黎营救,不料身陷囹圄,最后被判死刑。面对死亡,他想到的是怎样安慰妻女与岳父。他是仁爱与人道的化身,是狄更斯道德体系中理想的青年形象。

埃弗瑞蒙德侯爵阴险、虚伪、残忍。他把持着贵族特权,毫无顾忌地称霸作恶。他的车子压死平民的孩子,就像压死一条狗一样,他毫无仁爱之心;一个农妇请求他给一块小板或一块石头,刻上名字放在她丈夫的坟前,以便日后容易辨认,他无情地予以拒绝。他不把农民当人,在杀死了一个反抗的农家少年后,反而感到耻辱,认为亲手杀这样的"贱民"有损其家族的尊严,就连马奈特医生这样一个有一定社会地位的人,在他的眼里也不算什么,只要可能对他不利,他照样将其送进巴士底监狱。他是狄更斯笔下恶德的典型代表。

西德尼·卡屯因生活上的挫折对前途感到失望,逐渐变得放荡不羁,玩世不恭,自甘堕落,但卡屯的内心深处存在着一种伟大的利他主义精神。他爱上了露茜,知道自己不能给她带来幸福,主动退出情场。他利用自己的相貌与达奈有些相像,勇敢地代替达奈走向断头台,为露茜的幸福献出自己宝贵的生命。他生命中的道德精神在这一壮举中得到淋漓尽致的张扬。他是狄更斯小说中利他主义的典型代表。

人道主义是狄更斯创作思想的基点。狄更斯出于对底层人民生活的同情,在小说中,他设置了一些善良的人组成的小圈子,作为那些善良、贫苦、诚实的人的心灵栖息地,如《匹克威克外传》中的匹克威克圈子,《尼古拉斯·尼克尔贝》中的契里布尔圈子,《董贝父子》中的瓦尔特圈子,《双城记》中的露茜圈子,《我们共同的朋友》中的波芬圈子等。圈子里的人们互相关心，互相帮助。小小的圈子展现出人道主义的光亮，这是狄更斯对理想世界的期盼，反映了狄更斯希望人间充满善良、正义、博爱的理想。

### （2）人性剖析

在创作中，狄更斯关注的对象是生活在社会中的人，人不是抽象的，是具有人性的。狄更斯对人的关注也必然是对人性的关注，对人性的探究是狄更斯小说创作的目的。人性包括人的自然性与社会性，相对于人性的自然性，人性的社会性自然更加复杂。狄更斯要展现人性中本质的东西，就不能仅仅对人性善与人性恶简单划分，而是要从人的社会性的各层面来剖析，这是他写作的出发点。

在探索人性方面，他勇于直面自我，在《大卫·科波菲尔》这部半自传作品中，狄更斯借用大卫·科波菲尔的成长经历，从多方面回顾了自己的一生，阐明了自己对道德、人性的认识。他在小说的序言中写道："在所有我写的这些书之中，我最爱这一部。……我对于从我的想象中出生的子女，无一不爱……但是，像许多偏爱的父母一样，在我内心最深处，我有一个最宠爱的孩子。他的名字就叫《大卫·科波菲尔》。"

狄更斯在描写大卫·科波菲尔的成长过程中，对其是非观念和健全人格的形成进行了深刻的描述和分析。大卫在很小的时候就成了孤儿，继父对他百般虐待，他的童年生活充满了坎坷与不幸，但他有保姆皮果提对他的疼爱和姨婆对他的呵护，让他对自己的人生有了自信。尽管年少的他轻易信人，把有些痞子气的幼年朋友史朵夫当成偶像，引狼入室，给皮果提一家带来极大的痛苦；尽管成年之后的大卫，开始盲目迷恋女孩，与娇生惯养却又幼稚无比的朵拉结婚，婚后的家庭变得一团糟；但最后他终于走上了正途，成为一个正直善良的人，还与他的青梅竹马——温柔、聪慧、贤淑的艾尼丝结成终身伴侣。就这样，在生活和工作的几多挫折与教训中，大卫逐渐成熟起来，历经了健全的人性形成、发展的过程，走上了正确的人生道路。

在《大卫·科波菲尔》中，狄更斯的笔触会在不经意的日常生活叙述中展现出不同人物的人性本质，如对在萨伦学堂里的学生们，他是这样描述的：这些学生平常在校长的鞭子的管教下，战战兢兢，噤若寒蝉，可当校长不在学校时，他们便闹翻了天。学生史蒂尔福斯在教室里吵闹，教师麦尔先生批评他几句，史蒂尔福斯反而说麦尔先生是"叫花子"。他不把教师麦尔放在眼里，只是因为麦尔先生穷，其母亲在济贫院里靠救济过活。其实大多孩子本质并不坏，史蒂尔福斯的表现，只是天生的顽皮以及鄙视他人不如自己的本能表现，这就是没有生活历练和教养的孩子们的人性。当麦尔受到史蒂尔福斯的顶撞，脸色变得十分苍白的时候，他们又都安静下来，反映出孩子们潜在的善良和同情心，这是人性中美好的一面。相对这些学生，校长的势利表现得很突出，当史蒂尔福斯向他振振有词地揭发麦尔先生的母亲是靠救济金生活的这件事情时，他竟立即解雇麦尔先生，还表扬史蒂尔福斯维护了学校的体面，表现出他人性中凶狠残酷的一面。而对马车夫巴奇斯，狄更斯是这样描述的：巴奇斯把自己所有的财产都装在随身的小箱子里，就是在临死前还把箱子放在床头，身子伏在上面，不停地说里面装的都是些"破衣烂裳"。狄更斯尽管没有着重叙述巴奇斯的经济情况，但经过描述他的这些行为，就体现出有点财迷的好人巴奇斯这个阶层人物的人性特点。

狄更斯的妙笔，会在人物描写和故事情节的展开中，表现人性中特有的情感和非理智。如在《小杜丽》中，狄更斯表现了克林南姆夫人对人的仇恨的程度。这个女人对丈夫婚外情的愤怒持续了自己的后半生，也影响了自己的全部生活。这种仇恨不仅使她逼走了自己的丈夫，也使自己处在监禁般的生活之中，还连累自己的儿子甚至无辜的小杜丽。

狄更斯幽默辛辣的妙笔，会在描述人物的行为中，表现人性中虚荣与世俗的一面。如在《荒凉山庄》中，巴杰尔医生因妻子曾嫁过两任丈夫而扬扬得意，因为他妻子的第一任丈夫是英国皇家海军的舰长，第二任丈夫是"名震全欧的丁格教授"。他认为妻子的这两个前夫都是可以在人前炫耀的，自己能与他们并列，也必定是一个出色的人物，这简直令人啼笑皆非。这体现了巴杰尔医生人性中的虚荣与世俗。

狄更斯运用夸张的手法使人物与事件联系起来，直接或间接地将人物的人性通过语言表达出来。如在《大卫·科波菲尔》中，密考伯先生有乐观善良的一面，也有爱慕虚荣、喜好挥霍的一面。负债累累的他从不想着还债，当债主逼债时，他就愁眉苦脸，唉声叹气，甚至扬言要自寻短见。债主刚走，他就高兴起来，借一先令买酒，照旧喝酒哼曲。狄更斯通过夸大密考伯的这种作为，对他"债多不愁，乐天知命"的人性进行了典型的概括和出色的讽刺。

狄更斯还塑造了一些性格乖僻的人物形象，夸张其行为和动作来表现其个性特征与人性，如《大卫·科波菲尔》中的贝西小姐，她固执地不允许别人的驴子经过她的草地，经常对侵犯她领地的驴子和赶驴人大打出手；有的人物身上除了具有行为上的奇怪特征，还有一些言语上的怪异表现。如《匹克威克外传》中的文科尔先生，他对体育一窍不通，却喜欢冒充运动员，自称会溜冰，却不知怎样穿溜冰鞋，自称会打猎，却总也打不到猎物。这种大言不惭的说法或者在表现他内心的自尊，或者是出风头的欲望在他心里作祟，这欲望来自他心底的人性。

狄更斯对善良的人性有着充分的认识，他的小说中处处闪现这种人性的光芒。如《双城记》中的露茜让神志不清的马奈特医生精神复活，让身居异乡的达奈幸福，使粗犷不驯的普若斯柔和，让放纵不羁的卡屯懂得活着的意义，她是狄更斯人道主义思想的践行者，她的言行诠释着"人类爱的力量始终要比恨强大得多"的生命原则。卡屯是一个具有理性智慧、恳切纯真的人，他机敏睿智，心地善良，有助人为乐、勇于牺牲的崇高精神和伟大人格，这让他在关键时刻为了自己所爱的人的幸福，代替情敌走上断头台，这种舍生取义的人道主义光辉形象活在了人们的心里。《荒凉山庄》中纯真善良的艾丝特看望生病的街头流浪儿乔，不停地给他两先令半的银币，用这种办法表达自己的同情，这体现了她内心深处的善良。

狄更斯对恶的人性也有深刻的了解，从他的小说中可以见到人性邪恶的程度。如《老古玩店》中的奎尔普，开始是让吐伦特老头还钱，知道老头确实没钱以后，便想霸占小耐儿，内心的邪恶暴露无遗；他还常常无缘无故地折磨妻子，把她的身上弄得青一块紫一块的，有一种虐待狂的心理。《双城记》中的德发日太太由革命前一个被压迫的可怜人，到革命后变成一个被个人恩怨冲昏了头脑、被仇恨战胜了理智的杀人机器，这人性恶的程度，令人毛骨悚然。还有作恶的拉尔夫、史奎尔斯、俾克斯涅夫、希普、埃弗瑞蒙德侯爵等人，都令人无比愤怒。无论是伪善的恶，还是忘恩负义的恶，狄更斯都能从人性而非阶级的角度出发表现其卑劣，对其展开讽刺和批判。

狄更斯对人性的诸多弱点有着清晰的认识。在《大卫·科波菲尔》中，大卫的房东克鲁普太太，经常装病要挟大卫，还将水罐、碗碟、饭锅之类的东西摆在大卫必经的楼梯上堵塞通行，目的就是让大卫顺从她的无理要求。大卫的姨婆贝西小姐不仅不怕她的"病"，而且在她用来挡路的杂物上踩来踩去。克鲁普太太看到了更强硬的对手，反过来讨好贝西，这种欺软怕硬的行为不能说是一种恶，却反映了人性的弱点。

人性是复杂的，人性的善与恶有时并不是截然分明的，善中有恶，恶中有善，善恶在一定的外在条件下是交替变化与发展的。狄更斯对人性中善恶的这种复杂性进行了成功的描写。如《荒凉山庄》中的杰利比太太热爱慈善事业，积极参加公众事务，但她却因此丢掉了她作为家庭主妇的责任，造成家庭的混乱和丈夫的破产，从而善念转成了恶行。《奥立佛·退斯特》中的南希，以偷窃为生，并在情人赛克斯和贼首费金的指使下，拐走已被人收养的奥立佛，使其重入贼窝。但是她身上又有善的因素，她同情奥立佛的遭遇，多次出手相助使他免受皮肉之苦，甚至不惜自己受到责打。在关键时刻她冒着生命危险去保护他，并为此失去了生命，她是恶中有善的典型代表。《远大前程》中的匹普淳朴善良，认识了郝薇香和艾丝黛拉之后，他开始对自己的地位不满，羞于自身下等人的身份。由于一个恩主的提携，他跻身上等人的社会，心里的虚荣得到了满足。待到恩主被抓，他重新一无所有之后，他才认真反省了自己的过去，改正了缺点，走上了一条新的人生道路。匹普身上的善恶因素就是在外部环境的变化中交替发展的。

狄更斯人道主义的评价标准不是历史的，而是道德的、人性的。

狄更斯在对现代英国中等阶级的生活画面进行描写时，尽管丝毫不留情面地揭露他们污秽、卑劣、可憎的行为，但处理得非常巧妙，人们在阅读时丝毫不会对其描述的语言和语境产生反感。对现代英国下等阶级着重描写他们在贫穷和悲惨境遇中仍然善良、朴素的高风亮节，间或插以欢乐及滑稽幽默的片段，以表达对生存在社会底层人们的同情。狄更斯向我们展现的这些生活画面是以人道主义思想为出发点的，它不会使阅读它的人成为愤世者，也不会因之成为一个圆滑的人，这就是狄更斯对社会的批判、对人性的探索以及对道德的弘扬。

## 三、璀璨的艺术成就

狄更斯是 19 世纪英国批判现实主义文学的创始人，他敢于直面社会，关爱人民，心系大众。他对维多利亚时期社会的批判、对伦理道德的提倡、对人性的探讨使得他的作品富有深厚的人文内涵，他的作品在当时可谓家喻户晓，他为英国批判现实主义文学的开拓和发展做出了卓越的贡献。

狄更斯是英国文学史上的革新家，他最突出的艺术成就是描写了为数众多的中、下层社会小人物的生活和遭遇，深刻地反映了英国 19 世纪初、中期复杂的社会现实，对英国文学的发展起到了深远的影响。

## 1. 塑造小人物群像，改变英国文学的"优雅"传统

狄更斯以高度的艺术概括、生动的细节描写、细致的人性分析，塑造了许多栩栩如生、令人难忘的人物形象。他特别在意描述生活在英国社会底层的"小人物"，以其生动的艺术形象激发读者的愤慨、同情和爱憎的情绪，引发强烈的社会反响，使之具有强大的艺术感染力和普遍的认知价值。

狄更斯善于从生活中汲取生动的民间语言表现人物的特点和性格，用他们习惯的动作、姿势揭示和展现他们的内心思想与外在形象，全方位地叙述他们的个性、品质的形成过程，从而塑造了一系列青年男女主人公形象。他笔下的小人物们个性鲜明，思想真切而深沉。由于他们所处的生活环境多样，事物的"灵性"也与这些小人物的感情、气质相契合，所以作品的感染力强。那些善良淳朴、富有自我牺牲精神的"理想女性"形象，如小耐儿、艾尼丝、小杜丽、露茜等，更是得到热情的赞誉。这种追求平等意识的大众文学作品在当时的文学作品中是少有的，它改变了英国文学的"优雅"传统。这不仅大大提高了大众文学的品位，同时也大大拓展了文学的读者面，英国的小说创作因此进入了一个新的阶段。

## 2. 向黑暗社会抗议，对邪恶势力说不

狄更斯对世事爱憎分明：他对普通民众的生活有着深切的了解，对底层人民的艰辛生活有着深切的同情；他对邪恶势力无比愤恨，敢于同一切不公正、不人道的现象对抗。他的笔触涉及了社会阴暗的各个方面，从济贫院、债务人监狱、私立学校、工厂到法庭，他

对政治、经济、文化、法律、教育、道德诸多方面进行审视和批判，体现了狄更斯敢于揭露社会黑暗面，反抗污浊现实的思想。

狄更斯通过《匹克威克外传》中善良的匹克威克的经历，表现了负债人监狱、诉讼律师等构成的社会黑暗面；他通过《奥立佛·退斯特》中孤儿奥立佛的经历，揭露了《新济贫法》的畸形、"贫民习艺所"的腐败；在《尼古拉斯·尼克尔贝》中，他揭开了私立学校办学残害学生的恐怖内幕；在《艰难时世》中，他披露了种种不公正、不人道的社会现象，等等。狄更斯从伦理角度对邪恶势力进行了鞭挞，为广大人民伸张了正义。

### 3. 维护劳动者做人的权利和尊严

英国由一个以农业为本的国家转变成一个到处是工商业的国家，资产者暴富，贫民窟里的无产者更加赤贫。狄更斯看到了这个现象，对资本主义制度由存在幻想变为深恶痛绝。当时社会的文化价值观念尚未受到动摇，道德还在受虚伪观念的限制，他只能怀着道义对人性中一切本质上好的东西寄予同情，维护着劳动者做人的权利和尊严，所以大卫·科波菲尔从未堕落，匹普走上一段歧路后又回归正途，小耐儿、艾尼丝、小杜丽、露茜的善良淳朴被称赞。即使是董贝、葛擂硬等资产者，在人道教育和被迫害的善良的人们的感化下，也重获新生。

狄更斯的作品富有社会批判精神和人道主义精神，在叙述统治阶级的可憎行径和丑恶嘴脸的同时，也叙述现代英国中等阶级和下等阶级的生存状况。他在描写资本主义社会中小资产者悲惨命运的同时，也描写生存在贫穷和悲惨境遇中人们的善良与淳朴。他在作品中维护劳动者做人的权利，他相信人类社会会进步，相信个人奋斗，相信劳动者最终会获得成功，得到幸福。

狄更斯的作品始终保持着对广大人民的忠诚和对资本主义社会的慈悲，他提倡博爱和真诚，反对虚假和怨恨，主张用改良的手段，幻想以道德感化的力量，特别是小人物的真挚温情去改善社会。在人物塑造上，奥立佛、德洛克夫人、马奈特医生都有着催人泪下的悲怆、感伤经历，但他们却不失做人的尊严，展现人性的光辉。小耐儿天使般的形象体现在尽管生存在贫穷和悲惨的环境中，仍然不失朴素、善良的人性。狄更斯以此期望激发社会各界对生活在社会底层人们的同情。

### 4. 狄更斯作品的历史地位和影响

狄更斯继承和发展了18世纪以来英国现实主义小说的优良传统，创作了多部长篇小说、中篇小说、短篇小说、杂文以及游记等内涵深刻、发人深省的现实主义文学作品，描绘了19世纪上半叶英国社会的矛盾和时代风貌，揭示了资本主义社会的种种罪恶，为英国文学和世界文学留下了宝贵的财富。

狄更斯是一位资产阶级作家，是一个人道主义者，是一名具有自觉的反思精神和社会批判行为的践行者。他以15部长篇小说（其中一部未完成）和大量的散文为弱势群体代言，追求社会正义，奠定了英国批判现实主义文学的基础；他主张用改良的手段，幻想以道德感化的力量去改善社会，探寻人类和谐发展的道路。他创作取材的对象是现实中生活在底层的人们和他们的生活，他竭力挖掘现实生活的本质，他的作品也就成为大众文学作品。狄更斯被英国人民誉为"穷人的诗人"，认为他的一生都在为受欺压的人们伸张正义，为受苦的贫民争取美好的生存条件，称颂他的作品"使压迫者害怕，使受压迫者有了希望"。

狄更斯将大众文学和高雅文学完美地结合在了一起，改变了英国文学的"优雅"传统，其作品成为英国文化的重要组成部分，在英国文学史上占有十分重要的地位。同时代的作家特罗洛普认为他"也许是所有时代最受欢迎的英国小说家"。

狄更斯的作品代表着英国维多利亚盛世小说的最高成就，其文学成就对整个欧洲现实主义小说发展的贡献是巨大的，对世界文学的影响也是巨大的。当代评论家哈罗德·布鲁姆在《西方正典》一书中提出，狄更斯在19世纪小说家中无人能比。他的名声早已超出了英伦三岛和大洋彼岸的新大陆，从他作品中汲取营养的作家不可胜数，如陀思妥耶夫斯基、乔伊斯、卡夫卡、福克纳、纳博科夫、贝克特、拉什迪以及2001年的诺贝尔文学奖得主维·苏·奈保尔等。

马克思把狄更斯和萨克雷（1811—1863）、夏洛蒂·勃朗特（1816—1855）、盖斯凯尔夫人（1810—1865）一起，称为"现代英国的一批杰出的小说家"，讲他们以"明白晓畅和令人感动的描写，向世界揭示了政治的和社会的真理，比起政治家、政论家和道德家合起来所做的还多"[1]。

狄更斯的作品对中国的影响也是巨大的。在20世纪初，狄更斯的作品就被介绍到中国。1907—1909年，著名翻译家林纾与魏易合作用文言文翻译了狄更斯的5部小说，由上海商务印书馆出版，分别是《滑稽外史》（《尼古拉斯·尼克尔贝》1—6卷）、《孝

---

[1] 马克思，恩格斯.马克思恩格斯论艺术 第2卷[M].北京：中国社会科学出版社，1983：296.

女耐儿传》(《老古玩店》上、中、下册)、《块肉余生述》(《大卫·科波菲尔》)、《贼史》(《奥立佛·退斯特》)、《冰雪因缘》(《董贝父子》1—6卷)。在1910年9月，上海商务印书馆还出版了薛一谔、陈家麟合译的《亚媚女士别传》(《小杜丽》上、下)。接着，伍光建用白话文译出《艰难时世》，谢颂羔译出《三灵》(《圣诞颂歌》)。

林纾与魏易合作用文言文翻译的图书

林纾称狄更斯"以至清之灵府，叙至浊之社会"，而"所恨无迭更斯其人"。此后，狄更斯的小说陆续得到译介，并在20世纪三四十年代达到了一个高潮，这些作品不仅吸引了众多的文学爱好者，受到中国读者的热烈欢迎，更是影响了老舍、萧乾、沈从文、巴金、钱钟书等一些中国作家。

中华人民共和国成立后，狄更斯的文学地位得到进一步提高。1962年，王佐良、陈嘉等学者纷纷撰文纪念狄更斯150周年诞辰。"文化大革命"以后，人民文学出版社和上海译文出版社陆续再版或新译了狄更斯的主要作品。上海译文出版社于20世纪80年代中期策划出版了《狄更斯文集》，其中囊括了狄更斯的所有长篇小说，还包括《圣诞故事集》等中篇小说、短篇小说和散文作品。

狄更斯创作中的人道主义思想和社会批判精神，以及他高超的艺术写作手法，对中国的现代小说有着深远的影响，其独特的创作风格在世界文学史上留下了浓重的一笔。

第三部分｜主要作品介绍

我们的前面无所不有,我们的前面一无所有。

# 《双城记》

《双城记》是狄更斯创作后期最重要的作品之一。不同于前期作品的幽默和诙谐，这部作品充满着严肃、悲壮、感伤的气氛，体现了狄更斯创作思想的深度和艺术手法的高超，在他的全部作品中占据着特殊的地位。

## 1. 时代背景

《双城记》创作于19世纪50年代克里米亚战争（1853年10月—1856年2月）结束之后，当时的英国经历了18世纪60年代至19世纪40年代的工业革命，经济获得了突飞猛进的发展。一方面，生产力迅速发展，工、农业资本家获得暴利，原始积累大大增加；另一方面，大量农民失去土地，大批小生产者破产，沦为廉价的劳动力，他们的生活处境极为悲惨，英国社会阶级矛盾十分尖锐。19世纪三四十年代，英国的工人阶级为了争取自己应得的利益发动了轰轰烈烈的人民宪章运动，资产阶级和工人阶级的矛盾呈一触即发之势。狄更斯对此无比担忧，对国家的前途深感忧虑，觉得英国当前的形势和法国大革命前夕的形势十分相似。他反复研读英国历史学家卡莱尔的《法国大革命》和其他学者的有关著作，对法国大革命的过程和结果产生了自己的独到见解，认为统治阶级的暴政必然会引起人民的暴力报复，担心以暴力对抗暴政一定会引发整个社会的灾难，于是他决定创作一部长篇小说《双城记》，并在小说的第一部第一章开门见山地写道，"那个时代和当今这个时代是如此相似"，意在以法国大革命的历史为借鉴，为英国的统治阶级敲响警钟，幻想在社会矛盾日益加深的英国能避免人类相残的政治灾难的发生。

1857年，狄更斯和他的孩子们、朋友们一起出演威尔基·柯林斯先生的剧本《冰海深处》。狄更斯被《冰海深处》中青年男主人公舍己为人的高尚品德所感动。男主人公被心爱的姑娘抛弃后，在北极探险时为拯救自己的情敌牺牲了，这个人物形象符合狄更斯的道德体系标准，这为他在《双城记》中构思卡屯这个人物形象提供了素材。

狄更斯通过《双城记》这部历史小说中几个鲜明的人物形象，借古喻今，告诫当权者和劝告心怀愤懑的广大公众，暴政和暴力只能带来更多的流血与灾难。在他的笔下，一场大的灾难不仅无情地惩罚着统治阶级，也在无情地伤害着无辜的百姓，表达了他既反对贵族阶级的暴政统治，也反对暴民的暴力反抗。他认为在危机面前，唯有仁爱才能挽救这场浩劫，只有发扬人道主义精神，慈悲为怀，才能拯救时代于水火之中。

本着这个目的，狄更斯花了至少三年的时间和精力来创作《双城记》。他在创作过程中几经修改，"以其蓬勃丰饶的构思、无比充沛的创作精力和广阔无边的慈悲之心，充分地予以表达了"[1]。在小说中，他愤怒地揭露封建贵族的恶行，强烈抨击贵族阶级的荒淫残暴，深切地同情劳动人民的苦难。他将恩怨、爱情和复仇等诸多复杂的内容糅合在了一起，创作出一部有着戏剧特色的、反映法国大革命历史事件的小说。

---

[1] 乔治·桑普森.简明剑桥英国文学史 十九世纪部分[M].刘玉麟,译.上海:上海外语教育出版社,1987：212.

《双城记》的写作手法充分展示了狄更斯的艺术天赋。

## 2. 故事梗概

### 第一部 死人复活

那是最美好的时代，那是最糟糕的时代；那是智慧的年头，那是愚昧的年头；那是信仰的时期，那是怀疑的时期；那是光明的季节，那是黑暗的季节；那是希望的春天，那是绝望的冬天；我们的前面无所不有，我们的前面一无所有。我们都直接奔向天堂，我们都直接奔向另一条路——简而言之，那时与现在非常相像。

1775 年 11 月下旬一个星期五的晚上，贾维斯·罗瑞先生跟随着多佛邮车踏着泥泞的路步行上山。与他一起行走的还有两个人，他们头上裹着围巾，穿着过膝高筒靴，彼此无法辨明对方的容貌。押车的卫士站在邮件车厢后面的专用踏板上，眼睛不时地瞧着面前的武器箱。

赶车的终于把邮车拉上了坡顶。远处有快马跑了过来。雾里传来一个男人沙哑的声音："前面是多佛邮车吗？我要找一个旅客，贾维斯·罗瑞先生。"

罗瑞先生略带几分颤抖问道："是谁找我？是杰瑞吗？"

"是的，罗瑞先生。公司给你送来了急件。"

"卫兵，这个送信的我认识。"罗瑞先生说，"我是伦敦台尔森银行的，我要到巴黎出差。你可以让他过来。"

一个骑马人的身影从雾气中走到邮车旁，交给罗瑞先生一张折好的小纸片。

罗瑞先生拆开信，就着马车这一侧的灯光看到"在多佛等候小姐"的字样。

"杰瑞,你把这话带回去:死人复活了。"

邮车又隆隆地前进。

邮车上午到达多佛的乔治王旅馆。这时旅客只剩下了罗瑞先生一个人,另外两个在途中下了车。罗瑞在招待的指引下下了车。

"明天有去加莱的邮船吗,招待?"

"有的,先生,若是天气不变,下午两点左右就能航行了。"

罗瑞先生在旅馆里住下,并理了发。然后,他身穿褐色礼服,戴了一个亚麻色的小假发坐在咖啡室里用餐,他对招待说:

"请你们安排一位小姐的食宿。她会找贾维斯·罗瑞或台尔森银行的人,到时请通知我。"

"先生,伦敦的台尔森银行很大的呢。"

"不错。我们英国银行的商号在一百五十年前就很兴旺,在法国的商号也很大。"

晚饭后,侍者已经进来报告,马奈特小姐已从伦敦到达多佛,现在就要跟台尔森银行的先生见面。

罗瑞跟着侍者来到了马奈特小姐的屋子,看到十七岁左右的小姐站在桌边迎接他。他向马奈特小姐郑重地鞠躬致敬。那小姐身躯娇小,金色秀发,一双询问的眼睛,脸上有困惑、迷惘和专注的神情。

"请坐,先生。"年轻的声音十分清脆,"我昨天收到银行一封信,是关于我可怜的父亲的一小笔财产的,我从来没见过他,他已死去多年。信中要我跟银行的一位先生接头。那先生为了这件事要专程去一趟巴黎。"

"那人就是我。"

她向他行了个屈膝礼。他再次向她鞠了一躬。

"银行告诉我说，那位先生会向我详细说明情况。"

"当然。"罗瑞先生说，"马奈特小姐，你父亲是个法国绅士，是个医生，在巴黎也颇有名气。那时我还在法国分行工作，我们之间是业务关系，但是彼此信任，那已是三十年前的事了。二十年前，他跟一个英国小姐结了婚，我是他婚礼的经办人之一。他跟许多法国人一样把他的事务全部委托给了台尔森银行。"

"我父亲在我母亲去世后两年也去世了。我觉得把我带到英国来的就是你。"她皱紧了眉头仔细打量着他。

"是的。从那以后你就一直受到台尔森银行的保护。现在我要讲的是，如果令尊大人并没有在他死去时死去……"

她身子震了一下，双手抓住了他的手腕。

"马奈特小姐，你的母亲在你两岁时去世了，之前她一直寻找你的父亲，全无结果。现在我们在巴黎已经找到了他。他还活着，只是差不多成了废人。他被他过去的一个仆人接到家里。我要去确认他，你要去恢复他的生命、责任心，给他爱和安慰。我们要把他弄出法国。"

她瞪着眼睛凝望着他，全身震颤，失去了知觉，手还紧紧地抓住他。

她的女仆跑进屋里，把她轻轻放到沙发上，很体贴地照顾她。

街上落下一个大酒桶，磕散了，酒桶躺在酒馆门外的石头上。附近的人都停止了工作来抢酒。路上的石头原很粗糙，此时却变成了一个个小酒洼。有的人跪下身子双手捧酒喝；有的人用破旧的陶瓷杯子到水洼里去舀；有的人用泥砌起了堤防挡住酒；有的人堵截正要往别的方向流的酒；有的人却在被酒泡胀、被酒渣染红的酒桶木片上下功夫，津津有味地咂着被酒浸朽的木块，甚至嚼了起来。

酒是红酒，它染红了巴黎近郊圣安东区的一条窄街，也染红了很多双手，很多张脸，很多双赤足，很多双木屐。有一个高个儿顶着一顶长口袋的脏睡帽，用手指蘸着和了泥的酒渣在墙上写了一个字：血。

酒店老板站在门外看着人们争夺洒在地上的酒，看到了那高个儿在墙上写的字，便隔着街对他叫道：

"喂，加斯帕德，你在墙上写些什么？"

那人意味深长地指了指他写的字。酒店老板走过街去，从地上抓一把烂泥涂在他的字上，把它抹掉了。

这个酒店老板叫德发日，三十左右年纪，有一头蓬松鬈曲的黑色短发，肤色黝黑。他目光炯炯，透着股倔强劲儿，显然是个有魄力、有决断，想干什么就干得成的人。

他的妻子德发日太太坐在柜台后面，年龄与他相近，是个壮实的女人，一双机警的眼睛似乎很少望着什么东西。她正一手托着胳膊，一手拿着牙签剔牙。她的丈夫走进酒店时她轻轻咳了一下，牙签微微一抬，德发日便把目光扫向顾客。

他看到了一位老先生和一个年轻姑娘坐在屋角，并注意到那位老先生向年轻姑娘递了一个眼色。他来到柜台边与喝酒的三个互称"雅克"的客人闲聊，老板娘拿起毛线织了起来。

那三人付了酒钱走了。那老先生从屋角走向老板，客气地要求说一句私密话。

德发日先生跟他走到门边，几乎听他说第一个字时就吃了一惊，点了点头走了出去。老先生和年轻姑娘也跟了出去。

他们来到了一个小天井，在走进青砖铺地的楼梯口时，德发日先生对他过去主人的孩子跪下了一条腿，把她的手放到唇边表达了一下敬意。

三人爬到了楼梯顶上，酒店老板掏出一把钥匙来。罗瑞先生说："你认为有必要让那不幸的人这样隔绝人世吗？"

"因为他被监禁的日子太长，若是敞开门，他会害怕的，会说胡话，会把自己撕成碎片，会死，还不知道会有什么伤害。"

他们爬过又陡又窄的楼梯到了阁楼。刚离开酒店的那三个人正弯着身子，从门缝往屋里瞧。德发日先生让他们离开，对罗瑞说："他们是真正的男子汉，他们都使用我的名字——雅克，让他们看看会有好处的。"

他轻轻地打开房门。阁楼原是用来储藏、堆放柴火等杂物的，光线很暗，一个白发老人坐在一张矮凳上，背着门，面向着窗户，正佝偻着身子做鞋。

"日安！"德发日先生低头看着那个低垂着的满是白发的头说。

那头抬起了一下，一个非常微弱的声音做了回答：

"日安！"

那声音很微弱、很压抑，像是从地下发出来的。

"我想多放一点光线进来，"德发日目不转睛地望着鞋匠，"你可以多接受一点吗？"

"你要放进来，我只好忍受。"

门开大了一些，光线射进阁楼。一只没做完的鞋在他膝头上，几件工具和各种皮件放在脚旁的长凳上。他胡子花白，很乱，面颊凹陷，破烂的黄衬衫领口敞开，露出瘦骨嶙峋的身子。

他用手挡住眼前的光线，眼睛直勾勾地望着德发日。

"你今天要做完那双鞋吗？"德发日问。

"我说不清是不是打算，我想是的。我不知道。"他又埋头忙起活儿来。

罗瑞先生走上前去，站了一两分钟，鞋匠抬起了头，又弯下腰做起鞋来。

"你有客人了，你看。"德发日先生说。鞋匠像刚才一样抬头望了望，又继续工作。

德发日说："这位先生很懂得鞋的好坏。把你做的鞋给他看看。拿好，先生。"

罗瑞先生接过鞋。

"鞋匠的名字是……"德发日说。

"北塔一〇五。"他弯腰干起活儿来。

"做鞋不是你的职业吧？"罗瑞先生注视着他说。

他那无神的眼睛转向了德发日，他又在地下找了一会儿，才又转向提问者。

"做鞋不是我的职业吗？我是自学的。我申请自学做鞋，费了很多力，花了很多时间，被批准了。从那以后我就做鞋。"

他伸手想要回被拿走的鞋，罗瑞先生仍然注视着他的脸，说：

"马奈特先生，你一点都想不起我了吗？"

鞋掉到地下，他坐在那儿呆望着提问题的人。

"马奈特先生，"罗瑞先生把一只手放在德发日的手臂上，"你一点也想不起这个人了吗？你心里是不是还想得起以前的银行职员、以前的职业和仆人，马奈特先生？"

他坐在那儿，一会儿呆望着罗瑞先生，一会儿呆望着德发日，他额头上曾被抹去的聪明深沉的智力迹象逐渐透了出来，随即又被遮住了。他发出一声深沉的长长的叹息，拿起鞋又干起了活儿。

"你认出他了吗，先生？"德发日先生问罗瑞先生。

"认出来了,看到了那张我曾十分熟悉的面孔。"

那姑娘走近老人,伸出手来,而他却一无所知。他去拿皮匠刀,眼睛却瞥见了她的裙子。他抬起头来,看到了她的脸,恐惧地、一个字一个字地说:

"这是什么?"

姑娘泪流满面,把他搂在胸前。

"你不是看守的女儿吧?"

她叹了口气:"不是。"

"你是谁?"

她的金色长发垂落到他的脖子上。他拿起头发看着,一会儿又迷糊了,又发出一声深沉的叹息,又做起鞋来。

她把手放到了他的肩上。他怀疑地看了那手两三次,取下一根脏污的绳,绳上有一块卷好的布。他在膝盖上小心地把它打开,里面有两三根金色的长发。

他又把她的头发拿在手上:"是同样的,是怎么回事?"

他拉她转向了亮光的一面,打量她。他的嘴唇动了多次,找到了话语:

"那天晚上我被叫走时,她的头放在我的肩上——她怕我走。我被送到北塔时,他们在我的袖子上找到了这个。'你们可以把它留给我吗?它不能帮助我的身体逃掉,虽然能让我的精神飞走。'这是我当时说的话,我记得很清楚。"

突然,他抓住她:"怎么,是你吗?"

罗瑞先生和德发日吓了一跳,担心发生不测。她低声说:"我求你们,不要过来,不要说话。"

他惊叫:"是谁的声音?"他两手伸到头上,发狂地扯起头发来。

一阵发作终于过去。他把他的小布包卷了起来，望着她，伤心地摇着头。

"不，不，你太年轻，太美丽，这样的手她当年从来没看见过，这样的脸她当年从来没有看见过，这样的声音她当年从来没有听到过。这都是很久以前的事了。你叫什么名字，我温和的天使？"

女儿跪倒在他面前，双手抚慰着父亲的胸口。

"啊，先生，以后我会告诉你我的名字，我的母亲是谁，我的父亲是谁。我现在可以在这儿告诉你的是，我请求你抚摸我，为我祝福！如果你从我的声音里听出了你曾听到过的甜蜜，为它哭泣吧！如果你在抚摸我的头发时能回想起你自由的青年时代，就为它哭泣吧！若是我向你表示我们还会有一个家，这话能令你想起一个败落多年的家，你就为它哭吧，哭吧！"

她紧紧地搂住他的脖子，在胸前摇着他。

德发日和罗瑞先生忍住泪水，走上前把父女俩扶了起来。

他们决定立即离开巴黎。德发日和罗瑞先生很快就办好了马奈特先生离开法国所需要办的一应事项。

天黑下来，他们开始下楼，德发日先生提着灯走在前面，老人没走几步便停下了脚，盯着房顶和四壁看，他显然已不记得从监牢被带到这屋里的事了。

老人进了马车，想到他的皮匠工具和没做完的鞋。德发日太太很快拿了下来并递进马车，又立即靠在门框上打起毛线来。

一行人在昏暗摇曳的路灯下上路了。走到城门时，提着风灯的卫兵问："证件，客人！"德发日走下车跟卫兵低语了几句，卫兵举起风灯伸进马车，望了望："走吧！"

## 第二部　金丝网络

克朗彻·杰瑞是台尔森银行外面一个干零活的。他每天早晨会在靠近法学会大门一边的银行大楼的窗户下坐着，等里面的活计。

1780年3月，台尔森银行内部一个信使把脑袋从门里伸出来，说："要送信！"

杰瑞拿着信，来到了老贝勒（英国刑事案法庭），把信从一道小活门递进去。然后，跟着门卫挤进了法庭。

门卫拿着信向罗瑞先生走去。罗瑞先生坐在距离辩护人不远的桌前，那辩护人斯特莱佛戴着假发，面前有一大捆文件，对面还坐着另一个戴假发的先生，双手插在口袋里，眼睛看着法庭的天花板。杰瑞向罗瑞先生做了个手势，然后就坐下了。

法官进场，引起了一番忙乱。两个狱吏走出去，带来了囚犯，送进了被告席。

这是一个大约25岁的青年男子，身材匀称，气色良好，有一张被阳光晒黑的面孔和一对深色的眼睛，看样子是一个年轻的绅士。他穿着朴素的黑色的衣服，长长的深色头发用带子系在脑后，他向法官行了礼，便一声不响地站着。

他——夏尔·达奈昨天对公诉提出了无罪申辩。

在法官座位旁的角落坐着两个人，一个是刚过20岁的小姐，另一个显然是她的父亲。女儿一只手挽着父亲的胳膊，另一只手搭在胳膊上面。

检察长先生站起身来，对陪审团说："这个囚犯虽然年轻，可他从事卖国勾当，是个老手，早在很久以前该犯就在法国和英国之间频繁往来。所幸上帝向一个爱国志士昭示，他是该囚犯的朋友，了解到该囚犯的阴谋,便向国王陛下的国务总监和枢密院进行了揭发。这位爱国志士跟囚犯的仆人取得了联系,启发他检查他主人的桌子抽屉和衣服口袋,并藏起了该囚犯的文件。这两个证人的证词和他们已发现的文件表明,该犯持有记载国王陛下兵力及海陆军部署的文件,经常将此类情报递交给一个敌对的强国。综上所述,深信忠于王室、忠于职责的陪审团诸公自会积极肯定该罪犯应予处死。"

那个爱国志士登上了证人席,此人是约翰·巴萨先生。那个仆人罗杰·克莱也登上了证人席,四年前他在加莱邮船上,是该名囚犯的勤杂工。

戴假发的辩护人对证人提出了几个问题。

检察长先生又传唤台尔森银行的职员贾维斯·罗瑞先生。

"1775年11月的一个星期五晚上,你是否曾坐邮车从伦敦去过多佛?" "去过。"

"车厢里还有别的乘客吗?"

"有两个。"

"罗瑞先生,你看看囚犯,是不是那两个旅客之一?"

"那两个人都裹得严严实实,夜又黑,我不能确认。我记得那两人都害怕强盗,可是这个囚犯却没有胆小怕事的神气。"

"罗瑞先生,你以前肯定见过他吗?"

"见过。"

"什么时候?"

"那以后几天我从法国回来,这个囚徒在加莱上了我坐的那条邮船。"

"罗瑞先生,你是一个人旅行吗?"

"有两个人同行,一位先生和一位小姐。两人现在都在这儿。"

"马奈特小姐!你以前见过这个囚犯吗?"

她从座位上站了起来,她的父亲也随之站了起来——他不愿她松开挽住他胳膊的手。

"见过,先生。"

"在哪儿?"

"在刚才谈起的那艘邮船上。"

"马奈特小姐,在越过海峡的时候你跟囚犯说过话吗?"

"那囚犯上船时注意到我的父亲很疲劳,很虚弱。"她深情地望着站在她身边的父亲,"我怕父亲缺少新鲜空气,便在船舱阶梯旁的甲板上给他搭了个床铺,自己坐在他身边侍候他。那善良的囚犯告诉我要如何才能使我的父亲少受风雨侵袭,我俩就这样交谈了起来。"

"他是一个人上船的吗?"

"还有两个法国人。他们一直交谈。开船了,那两人才坐着他们的小船回岸上去。"

"他们之间传递过像这些一样的文件吗?"

"我确实不知道什么文件,虽然他们就在我身边低声说话。那囚犯对我的处境很同情,对我父亲很关心,很有帮助。"她哭出了眼泪,"我希望今天不要以怨报德。"

检察长向法官大人要求这位小姐的父亲做证。

"马奈特医生,你看看囚犯,你以前见过他吗?"

"见过一次,他到我伦敦的寓所来看过我。那大约是三年或三年半以前。"

"你能认出他就是跟你一起乘邮船的旅客吗?你对他跟你女儿

的谈话有什么看法？"

"对这两个问题我都无法回答，大人。"

"你无法回答有什么确切的特别的原因吗？"

他低声回答说："有。"

"你在你出生的国家曾经遭到过不幸，未经审判，甚至未经控告就受到了长期监禁，是吗，马奈特医生？"

他回答的口气打动了每一个人的心："是的，受过长期监禁。"

"你对当时的情况已经没有记忆了吗？"

"没有了。从某个时候起，到跟我亲爱的女儿住在一起为止，我脑子里是一片空白。仁慈的上帝让我的官能恢复时，我女儿跟我已很熟悉；可我连她是怎样跟我熟悉起来的也说不清了。"

检察长坐下，父女俩也坐下。

此时这件案子出现了一个离奇的变化。此案的目的是要证明5年前那个11月的星期五该囚犯跟某个尚待追查的同犯一起乘邮车南下，晚间一同下了车，到了某处，但未停留，又立即折返十多英里，来到某个要塞和造船厂搜集情报。一个证人出庭确认该囚犯曾在那个时刻在那个要塞和造船厂所在城市某旅店的咖啡馆里等待另一个人。这时，那位戴着假发一直望着法庭天花板的先生在一张小纸条上写了几个字，卷了卷，扔给了斯特莱佛律师。律师读完纸条后很仔细、很好奇地观察了囚犯一会儿。

"你有把握那人就是这个囚犯吗？"

证人表示很有把握。

"你仔细看看那边那位先生，"斯特莱佛律师指着扔纸条的人说，"然后再仔细看看囚犯，他们俩是不是非常相像？"

那扔纸条的人和囚犯确实是一模一样，这不但叫那证人大吃一惊，就是在场所有的人都大吃一惊。

斯特莱佛先生向陪审团指出，那个"爱国志士"巴萨是个受人雇用的密探和奸细，那个"道德高尚"的仆人克莱是巴萨的朋友和搭档。这两个作伪证、发伪誓的家伙想把那囚犯当作牺牲品，因为他是法国血统。

然后斯特莱佛先生要求他的几个证人出席作了证。

这时马奈特小姐的头耷拉到了她爸爸的胸口上。一直望着法庭天花板的卡屯先生竟第一个看到了："法警，注意一下那位小姐。帮助那位先生扶她出去。"

那姑娘被扶出去。因陪审团的意见不统一，法官大人便退了庭。

这时卡屯先生走了过来，碰了碰罗瑞先生的手臂。

"小姐怎么样？"

"她爸爸在安慰她，出了法庭之后她好了一些。"

卡屯先生到被告席去了："达奈先生！你很急于听到证人马奈特小姐的情况吧，她马上就会好的。"

"我让她难受了，我深感抱歉。你能把我这话向她转达吗？还有，对她的一片苦心我也衷心感谢。"

"可以，我愿意转达。"

卡屯先生一副满不在乎的神气，半个身子背着囚犯站着，手肘懒懒地靠在被告席上。

"我认为陪审团退席会对你有利。"

罗瑞先生在人群中塞给杰瑞一张纸条。纸条上写了几个字："无罪释放。"

马奈特医生、他的女儿露茜·马奈特、被告的代办人罗瑞先生和被告的辩护律师斯特莱佛先生在法庭的过道里，围在刚刚被释放的夏尔·达奈身边，祝贺他死里逃生。

此时的马奈特医生面貌聪颖，腰板挺直，已经很难辨认出当年在巴黎阁楼里的那个老鞋匠的样子了。但他灵魂深处的痛苦经历常常会让他因外在的因素而情绪变化，比如这次审判。

罗瑞先生说："我建议大家停止交谈，露茜小姐气色不好，达奈先生过了一天可怕的日子，我们大家都精疲力竭了。"

马奈特医生望着达奈，脸上突然变得有些呆板，神情有些茫然。

露茜·马奈特和她父亲雇了一辆出租马车走了。

卡屯靠在一堵被黑暗笼罩着的墙壁上，等到别人都离开之后才慢慢走出阴影，向罗瑞先生和达奈先生站着的街道走去。

罗瑞先生与卡屯打过招呼后也回台尔森银行去了。卡屯散发着啤酒气，看来已有几分醉意，他对达奈说：

"今天晚上你单独和一个相貌酷似你的人一起站在街头的石板上，一定觉得有异样吧？"

"我简直还没觉得回到人世呢。"夏尔·达奈回答。

卡屯挽起他的胳膊进了一家小酒店。夏尔·达奈在这里吃了一顿简单却味美的晚饭，喝了些甘醇的酒，体力开始恢复。而卡屯则坐在桌子对面，面前摆了一瓶啤酒。

"你现在觉得回到这个扰攘的人世了吗，达奈先生？"

"我已经恢复了许多，能感到混乱了。"

"你一定感到非常称心如意吧！"他尖刻地说，又斟满了一杯酒，"对我来说，能叫我最称心如意的便是忘掉这个世界。"

一天的折磨已把夏尔·达奈弄得精神恍惚。他感到跟这个行动粗鲁、面貌酷似自己的人在一起像在做梦，因此不知道回答什么好。

"你既然吃完了饭，为什么不为健康干杯呢，达奈先生？"卡屯说道。

"为谁的健康干杯?"

"怎么啦,那人不就在你的心尖上吗?我发誓她一定在。"

"那就是马奈特小姐了!"

"马奈特小姐!"

卡屯望着伙伴祝酒,却把自己的酒杯扔到身后的墙上,摔得粉碎,然后按铃要了另一个杯子。

"有这样美丽的小姐为你哭泣,是很幸运的呢!能得到这样的同情与怜悯,即使受到生死审判也是值得的吧,达奈先生?"

达奈仍旧默然。

"我把你的消息带给她时她非常高兴。"

这一句提醒了达奈,连忙对他表示感谢。

"我不需要感谢,我也不知道为什么这样做。达奈先生,问你一个问题,你以为我特别喜欢你吗?"

"从你做的事看来,似乎喜欢,可我并不觉得你喜欢我。"

卡屯说:"我对你的理解力开始有了很高的评价。"

"不过,"达奈起身按铃,"我希望这不至于妨碍我付账,也不至于妨碍我们彼此全无恶意地分手。"

"那就再给我来一品脱同样的酒。"

夏尔·达奈付了账,向卡屯道了晚安离开了。

卡屯拿起一支蜡烛,对着墙上的镜子打量着自己。

"他让你看到了你追求不到的东西!你若跟他交换地位,你能像他一样受到那双蓝眼睛的青睐吗?能像他一样得到那一张激动的脸儿的同情吗?"

他向那一品脱酒寻求安慰,几分钟之内把它喝了个精光。然后他便双臂伏在桌上睡着了。

"10点钟了,先生。"酒店的人说。

他昏昏沉沉,站了起来,走了出去。让自己清醒之后,来到了斯特莱佛的住处。

西德尼·卡屯是斯特莱佛最好的盟友。无论斯特莱佛在什么地方打官司,都少不了卡屯两手放在口袋里,双眼瞪着天花板在那儿。

他们进了一间邋遢的小屋,屋里有一排排的书籍和四处堆放的文件,壁炉里炉火燃得白亮,壁炉架上水壶冒着热气。一张桌子上摆满了葡萄酒、白兰地酒、甜酒、糖和柠檬。

"我看,你已经喝过了,西德尼。"

"喝了两瓶,跟白天那当事人吃了晚饭!"

"你拿自己来做证,西德尼,这可是罕见的招数。灵感从何而来?"

"我觉得他相当漂亮,又想,我若是运气好,也能跟他一样。"

斯特莱佛先生哈哈大笑:"西德尼!干活儿吧,干活儿吧。"

卡屯进了隔壁房间,拿进来一大罐冷水、一个盆子和两块毛巾。他把毛巾浸在水里,拧个半干,裹在头上,然后在桌旁坐下专注地工作。凌晨3点,他交给了斯特莱佛一份材料。

两人又聊了起来。

"跟我一起为漂亮的证人干一杯吧。"斯特莱佛说,然后举起酒杯。

"漂亮的证人。"他喃喃地说,低头望着酒杯。

"医生的女儿,马奈特小姐。"

"我可以跟你干杯,但不承认什么漂亮不漂亮。我要睡觉了。"

卡屯来到了屋外,空气寒冷而凄凉,河水幽暗模糊,像一片没有生命的荒漠。他到了居室,衣服也不脱便扑倒在没有收拾过的床上，枕头上的眼泪点点斑斑。

马奈特医生的寓所在一个平静的街角，距离索霍广场不远。

一个晴朗的星期日下午，贾维斯·罗瑞先生来到马奈特医生处。

一幢幽静大楼里的两个楼层，是医生的家。一层有三间屋子，屋子之间的门全部敞开着，空气非常流通。第一间屋子是最漂亮的，屋里是露茜的花儿、鸟儿、书籍、书桌和工作台，还有一盒水彩画颜料。第二间是医生的诊所，兼作餐厅。第三间是医生的寝室，寝室一角放着做鞋的长凳和工具箱。

晚饭后露茜建议到露天坐坐，把葡萄酒拿到梧桐树下去喝。

达奈先生来了。

马奈特医生和蔼地接待了他。大家在一起谈了许多话题。

"请问，马奈特医生，"达奈先生顺着刚才的话头谈了下去，"你对伦敦塔熟悉吗？"

"露茜和我一起去过。"

"我在那儿蹲监狱时，他们告诉过我一件奇怪的事。"达奈说。

"什么事？"露茜问。

"在改建某个地方时，工人发现了一个地牢，那地牢围墙的每一块石头上都刻着字，是囚徒们刻的。在墙角的一块地基石上有一个囚徒用很蹩脚的工具刻成的三个字母。有人十分仔细地检查了刻字处的地面，在一块石头和碎砖块下面的泥土里发现了一张腐败成灰的纸跟一个腐败成灰的小皮箱或皮口袋。那囚徒究竟写了些什么是再也读不到了，但他的确写下了一点东西。"

"爸爸，"露茜叫道，"你不舒服了吗！"

医生突然一手抚着头站了起来，那样子把他们都吓了一跳。

"不，亲爱的，下雨了，雨点很大，我们最好还是进去！"

的确,大滴大滴的雨已在下着。而在他们回屋里时,罗瑞先生发现医生转向夏尔·达奈的脸上露出了一种特别的表情,这种表情那天在法庭通道里也曾出现过。

喝茶的时间到了,这时卡屯先生信步来到。

大家坐到一扇窗户前眺望沉沉的暮色。露茜坐在爸爸身边,达奈坐在露茜身边,卡屯靠在一扇窗前。

"雨还在下,稀稀落落,"马奈特医生说,"雷雨来得很慢。"

"却肯定要来。"卡屯说。

"好像蜂拥的人群,却又是一片孤独。"达奈说。

露茜说:"今晚的一切都叫我心惊胆战。我有时要在这儿坐整整一个晚上,直到产生一种幻觉,那是难以言传的感觉,后来才明白它是要逐渐走入我们生活的所有脚步的回声。"

"如果是那样,有很多人有一天会走进我们生活的。我接受他们进入我的生活!"西德尼·卡屯一如既往忧郁地说。

脚步声时断时续,却越来越急,在街角上反复回荡,却一个人影也看不见。

一阵令人难忘的疾雷闪电随着横扫的疾雨袭来。雷声隆隆,电光闪闪,大雨如注,没有间歇,直到夜半才止。

某宫廷大臣在他巴黎的府第里刚刚举行了半月一次的招待会。一个60岁左右的男人,腋下夹着帽子,手上拿着鼻烟盒,一声不响地下了楼。

他就是侯爵大人。此人衣饰豪华,态度傲慢,五官轮廓分明,两道鼻翼略微凹下了些,给整个面孔带来一种奸诈、残忍的表情。在招待会上那位大人对他的态度不太热情,此时他来到院子里,坐上他的马车疾驰到了街上。看到人们在他的马车前四散奔逃的样子,他颇为得意。

当马车在一个泉水边的街角转弯时,一个轮子抖了一下,几个喉咙同时发出了一声大叫,几匹马前腿凌空一腾落下,随即马车停下了。

侍从匆匆下了车,几匹马的辔头已被好多只胳膊抓住了。

"出了什么事?"大人平静地往外看了看。

一个戴睡帽的高个子男人从马匹脚下抓起了一个包裹样的东西,放在泉水边的石基上,自己趴在泥水里对着他野兽一样嗥叫。

"对不起,大人!"一个衣衫褴褛的男人恭顺地说,"是个孩子。"

"他干吗嚎得那么讨厌?是他的孩子吗?"

"请原谅,侯爵大人,是的。"

高个子男人突然从地上跳起来,向马车奔来。侯爵大人用手抓着剑柄。

"碾死了!"那男人拼命地狂叫,两条胳膊高高地伸在头上,眼睛瞪着他。人群围了过来,望着侯爵大人。侯爵大人的目光从每一个人身上掠过,仿佛他们是一群刚从洞里窜出来的耗子。

他掏出了钱包说:"你们这些人连自己和自己的孩子都照顾不了,老是有一两个人挡在路上。我还不知道你们把我的马伤成什么样子了呢!看着!把这个给他。"

他扔出了一个金币,命令他的侍从拾起来。高个子男人又以一种绝对不是人间的声音大叫道:"死了!"

另一个男人匆匆赶来拉住了他,那可怜的人扑到他的肩上抽泣着、号啕着,指着泉水。那儿有几个妇女躬身站在一动不动的包裹前,缓缓地做着什么,无声无息。

"我全知道。"刚来的人说,"要勇敢,加斯帕德。可怜的小把戏像这样死了倒还好些。转眼工夫就过去了，没受什么痛苦。"

"你倒是个哲学家，你，"侯爵微笑说，"人家怎么叫你？"

"叫我德发日。"

"你是干什么的？"

"卖酒的，侯爵大人。"

"这钱你拾起来，卖酒的哲学家，"侯爵扔给他另外一个金币，"随便去花。马怎么样，没问题吧？"

侯爵大人对人群不屑多看一眼。他把身子往后一靠，正要以偶然打碎了一个平常的东西且赔得起钱的大老爷的神态离开时，一个金币却飞进车里，当啷一声落在了车板上，他的轻松感突然被打破了。

"停车！"侯爵大人说，"是谁扔的？"

他望了望卖酒的德发日刚才站着的地方。那凄惨的父亲正匍匐在那儿的路面上，站在他身边的是一个黝黑、健壮的织毛活的女人。

"你们这些狗东西，"侯爵声调从容，面不改色地说，"我非常乐意从你们任何一个人身上碾过去，从人世间把你们消灭掉。我若是知道是哪一个混蛋对马车扔东西，我就要让我的轮子把他碾成肉泥！"

人们受惯了欺压恐吓，没人敢作声，甚至也不敢抬一抬眼睛，只是那织着毛活的妇女抬着头，目不转睛地盯着侯爵的面孔。侯爵那轻蔑的眼神从她头顶一扫而过，也从别的"耗子"头上一扫而过，然后他又发出命令："走！"

马车载着他走了。那父亲和他的包裹不见了。

侯爵大人坐着他那由两个驭手驾驶的四马旅行车往一个陡峻的山坡爬去。

旅行马车来到了山顶，落日的辉煌把车上的人浸入一摊猩红中。

太阳已经很低,这时便突然落了下去。马车带着灰尘气味往坡下滑,并掀起一片尘雾。

村子只有一条街道,街上有贫穷的酒厂、贫穷的硝皮作坊、贫穷的客栈、贫穷的驿马站、贫穷的泉水、贫穷的设施、贫穷的人。小村里的文告堂皇地要求人们向国家交税,向教堂交税,向老爷交税,向地区交税。

侯爵的旅行马车来到了驿站大门,农民们停下活儿望着他。侯爵大人目光落到低垂在他面前的一个驯顺的面孔上。

"把那家伙给我带来!"侯爵对差役说。

一个花白头发的补路工被带了上来,他手里拿着帽子。

"我在路上曾从你身边走过吗?"

"大人,没错。"

"你那时死死盯住看的是什么?"

"大人,我在看那个人。"他用他那蓝色的破帽指了指车下,"他吊在刹车箍的铁链上。"

"那人叫什么名字?"

"请恕罪,大人!他不是这一带的人,我没见过他。"

"吊在链子上?那人是什么样子?"

"大人,他满身灰尘,白得像个幽灵,高得也像个幽灵!"

侯爵说:"你看见一个小偷在我车上,却闭着你那大嘴不响声。呸!把他拉一边去,加伯尔先生!"

加伯尔先生是驿馆长,也办税务。他赶走了那个补路工。

"那个外地人今晚要是在这个村里找地方住,就把他抓起来,加伯尔。"

"大人,能为您效劳我深感荣幸。"

马车驶出村子向坡上爬去。

山坡的最陡峭处有个小墓地，上面有一个木制的十字架和一个耶稣雕像，雕工拙劣。

一个妇女跪在雕像面前。马车来到她身边时她掉过头来，立即站起身子，走到车门前。

"是你呀，大人！大人！求您一件事。"

大人不耐烦地问，那张不动声色的脸往外望了望。

"嗯？什么事？总是求这求那！"

"大人，我那个看林子的丈夫，他欠的全还清了。他死了，就睡在这儿的一小片草皮下面。我的丈夫是穷死的，我只请求在我的丈夫躺着的地方立一块写着他的姓名的石碑或木牌。这样的坟墓很多，增加得也很快，等我病死后，这地方就认不出来了，他们会把我埋在另外一片草皮下面的。太穷了。大人！大人！"

侍从把她从车门边拉开，马匹撒开腿小跑起来。

马车停在一幢高大的有两百年历史的建筑物前，庄园高大的前门对侯爵敞开了。

"夏尔先生到了吗？"

"先生，还没有。"

侯爵进入了自己奢侈的居室，在华贵精美的晚宴桌前坐下。正吃着饭，车轮声传来，侯爵的侄子夏尔·达奈来了。

侯爵礼貌地接待了他，但两人并未握手。

"你是昨天离开巴黎的吧，先生？"达奈一面对大人说，一面就座。

"是的。你呢？"

"我是从伦敦来的。"

咖啡上过，侄子才望了叔父一眼，就开始了谈话。

"我按照你的希望回来了，追求的还是我的那个目标。我知道你是会制止我的，而且会不惜采取任何手段。"

叔父说："那话我很久以前就告诉过你了。"

"我相信你若不是在宫廷失宠，也不曾在多年前那片阴云的笼罩之下，你可能早就用一张空白逮捕证把我送到某个要塞无限期地幽囚起来了。"

"有可能，"叔父极其平静地说，"为了家族的荣誉，我是可能下决心干扰你到那种程度的。请谅解。"

"我很高兴地发现，前天的宫廷接见仍然一如既往，态度冷淡。"侄子说。

"要是我，就不会说高兴了，"叔父彬彬有礼地说，"正如你所说，我的处境不好。有一类人要使用改正错误的手段，要实施干涉家族权力和荣誉的措施，要干扰你得到的小小的恩赐，这要看上面的兴趣，还得要反复请求才能得到。并不很久以前，我们的祖先对周围的贱民曾操着生杀予夺之权，现在我们已失去了许多特权。一种新的哲学正在流行，要重新强调我们的地位就可能给我们带来麻烦，一切都很不像话，很不像话！"

侯爵嗅了一小撮鼻烟，摇了摇头，优雅地表现了失望。

"对于我们的地位，我们过去和现在都强调得够多的了，"侄子阴郁地说，"我相信我们的家族是人们所深恶痛绝的。在这周围的乡村里，我就看不到一张对我表示尊重的面孔，有的只是对恐怖与奴役的服从。"

"镇压是亘古不变的哲理，若是你置家族的荣誉与安宁于不顾的话，我便只好努力维护了。"

"先生,"侄子说,"对于我们家族的荣誉我们俩都很看重,可是态度却完全不同。甚至在我父亲的时代,我们就已经犯下了许多罪恶,伤害了妨碍我们享乐的每一个人。无论是谁,无论是什么原因,只要拂逆了我们的意愿,就要受到伤害。我要执行我亲爱的母亲的最后要求,要我怜悯,要我补救父辈的错误,可我却得不到支持和力量。"

"要想在我这儿找到支持和力量,侄子,"侯爵用食指点了点侄子的胸口,"你是永远也办不到的。你已是无可救药了,夏尔先生。"

侄子悲伤地说:"我愿意放弃这份家产,到别的地方靠工作来维持生活。这里只有暴政、敲诈、债务、抵押、压迫、饥饿、赤裸和痛苦。"

叔父说:"你还打算在英国活下去吗?"

"是的,在这个国家我不会玷污我家族的荣誉,在别的国家我也不会损害我家族的姓氏,英国倒是我的避难之地。"

"你认识一个医生吗?一个也在那儿避难的法国同胞?"

"认识。" "带着个女儿?"

"是的。"

侯爵说:"你疲倦了。晚安!"

第二天一早,庄园的大钟敲起来了,杂沓的脚步声、马匹声四处响起。一把刀子深深地插在侯爵的心窝里,刀把上挂了一张纸条,上面潦潦草草地写了一行英文:"催他早进坟墓。雅克奉赠。"

那个庄园里的谋杀案过去一年了,夏尔·达奈先生在英格兰取得了优秀法语教师的地位。作为一个私人教师,他知识渊博;作为翻译者,他文体高雅。很快达奈先生就发达起来了。他爱上了露茜·马奈特小姐,就在那个危难时刻的法庭上。

又一个夏季的白天，他来到医生的家，想向马奈特医生敞开自己的心扉。

医生坐在窗前的圈手椅里看书，看见夏尔·达奈走进来，便伸出手来。

"夏尔·达奈！很高兴见到你。近三四天来我们都估计你会回来呢。斯特莱佛先生和西德尼·卡屯先生昨天来过，都以为你早该来了！"

"他们对我有兴趣，我很感谢。"他回答道，"马奈特小姐——"

"她很好，"医生插嘴说，"她有些家务事要办，马上就会回来。"

"马奈特医生，趁她不在家，我请求跟你谈一谈。亲爱的马奈特医生，我对你的女儿爱得痴迷、深沉、无私和忠贞，只要世界上还有爱，我就要爱她。你也曾恋爱过的，让你往日的爱情为我说话吧！"

他的下巴落到了手上，白发遮住了面孔。

"你跟露茜谈过了吗？给她写信了吗？"

"从来没有。"

"你是考虑她父亲的感受吧。她的父亲对你表示感谢。"

"我知道，"达奈尊重地说，"马奈特医生，你跟马奈特小姐之间的这种感情是在特殊的环境之下培养出来的。她的全部忠诚、热情奉献给了你，她还有对早年失去的父亲的信赖和依恋。但是我爱她。上天作证，我是爱她的！"

"我相信。"她的父亲伤心地回答。

"亲爱的马奈特医生，我跟你一样是自愿离开法国的，跟你一样是被法国的疯狂、迫害和苦难赶出来的，跟你一样是靠自己的努力劳动在国外生活的。我只盼望跟你同甘共苦，共享你的生活和家庭。我要帮助你的女儿，使她跟你更亲密。"

"夏尔·达奈，我衷心地感谢你。你有理由相信露茜爱你吗？"

"没有。到目前为止还没有。若是马奈特小姐某一天向你倾吐了内心的情愫，我希望你能证实我今天对你说过的话，这就是我的请求。"

"我答应，"医生说，"我相信你的目的跟你的话确实完全一样。若是她告诉我，你是她获得幸福必不可少的条件，我愿意把她给你。"

年轻人感激地抓住他的手，两人的手紧紧地握在一起。

夏尔·达奈离去时已是黄昏。一个小时以后，天更暗了，露茜才回到家里。

"爸爸！"她叫他，"亲爱的爸爸！"

没有人回答，她却听见有轻轻的敲击声从他的卧室传来。女儿走进屋去，陪父亲一起走来走去，走了许久。

西德尼·卡屯也常去马奈特医生家，在这里他永远是黯淡无光的。他对那个房屋附近的街道和那没有知觉的铺路石很感兴趣，他在那道路上茫然而忧伤地徘徊了无数个夜晚。

在八月的一个日子，他终于下定决心，来到了医生的家。

当他在她的桌旁坐下时，露茜抬起头来望了望他的脸，却发现了他的变化。

"我担心你是病了，卡屯先生！"

"没有病。不过我的生活方式是不利于健康的。"

"那你为什么不改一改呢？"

他眼里噙着泪水，回答时口气也带着悲哀：

"太晚了，我怕是好不起来了，只能越来越堕落，越来越糟糕。请原谅，马奈特小姐。我是因为想到要向你说的话才忍不住流泪的。

你愿听听我的话吗？"

她有些不安了："若是对你有好处的话，卡屯先生，只要能让你好过一些，我很乐意听！"

过了一会儿，他平静地说了下去："我很像是一个在青年时代就已夭亡的人，一辈子也没有希望了。"

"不，卡屯先生，我相信你最好的年华还在后头。我可以肯定你非常非常值得自己骄傲。"

"希望值得你骄傲，马奈特小姐。虽然我还有自知之明，但我会永远也忘不了的。"

她的脸色苍白了。幸好此时他对自己表示了无法改变的失望，于是这场会晤便具有了跟其他任何谈话不同的性质。

"马奈特小姐，正如你所知，站在你面前的我——他是个自暴自弃的、虚弱可怜的、不得志的酒徒。尽管他会感到幸福，但他却难免会使你痛苦、悲哀和悔恨，难免会玷污了你、辱没了你，拖着你跟他一起堕落。我很明白你对我不可能有什么温情，我甚至为此感谢上苍。"

"我能对你有所帮助吗，卡屯先生？我知道你是不会对别人说这样的话的，我难道就没有办法回报你对我的信任吗？"她略微犹豫了一下，流着真诚的泪，娴静地说。

他摇摇头："不行。马奈特小姐，我希望你知道你是我灵魂的最终的梦想。我是在我堕落时见到了你和你的父亲，还有你所经营的这个甜蜜的家，才恢复了我心中自以为早已死灭的往日的梦想，我也因此比任何时候都凄苦可怜。自从我见到你以后，我才为一种原以为不会再谴责我的悔恨所苦恼。我听见我以为早已永远沉默的往日的声音悄悄地催我上进。我曾有过许多的想法——重新奋起，摆脱懒散放纵的习惯，把放弃了的奋斗进行下去。可那只是个梦，一个没有结果的梦，醒来时我还躺在原来的地方，不过我仍希望你知道你曾唤起过我这样的梦。"

"难道那梦就一点也不能留下吗？啊，卡屯先生？"

"不，马奈特小姐，在整个梦里我都知道自己是很不配的。我总希望令你知道是你让我这一堆死灰燃起了火焰的——可是这火焰因为我的本质，并没有点燃什么，照亮什么，做到什么，就一事无成地燃烧完了。"

"我难道就无法产生有利于你的影响了吗？"

"我现在所能获得的最大好处，马奈特小姐，正是我到这儿来想得到的。让我在今后迷失方向的生活中永远记住我曾向你袒露过我的心，留下了一些能让你悲痛和惋惜的东西。"

"这些都可以改变的，我怀着最大的热诚衷心地请求你相信，你是可能有更好的前程的。"

"马奈特小姐，我已经考验过自己，也更了解自己。你是否能让我在回忆今天时相信我生平最后的一番肺腑之言是保存在你那纯洁真诚的心中，它将在那儿独自存在，不会让任何人知道？"

"如果那对你是一种安慰，我答应。这是你的秘密，我保证尊重它。"

"谢谢你。上帝保佑你。"

他把她的手在唇边放了放，然后向门口走去。

"在我死去时，这个美好的回忆对我也将是神圣的，为此，我还要感谢你。我的名字、缺点和痛苦都将温柔地存留在你的心里，还能有什么比这更令人轻松和快乐的呢！"

他的真实与以往的他迥然不同，他每天压抑和扭曲了多少感情啊！露茜·马奈特伤心地哭了。

"别难过！"他说，"我配不上你这种感情，马奈特小姐。但在内心里我对你将永远是现在的我。我请求你相信我的这番话。"

"我会的，卡屯先生。"

"我的最后请求是这样的——我愿为你和为你所爱的人做出任何牺牲。在你心平气和时请记住，我说这话时是热情的、真挚的。啊，马奈特小姐，在一个跟他幸福的父亲长相一样的小生命抬起头来望着你的脸时，请不时地想起有这么一个人，他为了保全你身边一个你所钟爱的人的生命，甘愿献出自己的生命。"

他说了声"再见"，接着道一声"上帝保佑你"，然后便离开了。

正午时分，德发日先生和戴着蓝帽的补路工走进酒店，现在补路工被称作雅克五号，他带来加斯帕德被绞死的消息。

第二天中午，老板娘在座位上织毛活，旁边放了一朵玫瑰花，店里有零星的客人，有的喝酒，有的没喝，有的站着，有的坐着。

一个人走进门来，老板娘往头巾上插上玫瑰，顾客们便一个个往店外走了。

"日安，老板娘。"新来的人说。

"日安，先生。"

她大声回答，心想：年纪四十左右，身高五英尺九左右，黑头发，肤色偏黑，深色眼珠，脸瘦长灰质，鼻子鹰钩形！这人和警察局的雅克传递的信息一致！英国人，密探约翰·巴萨。

"劳驾给我一小杯陈年干邑酒，外加一口新鲜凉水，老板娘。"

老板娘很有礼貌地照办了。

密探把眼睛睁得大大的，却什么迹象也没发现。他装作一副闲聊的神态："这一带的人对可怜人加斯帕德的死有着强烈的同情和愤怒，是吗？"

老板娘轻松而冷淡地说："拿了刀子干这种事总是要受罚的，不过是欠债还钱罢了。"

酒店老板德发日进了门，说："你对这一带好像很熟呢？"

"德发日先生，我知道马奈特医生放出来时是由你照顾的。你是他家的老仆人，你看，我还算了解情况吧？"

"有那么回事。"德发日说。

"他的女儿和一个叫罗瑞的台尔森银行的人，从你手里把她父亲接到英格兰去了。"

"是事实。"德发日重复。

密探说："那小姐快要结婚了，对象是法国人，是死去的侯爵大人的侄子，现在的侯爵。他现在叫夏尔·达奈先生，他母亲姓达奈。"

德发日太太平静地织着毛线，德发日点烟的手有点不听使唤。巴萨先生看得清楚，付了酒钱，走掉了。

德发日说："尽管我们非常同情她和她的父亲，但她丈夫的名字此时进了你的惩罚名单。"

老板娘回答："我把他和密探都记在这儿了。"

她把玫瑰花取下来，酒店又恢复了往日的景象。

太阳在索霍那平静的街角落了山，医生和他的女儿坐在梧桐树下。

"我今天晚上很高兴，爸爸。上天赐给了我爱情。可是如果我不能依旧把我的生命奉献给你，我会责备自己——"她有些哽咽了，搂住了爸爸的脖子，把脸靠在他的胸脯上。

她的父亲以他很少有的欢乐和坚定的信心回答道："从你的婚姻情况来看，露茜，有这桩婚事肯定会让我的未来比没有这桩婚事要好得多。"

"若是我没遇到夏尔,爸爸,我跟你也一定会很幸福的。"

他笑了:"孩子,你已经遇到了他。若不是夏尔,也会是别的什么人的。若是连别的人也没有,那就会是我生命中黑暗时期的阴影投到你的身上了。"

除那次审判之外,这还是她第一次听见父亲提起自己受难的日子。

婚礼那天阳光普照。美丽的新娘、罗瑞先生和普若斯小姐都已做好了去教堂的准备,医生却在屋里跟夏尔·达奈谈话,大家在门外等着。

正是婚前的这次谈话,让医生知道了夏尔·达奈是自己仇家的后代。

门开了,医生和夏尔·达奈走了出来。他把手臂伸给了女儿,带她下了楼,进了四轮轻便马车,其他的人坐在另一部车里随后。

婚礼完成后,一行人回家吃早饭。饭后,他们在门前告别。

露茜从车窗里向他们挥动着激动的手,走了。

这时,罗瑞先生注意到医生脸上那副呆板而茫然的样子又出现了。

罗瑞先生悄悄地对普若斯小姐说:"现在我得回台尔森去看看,立即回来。"

罗瑞先生回来后就径直上了楼梯,普若斯小姐满面惊惶地在他耳边说:"他已经不认得我了,在做鞋呢!"

罗瑞先生进了医生的房间。板凳对着日光,医生脱下了外衣,敞开了衬衫领口,低着头正忙着,就连那憔悴、枯黄的脸色也回来了。

罗瑞先生决定了两件事:第一,要对露茜保密;第二,要对所有认识他的人保密。

罗瑞先生希望医生能自己恢复正常,他便在医生的家里住下来,在医生窗下的书桌前写字,让自己一直出现在他面前,以表示这屋子不是牢房。

时间过得非常缓慢,九天过去了,罗瑞先生注意到那鞋匠的双手熟练起来。

第十个早上,罗瑞先生往医生寝室看时,发现鞋匠的凳子和工具已被收拾好,医生坐在窗前平静地读书。

饭后,罗瑞先生很带感情地说:"亲爱的马奈特先生,我想向你征求关于我一个特别好的朋友的病例的高见,为了他的女儿马奈特。"

医生压低了嗓子说:"是一种心理休克吧?"看得出来医生已经心领神会了。

罗瑞先生说:"这是一种陈旧性的长期休克,后来病人自行复原了,他可以做沉重的脑力劳动,也可以做沉重的体力劳动,可是不幸的是他的病出现了一次轻微的反复。"

医生低声问道:"有多久时间?"

"九天九夜。"

"他的女儿知道他又犯病了吗?"

"不知道。对她保密了。"

医生抓住他的手喃喃地说:"做得很细心,很周到!"

罗瑞先生以他最关切、最深情的态度说:"我只是个生意人,这个事情,只能依靠你的指导了。告诉我,这种病为什么会犯?可以防止再犯吗?犯了该怎么治?我可以为我的朋友做些什么?"

马奈特医生回答:"我认为是某种最痛苦的紧张联想又在记忆中活跃了起来。他心里很可能有一种长期隐藏的恐惧,他惧怕回忆起有关的问题，比如某种环境或是某个特定的时期。也许他准备克服的努力正好削弱了他的承受力。"

"那以后呢？"罗瑞先生暗示。

医生坚强了起来，说："既然他很快就复了原，我认为最严重的时期已经过去了。"

"好！好！这就叫人放心了。我很感谢！"罗瑞先生说。

"我也很感谢！"医生虔诚地低下头重复他的话。

"还有两个问题，"罗瑞先生说，"第一个问题，他有用功的习惯，是不是过度劳累引起这种混乱呢？"

"我想不会的，"马奈特医生自信地说，"除那一系列联想之外。我觉得引起发作的条件已经枯竭了。"

罗瑞先生又说："第二个问题，他在病情严重的时候会做一种活计，其工具——比如铁匠用的炉子吧——扔掉会不会好一些呢？"

马奈特医生过了一会儿才说："这个可怜的人曾经迫切地渴望那种职业活动，那无疑大大减轻了他的痛苦，因为他用手指上的忙碌代替了头脑里的惶惑，以手的灵巧代替了精神的折磨。因此，一想到把那工具放到他找不到的地方，他就受不了。"

"若是那东西消失了，亲爱的马奈特，那恐惧可不可能随之消失呢？"

医生语音微颤地说："那东西是个老伙伴呢！"

罗瑞先生便愈加坚定了："我只希望你授权给我。为了他女儿，亲爱的马奈特！"

"趁他不在的时候办为好。"

谈话就此结束。

罗瑞先生趁医生不在的时候，把鞋匠的板凳劈成了几块烧掉了，工具、鞋和皮革则埋在了花园里。

新婚夫妇回家后第一个来祝贺的是西德尼·卡屯。他们抵家才几个小时他就出现了。他把达奈拉到一个窗户角落,"达奈先生,"卡屯说,"我希望我们能成为朋友。"

"我们已经是朋友了。"

卡屯微笑说:"你记得我有一回酒后失态吗?我在喜欢或是不喜欢你的问题上表现得很恶劣。我希望你把那件事忘掉。"

"我早就把它忘掉了。"

"达奈先生,要永远遗忘,在我可不是那么容易的。"

达奈回答:"我向你保证,我确实早就把那事忘了。你那天帮了我那么大的忙,难道不是我最不能忘记的大事吗?"

"至于那个大忙,"卡屯说,"那只不过是一种手法,为了耸人听闻而已。达奈先生,我刚才谈的是我俩做朋友的事。如果你能容忍这样一个没出息的、名声不好的人偶尔来坐坐,我倒希望你给我一点特权,让我不时地来走动走动。只要你允许,我就心满意足了。"

"我此刻就同意,卡屯。"

他俩为此握了手,西德尼转身走掉了。

夏尔·达奈跟着露茜小姐、医生和罗瑞先生一起度过了那个晚上。其间他提起了与西德尼·卡屯的那次谈话,并把他的话看作是个稀里糊涂的问题。

在内室里,达奈发现露茜皱起了眉头望着他。

"我认为可怜的卡屯先生应当得到更多的关心和尊重。他比你今晚所说的强多了。我想求你,我最亲爱的,对他永远要十分的宽厚慷慨,我要请求你相信他有一颗绝少向人吐露真情的心,而且心里有沉重的创伤。要想他的性格或命运改变怕是没有希望的，但是我相信他是可以做好事，做高贵的事，甚至超群绝伦的事的。"她以纯洁的诚心对待那个生活潦倒的人，望着达奈的眼睛叮嘱道，"记住，我们的幸福使我们多么健壮，而他的痛苦又使他多么孱弱。"

这个请求深深地打动了他。

1789年7月中旬的一个上午，圣安东区有一大片衣衫褴褛的人潮涌来涌去。毛瑟枪、子弹、火药、炮弹、木棍、铁棍、刀子、斧子、长矛出现在人群的头上。得不到上面这些东西的人们便用血淋淋的手从墙上挖出石头和砖块。

人群所围绕的中心就是德发日的酒店。德发日正在分配武器发出命令：

"雅克一号，雅克二号，你们俩分头活动，雅克三号跟在我身边，"德发日叫道，"把这些爱国者尽量多地聚集在身边。我老婆在哪儿？"

"呃，这儿！"老板娘仍然跟任何时候一样镇定，她的右手攥一把斧头，腰带上插了一把手枪和一柄残忍的刀。

德发日放开嗓门大叫："爱国者们，朋友们！到巴士底去！"

人潮开始动荡，发出一声声怒吼，警钟响了，战鼓响了，攻击开始了。

深深的壕堑、双重的吊桥、厚重的石壁、八座巨大的塔楼，到处是火焰与烟雾。德发日穿过了火焰，穿过了烟雾。有人送他一尊大炮，转瞬之间他成了炮手，激战了两个小时。

"跟我来，妇女们！"他的妻子叫道，"我们也可以像男人一样杀人的！"妇女们发出如饥似渴的尖叫，跟在她的身后。

有人受伤倒下了，尖叫、咒骂、炮声、撞击声、愤怒的咆哮，不绝于耳。酒店老板德发日在他的炮前激烈地打了四个小时，炮已经是双倍地发烫。

要塞里升起了白旗，人潮突然无法估量地扩展开来，汹涌起来，把酒店老板德发日拥着经过了放下的吊桥，拥进了八座塔楼。

德发日终于来到巴士底监狱外面的场院里，雅克三号就在他身边；德发日太太带着几个妇女，离监狱也不远了。到处是骚动、兴奋、疯狂的人，到处是令人耳聋、震惊的疯狂场面，一片混乱。

德发日已把他结实的手放到一个监狱看守的胸前。

"告诉我，北塔怎么走！"德发日说。

"我会认真告诉你的，"那人回答，"不过那儿已没有人。"

"北塔一〇五是什么意思？"德发日问。

"是牢房的名字，先生。"

德发日、看守和雅克三号以最快的速度穿过了拱门，走下了洞穴状的层层台阶，爬上了石头与砖块砌成的陡峭的石梯。

看守在一道矮门边站住了。他把钥匙塞进了锁里，开了门。

墙壁高处有一个窗户，窗户上没有玻璃，铁栅森严。有一个小小的烟囱，烟囱进口用铁栅封闭，壁炉上有一堆柴灰。屋里有一张板凳、一张桌子、一张铺着草垫的床，墙上还有一个生了锈的铁环。

"拿火炬照照这几堵墙壁。"德发日对看守说。

"停！——看看这儿，雅克！"

"Ａ.Ｍ.[1]！"雅克三号贪婪地读着，嗓门嘶哑。

"亚历山大·马奈特，这儿他还写着'一个不幸的医生'。"德发日说。

---

[1] Ａ.Ｍ.：法语亚历山大·马奈特的缩写字母。

他爬上了壁炉，从烟囱里往上看，用棍子拨弄着烟囱壁，捅着横在烟囱上的铁栅，然后便在烟囱里、陈年的柴灰堆里仔仔细细地摸索。

他们又沿着原路回到了院子里，人们向德发日要求监押那死守巴士底狱、向人民开炮的要塞总监去市政厅受审。

那位老军官身穿灰色大氅，佩戴红色勋章，被德发日太太等人押送着。仇恨的刀子、拳头狠狠地落在老军官身上，他死了。

可怕的时刻到了，人们把老军官的尸体当作街灯一样挂起来。暴虐与铁腕统治的血溅洒出来，溅在市政厅的台阶上，溅在德发日太太的鞋上。要塞有个兵士因为给军官站岗也被吊死在岗哨。

各种狰狞，各样狂怒，大街上乱成一团。有的囚徒被释放了出来，有的人头被插在了矛尖上。那些被发现的信件、囚徒的遗物被圣安东区的震天动地的脚步声护送着通过了巴黎市街。

一个礼拜后，德发日太太又坐在柜台后接待顾客了，她的副手——一个杂货小贩的妻子、两个孩子的母亲获得了"复仇女神"的美誉——在她身边。

德发日气喘吁吁地跑进屋子，四面看了看说："各处人员注意！还想得起老家伙富伦吗？他曾说过挨饿的人可以吃草。他没有死！他搞了个假出殡，躲在乡下，现在他被抓了起来，正往市政厅去，已经做了俘虏。"

德发日和他的妻子彼此对视了一会儿，以坚定的声音说："爱国者们，准备好了没有？"

德发日太太的刀立即插进了腰带，"复仇女神"马上去鼓动妇女们上街。

男人们怀着要流血的愤怒，抓起武器上了街。妇女们丢开了家务，丢开了孩子和老人，丢开了病人，披头散发地以最野性的呼喊和行为投入了疯狂的活动。

富伦正在市政厅的审判庭。德发日夫妇、"复仇女神"和雅克三号站在大厅里距离那老头儿不远处。

老板娘用刀指着叫道："在他背上捆上一捆草，现在就让他吃草！"几个人爬到了建筑物上传递着老板娘的话，附近的街道便响起了掌声。

太阳把一道慈祥的光射到那老囚徒的头上。德发日跳过一道栏杆和一张桌子把那老囚徒死死抱住，德发日太太上去抓住捆紧他的一根绳子，一片呐喊声便已掀起，似乎吼遍了全城："把他抓出来！抓他到街灯下去！"

那老囚徒跌倒了，头冲下摔在大厅外的台阶上，伤痕累累。他被扯着、揪着抓到了最近的街角，那儿挂着一盏要命的灯。德发日太太一声不响、平平静静地望着他，妇女们一直对他尖声乱叫，男人们往他嘴里塞青草。第一次，把他吊了上去，绳子断了；第二次，把他吊了上去，绳子断了；最后，绳子发了慈悲，把他吊住了。他的头插在了一柄矛尖上，嘴里塞了足够的青草，整个圣安东区的人看得手舞足蹈。

那老囚徒的女婿，带了一支由五百名骑兵组成的卫队进入了巴黎市。圣安东区用大幅的纸张公布了他的罪恶，一阵混战后，圣安东区的人抓住了他，把他的头和心脏也插在矛尖上。

圣安东区的男人、女人在街上疯狂游行，圣安东区的孩子们哭喊着，因为没有面包。

悬崖顶上的监狱不像以前那么威风凛凛了。

古老府第的建筑物被夜行者放火燃烧了起来，一百英里之内的建筑也烧起了大火，曾经很平静的街道上经常有被吊死的人。官员和士兵们进行了反扑，也把纵火者吊了起来。只是，无论绞死了谁，火照样烧。

1792年8月，三年的疾风暴雨就在这样的熊熊烈火、人潮汹涌中过去了。当年宫廷里珠光宝气的牛眼明灯已经不见了，阴险、贪婪、骄奢淫逸的腐朽圈子消失了，王权被"暂停"了。

台尔森银行对于从高位跌落的老主顾常给予阔绰的援助。而那些及时把钱汇到台尔森银行的贵族，只要从法国来的，都要到台尔森银行报到，同时报告自己的行踪。台尔森银行简直成了法国情报的信息站。

台尔森银行总部派罗瑞先生去法国银行清理账务。夏尔·达奈来到罗瑞先生的办公室，劝阻他不要去那个不安全的城市。

罗瑞先生说："我是台尔森信得过的人，谁也不能保证巴黎城明天会不会遭到洗劫！现在必须对这些账册文件进行整理，把它们埋到地下或藏到安全的地方去，而能办好这事的只有我。"

"我佩服您老当益壮的侠义精神，罗瑞先生。你今晚真要走吗？不带人吗？"

"真要走，八点出发。我带杰瑞去。"

这时，一件注定要发生的事发生了。

一封没有拆开的信放到了罗瑞先生的面前，达奈看到了上面的信息——"特急。英国伦敦台尔森公司烦转前法国埃弗瑞蒙德侯爵先生收"。

罗瑞先生对来者说："我已经打听过，没有人知道这位先生的地址。"

埃弗瑞蒙德这个姓氏，达奈一直没有对外泄漏，这是在结婚那天早晨马奈特医生与他谈的结婚条件。

夏尔·达奈向罗瑞先生表示他负责转交这封信,并说晚上来为他送行。

达奈走到法学会一个安静的角落,拆开了信:

巴黎,修道院监狱,

1792年6月

前侯爵先生,

在长期冒着被村里的人杀死的危险之后我终于被抓住了……我的房子也给毁掉了——夷为平地。

前侯爵先生,他们告诉我,使我受到拘禁、还要受到审判、甚至丢掉性命(若是得不到你的慷慨援救的话)的罪恶,是因为我为一个外逃贵族效劳,反对了人民,背叛了人民的权威。

我申辩说,我是按照你的命令为他们办事的,并没有反对他们,可是没有用。我申辩说我早在没收外逃贵族财产之前就已豁免了他们欠纳的捐税,没有再收租,也没有诉诸法律,但仍然没有用。他们唯一的回答是,我既然是为外逃贵族办事的,那么,那外逃贵族在哪儿?

啊,最仁慈的前侯爵先生,那外逃贵族在哪儿?……他会不会来解救我?……啊,前侯爵先生,我把我孤苦无告的哀泣送到海外,但愿它能通过名驰巴黎的了不起的台尔森银行到达你的耳里!

看在对上天、对正义、对慷慨无私、对你高贵的姓氏的爱的分上,我恳求你,前侯爵先生,快来帮助我,解救我。

我的错误是对你的真诚。啊，前侯爵先生，我祈祷你也以真诚待我！

　　我从这可怖的监狱里保证为你竭尽我悲惨不幸的绵薄之力，尽管我每一小时都在走向毁灭，前侯爵先生。

你受到摧残的<br>加伯尔[1]

　　这封信让达奈内心产生了强烈的内疚之情。一个善良的老家人，唯一的罪过是对他和他的家族的忠诚。他下定了决心：到巴黎去。

　　他很明白，尽管他对他那古老家族的劣迹深恶痛绝，但没有对它做持续的、不断加强的抵制。他没有压迫过人，没有关押过人，主动放弃了姓氏，放弃了自己那份财产，让加伯尔先生按照自己的书面指示处理了他那衰败、困顿的庄园，让加伯尔先生体恤百姓，把能给的都给他们。毫无疑问，加伯尔先生提出过这些事实和证据为自己辩护，但仍得不到释放。

　　他要制止流血，解救加伯尔，给予他正义、荣誉和切实的名分。况且他通过加伯尔做的事虽说不上完美，但若是他在法国表明他的意图和目的，他应该是会受到感激的。他甚至有了一种幻觉：自己能产生某种影响，把目前肆无忌惮的革命引上正确的轨道。

　　他觉得在他离开之前这事既不能让露茜知道，也不能让她爸爸知道。一会儿送别罗瑞先生时也要只字不提。

　　银行门口已备好一辆马车，杰瑞也已穿好皮靴，一切齐备。

　　"那封信我已经交到了。"夏尔·达奈告诉罗瑞，"我请你带

---

[1] 狄更斯. 双城记[M]. 孙法理, 译. 南京：译林出版社, 1996: 228.

个口信,是带给修道院监狱一个囚犯加伯尔的,就说'信已收到,他立即赶来'。"

罗瑞满口答应。达奈帮助罗瑞先生穿上好几层短衣和外套,裹得厚厚的,陪着他进入舰队街的薄雾里。

8月14日晚,达奈熬夜写了两封信。一封给露茜,说明他有重大任务必须去巴黎一趟;另一封信是给医生的,请他代为照顾露茜和他们亲爱的孩子。对两人他都保证不会出意外,一到巴黎立即来信报告平安。

他把两封信交给了一个可靠的看门人,要他晚上11点半送给妻子和医生。

他骑上去多佛的马,向那磁礁漂流而去。

## 第三部　风暴的轨迹

1792年秋,从英格兰到法兰西的途中,每一个市镇的大门和乡村税务所前都有一群爱国公民。他们手持毛瑟枪,对过往行人进行盘问,查验证件,或放行,或挡回,或扣押。夏尔·达奈在旅程中已被阻拦二十次。这一次,他在被指定的小客栈过夜。半夜时又被人叫醒,叫醒他的是一个地方官员,还有三个戴着粗糙的红便帽、衔着烟斗的武装爱国者。

"外逃分子,"那官员说,"我要把你送到巴黎去,还派人护送。"

"公民,我没有别的愿望,只想去巴黎,护送倒可不必。"

"住口!"一个红帽子用毛瑟枪枪托敲打着被子吼道,"贵族分子。"

那怯生生的官员说道:"你是个贵族公子,因此必须有人护送——还必须交护送费。"

达奈照办了，在凌晨3时跟两个爱国者一起踏上了泥泞不堪的道路。

黄昏时，他们来到波维城。一群阴森森的人围了过来，许多人扯着喉咙大叫道："打倒外逃分子！"驿站长急忙把他的马牵进了院子，关上了那摇摇晃晃的双扇门，并上了杠。

他们在阁楼里的干草上休息到半夜，等到全城人都入睡之后再骑马前进。

清晨，他们来到了在巴黎的城墙前，这里有重兵把守。

"这个囚犯的证件在哪儿？"一个神色坚毅的负责人问。

夏尔·达奈听到"囚犯"这个难听的字眼，便请求对方注意他是法国公民，自由的旅客，是因为时局动荡被人硬派了保卫人员的，而且为此付了费。

那人看了看证件和加伯尔的信，仔细地打量了达奈一会儿，走进了警卫室。

大约半个小时之后，那人给了护送队员一张收条，两个爱国者牵着马掉转马头走了。接着，那人指示警卫队打开路障，把达奈带进了一间警卫室。

"德发日公民，"军官对那人说，同时拿起一张纸准备书写，"这个外逃分子是埃弗瑞蒙德吗？"

"是他。"

"你几岁了，埃弗瑞蒙德？"

"37。"

"结婚了没有，埃弗瑞蒙德？"

"结婚了。"

"在哪儿结的？"

"在英国。"

"你的妻子在哪?"

"在英国。"

"埃弗瑞蒙德,我们要把你送到拉福斯监狱。"

达奈惊叫起来:"你们凭什么法律关我?我犯了什么罪?"

军官抬起头来望了望。

"你离开法国以后我们有了新的法律和新的定罪标准。"他严峻的脸上笑了笑,继续写下去。

"我请你注意,我是应一个同胞的书面请求来的,那封信就在你面前。我只要求给我时间办事,不能耽误。这难道不是我的权利吗?"

"外逃分子没有权利可言,埃弗瑞蒙德。"军官写完公文,递给了德发日,上面写着"密号"。

德发日用公文对囚犯招了招手。囚犯服从了,两个武装的爱国者形成一支卫队跟了上去,往巴黎城方向走去,

"跟马奈特医生的女儿结婚的,那医生原来在巴士底狱做过囚犯的,"德发日低声问道,"就是你吗?"

"是的。"达奈惊诧地望着他,回答道。

"我叫德发日,在圣安东区开酒店。你也许听说过我吧?"

"我的妻子就是到你家去接他父亲的,是吗?"

他突然不耐烦地说:"是的。"

"我必须通知现在在巴黎的台尔森银行的罗瑞先生,告诉他我已经被投入拉福斯监狱。公民,你能设法办到吗?"

"我不能替你办任何事。"德发日固执地回答。

夏尔·达奈感到再恳求也是枉然。在经过一条狭窄、黑暗和肮脏的街道时,有一个激动的演说家站在板凳上向激动的听众讲述国

王及王族对人民犯下的罪恶。他从那人嘴里第一次知道国王已被软禁，各国使节已离开巴黎。

典狱长打开了一道结实的小门，德发日把"外逃分子埃弗瑞蒙德"交给了他。

拉福斯监狱到处散发着难闻的臭气。他走过走廊和台阶，看到一个有着低矮的拱顶的屋子，屋里满是男男女女的囚犯。典狱长打开另一道低矮的黑门，带他进入了一个又冷又潮、寒气袭人的单独监禁的囚室。里面有一把椅子、一张桌子和一床草荐。

台尔森银行设在巴黎圣日耳曼区，在一幢大厦的侧翼。执行法律的爱国者已占领了这个大厦，给它挂上了三色徽记。

罗瑞先生坐在新燃起的柴火边，想着今后哪些钱会从台尔森银行取走，哪些钱会永远留在那儿，哪些金银器皿和珠宝饰物会在台尔森的仓库里失去光泽，哪些寄存人会在监牢里憔悴或是横死，有多少账目在人世会无法结算。

大门的门铃响了，他的门却突然开了，闯进来两个人，他大吃一惊。

是露茜和她的父亲！露茜向他伸出了双臂，脸上带着紧张的真诚。

"怎么回事？"罗瑞先生被弄糊涂了，"出什么事了？露茜！马奈特！为什么到这儿来了？是怎么回事？"

她脸色苍白，神情慌张，死死地盯住他的脸，在他的怀里喘着气，求他说："啊，亲爱的朋友！我的丈夫到这儿有三四天了吧。他在城门边被逮捕了，被送到牢里去了。"

大门的门铃再次响了，伴着一阵喧嚣的脚步声和话语声，一群人冲进了院子。

"这么喧闹？"医生说，转身向着窗户。

罗瑞先生叫道："马奈特，有生命危险，别碰百叶窗。"

医生转过身子，带着一个勇敢的冷笑说：

"我亲爱的朋友，在这城市里我有一张护身符呢！我曾是巴士底的囚徒。在巴黎——不仅是在巴黎，在法国——无论是谁，只要知道我曾是巴士底的囚徒，都是不会碰我的。我往日的痛苦给了我一种力量，我知道我能帮助夏尔摆脱一切危险。我就是这样告诉露茜的。——那是什么闹声？"

罗瑞先生叫道："不，露茜，你不能看！"他伸出手搂住她。

"我并不知道夏尔受到了伤害，甚至没有想到他已来到了这个要命的地方。他在哪个监狱？"

"拉福斯。"

"拉福斯。露茜，你现在必须镇静，到后面的屋子里去，好让我跟你父亲单独谈两分钟。"

老头儿安顿好露茜，匆匆回到医生站立的窗前。院子里有四五十人正在磨刀。

磨刀石上有一对把手，两个男人疯狂地摇着。磨盘一转动他们便扬起脸，长发往后飘散着，那样子比披着最粗鄙的兽皮树叶的、最野蛮的原始人还恐怖，更残忍。

"他们在处死囚犯，"罗瑞先生低声说，"如果你对你的话有把握，如果你的确有你自认为具有的那种力量，就把你自己介绍给这些魔鬼吧！让他们带你去拉福斯，不能耽搁。"

马奈特医生捏了捏他的手，没顾得戴上帽子就冲到院子中去。

他冲入磨刀石周围的人群中，低声说起话来。罗瑞先生看见他被簇拥着走出去。人群高叫着"巴士底囚徒万岁！到拉福斯营救巴士底囚徒的亲人！"

罗瑞先生匆匆跑去告诉露茜，她的父亲得到了人民的帮助，寻找她丈夫去了。露茜的女儿和普若斯小姐在安慰着她。

　　快正午了，医生还没有回来。罗瑞先生在一条小街的高层楼上找到了一套合适的住房，把露茜、孩子和普若斯小姐安顿下来，又把杰瑞留下给她们看门，自己回去等待医生。

　　银行下班了。德发日来了，带来了医生的纸条。

　　那是医生的笔迹：

　　"夏尔安然无恙。我尚难安全离此。已蒙批准让送信人给夏尔之妻带去一便条。请让此人见她。"

　　罗瑞先生带着德发日下楼，看见院子里有两个妇女，打毛线的是德发日太太，另一个是"复仇女神"。

　　"太太也跟我们一起去吗？"罗瑞先生见她们也跟着走，问道。

　　"是的。让她来认认面孔，为了她们的安全。"

　　一行人走进了新居。露茜攥住丈夫写给她的纸条，激动地看："最亲爱的，鼓起勇气来。我一切如常。你的父亲对我的周围很有影响。你不能回信。替我吻我们的孩子。"

　　她正要把纸条往胸衣里放，却看到德发日太太正冷漠地、无动于衷地瞪着她。

　　"那是他的孩子吗？"德发日太太边说边用编织针指着小露茜。

　　"是的，太太，"罗瑞先生回答，"这是我们那可怜的囚徒的唯一爱女。"

　　德发日太太咄咄逼人、阴森可怕，吓得露茜跪倒在地上，把孩子搂在怀里。

　　"够了，当家的，"德发日太太说，"我见到她们了，可以走了。"

　　她织着毛线走了出去，"复仇女神"跟着她，德发日走在最后，并关上了门。

"亲爱的露茜,"罗瑞扶她起来说,"到目前为止我们还算顺利,振作起来,要感谢上帝!"

"我并非不感谢上帝!但那可怕的女人似乎给我和我所有的希望都笼上了阴影。"罗瑞先生安慰着露茜,但德发日夫妇的态度在他的心里留下了阴影。

马奈特医生在离开之后的第四天早上才回来。

医生要求罗瑞先生严格保密他的有些话。他说那些人把他带到了拉福斯监狱,他看到一个自封的法庭,囚犯一个个被押了上来,由法庭下命令集体处死或是开释。他被送到了法庭上,自报了姓名和职业,说了自己在巴士底狱未经过审判就被秘密监禁达十八年的事情。审判官席里的德发日证明了他所说的话。

他肯定了他的女婿还活着,于是苦苦请求审判官们保全他女婿的性命,给他女婿自由。由于他是被推翻的制度的受害者,审判官们对他表现了慷慨而疯狂的欢迎,立即同意把夏尔·达奈带到这个法庭审讯。当达奈差不多快被释放时,他们秘密开了个小会,然后通知马奈特医生,囚犯还须扣押,但因为医生的缘故,作安全扣押。随即一声令下,囚犯又被关进了监牢。医生强烈要求批准他留下,以便保证他的女婿不会被交给暴民。

罗瑞先生望着62岁朋友的脸,不禁担心起来,害怕这种恐怖的经历会引发他的疾病。可他那燃烧的目光、坚定的面容、沉着冷静的表情和态度,仿佛表明他已在那熊熊的烈火里炼成了钢铁。

医生聪明地运用了他的影响,不久便成了三个监狱的狱医,包括拉福斯监狱。他安慰露茜说,她的丈夫没有再受到单独监禁,他每周都能跟他见面,他还带来她丈夫的一封亲笔信。

尽管医生努力想让夏尔·达奈获释，但是社会潮流太迅猛太激烈了，30万人的大军为抗击全世界的暴君正从法兰西各地崛起。那年的12月，南部的河流里堆满了被暴力杀死的尸体，太阳下的囚徒被成排成片地枪杀。

夏尔已在狱中度过了一年零三个月。

一天晚上，父亲告诉露茜："我亲爱的，监狱里有一个高层的窗户，下午3点钟夏尔可能到那儿去。若是你站在街上那个地方，他有可能看见你，你是看不见他的。"

那是一条弯曲小街的角落。从此以后，不论什么天气，时间一到下午2点，露茜就站在那儿了，到了4点才离开。她去的第三天，就被那里的一个小棚屋里的锯木工注意到了。锯木工以前干过补路工。

12月的一个下午，她来到小街的角落，见到小棚屋里点缀了刺刀，刺刀顶上点缀了红便帽，挂着三色彩带，还有当时的一些口号。一大群人从监狱墙角转出，踏着歌曲的节拍跳起了舞蹈"卡玛尼奥之舞"，锯木工也在其中。

舞蹈过后，父亲站在露茜面前："我离开他时，他正往窗户爬去，我便来告诉你。"

这时，德发日太太迎面走来。

医生说："向你致敬，女公民。"

"向你致敬，公民。"她信口回答，像一道阴影掠过白色的路。

"亲爱的，摆出欢欢喜喜、勇敢坚定的神气从这儿走过去。明天就要审讯夏尔了，你提心吊胆的日子快要结束了。"

由五个审判官、一个国民检察长和立场坚定的陪审团组成的可怕的法庭每天都开庭。夏尔·埃弗瑞蒙德终于被提审了。

法官们头戴饰有羽毛的帽子，坐在审判席上，其他人戴的是佩三色徽章的红色粗质便帽。男人们大多带着正规武器，边吃喝，边看热闹；女人们大多带着短刀、匕首，还有许多女人打着毛线。德发日太太打着毛线坐在前排德发日的身边。这两个人虽然坐得离囚犯很近，却不瞧他一眼。马奈特医生和罗瑞先生坐在庭长席下面的座位上。

国民检察长控诉夏尔·达奈为外逃贵族，按共和国处死一切外逃贵族潜回者的法律应被判处死刑。他已在法国被捕，因此要求判他死刑。

"杀他的头！"观众大叫，"共和国的敌人！"

庭长摇铃要求肃静，然后问囚犯是否曾在英格兰居住多年。

"是的。"他提出了两个证人的名字：泰奥菲尔·加伯尔和亚历山大·马奈特。

"在英格兰结了婚，是吗？"庭长提醒他。

"是的，但对象不是英国人。按出生国籍是法国的。"

"她叫什么名字？家庭？"

"叫露茜·马奈特，是马奈特医生的独生女。这位好医生就坐在那儿。"

这句回答对听众产生了可喜的影响。赞美这位好医生的叫喊声震动了大厅。

夏尔·达奈按照马奈特医生的嘱咐，走着每一步。

庭长问他为什么在一年前回到法国而不是更早。

他回答道，因为自己放弃了财产，在法国无以为生，而在英国以教授法语和法国文学度日。自己之所以在那时回来是因为一个法国公民的书面请求，自己是为了挽救一个公民的生命回来的，是不计个人安危来做证、来维护真理的。这在共和国眼里能算作犯罪吗?

人们热情地喊道:"不算!"

庭长问那公民是谁。被告说那公民便是他的第一个证人,那公民的信是在城门口从他身上取走的。

法庭找出了那信,宣读了,又传了那证人。加伯尔因埃弗瑞蒙德自动投案刚刚被释放,他证实了被告的话。

然后,法庭传讯了马奈特医生。医生说被告是自己在长期监禁获释后的第一位朋友,对客居海外的自己和女儿一片赤诚,关怀备至。他又说,那儿的贵族政府很不喜欢被告,曾经以英国的敌人和美国的朋友的罪名对被告进行审判,意图杀害。医生请求在场的一个英国人罗瑞先生做证。这时陪审团宣布他们听到的材料已经足够,若是庭长满意,他们可以立即投票了。

陪审团众口一词,投票支持被告,庭长宣布被告无罪。

人们找来一把大椅子,把胜利的夏尔抬回了家。

露茜在他的怀里晕了过去。他说:"露茜,我平安了。你的父亲为我所做的事是全法国没有人能做到的。"医生劝慰女儿:"你不应该脆弱,我已经把他救出来了。"

普若斯小姐和克朗彻先生在路灯亮时去购买家庭必需品了,露茜和她的丈夫、她的父亲及小家伙围坐在明亮的炉火边。

"父亲,我听见楼梯处有陌生的脚步声。"露茜脸色苍白地说。

医生捧着灯开了门。四个头戴红便帽、手执马刀和手枪的粗鲁汉子走进屋来。

"公民埃弗瑞蒙德,又名达奈。"第一个说。

"谁找他?"达奈回答。

"我们找他。我认得你,埃弗瑞蒙德,我在法庭上见过你。共和国再一次逮捕你。"

四个人把他包围了，妻子和女儿紧紧靠着他。

"凭什么我再一次被捕？告诉我。"

"你只需立即回到裁判所附属监狱。明天会审问你的。"

医生被这群不速之客弄得目瞪口呆，他揪住了说话者的衣襟说：

"这是怎么回事？"

"医生公民，圣安东区告发了他。这个公民就是从圣安东区来的。"他指着第二个进来的人。

"告发他什么？"医生问。

"医生公民，别再问了。埃弗瑞蒙德，我们还忙着呢。"

医生请求道："你可否告诉我是谁告发他的？"

那人不安地站着，说道："告发他的是公民德发日夫妇，还有一个，明天你就会知道的！"

普若斯小姐与克朗彻先生买了几样东西，来到了"共和古英豪布鲁图斯"（古代优秀共和派布鲁图斯）的招牌下。她见到了多年不见的弟弟所罗门。

所罗门紧张地问："这人是谁？"

普若斯小姐流着眼泪对弟弟介绍道："克朗彻先生。"

所罗门在黑暗的街角站住说："我早知道你在这儿。我忙着呢，我是公事人。"

这时克朗彻先生却拍了拍他的肩膀：

"我认得你。你在老贝勒是个在法庭做证的密探。你那时叫什么名字？"

"巴萨。"另一个声音插了进来。

插嘴的人是西德尼·卡屯。他站在克朗彻先生身边,一副满不在乎的神气。

"不要吃惊,亲爱的普若斯小姐。我来这儿是想求你的弟弟赏光谈一谈的。因为你的缘故,我真希望巴萨先生不是监狱里的'狱羊'。"

"狱羊"是那时牢房里的黑话,意思是由典狱长控制的密探。那密探的脸色苍白了。

西德尼说:"一个小时或更早以前,我在附属监狱发现了你。我推断出了你的职业。你变成了我的一个目标,巴萨先生。"

"什么目标?"密探回答。

"在街上解释怕会惹起麻烦,能否到台尔森银行办公室谈谈?"

"好吧,我跟你去。"

西德尼与巴萨把普若斯小姐送到她住处的街角,然后便往罗瑞先生住处走去。

罗瑞先生刚吃完晚饭。一行人走进屋,他看见个陌生人,脸上不禁露出意外的神色。

"先生,这是普若斯小姐的弟弟,巴萨先生。"西德尼说。

"巴萨?"老人重复道,"巴萨?这名字叫我想起了什么,这脸也叫我想起了什么。"

卡屯向罗瑞先生皱了皱眉头说:"那次审判的证人。"罗瑞先生立即想了起来,厌恶地望了望新来的客人。

"普若斯小姐认出了巴萨先生。我带来了更坏的消息,达奈又被逮捕了。"

老人大惊失色,叫道,"你说什么!我离开他还不到两个钟头呢。"

巴萨先生说:"就是刚才。"

"我是从和巴萨先生喝酒的一个'狱羊'同伙那知道的,巴萨先生告诉了他,还知道了达奈明天受审。"西德尼说,"罗瑞先生,马奈特医生竟然无法制止这次逮捕,这很叫我震惊。"。

罗瑞先生着急地望着卡屯。

西德尼说:"这是一个铤而走险的时代,请医生去打有把握赢的牌,我来打冒险的牌!现在,我决定下的赌注就是在形势最不利的时候把一个押在附属监狱里的朋友赢回来,而我想要击败的人,正是这位巴萨先生。"

"那你可得有一手好牌呢,先生。"密探说。

"我要瞧一瞧手上有什么牌——罗瑞先生,我希望你能给我一点白兰地。"

酒放到了他面前,他喝下了一杯,又喝下了一杯,这才沉思着推开酒瓶。

"巴萨先生,监狱里的'狱羊',永远是密探和告密者。不过你,一个英国人,此时受雇于法兰西共和政府的巴萨先生当年却受雇于英国的贵族政府,就是说,巴萨先生仍然拿着英国政府的津贴,做着英国的密探。这正是大家谈得很多,却难得抓到的那种潜伏在共和国内部的无恶不作的英国奸细。你听懂我的牌没有,巴萨先生?"

"我不明白你的打法。"密探回答,他有些不安了。

"我打出一张A:向最近的地区委员会告发。"

巴萨心里明白,自己在英国被迫辞掉了体面的工作,跨过海峡为法国服务,起初他在自己的同胞中间做套问和打听的工作,后来又深入当地人中去了。在已被推翻的政府治下当过密探,在圣安东区和德发日酒店刺探消息,还从警察当局得到有关马奈特医生被囚禁、释放的历史资料,以便跟德发日夫妇搭讪,结果却碰了一个大钉子,那个女人随时会告发自己。现在这张牌一出,想逃也是逃不掉了,他脸色发青。

西德尼非常镇定地说:"我现在又想了想,你的同伙,说是在乡下监狱里吃草的,那人是谁?"

"法国人,你不认识的。"密探赶紧说。

"法国人?可那张脸我确实见过。"一道光线清楚地闪过他的心头,卡屯一掌拍在桌上,"是克莱!我们在老贝勒见过面的。"

"那你就太冒失了,先生。"巴萨说时笑了笑,"克莱是我的搭档,可他已经死了好几年。他葬在伦敦乡下的潘克拉斯。我帮着把他的遗体送进棺材。"

克朗彻站到巴萨身边板着面孔平静地说:"你们在那棺材里放的是铺路石和泥土。我知道,还有两个人也知道。"

卡屯说:"我手上又有了一张新牌,巴萨先生。你跟贵族政府的另一个密探有联系,这人跟你过去的经历相同,装过死人,又活了过来!在这个群情激奋的巴黎,充满着猜忌,你只要一被揭发,准死无疑。一张大牌——肯定能送你上断头台的!你打算赌一赌吗?"

"不赌,我认输。"密探下决心说,"你刚才说有一个建议,你要我干什么?若是要求我利用职权拿脑袋去冒险,那我倒宁可试试拒绝的风险。"

"要你干的并不多。你在附属监狱管牢房吗?"

"是,只要我愿意,我可以随便进出。"

西德尼·卡屯又斟满了一杯白兰地,慢慢倒进壁炉,望着酒洒在火上。他站起身子说:"到这个黑屋子里来吧,我俩单独谈谈。"

过了一会儿,西德尼·卡屯与密探从黑屋出来了。

西德尼送走了密探，在壁炉前的椅子上坐下。罗瑞先生问他做了什么。

"没做什么。若是囚犯出了问题，我保证能见他一次。"

"如果法庭上出了问题，"罗瑞先生说，"光见面是救不了他的。"

"我并没有说救得了他。"

78岁高龄的老人难以承受近来的忧伤，眼泪潸然而出。

"你是个善良的人，真诚的朋友，"卡屯说，口气与抚慰中都带着真正的感情和尊重，"我不能坐视我的父亲流泪而无动于衷，即使你是我的父亲，我对你的哀伤也只能尊重到这种程度了。其实这场不幸跟你并没有关系。"

罗瑞先生从未见过他这善良的一面，不免觉得意外，便向他伸出手去，卡屯轻轻地握了一握。

卡屯说："请别把这次见面或这种安排告诉露茜，她可能想得太多，每一个念头都可能给她带来痛苦。我希望你到她那儿去，她今天晚上一定非常痛苦！"

"我现在立刻就去。"

"啊！"这一声叫喊又悠长又凄楚，似是长叹，又似是呜咽。罗瑞先生看到他的脸对着炉火，一道光亮迅速从他脸上掠过，就像是青天白日下风暴初起的云层。

两人来到医生家的门前。卡屯在那儿跟老人分了手，却在附近流连不去。大门关上之后他又走到门前，摸了摸门。听说她每天都要去监狱，从大门出来，一定也常踩在这些石头上。他随着她的脚步走着。

夜里10点钟，他在拉福斯监狱前露茜曾数百次站立过的地方站了一会儿，然后往街心走去，就着闪烁的路灯在一张纸片上写了几个字。

他来到一家药店，把纸片放到老板面前。

"你得注意，要分开使用，公民。你知道合用的后果吗？"

"很清楚。"

他把药一包一包地放在内衣的口袋里，付了账，小心地离开了药店。

很久以前，他还是个前程远大的年轻人。在竞争中出类拔萃的时候，父亲去世了。他随着父亲的灵柩来到墓地，母亲几年前就已经去世，他在父亲墓前念诵过庄严的词句："复活在我，生命也在我。信仰我的人虽然死了，也必复活；凡活着信仰我的人，必永远不死。"[1] 此刻这词句忽然在他的脑海中浮现。

夜色渐渐淡去，他站在桥头，听着河水拍打着河堤的声音。这里的房屋和大教堂错落有致，在月光下闪闪发光。

白日冷清清地到来了，大千世界仿佛又交给了死神统治。但是，辉煌的太阳升起来了，给了他一片温暖。他用手遮住眼睛，顺着光辉望去，仿佛看到一道虹桥架在空中，把他和太阳联结起来，阳光下河水波光粼粼地熠耀着。

卡屯回到银行时，罗瑞先生已经外出。他喝了点咖啡，吃了一点面包，然后洗了洗，换了衣服，让自己清清爽爽，便去法庭了。

那只"狱羊"把他塞进法庭的一个不起眼的角落。在那儿，他看到了罗瑞先生、马奈特医生和露茜。

夏尔·达奈被押进来时，露茜向他转过眼去，那目光是那样有力，那样充满鼓舞，那样充满仰慕眷恋，那样柔情缱绻，表现了她为他

---

[1] 狄更斯. 世界文学名著百部 双城记 [M]. 孙法理, 译. 南京：译林出版社, 1999：325.

而具有的勇气，使他的脸上有了健康的血色，目光炯炯有神。

在那不公正的法庭面前，很少有听取被告申诉的程序，甚至根本没有。

大家的目光都转向了陪审团。陪审团成员都是与昨天、前天甚至明天、后天一样的坚定的爱国者和优秀的共和主义者。

大家的目光又转向了五个法官和那个检察长。检察长的发言极短，大意如此：

夏尔·埃弗瑞蒙德，又名达奈。昨日开释，昨日再次受到指控，重新被捕。控诉书昨夜已交该犯本人。该犯以共和国的敌人、贵族、出生于残暴的贵族家庭的嫌疑受到揭发，该犯所属家族已因使用现已被剥夺的特权无耻欺压百姓而被剥夺法律保护权。根据剥夺法律保护条令，夏尔·埃弗瑞蒙德，又名达奈，依法处死，绝无宽宥。

法庭庭长提问："被告受到的是公开告发，还是秘密告发？"

"公开告发，庭长。"

"由谁告发？"

"三个原告。欧内斯特·德发日，圣安东区酒店主，泰雷兹·德发日，上述德发日之妻，亚历山大·马奈特医生。"

法庭里爆发出一片震耳的喧嚣，马奈特医生从座位上站起来，面色苍白，浑身发抖。

"庭长，我向你提出愤怒的抗议。你知道被告是我女儿的丈夫，而我的女儿和她所爱的人在我眼中比我的生命还要宝贵。这个撒谎的阴谋分子说我告发我女儿的丈夫，他是谁？在哪儿？"

"马奈特公民，安静。不服从法庭的权威是能叫你失去法律保护的。至于说比你的生命更宝贵嘛，对于一个好公民而言，没有什么能比共和国更宝贵的了。"

这番申斥获得了高声的喝彩。庭长摇铃要求安静，然后激动地讲了下去："即使共和国要求你牺牲你的女儿，你也要义不容辞地将她献出。往下听！"

一片疯狂的欢呼随之而起。马奈特医生坐下，嘴唇发抖。他的女儿更靠近了他。

德发日出庭，他叙述了医生被囚禁的故事。他的陈述受到以下简短的审查。

"你在攻占巴士底狱时表现良好，是吗，公民？"

"我相信如此。"

"向法庭报告那天你在巴士底狱做的事吧，公民！"

"我所说的囚犯曾被关在一间叫作北塔一〇五的牢房里。他在我的照顾下做鞋的时候只知道自己叫北塔一〇五。我那天进攻巴士底狱时已下定决心，只要攻下了要塞，一定要去检查那间牢房。我和一个公民在一个管牢人的带领之下爬上了牢房，我很仔细地检查那屋子，在烟囱的一个洞里发现了一块石头，从那里面找到了一份手稿。这份手稿确实是马奈特医生的手迹。我把它呈交给庭长。"

"宣读手稿。"

死一样的沉默和安静。全文如下：

我，不幸的医生亚历山大·马奈特，博韦市人，后居巴黎，于1767年最后的月份，在巴士底狱的牢房里写下这份悲伤的文稿。

我是在被幽禁的第十个年头的最后一个月，用生锈的铁尖蘸着从烟囱上刮下的烟炭炭末，和着我的血很吃力地书写的。我知道我的神智即将遭到破坏，但我庄严地宣布我现在神志绝对清楚，记忆完全准确，我所写下的全是事实，我可以在永恒的审判席位上为我所写的这些话负责，无论是否会有人读到它。

1757年12月第三周一个多云的月夜（我想是22日夜），我在塞纳河码头边散步。一辆马车从我身后赶上来，一个人从车窗里伸出头来，命令车夫停下，两位绅士下了车。

"你是马奈特医生吗？"第一个说。

"是的。"

"我们到你家去过，"第一个说，"请上车吧！"

"先生们，我一向是要知道谁赏光要我出诊，是要知道病人的情况的。"

第二个人回答说："医生，你的病家是有地位的人。至于病人的情况，我们信服你的医术，请上车吧！"

我无可奈何，只好服从。马车穿过北门关卡进入乡间道路，在一套独立的宅院前停下了。我们下了车，沿着小径走到了宅院门口，拉了门铃，等了一会儿，门开了。两位绅士中的一人用他那厚重的骑马手套给了开门人一个耳光。另一人伸出胳膊又打了那人一耳光。这时我发现他们是孪生兄弟。我被带进了楼上一间有哭喊声的屋子，一个病人躺在床上。

病人披头散发，20岁出头，是个绝色美女。她的两臂被捆在身体两侧。这些捆绑用品都来自上等男人的服装，在一条带穗的领巾上有一个贵族纹章和字母E。

她神志不清，瞪着眼睛，不断发出尖锐的呼喊："我的丈夫，我的爸爸，我的弟弟啊！"接着便从1数到12，然后说:"嘘!"停顿一会儿,她又开始呼喊,周而复始,一直没有住口。

"这种情况有多久了?"我问。

为了区分这两个绅士,我把那兄弟中最权威的叫哥哥。他回答道:"大约从昨天这时候开始的。"

"你们这样把我接来,我无能为力!我若早知道是来看什么病,就可以带一些药品。这偏远的地方哪儿有药呢。"

哥哥望了弟弟一眼,弟弟傲慢地说:"有个药品箱。"然后便从一间小屋里把它取来,放在桌上。

药品箱里的药除麻醉剂之外,其他的药都用不上。我把药给她喂了下去,一个怯生生的妇女(她是楼下那开门人的妻子)此刻退到了一个角落里。那房子非常潮湿,窗前钉了些陈旧的厚帷幔,想要挡住那尖叫声。

弟兄俩在旁边看着。后来哥哥说:

"还有一个病人。"

另一个病人在另一道楼梯后面的一间房里。那房间在马厩的上方,算是一种阁楼,是堆放麦秸和干草的地方。一个英俊的农村少年躺在地上的一堆干草上,他最多17岁。他仰卧着,右手捂着胸口,牙关咬紧,圆睁着双眼望着上方。我在他身边跪下一条腿,却看不见他的伤在哪里。

"我是个医生,可怜的朋友,"我说,"让我检查一下吧。"

"我不要检查,"他回答,"随它去吧。"

伤口在他捂住的地方,我说服他拿开了手。是剑伤,受伤时间大约在20个小时以前。即使当时得到治疗也无法救治了。我转过眼去看那个哥哥,他低头望着这个少年,如同看着一只受了伤的鸟或家兔。

"这是怎么弄的,先生?"我问。

"一条下贱的小疯狗!一个农奴!逼着我弟弟拔剑决斗,被我弟弟的剑砍倒了——居然像个贵族似的。"

他说话时,那少年的眼睛慢慢转向了他,又慢慢转向了我。

"医生,他们这些贵族很骄傲。可我们这些卑贱的狗,有时也很骄傲。他们抢我们,欺我们,打我们,杀我们,可我们有时也还剩下点自尊心。她——你见到她了吗,医生?"

我说见到了。

"她是我姐姐,医生。多少年来这些贵族对我们的姐妹们的贞操享有可耻的特权。我姐姐是个好姑娘,而且跟一个好青年订了婚。我姐夫是他的佃户,我们都是他的佃户。站在那边的是他的弟弟,是这个恶劣的家族里最恶劣的人。

"他逼我们交苛捐杂税,逼我们到他的磨坊磨面,他把我们抢得干干净净。我爸爸说我们最应当祈祷的就是让我们的妇女不要生育,让我们的种族灭绝!我姐姐结婚了,她结婚才几个星期,这家伙的弟弟就看中了她的漂亮。为了逼迫我姐姐同意,这一对弟兄干出了些什么样的事呀!

"医生,他们把我姐夫套上车辕赶着走了,这是他们贵族的权利。夜里,他们逼迫我姐夫在瘴气里干活,白天又命令他套车。一天中午他从车辕上被放下来吃东西,他抽泣了12下,每一声抽泣有一下钟声相伴,然后便死在我姐姐怀里。"

若不是有倾诉冤情决心的支持，人世间是没有力量让他活下去的。

"然后，那弟弟得到了这家伙的帮助，把我姐姐带走了。我在路上看见她，把消息带回家里，我爸爸便心碎而死。我把我的小妹妹带到了一个这家伙找不到的地方，然后我便跟踪他的弟弟来到这里，昨天晚上爬进了院子，手里拿一柄剑。

"我姐姐听见我的声音，跑了进来。那家伙进来了，先是扔给我一些钱，然后便用鞭子抽我。我却用剑刺他，逼他跟我决斗——虽然我是条卑贱的狗。他拔出剑来，为了保住性命，施展出了浑身解数。他把那剑折成了几段，因为那上面染上了我卑贱的血。

"扶我起来吧，医生，扶我起来。他在哪儿？"

"他不在这儿。"我扶起少年，估计"他"指的是那弟弟。

"他！这些贵族尽管骄傲，却害怕见我。刚才还在这儿的那个人呢？把我的脸转向他。"

我照办了，抬起少年的头靠在我的膝盖上。但是少年此刻却具有了超乎寻常的力气，完全站直了身子。

"侯爵，"少年圆睁双眼对那个哥哥举起右手，"等到清算这一笔笔血债的日子，我要你和你全家，直到你的种族的最后一个人对这一切承担责任。我对你画上这个血十字，我要你的弟弟，你那卑劣种族中最卑劣的家伙，单独对此承担责任。"

他两次伸手到胸前的伤口上，然后用食指在空中画了一个十字。他举着手站了一会儿,手落下时人也倒下了。我放下了他,他已经死了。

我回到那年轻妇女身边时,她仍按刚才的顺序尖叫。从我见她时算起,她喊叫了26个小时。

她开始虚弱下来,不久便昏沉了,像死人一样躺着。我叫那个妇女来帮助我整理好她撕开的衣衫,我发觉她已经出现了妊娠迹象。

"她死了吗?"侯爵问,那个哥哥进到了屋里。

"没有死,"我说,"但看来是要死了。"

"这些卑贱的家伙精力多么旺盛呀!"他低头看她。

"痛苦和绝望之人存在着极其强大的力量!"我回答他。

他听见这话先是笑了笑,可马上便皱起了眉头。他命令那仆妇出去,然后压低了嗓子说:

"医生,我的弟弟跟这些乡巴佬的事情,是不可以外传的。你很有名气,也许懂得关心自己的前程。"

"先生,干我这种职业的人对病家的话都是保密的。"我的回答很警惕。

在她快死的时候,我把耳朵放到她的唇边。她问我她在哪儿,我回答了;她问我是谁,我也回答了。我问她姓什么,她却没有回答。

侯爵兄弟俩把跟一个农民少年决斗视为奇耻大辱。那弟弟很憎恶我,因为我听见了那少年的话,我也明白我是那侯爵心里的一块病。

病人在午夜前两小时死去了,当时只有我一个人在她身边。

那两弟兄在楼下一间房里不耐烦地等着。

"她终于死了吗?"我一进屋那个哥哥便说。

"死了。"我说。

"祝贺你,弟弟。"他转过身子说出的竟是这样的话。

以前他曾给我钱,我不肯接受。现在他又递给我一纸筒金币,我从他手里接下,却放到了桌上。

"请原谅,"我说,"在目前的情况下,我不能收。"我们分了手,再也没有说话。

清晨一大早,那筒金币又装在一个小匣子里放在了我的门口,外面写着我的名字。那天我便决定开始写信给大臣,我明白宫廷的权势,也知道贵族的种种豁免权,也估计这件事不会有人知道,但我只想解除良心上的不安。这事很危险,我没告诉我的妻子。

那是那一年的最后一天,有一位夫人要见我,她是埃弗瑞蒙德侯爵夫人。她发现那残暴事件的一些情节,也知道了她丈夫在其中扮演的角色和请我治疗的事。她希望帮助那家那个孤苦的小妹妹。我除告诉她确实有这么一个妹妹之外,其他的一无所知。

我送她到门口时,看到她的马车里有一个漂亮的孩子,两三岁。她流着眼泪说:"我有一种预感,对这次事件若没有做出清清白白的弥补,总有一天是会叫孩子来承担责任的。我个人的东西只是一些珠宝首饰,若是能找到那小妹妹,我给我孩子平生的第一个任务就是把这点珠宝连同他母亲的同情与哀悼赠送给那个受到摧残的家庭。"她是个富于同情心的好太太，她离开后，我再也没见过她。

我封好了信，那天亲自去付了邮费。

那天晚上九点钟，一个穿黑衣的人拉响了我家的门铃，说圣奥诺雷街有人得了急病。我刚出门，一条黑色的围巾便从身后勒紧了我的嘴，我的双手被反剪了起来。那两弟兄从一个黑暗角落走出。侯爵从口袋里取出我写的信，让我看了看，然后在风灯上点燃，烧掉了。我被带到了这里——我的坟墓。

若是在这些可怕的岁月里，那两个铁石心肠的兄弟中有一人能给我一点有关我妻子的消息，哪怕是一句话——她究竟是死是活——我也能认为上帝还没有完全抛弃他们。但是现在，我却相信那血十字已决定了他们的命运。我，亚历山大·马奈特，不幸的囚徒，在1767年的最后一夜，对他们和他们的后裔，直到他们家族的最后一人，发出我的控诉。我向这一切罪孽得到清算的日子发出控诉。我向上天和大地控诉他们。

法庭上爆发出一片可怕的喧嚣，唤起了那个时代最强烈的复仇情绪，人们狂热地欢呼马奈特医生大义灭亲的爱国热忱。可是，当时从巴士底狱缴获的纪念品都曾被抬着游行，而德发日夫妇为什么把这份手稿隐藏起来，秘而不宣，对此，这样的法庭和这样的听众是不想追究的。

陪审团成员每投一票，便掀起一片鼓噪。陪审团全票通过，24小时之内执行死刑。

露茜听见判决就倒下了。不能增添达奈的痛苦的念头又让她站了起来。露茜向丈夫伸出了双臂，脸上只有爱意和安慰。

人们全上街看热闹去了，只剩下典狱官、两个狱吏和巴萨。

巴萨说："就让她拥抱他吧，也不过一会儿工夫。"囚犯从被告席弯过身子，来拥抱他的妻子。

她的父亲跟了上来，几乎要在两人面前跪下，但是达奈伸出一只手拉住了他，叫道：

"不，不！我现在才明白你那时有多么痛苦，我现在才明白在你怀疑而且知道了我的家世时你受了多大的折磨，我现在才明白你为了露茜跟天性做了多少斗争。我感谢你，愿上天保佑你！"

医生双手插进满头的白发里，绞着头发发出惨叫。

囚徒说："目前的结局是各种因素造成的。那样不幸的开头是不可能产生什么幸运的结尾的。不要难过，原谅我吧！上天保佑你！"

他被带走了。露茜站在那儿望着他，晕倒在父亲的脚下。

这时西德尼·卡屯从一个僻静的角落走上前来，轻轻地抱起她，来到门外，温柔地把她放进了一辆马车。她的父亲也被老朋友们扶上了车，卡屯坐在马车夫旁边。

来到了大门口，他又抱起她上了楼，进了房间，把她放到了床上。她的孩子和普若斯小姐在她身边哭了起来。

"啊，卡屯，亲爱的卡屯，"小露茜哭着、叫着，用两臂搂着他的脖子，"我想你会有办法帮助妈妈和救出爸爸的！"

他对着孩子弯下身去，让她那娇艳的面颊靠着自己的脸，然后轻轻放开了她，望着她昏迷的母亲。

"在我离开之前，"他说，却又踌躇了——"我可以亲亲她吗？"

他弯下身子用双唇碰着她脸的时候，轻轻说了"一个你所钟爱的人的生命"几个字。

卡屯来到隔壁房间，对跟在后面的罗瑞先生和她的父亲说："马奈特医生，现在你还可以试试你的影响。那些法官和当权的人对你都很友好，也很承认你的功劳。"

"我是片刻也不会停止的，我马上去找检察长和庭长，"马奈特医生说，"还要去找别的人。街上在搞庆祝会，天黑之前怕是谁也找不到的。"

"我9点到罗瑞先生那儿，从他或者你那里能听到进展情况吗？"

"能。"

"祝你顺利！"

罗瑞先生跟着西德尼来到外屋的门前，罗瑞先生放低了嗓子悲伤地说："我不抱希望。"

"我也不抱希望。"

罗瑞先生一只手撑住门框，低头把脸靠在手上。卡屯极轻柔地说："我鼓励马奈特医生去努力，这对露茜来说是一种安慰。"

罗瑞先生擦着眼泪回答："你说得不错，真正的希望并不存在。"

"是的，真正的希望并不存在。"卡屯应声回答，然后迈着坚定的步子走下楼去。

卡屯先生来到一家小吃店用了晚餐，他第一次没有喝烈性酒。吃完饭便睡着了。

一觉醒来，已是早上7点。西德尼·卡屯往圣安东区走去，为了他的计划，他想让他们知道有一个像他这样的人存在。他整理一下歪斜的蝴蝶结、外衣领子和蓬乱的头发，便径直来到德发日酒店。

店里没有顾客，只有雅克三号和"复仇女神"在跟德发日夫妇聊天。

卡屯用蹩脚的法语要了少量的酒。德发日太太看了他一眼，随即又仔细打量了他一会儿。

"英国人？"德发日太太问。

"是的，太太。"

德发日太太回到柜台去取酒，对雅克三号说："真像埃弗瑞蒙德！"

德发日给他送上酒，回到柜台边说："确实有点像。"

那几个人把胳膊放在柜台上，挤在一起低声交谈起来。

卡屯听见德发日说，为了医生要适可而止，老板娘却说要斩草除根。她说："伟大的日子刚开始，攻陷巴士底狱的时候德发日找到了今天的那份手稿，我们就是在这盏灯下一起读的。那时我告诉他一个秘密。那份手稿上写的受尽埃弗瑞蒙德弟兄残害的农民家庭就是我的家庭，那个受了致命伤躺在地上的少年的姐姐便是我的姐姐，那个丈夫便是我的姐夫，那个没出生的孩子便是他们的孩子，那个少年便是我的哥哥，那个父亲便是我的父亲。清算这些血债的责任落在我的身上。是不是这样？"

"是这样。"德发日承认。

"那你就去告诉风和火如何到此为止吧，"老板娘怒道，"别来跟我废话。"

有顾客进门，卡屯付了账离开酒馆。9点，他来到罗瑞先生家，罗瑞先生正在不停地走来走去。罗瑞先生说他一直陪着露茜，是几分钟前才赶到这边来的。露茜的父亲凌晨4点时离开银行，一直没有回来。

10点了，马奈特医生仍然没有消息，罗瑞先生又不放心露茜，让卡屯在这里等候医生。

时钟敲到12点，罗瑞先生回来了，他们开始讨论这个事情。

这时传来了医生上楼的脚步声。

他光着头，敞着领子，外衣落到地上，东望望西望望说："我的凳子呢？我哪儿都找遍了，找不着。我的活儿呢？时间很紧，我得做完鞋。"

完了，彻底完了。

他俩对视了一下，卡屯说："医生最好还是到他女儿那儿去。你还要答应我做一些事情。"

卡屯弯下腰去拾医生的外衣，一个小盒子滑落到了地板上，卡屯拾了起来，其中有一张折好的纸条。卡屯打开纸条，惊叫道："谢谢上帝！"

他从自己衣服口袋里取出另一张纸条："这是我的通行证。瞧，西德尼·卡屯，英国人。我明天要去看夏尔。你把他的、我的、你的证明一起仔细保存好。有了马奈特医生身上的这张证明，他跟他的女儿和外孙女便可以随时通过路障和边界。"

"难道连他们也有了危险？"

"今天晚上我在酒馆听到了德发日太太的话，才知道她俩有了危险。我立即去找了那个密探，他说德发日夫妇掌握着一个锯木工的证词，这个锯木工见到过露茜跟囚犯打手势，也许连她的父亲都保不住。你是最可靠的人，你是可以救他们的。"

"卡屯！可是我怎么救他们呢？"

"这次揭发肯定要在明天以后才进行，因为对死去的罪犯表示哀悼或是同情是杀头的罪名，那个女人无疑会指控露茜和她父亲犯了这种罪。你明天一大早把马车准备好，下午2点钟出发，要以最快的速度去海边。"

"一定做好准备。"

"今天晚上把你所知道的情况告诉她，强调她孩子和她父亲目前的危险处境，"他迟疑了一会儿，"她必须在那个时刻带着他俩和你一起离开巴黎。车子等在院子里，按时上车，等我一到就让我上车出发。"

"你的意思是要我无论出现什么情况都要等你吗？"

"你手上有我和其他人的通行证，你要给我留好座位。只等我的座位坐上人就回英格兰。"

他帮助罗瑞先生唤醒了医生，保护着他来到了另一座楼的院子里。那里有一颗痛苦的心正经受着煎熬。在一个值得纪念的日子里，他曾向那颗心袒露过自己孤独寂寞的心，那曾是他的幸福时刻。他抬头凝望着她屋里的灯，独自伫立许久，发出祝福后告别离开。

在附属监狱的黑牢里，52个人的生命将沉入永恒的无底深渊。

夏尔·达奈被单独囚在一间牢房里。自从被带到这里后，他知道任何人都救不了他了。但心爱的妻子的面容在他眼前是那么鲜活，使他很难无牵无挂地引颈就戮。他想自己的生命中并无耻辱的成分，又想无数的人也曾含冤受屈走上同一条路，便鼓起了勇气。

他用买来的纸笔在灯烛下开始写信，直写到牢里规定的熄灯时间。

他写了一封长信给露茜，说自己并不知道她父亲曾被幽禁的事，说在那篇手稿被宣读之前他跟她一样不知道自己的父亲和叔叔是那场苦难的制造者。他告诉她自己放弃姓氏是她父亲对他俩订婚提出的唯一条件，现在自己对此是完全理解了。他要求她不要去问她父亲是否已忘掉了那份手稿，他请求她安慰她的父亲并明白一个事实：他并没有做过任何应当负责的事。他希望她牢记自己对她充满感激之情的爱和祝福，把她的爱奉献给他们亲爱的孩子。他们是会在天堂重逢的。

他以同样的口气给她的父亲写了一封信，向他重托了妻子和孩子。他用十分郑重的口气希望他振作起来，不要沉溺于回忆。

他向罗瑞先生托付了全家，安排了他的世俗事务，表示了自己深沉的感激之情和依恋。

他收到过通知，最后的时间是下午3点。他知道押走的时间会早一点，他决心把2点钟记在心里，在那之前他得让自己坚强起来。

门外的石头走道上有脚步声，前门被打开又匆匆地关上了。

站在他眼前的是西德尼·卡屯。卡屯将一根手指放在嘴唇前警告他不要说话，脸上挂着笑意，凝望着他。

他的形象是那样光辉，那样出众，囚犯以为他是自己想象中出现的一个幻影。但是他抓住囚犯的手说话了，声音是他的声音，那手也是他的手。

"在尘世的所有人当中，你最没有想到会看到我吧？"他说。

"我简直不能相信是你。你不会也坐牢了吧？"囚犯突然担心起来。

"没有。我只是偶然控制了这儿一个管牢的，借这点关系来看看你。我是从你妻子那儿来的，亲爱的达奈，我给你带来了她的一个请求。"

"什么请求？"

"你没有时间了，我也没有时间告诉你。你得照办——脱掉脚上的靴子，穿上我的。"

囚徒身后有一把椅子。卡屯把他推进椅子，光着脚催他快换靴子。

"卡屯，从这个地方逃是逃不掉的。"

"把你的蝴蝶结跟我的交换,上衣也跟我交换。我取下你这条发带,把你的头发抖散,弄得跟我的一样。"

卡屯动作神速,强迫他换了装。

"亲爱的卡屯!我请求你别在我的痛苦之上再赔上你的这条命了。"

"桌子上有笔,有墨水,有纸。你的手还能写字且不发抖吗?"

达奈一手摸着困惑的头,在桌旁坐了下来。卡屯右手放在衣服的前襟里,逼近他站着。

"照我所说的写。"

"若是你还记得很久以前我俩说过的话,见了这信你就会明了的。我知道,你一定记得,因为你的天性使你不会忘记。我感谢上帝给了我机会证明我的话;我感谢上帝,我的行为再也不会令人遗憾或悲伤了。"他眼睛盯着写信人,慢慢地、轻轻地把手放到了他面前。

笔从达奈的指间落下,他迷迷糊糊地往周围看了看。

"有什么东西在我面前飘过?"

"我什么都没感觉到,拾起笔写完吧!快,快!"

囚徒双眼昏沉地望着卡屯,呼吸也不匀了。

囚徒跳了起来,脸上露出责备的意思。但是卡屯的右手已使劲捂住了他的鼻孔,左手搂住了他的腰。不到一分钟他已倒在地上人事不省了。

卡屯迅速穿上囚犯脱在一旁的衣服,又用囚犯的带子把自己的头发束住,然后轻轻地叫道:"进来吧,进来!"密探进来了。

卡屯一条腿跪在昏迷的人身边,同时把写好的信揣进他上衣口袋,抬起头来:"你的风险大吗?"

"卡屯先生，"密探胆怯地打了一个响指，回答，"这里很忙乱，只要你照你的全套计划去做，我的风险并不太大。"

"别担心我，我到死都会守信用的。我马上就不会麻烦你了，他们也马上会走得远远的。现在，找人来帮忙把他送到马车里去。那院子你是知道的，你亲自送他进马车，交给罗瑞先生；告诉他只给他新鲜空气，叮嘱他记住我昨晚的话和他自己的承诺，上了车就走！"

密探立即带了两个人来，把失去知觉的人放进了担架，抬走了。门锁上了。

脚步声沿着远处的通道消失了，卡屯的呼吸自由了些。

钟敲了两下，他的门开了。一个看守拿着名单往门里望了望，只说了句："随我来，埃弗瑞蒙德！"便带他来到了一个黑暗的大屋里。室内幽暗，上绑的人有的站着，有的坐着，有的不停地哭喊。

他被带到一个昏暗的角落，一个年轻妇女向他走来，要跟他说话。

"埃弗瑞蒙德公民，"她用冰凉的手碰碰他说，"我是个可怜的小裁缝，跟你在拉福斯一起坐过牢的。"

他回答时声音很含糊："不错，他们说你犯什么罪来着？我忘了。"

"说我搞阴谋。公正的上天知道我的清白，像我这么个瘦弱可怜的小女人，谁会来找我搞阴谋呢？可能吗？"

她说话时那凄凉的微笑打动了他，他眼里也涌出了泪水。

"我并不怕死,埃弗瑞蒙德公民，可是我毕竟什么也没干过呀！能给穷人办那么多好事的共和国若是能因为我的死得到好处，我是不会不愿意死的。可是我不明白这能有什么好处。"

他为这个可怜的姑娘感到激动,对她充满了怜悯。

"若是我跟你在一辆囚车上,你能让我握住你的手吗,埃弗瑞蒙德公民?我不害怕,可是我个子小,身体弱,握住你的手可以增加我的勇气。"

她抬起那一双无怨的眼睛看着他的脸。他发现她眼中诧异的神色,握了握她那纤瘦的手指。

"你是代替他去死吗?"她低声地说。

"还代替他的妻子和孩子。"

"啊,你愿让我握住你勇敢的手吗?"

"嘘!愿意,可怜的妹妹,直到最后。"

一辆从巴黎驶出的马车前来接受检查。

"车上是什么人?证件!"贾维斯·罗瑞下了车,递出证件,一手扶住车门,回答着官员们的提问。

"亚历山大·马奈特,医生,法国人。是谁?"

这就是——说话含糊、神志不清的病弱老头被指了出来。

"露茜,他的女儿,法国人。是谁?"

这就是。

"露茜,她的女儿,英国人。这就是吗?"

是的,不是别人。

"西德尼·卡屯,律师,英国人。是谁?"

在这儿,"卡屯"被指了出来。

"贾维斯·罗瑞,银行家,英国人。是谁?"

"当然是我了,我是最后一个。"

官员们绕着马车转了一圈,又爬上了车厢看了看车顶上他们携带的行李。

"收好你们的证件吧!贾维斯·罗瑞,已经签过字了。走吧,一路顺风!"

第一道关口总算闯过了!

贾维斯·罗瑞双手交握,往前望着。马车里有恐惧,有哭泣,还有昏迷者的沉重呼吸。

夜渐渐降临,天黑了下来。昏迷的人开始苏醒,他叫着卡屯的名字,问他手上拿的是什么。

在52个人等待着自己生命倒计时的同时,德发日太太召集"复仇女神"和陪审员雅克三号在锯木工的小屋里开会。

德发日太太说:"公民伙计,我的丈夫是个优秀的共和分子,但是他对医生心慈手软。我对医生没有什么感情,对埃弗瑞蒙德一家可得要斩草除根。"

德发日太太停顿了片刻,说道:"我不能把我计划的细节告诉他,我得亲手采取行动。来呀,小公民。"

锯木工走了过来。

"你今天就可以去做证,证明那些手势。"德发日太太严厉地说。

"好的。"锯木工道。

"我见到医生也跟她一样在打手势呢!"德发日太太道,"我做起证人来也不差,我不能放过他。3点钟杀完这一批后,你们就到我那儿,就定在8点吧,我们要到圣安东区去揭发这几个人。"

德发日太太又说:"那女的现在会在家里,等着她丈夫死的那个时刻。她会悲伤难过,会对共和国的审判心怀不满,会对共和国的敌人满怀同情。我要到她那儿去取证。"

"多么令人钦佩的女人,多么值得崇拜的女人!"雅克三号欣喜若狂地叫道。

"啊，我的宝贝！""复仇女神"叫着，拥抱了她。

"拿着我的编织活儿，"德发日太太把毛活儿放到助手手里，"把它放在我平时的座位上，行刑开始之前我准到。"

那时的许多妇女都被时代的潮流洗礼得令人胆寒，却没有哪一个妇女能比现在走在大街上的这个无情的女人更可怕的了。她有坚强勇敢的性格，精明敏捷的头脑，还有巨大的决心。由于她从儿童时代起就含冤受屈，所以养成了根深蒂固的阶级仇恨，发展成了一只母老虎。

一个清白无辜的男人要为父辈的罪行而死，男人的妻子要变成寡妇，男人的女儿要变成孤儿，这在她看来都不算事。因为他们都是她天生的敌人，本没有活下去的权利。她没有怜惜之心，甚至对自己也如此，即使是被送上断头台，她也不会有丝毫怨艾伤感的柔情。

为了避免超重，昨天晚上罗瑞先生让普若斯小姐和杰瑞坐最轻便的马车，下午3点出发。

普若斯小姐想，今天已经从这儿走了一辆车，再走一辆车会引起怀疑，就让克朗彻先生先走，让车子在大教堂门口等自己。

2点20分，正忙碌的她看见德发日太太站在屋里。

德发日太太冷冷地说："埃弗瑞蒙德的太太到哪儿去了？"

普若斯小姐迅速把屋里四道门全关上了，然后站在露茜的房门口，用眼睛上下打量着德发日太太。

德发日太太很清楚，普若斯小姐是这家人的忠实朋友；普若斯小姐也很清楚，德发日太太是这家人的凶恶敌人。

"我要到那边去，"德发日太太一只手往那杀人的地方略微挥了一挥，"顺道来向她致敬，想见见她。"

"我知道你不怀好意，"普若斯小姐说，"不过你放心，你那坏心眼休想在我面前得逞。"

两人一个说法语，一个说英语，谁也听不懂谁的话，可彼此都很警惕，明白对方并没有把自己放在眼里。

德发日太太便放开嗓门叫了起来："医生公民！埃弗瑞蒙德太太！你们谁来跟女公民德发日答话？"

没有回应。她赶紧上前打开了三道房门，三间屋子都乱糟糟的。她向普若斯小姐身后那屋望去，若是那屋里没人，便是逃跑了，还可以派人去追，把他们抓回来。

普若斯小姐完全明白她的想法：我就是不让你弄清楚，只要缠住你的时间越长，他们就越安全。

德发日太太往屋里闯，普若斯小姐把她拦腰抱住，甚至把她抱离了地面。德发日太太伸手往胸前摸去。普若斯小姐一拳打了过去，打出了一道闪光、一声巨响，然后德发日太太便什么都看不见了。

这一切只发生在刹那之间。硝烟散去，那女人躺在地上，死了。

普若斯小姐拿上衣物，关门上锁，取下钥匙，又坐在台阶上喘了一会儿气，才站起身来匆匆走掉。

时钟敲了三下，运死囚的车了来到刑场。断头台前的几个妇女坐在椅子上织着毛线，仿佛是在公共娱乐园里。"复仇女神"站在最前面的一把椅子上，寻找她的朋友。

"泰雷兹！"她叫道，"谁见到她了？泰雷兹·德发日！"

"复仇女神"在椅子上跺脚大叫："埃弗瑞蒙德一会儿就要报销了，可她不在这儿！"

囚车开始下人。断头台的行刑者们已经穿好刑袍，嚓——一个脑袋被提了起来。织毛活的妇女连抬头看一眼都不愿意，只是开始数数:"一。"

第二辆囚车来了,又开走了。第三辆开了上来。

被当作是埃弗瑞蒙德的人下了车,女裁缝也被扶了下来。下车时他也没有放开她的手,按自己的诺言握住它。他体贴地让她用背对着那"嚓""嚓"响着的机器。她望着他的眼睛,表示感谢。

"若不是有了你,亲爱的陌生人,我不会这么镇静,因为我天生是个可怜的小女人,胆子很小。我也不能抬头看上帝,上帝也被杀死了。我认为你是上天送给我的。"

"你也一样,是上天送给我的,"西德尼·卡屯说,"你的眼睛看着我,亲爱的孩子,别的什么都不要想。"

他们眼睛相望,声音相应,手拉着手,心连着心。原本距离很远,还有种种差异,现在却在这阴暗的大路上走到了一起。

"你给了我很多安慰!我现在是不是该跟你吻别了?时间到了吗?"

"到了。"

她吻吻他的嘴唇,他也吻吻她的嘴唇,两人彼此郑重地祝福。她在他前面一个——去了。打毛线的妇女们数道:"二十二。"

"主说,复活在我,生命也在我。信仰我的人虽然死了,也必复活;凡活着信仰我的人,必永远不死。"

"二十三。"

那天晚上城里的人议论起来,说他的面孔是在那儿所见到的最平静的面孔。不少的人还说他显得崇高,像个先知。

## 3. 赏析

《双城记》共 3 部 45 章，其卷帙浩繁，故事跨度长，可追溯到法国资产阶级大革命爆发前二十余年，一直到法国资产阶级大革命以及随后三年多的这一段历史时期。小说内容涉及了法国大革命这一伟大的历史事件，具有浓厚的历史色彩。在这里，作者批判了法国贵族阶级腐败、糜烂的生活以及对他人生命的践踏，揭示了法国大革命爆发的必然性。同时，作者又对法国大革命中群众的暴力行为表现了深刻的质疑。在小说中，罪恶、犯罪与惩罚，复仇、暴力与正义，仁慈、博爱与人性错综复杂地纠结在一起，体现了狄更斯创作思想的复杂性和深刻性。小说在艺术手法上也别具匠心，较之以前的小说结构更巧妙，构思更严密，情节更生动、紧张。

这部作品情节繁复紧凑，结构多元整一，人物形象鲜明，思想内容深邃。以下我们从叙事方式、情节及结构、人物塑造等方面赏析其艺术特色。

### （1）现实主义的叙事方式

狄更斯凭借历史资料，以法国大革命为历史背景，以伦敦和巴黎为故事发生场所，以现实主义的叙事方式写出了以埃弗瑞蒙德、朱古力等为代表的法国贵族阶级因生活腐朽、性情残忍、飞扬跋扈、盘剥人民而引发人民长期仇恨爆发的事件。

故事从失去理智的马奈特医生与露茜相认的情节开始，讲述伦敦、巴黎两座城市发生的故事。狄更斯用了大量篇幅描写法国大革命的准备和爆发，构筑了繁复的人物和混乱的社会画面，立体地展现法国大革命的孕育和爆发过程。其中，马奈特医生的 18 年牢狱之灾是一个巨大的悬念，神秘和紧张的气氛随着故事情节的展开而越发加强。马奈特医生重复的缝鞋动作、达奈婚前和医生的神秘对话等等，直到最后，才以倒叙的写作手法揭示出原因——将马奈特医生在狱中写的血书公之于众，将故事推向了高潮，这时，散见于全书的各条线索才得以被串联起来，使小说达到了豁然开朗的艺术效果。这种多角度跨越时空的叙述、多线索的情节发展和交叉、原有故事结构的延展和重组，最终导向不可避免的激烈冲突，小说中的人物命运在跌宕起伏中走进了现实，让人们心中产生了惊心动魄又恍然大悟的感受。

善良正直的马奈特医生因为揭发埃弗瑞蒙德侯爵兄弟的骄奢淫逸、作恶多端而被关进巴士底狱18年，其悲惨的遭遇展现出法国的政治腐败和司法黑暗。埃弗瑞蒙德侯爵为了满足自己的淫欲，害死了农户一家五口人（含一胎儿），表现出贵族生活的腐朽和权力的膨胀。德发日太太一家的遭遇，说明了社会贫富的悬殊和底层人民的苦难。

狄更斯在叙述过程中，所用语言冷峻沉郁，画面感强烈，整个故事让人的情感处于一种巨大的压抑之中。比如，为了突出地表现圣安东尼贫民窟的寒冷、肮脏、贫病和饥饿的凄惨情景，狄更斯这样描画了贵族统治下一个村庄的景象："在他们身上，在他们苍老的脸上，在每一道岁月犁出的旧纹新皱里，都是'饥饿'的标记，到处都是'饥饿'横行。'饥饿'给赶出了高楼大厦，钻进挂在竿子和绳子上的破衣烂衫；'饥饿'同草秸、破布、木片、纸屑一起把这些衣衫补缀起来；'饥饿'附在那锯木人锯子下面的每一块小小的木柴上。"[1] 人们仿佛看到了当时人们衣不蔽体、面黄肌瘦地生活在污秽恶臭的环境里。在写到法国大革命时期让人胆寒的断头台时，狄更斯这样写道："它是治疗头疼的妙方；它能有效地防止头发变成灰白；它使面容青春永驻；它是能剃得干净利落的国家剃刀。"[2] 其辛辣的讽刺和冷峻的语言，将社会的丑恶现象予以无情的揭露。狄更斯在叙事时使用了一些形象的比喻，如把密探说成"苍蝇"，把陪审官说成"猎狗"，把卡屯说成"胡狼"，以此来表达内心的感情色彩。

狄更斯通过医生和德发日太太一家的遭遇，肯定了法国大革命的正义性，意在以古喻今，借法国大革命这一历史事件发生的缘由以及革命的后果，警告当下的英国社会要正视社会发展过程中的症结，积极改革，不要听任社会矛盾不断激化。同时，又通过德发日太太的复仇，指出了血腥的革命只会带来新的社会动荡。在这里，狄更斯表达了既支持革命又反对暴力的思想，他向英国统治者提出警告，呼吁用人道主义思想缓和社会矛盾，改变人与人之间的关系。他认为，人类的爱比恨更伟大，通过爱和善可以调和阶级矛盾，代替暴力革命，表达了爱憎分明的思想，展现了小说的主题，这也是他人道主义思想的体现。

### （2）复杂巧合的情节，布局精巧的戏剧性结构

悬念迭出而充满巧合的情节，稳定而富于戏剧性的结构，标志

---

[1] 狄更斯. 双城记[M]. 张玲, 张扬, 译. 沈阳：辽宁人民出版社, 2019：35.
[2] 狄更斯. 双城记[M]. 张玲, 张扬, 译. 沈阳：辽宁人民出版社, 2019：324.

着狄更斯的小说从叙事性向戏剧性过渡。

《双城记》的情节繁复且清晰，在法国大革命准备阶段有两条情节线。一条情节线是揭示法国封建贵族骄奢淫逸的腐朽生活和对人民群众的残酷剥削与压迫，这主要表现在"爵爷在城里"和"爵爷在乡下"的章节中，是故事发展最原始的情节线。另一条情节线则描写马奈特医生出狱移居英国，这条线写出了故事中主要人物之间的关系，对马奈特医生18年的牢狱之灾隐而不露，留下悬念，这是故事的中心线索。描写法国大革命的过程就是围绕这个中心线索继续展开的：首先写了夏尔·达奈为营救管家返回法国，被革命群众当作逃亡贵族逮捕，马奈特医生将其营救出狱；其次写夏尔·达奈因德发日的控告第二次被捕受审，法庭公布了马奈特医生当年在狱中写的控告埃弗瑞蒙德侯爵家族的材料，18年牢狱之灾的情节在此处展开，众多悬念和故事真相被揭开；然后，随着众多事件的发生，主要人物之间的故事进入高潮，达奈被判死刑；接着，西德尼·卡屯为了露茜的幸福，设计替换达奈上断头台；最后，德发日太太计划抓捕露茜母女，在与露茜女仆普若斯的搏斗中，因手枪走火中弹身亡。

《双城记》的结构颇具戏剧性，又不失稳定性。虽然也利用了偶然性因素，如达奈与卡屯的相貌相似，但总体上小说的结构比较稳定。小说的第一个戏剧冲突表现在埃弗瑞蒙德家族和马奈特医生、德发日太太之间，他们彼此的关系是：埃弗瑞蒙德与德发日太太两个家族之间有着不共戴天的血海深仇，马奈特医生因为主持正义而与埃弗瑞蒙德家族发生了冲突被关押18年之久。马奈特医生与德发日太太两家共同的敌人是埃弗瑞蒙德，埃弗瑞蒙德是万恶之源，是矛盾的主体，与德发日太太和马奈特医生是一对二的迫害与被迫害关系。第二个戏剧冲突表现在德发日太太和马奈特医生、埃弗瑞蒙德家族之间，他们彼此的关系是：马奈特医生为了女儿的幸福，以人性的善良宽恕并捐弃前嫌，接受了背叛贵族家庭的达奈为女婿，与埃弗瑞蒙德家族成为亲戚关系，德发日太太因此与马奈特医生一家化友为敌，对埃弗瑞蒙德家族的仇恨波及马奈特医生一家，德发日太太成了邪恶的化身，是矛盾的主体，与马奈特医生一家和埃弗瑞蒙德家族是一对二的复仇与被复仇关系。马奈特医生无辜地卷入两场斗争中，两次成了疯子，是腐朽的社会制度和疯狂大革命下的悲剧。而埃弗瑞蒙德和德发日太太的冲突与结局，说明霸凌邪恶之恶和过度仇恨之恶，在毁灭他人的同时，也在无情地毁灭自己。

### （3）个性鲜明的人物塑造

狄更斯在塑造《双城记》中的人物时，没有赋予人物复杂的性格特征，而是侧重描写人物的道德层面，反映了人性中的善恶，这是狄更斯的人道主义立场的体现，也是该书人物塑造的精妙之处。在这部小说中，有善良、正直、富有理性和良知的马奈特医生，有恪守职责、忠诚勤勉、热心敦厚、可敬可爱的老银行职员罗瑞先生，有善良、慈爱、感伤而富于救赎精神的露茜，有背叛家族、捐弃产业、自食其力、品质高尚的贵族青年夏尔·达奈，有懒惰酗酒、自甘堕落、玩世不恭而理性智慧、纯真恳切、仁爱无私、富有奉献与牺牲精神的西德尼·卡屯，也有倔强冷酷、机警敏锐、凶狠残暴的德发日太太，有骄奢淫逸、冷酷残忍、作恶多端的埃弗瑞蒙德侯爵兄弟。马奈特医生是正面人物的代表，是"仁爱"的化身；埃弗瑞蒙德家族是资产阶级"恶"的代表，德发日一家是革命人民的代表，是"恨"的化身。小说发展到最后，埃弗瑞蒙德家族灭亡了，德发日太太也失败了，最终是"仁爱"战胜了"恶"和"恨"。福斯特曾在《小说面面观》中中肯地评价道，狄更斯作品中的人物"几乎都是扁平的"，"每个人物都可以用一句话概括，但却使人奇妙地感觉到了人的深度"[1]。对社会的批判、对人性的探索和对道德的弘扬，是他小说思想的主要内容，也是他人物塑造的基本思想。

**马奈特医生**

马奈特医生是一个正直的知识分子，年轻时就以自己的医术医德，赢得了一定的社会名望。他偶然目睹了封建贵族埃弗瑞蒙德侯爵兄弟虐杀农民的罪行，出于内心的良知写信向朝廷告发，因此招来埃弗瑞蒙德侯爵兄弟的报复，被滥施特权投入监狱长达18年之久。狱中的他被折磨得神志不清，记忆全失，被救出后，远离法国，在女儿的爱的温暖中，"死而复生"。当他弄清了达奈是自己的仇人埃弗瑞蒙德家族之后时，他能够克制住精神和肉体的病痛之苦，化仇为友，接受他成为自己心爱女儿的恋人。当达奈作为贵族之后人入狱后，马奈特医生不惜面对旧日不堪的备受屈辱的牢狱生活，自揭痛彻心扉的陈年伤疤，以昔日巴士底监狱受迫害的囚犯经历，赢得暴动群众的同情与支持，营救女婿达奈。在长达一年的营救过程中，他的心备受煎熬，却还一视同仁地为监狱中所有的人看病，成为仁爱与宽恕的化身。当他的经历被阴狠的复仇者和暴怒的革命法庭所利用，他的女婿达奈再次入狱被革命法庭判处死刑时，这个仁爱的、不向恶势力屈服的老者再次受到时代的暴击，成为一个神志不清的人。马奈特医生的经历表明，贵族阶级的残暴统治和革命

---

[1] 赵炎秋，刘白，蔡熙. 狄更斯学术史研究 [M]. 南京：译林出版社，2014：339.

者的疯狂暴行都将摧毁人性中最美好的东西。马奈特医生的人物形象，诠释了狄更斯"人类爱的力量，始终要比恨强大得多"的人道主义思想。

### 露茜

露茜是一位感人至深的、向善向美的人物形象，她善良、美丽、纯洁，像天使一样温暖着她周边的每一个人。露茜的温情和慈悲，可以使神志不清的马奈特医生精神复活，可以使身居异乡的达奈幸福，可以使粗犷不驯的普若斯柔和，可以使放纵不羁的卡屯献身。在伦敦法庭上，她感伤的表情和证词，赢得了人们的同情，代表了狄更斯的人道主义思想。露茜的怜惜、同情让卡屯干涸的、孤独的心得到润泽和温暖，她的"你是可以成就一番事业的"话语，犹如一道明亮的灯光照亮卡屯前进的方向。她是狄更斯笔下富于自我牺牲精神的理想女性，是崇高道德的化身。

### 西德尼·卡屯

西德尼·卡屯是狄更斯塑造的人道主义者的典范。他是一名助理律师，早年受到过良好的教育，因不善于计较个人利害而在法律界默默无闻。他才华出众，是一个怀才不遇、彷徨迷茫的知识分子。在现实生活中，他只能做别人成功的垫脚石。表面上看，他懒惰酗酒、不拘小节、自甘堕落，实质却是一个机敏睿智、心地善良、乐于助人、为人纯真、人格崇高的人。他筑起了一堵墙，隔绝了自己与名利、与社会的关系，他妥协于这个社会却又与这个社会格格不入。他承认："我是一个失望的奴隶，先生，我不关心世上任何人，世上任何人也不关心我。"他的身上自始至终都笼罩着一层神秘、浪漫的悲剧色彩。但在这个怪人冷淡的外表下，却充满对露茜真挚的感情。尽管他的爱情是让他绝望的，但为了自己所爱的人的幸福，他不仅退出情场的角逐，而且在情敌面临生死的危险时刻，利用自己和他相像的外貌，制订了周密的计划，冒名顶替救出露茜的丈夫，打破了德发日太太疯狂的复仇计划，以自己的生命换来了自己所爱之人的幸福，在为他人的幸福中找到了自我。卡屯的经典形象，闪烁着人道主义的理想光辉，赞美了舍生忘死、舍生取义的人道精神，表现了基督思想，那就是"复活在我，生命也在我。信仰我的人虽然死了，也必复活；凡活着信仰我的人，必永远不死"。

## 达奈

达奈是贵族后裔，他外貌英俊、心地善良、忠于友情、见义勇为、临危不惧。虽然出身名门贵族，在一个罪恶累累的家庭里生长，但他自幼受到母亲的良善教育，出淤泥而不染，成为一个背叛自己阶级的进步人物。长大后的他接受了资产阶级的民主思想，他更加同情人民的疾苦，憎恶自己的贵族家庭并且谴责自己贵族家庭的罪行，是贵族统治阶级的叛逆者。他冒着侵犯叔父侯爵的威权说，"我们曾经胡作非为"，"甚至在我父亲的时代，我们就已经犯下了许多罪恶，伤害了妨碍我们享乐的每一个人"。他主动放弃爵位和财产，改姓母亲的姓氏，只身来到英国当教师，成为一个自食其力的人。他不仅遵照母亲的遗言，把母子仅有的财产委托管家分给穷人，还多次恳求管家不要收穷人的赋税。他认为，人的价值不是由权力、地位、金钱来决定的，不能因自己的享乐而伤害别人的尊严，更不能伤害别人的生命。在大革命风暴来临时，他认为自己能为这场风暴做出自己的贡献，保护人民的生命。他是一个懂得爱和感恩的人，因为露茜的善良，他爱上了露茜，与露茜一起照料马奈特医生。因为管家无辜面临危险，他不顾个人安危，回国救助。他是一个有着慈悲之心的社会进步青年，是统治阶级弃恶从善的榜样。

### 德发日夫妇

德发日夫妇是革命者的形象，是圣安东区革命的领导者，他们的小酒店是革命者秘密集会的地点。德发日是马奈特医生从前的仆人，在马奈特医生遭遇非法羁押又被释放后把他接到自己的住处。他对法国贵族的残暴无比愤恨，在法国大革命中站在前列，最终成为在旧世界的废墟上崛起的新的压迫者。德发日太太是一个不同凡响的下层社会妇女，她的童年是悲惨的，她的哥哥、姐姐和姐夫惨遭埃弗瑞蒙德侯爵杀害，父亲也因此心碎而死，她对贵族阶级有着刻骨的仇恨。法国大革命时期，她迅速成长为一名革命者，她沉着、机智、果敢，革命意志坚决。同时，她复仇的念头也从未被放下，并随着革命势头的高涨而越发强烈。她不停地编织，把她复仇的对象和贵族们的罪状都编入了她的记忆里。在攻打巴士底狱时，她冲杀在前。作为一个受压迫的下层妇女的形象，她本应作为正面人物出现，但作者却用了大量的笔墨描写了她的凶狠、可怕、冷酷、无情以及为了复仇不惜殃及无辜的变态心理，她一心要置埃弗瑞蒙德家族的后人达奈于死地，还要斩草除根，连达奈的妻子、女儿都要除掉。最终她在读者心中不被同情，她的死使人感到这是她应有的下场。在这一点上，狄更斯通过她反映了一种非人性的行为，体现的是残酷的复仇和暴力，她的结局鲜明地表达了狄更斯反对暴力的人道主义思想。

### 埃弗瑞蒙德侯爵兄弟

埃弗瑞蒙德侯爵兄弟是法国贵族阶级的典型代表，他们戴着"精致的假面具"，看似道貌岸然，实则灵魂极其肮脏。他们认为他们家族管辖的土地和土地上的一切都是他们的，认为"压迫是唯一不朽的哲学"。他们的生活豪华奢侈，性格傲慢狡诈，手段狠毒残酷，利用贵族的特权胡作非为，剥夺人民的自由，抢占人民的财产。他们视人命如草芥，其马车横冲直撞，压死穷人的小孩时，他们只觉得有一点儿讨厌的烦恼，随便抛下一个金币，好像对打破一件平常东西的赔偿。他们任意奸污妇女，滥施淫威，可以满不在乎地害死五条人命。他们滥用司法权力，可以把任何人无限期地监押在监狱里。正是他们这些法国封建贵族的骄奢淫逸和对人民群众的残酷压迫，才造成贵族与农民的极度对立，阶级矛盾十分尖锐。

在革命前的疾风暴雨中，埃弗瑞蒙德还念念不忘失去的许多特权，抱怨"法兰西现在越变越坏了"，妄想重掌祖先对于周围的贱民行使的生死权，他们的暴虐必然引起劳动人民的反暴力，他们是人民革命的对象。

由上可见，人性中的善与恶等自然属性，在社会变革中不断地相互交织和博弈，所有的外在行为，无论是悲悯的、善良的，还是残忍的、恐怖的，无一不体现了人们心灵深处意识的觉醒或沉沦。被救赎了的人，尽显的是人性中的精神属性之——道德的力量，这是狄更斯人道主义思想在人物塑造上的体现。

## （4）夸张、嘲讽、象征、对比的写作手法

### 嘲讽和夸张

狄更斯的作品一向以幽默诙谐闻名，而在《双城记》中，狄更斯则大量使用了嘲讽和夸张的写作手法。比如在讲到宫廷里那个有权有势的大人时，狄更斯毫不吝啬笔墨地嘲讽那个贵族的进餐场景，写道："大人可以轻而易举地吞下各式各样的东西，而且有那么几个忧心忡忡的人认为，他正在相当迅速地吞咽着整个法兰西；可是他那份早点巧克力要是除了大师傅之外不再加上四条壮汉相帮的话，却灌不进他的嗓子眼里去。是的，要把那荣幸的巧克力送入大人口中，得用四条汉子……一个身穿制服的仆从先把巧克力罐送进那神圣的尊前；第二个拿着专用小工具搅拌，让巧克力起泡沫；第三个献上那备受恩宠的餐巾；第四个（就是有两个金表的那个）把巧克力倒出来。在大人看来，这些侍奉巧克力的仆从如果缺少其一而想在这种令人称羡的天下雄踞高位，那是绝不可能的。如果他用巧克力只由三个人不成体统地服侍，那么他的家徽上就要沾上深深的污点；如果是两个，他就得一命呜呼了。"[1] 这表现出宫廷有权势者的骄奢淫逸和丑恶心态。在《双城记》中，狄更斯的讽刺手法更显冷峻，有些可被视为"黑色幽默"。在描写法国大革命时期令人胆寒的断头台时，有这样一段文字："它是治疗头疼的妙方；它能有效地防止头发变成灰白；它使面容青春永驻；它是能剃得干

---

[1] 狄更斯. 双城记[M]. 张玲，张扬，译. 沈阳：辽宁人民出版社，2019：121.

净利落的国家剃刀。"[1]这表现了暴怒人民的癫狂状态和恐怖的人间地狱。

狄更斯善于抓住人物外表的某种特征和行为举止加以夸张描写，比如对侯爵的"精致假面具"的多次重复描写，表现了侯爵外表与内在的不一，揭示了他虚伪、冷酷的内在性格特征。

**对比与象征**

狄更斯在小说中大量使用了对比的手法来刻画人物形象和描写时代环境，使得故事更加生动和真实，突出了作品的主题表达和思想倾向。比如人物之间的对比：善良、宽容的马奈特医生与邪恶、残忍的侯爵兄弟，杀气腾腾的德发日太太的鲜明对比。比如场景之间的对比：封建贵族的豪华庄园与乡间村民的破败小屋的鲜明对比；城里贫民窟里人们饥饿的场景与贵族大人喝个早茶都要四个壮汉伺候的场面的鲜明对比。比如人物的自身对比：德发日太太革命前性格坚强、才智卓越、组织领导能力非凡的形象与革命后冷酷、凶狠、狭隘的复仇者的形象的鲜明对比；先前聪明绝顶、玩世不恭、酗酒麻痹、生活没有目标的苦闷青年卡屯与最后甘愿为了心爱之人的幸福代替达奈去死的崇高的人道主义者卡屯的鲜明对比。这些对比极富震撼力，冲击着读者的视觉，有的令人陷入深思，有的令人毛骨悚然，有的令人感慨万分。这些人物形象在读者心中留下难以磨灭的印记，增强了作品的艺术感染力，更突出了狄更斯的人道主义思想的主题。

狄更斯在小说中多次使用具有象征意义的动作来暗示某种征兆

---

[1] 狄更斯. 双城记[M]. 张玲, 张扬, 译. 沈阳：辽宁人民出版社, 2019: 324.

或意象。比如作品中反复出现的德发日太太编织毛活的画面，编织象征着她在记录贵族和统治阶级的罪恶以及对他们的仇恨，暗示着德发日太太的命运，她注定要进入这个时代潮流的旋涡里；小个子锯木工"嚓嚓"的锯木声象征可怖的"吉洛汀"[1]的砍头动作，暗示着小人物将掀起时代的巨浪。

狄更斯运用了色彩意象，以不同的意蕴来表达小说的主题。比如圣安东尼区流淌一地的葡萄酒："这酒是红葡萄酒，在巴黎圣安东区狭窄街道上洒出来，浸染了那里的地面。这酒也浸染了许多手、许多脸，还有许多赤脚，而且还有许多木屐。那锯木男人手上的红色印在了木头上；那哺育婴儿的妇人把染上红色的旧包头布又缠到头上的时候，把红色印在了额头。那些将酒桶碎片贪婪咀嚼的人，满嘴像老虎吃了活物一样染得通红；一个爱开玩笑的大汉被染了个一塌糊涂，大半个脑袋都露在睡帽那高高的帽筒外边，在一堵墙上，用手指蘸了和着泥的酒渣子涂了个字——'血'。"[2]这红色的酒象征革命爆发后流淌的人血，把红色葡萄酒和鲜血联系在了一起，暗示着法国大革命即将到来，狂暴的群众运动即将开始。再比如侯爵回乡下时坐旅行马车来到了山顶，落日的光辉把车上的人浸入一摊猩红的夕阳残照里，太阳突然落了下去，象征着贵族统治的末日到了。

狄更斯还用象征的手法来渲染气氛，比如对马奈特医生在伦敦居住的街角传来脚步声的几次描绘，暗示大革命的疾风暴雨必将到来。这些象征创设了一种悲情、感伤的忧郁风格，具有深刻的警示

---

[1]断头台法语"guillotine"的音译。
[2]狄更斯.双城记[M].张玲，张扬，译.沈阳：辽宁人民出版社，2019：34.

意义，增加了作品的内涵和深度，使得小说的审美内涵更为丰富、深刻。

在这部小说里，狄更斯不仅把人民贫穷、苦难的根源归于封建剥削制度，而且肯定了法国大革命的必然性、正义性，也赞同在暴政压迫下的群众要求改变现状的愿望和行动，欣赏革命者的智慧、胆略和行动。但狄更斯不同意人民用暴力革命，因为雅各宾党人坚决镇压贵族的手段极其恐怖，随着革命的扩大化，革命法庭被"最低俗、最残忍、最卑劣的人"所主宰，导致一批善良的贵族和一些无辜的平民也惨遭杀害。

1859年，狄更斯在谈到《双城记》的创作经历时说："我花了大量时间和精力来创作《双城记》，经过无数次的修改，总算感到满意。能够偿还我在创作中所付出的心血的，决不是金钱和其他任何东西，而是小说的主题意义和创作完成时的喜悦。"[1] 他还说这部小说让自己"深受感动，无比激动"，并且他一直渴望自己能在舞台上扮演西德尼·卡屯这个角色。可见，这部反映法国大革命历史的严肃悲壮、情调感伤的小说，也是最能体现狄更斯创作思想和艺术风格的一部作品。

奥威尔说："狄更斯不是公认意义上的革命作家。但我们并不能断言，纯粹的社会道德批判不能像当前盛行的政治经济批判那样具有'革命性'，毕竟革命意味着翻天覆地。"[2]

是的，狄更斯不是政治学家，也不是历史学家，他的《双城记》

---

[1] 傅守祥. 比较文学视野中的经典阐释与文化沟通[M]. 上海：上海人民出版社，2011：201.
[2] 奥威尔. 奥威尔散文集[M]. 罗爽，易小又，曹事非，译. 武汉：华中科技大学出版社，2016：75

是一部以法国大革命为背景的虚构小说,并非是描写法国大革命的历史素材,但又真实地反映了革命前夕封建贵族对农民的残酷迫害。他同情的是那些在资本主义社会中受迫害、受剥削的广大中下层人民。狄更斯从资产阶级人道主义出发,赞美和歌颂人性的善良,强调人性的伟大,这是这场惨无人道的大革命中泛出的微弱的光芒。这光芒在父女、恋人、翁婿、老友、情敌之间,温暖着每一个人,激发了每个人生命中的智慧,是战胜邪恶,战胜灾难的一股坚强的力量。也正因此,《双城记》这部作品自问世以来深受读者的喜爱,并被翻译成各语种版本,一百六十多年来广为流传。

狄更斯的这部作品被公认是他的巅峰之作。宋兆霖先生这样评价:《双城记》是这个世界上最伟大的批判现实主义杰作之一,是英国文豪狄更斯作品中最曲折惊险、最惊心动魄的作品之一。

# 附录

## 狄更斯生平及创作年表

**1812 年**
2月7日,狄更斯生于英格兰南部朴次茅斯市迈尔恩德高坡一个海军军需处职员的家庭。
7月,狄更斯随全家搬到朴次茅斯市波特西霍克街的住处。

**1814 年**
年初,狄更斯跟随父母搬到朴次茅斯新扩建的南海区维希街39号。

**1815 年**
1月,因父亲被召回萨默塞特郡,全家搬到位于托特纳姆街拐角处的诺福克街10号的房子。
狄更斯第一次来到伦敦。

**1817 年**
年初,狄更斯全家到了"乡下"——希尔内斯。
4月初,狄更斯全家搬到英国南部军港查塔姆兵工街2号。

**1818 年**
狄更斯和姐姐范妮在罗马巷里一所老太太办的家庭小学上学。

**1821 年**
年初,狄更斯在威廉·贾尔斯创办的"人文科学、数学和商业学校"接受教育。
狄更斯一家搬到了小溪区圣玛丽广场18号。

**1822 年**

全家移居伦敦。因经济状况窘迫，住在伦敦近郊卡姆登镇贝恩街16号。

**1824 年**

2月9日，狄更斯开始在沃伦黑鞋油作坊做童工。

2月20日，约翰·狄更斯被关进马夏尔西债务人监狱。

5月28日，父亲被释放。

6月，狄更斯离开沃伦黑鞋油作坊。

6月—1827年春，狄更斯就读于威灵顿寄宿学校。

**1827—1828 年**

狄更斯在律师事务所做小伙计和职员。

**1829 年**

春天，狄更斯在伦敦民事律师公会做采访速记员。

**1830 年**

春，狄更斯爱上银行家的女儿玛丽亚·比德奈尔，这是他的初恋，后失恋。

**1831—1834 年** 狄更斯为《国会镜报》撰写有关议会辩论的专稿。

**1833 年**

12月，狄更斯在《月刊》第12期杂志上发表处女作《白杨园的晚餐》短篇小说。

**1834 年**

8月，狄更斯在《月刊》上发表《供膳的寄宿处》的第二部分时，开始使用"博兹"笔名。同月，狄更斯成为《纪事晨报》特派到下议院采访辩论会议的记者。

## 1835 年
5月，狄更斯与凯瑟琳订婚。

## 1836 年
2月8日，狄更斯的第一部作品集两卷本的《博兹札记》问世。

3月末，开始发表长篇小说《匹克威克外传》，每月连载。

1837年11月，连载结束。

4月2日，狄更斯与凯瑟琳在切尔西的圣卢克教堂举行了结婚仪式。

9月，狄更斯创作的两幕滑稽剧《奇怪的绅士》在圣詹姆斯剧院上演。

12月，狄更斯创作的两幕歌剧《乡村俏妇》在圣詹姆斯剧院上演。

10月，狄更斯辞去《纪事晨报》职务，开始当专业作家。

12月中旬，狄更斯的第二部作品集一卷本的《博兹札记》出版。

12月，狄更斯结识了约翰·福斯特。福斯特是狄更斯的终身密友及他第一个传记的作者。

## 1837 年
1月，狄更斯接受理查德·本特利的聘请，任《风趣人作品杂集》（后改名为《本特利杂志》）的杂志编辑。

1月6日，凯瑟琳生下了第一个男婴。

2月，长篇小说《奥立佛·退斯特》（又名《雾都孤儿》）在《特利杂志》上开始分月连载。

3月，狄更斯创作的独幕滑稽剧《她是他的太太吗？》在圣詹姆斯剧院上演。

4月，迁居道蒂大街48号（现今狄更斯博物馆所在地）。

5月7日，狄更斯妻子的妹妹玛丽在道蒂大街的寓所去世。

10月，狄更斯编辑了一部回忆录——《约瑟夫·格里马尔迪回忆录》，并为之写序。

## 1838 年

3月6日，狄更斯的第二个孩子出生了，是个女孩，名字为玛丽（大家都叫她玛米）。

4月，长篇小说《尼古拉斯·尼克尔贝》开始分月连载。1839年10月，连载结束。

11月，《奥立佛·退斯特》连载结束。狄更斯从此放弃"博兹"的笔名，开始以本名发表作品。

## 1839 年

1月，狄更斯辞去了《本特利杂志》的编辑工作。

10月29日，凯瑟琳又生下了一个女儿，女儿名字叫凯特·麦克雷迪·狄更斯。

12月，狄更斯一家搬到德文郡大街排屋1号。

## 1840 年

4月，狄更斯与出版商查普曼、霍尔合作创办的刊物《汉弗莱老爷的钟》出版发行。

4月25日，长篇小说《老古玩店》在《汉弗莱老爷的钟》第四期上开始连载。1841年1月，连载结束。

## 1841 年

2月8日，狄更斯的第四个孩子降临人世，这是狄更斯的第二个儿子，名字叫沃尔特。

2月中旬，《巴纳比·拉奇》在《汉弗莱老爷的钟》上开始连载。

11月，《巴纳比·拉奇》连载结束，《汉弗莱老爷的钟》停刊。

## 1842 年

1—6月，狄更斯与夫人凯瑟琳访问美国。

10月，《美国札记》出版。

## 1843 年

1月，长篇小说《马丁·朱述尔维特》开始分月连载。

1844年6月，连载结束。

12月19日，狄更斯发表了第一篇圣诞故事《圣诞颂歌》。

## 1844 年

1月，狄更斯的第五个孩子出世，这是狄更斯的第三个儿子，名字叫弗朗西斯。

7月—1845年6月，狄更斯一家旅居意大利热那亚，其间访问罗马、那不勒斯等地。

12月16日，狄更斯第二篇圣诞故事《教堂钟声》出版。

## 1845 年

7月，狄更斯一家返回英国德文郡大街的家中。

9月，狄更斯组织业余剧团举办义演，亲自扮演剧中的人物。

秋，狄更斯夫人生下了第六个孩子，这是狄更斯的第四个儿子，名字叫艾尔弗雷德。

12月20日，狄更斯发表了第三篇圣诞小说《炉边蟋蟀》。

## 1846 年

1月21日，狄更斯与布雷德伯里和埃文斯合办的报纸《每日新闻》第一期出版，刊文《意大利风情》。

2月9日，狄更斯辞去主编职务。

6—11月，狄更斯全家到瑞士，居住于洛桑。

10月，长篇小说《董贝父子》开始分月连载，1848年4月，连载结束。

11月，狄更斯全家开始了巴黎之旅。在巴黎，狄更斯结识了雨果、欧仁·苏和夏多布里昂。

12月19日，狄更斯发表了第四篇圣诞故事《人生的战斗》。

## 1847年

3月初,狄更斯一家回到伦敦,暂时住进了摄政公园的切斯特广场1号。

4月,狄更斯的第七个孩子出生了,这是狄更斯的第五个儿子,男孩的名字叫西迪尼·史密斯·哈迪曼·狄更斯。

6月底,狄更斯一家来到了布罗德斯泰斯避暑。这期间,狄更斯北上伦敦,开始创办"妇女之家"。

11月,又建成了"乌拉尼小屋"。

年末,狄更斯和凯瑟琳在苏格兰出席格拉斯哥学院举办的文学协会会议。

## 1848年

9月2日,狄更斯的姐姐范妮去世了。

12月19日,狄更斯发表了第五篇圣诞小说《着魔的人》。

## 1849年

2月,狄更斯的第八个孩子出生了,这是狄更斯的第六个儿子,取名为亨利。

5月,长篇小说《大卫·科波菲尔》开始分期连载。

1850年11月,《大卫·科波菲尔》连载结束。

## 1850年

3月30日,狄更斯与朋友们合办的文学周刊《家常话》第一期出版,狄更斯担任主编职务。

8月16日,狄更斯的第三个女儿朵拉出生了。

## 1851年

1月,《写给孩子们看的英国历史》开始在《家常话》周刊上连载。1853年12月,连载结束。

3月31日，狄更斯的父亲去世了。

4月14日，狄更斯的女儿朵拉夭折了。

11月初，狄更斯一家迁入伦敦市内的塔维斯托克宅第，这是狄更斯买下的房子。

## 1852年

3月，长篇小说《荒凉山庄》开始分月连载。1853年9月，《荒凉山庄》连载结束。

3月13日，狄更斯的小儿子爱德华·布尔沃·利顿·狄更斯出生了，这是狄更斯的第十个孩子。

7—10月，狄更斯与家人去英国东南部海滨避暑，住在多佛的康登蛾眉月街10号。

10月，狄更斯夫妇及乔治娜来到了法国的布洛涅，考察避暑度假地点。

## 1853年

6月，狄更斯一家住进了布洛涅的一处别墅。

8月，狄更斯完成了《写给孩子们看的英国历史》《荒凉山庄》两部书稿的写作。

10月，经由瑞士抵达意大利热那亚。

12月中旬，狄更斯回到了伦敦。

12月27日至30日，为给伯明翰学院和中部学院筹款，狄更斯在伯明翰市政厅首次登台朗诵自己的作品。

## 1854年

4月1日至8月12日，长篇小说《艰难时世》在《家常话》上连载。

6—10月，狄更斯全家又到了法国的布洛涅度假。

10月，狄更斯回到伦敦，会同私人慈善团体搞了几次朗诵会。

## 1855 年

10 月中旬，狄更斯只身前往巴黎，在香榭丽舍大街 49 号租了一个有着十多间房屋的住处，把家眷接来了。

12 月初，长篇小说《小杜丽》第一期出版了。

1857 年 6 月，《小杜丽》连载结束。

## 1856 年

3 月，狄更斯回伦敦处理《家常话》编辑业务，同期买下了罗彻斯特附近的盖茨山庄。

5 月初，狄更斯一家离开了巴黎。

## 1857 年

7 月，丹麦童话作家安徒生来到盖茨山庄，造访狄更斯。

8 月，狄更斯与比他小 27 岁的女演员艾伦·特南同台演出《冰海深处》。

10 月，狄更斯与柯林斯合作撰写中篇小说《两个懒学徒漫游记》，在《家常话》上刊出。

10 月 11 日，狄更斯与夫人开始非正式分居。

## 1858 年

4 月 29 日，狄更斯的第一场公共朗诵会在伦敦圣马丁大厅举行，此后他开启了在英格兰、苏格兰和爱尔兰各地巡回朗读自己作品的活动。

8 月 1 日—11 月，在苏格兰和爱尔兰各地举行首次巡回朗诵表演。

5 月末，狄更斯和凯瑟琳签署了分居契约。

## 1859 年

4 月 30 日，狄更斯创建的杂志《一年四季》创刊号出版了，上面发表了狄更斯的长篇小说《双城记》第一期。

11月，长篇小说《双城记》连载结束。

5月28日，《家常话》最后一期出刊。

## 1860年

12月1日，长篇小说《远大前程》在《一年四季》上开始每周连载。1861年8月3日，连载完毕。

## 1861—1863年

狄更斯第二次在英国各地以及巴黎巡回朗读自己的作品。

## 1864年

5月，长篇小说《我们共同的朋友》开始每月连载。

1865年11月，连载结束。

## 1865年

6月9日，狄更斯与艾伦在乘火车的途中遭遇车祸。

## 1866—1867年

狄更斯第三次在国内巡回朗读自己的作品。

## 1867年

狄更斯与柯林斯合作的小说《禁止通行》在《一年四季》上刊载，并被改编成剧本。

11月，狄更斯再访美国，并在美国各地巡回朗读自己的作品。

## 1868年

4月下旬，狄更斯返回英国。

秋—1869年4月，狄更斯第四次在国内各地巡回朗读自己的作品。

## 1869年

8月，狄更斯与出版商查普曼签订最后一部长篇小说《艾德温·德鲁德之谜》的出版合同。

## 1870 年

1 月至 3 月，狄更斯在伦敦举办十二场告别朗诵会。

3 月 9 日，狄更斯受到维多利亚女王的接见。

4 月，《艾德温·德鲁德之谜》开始分月连载，共发表 6 章。

6 月 9 日，狄更斯因中风在盖茨山庄与世长辞。

6 月 14 日，狄更斯被安葬于威斯敏斯特教堂的"诗人之角"。

# 参考文献

1. 程陵．外国文学基础［M］．北京：北京大学出版社，2006．
2. 陈应祥，傅希春，王慧才．外国文学 上册［M］．3版．北京：高等教育出版社，2009．
3. 侯维瑞，李维屏．英国小说史［M］．南京：译林出版社，2005．
4. 李赋宁．欧洲文学史［M］．北京：商务印书馆，2001．
5. 罗经国．狄更斯评论集［M］．上海：上海译文出版社，1981．
6. 赵炎秋．狄更斯长篇小说研究［M］．北京：社会科学文献出版社，1996．
7. 郑克鲁．外国文学简史［M］．上海：华东师范大学出版社，2009．
8. 杨慧林，张良村，赵秋棉．外国文学阅读与欣赏［M］．2版．北京：首都师范大学出版社，2008．
9. 刘舸．新编外国文学史［M］．北京：教育科学出版社，2009．
10. 狄更斯．双城记［M］．张玲，张扬，译．沈阳：辽宁人民出版社，2019．
11. 赫斯基思·皮尔逊．狄更斯传［M］．谢天振，方晓光，鲁效阳，等，译．杭州：浙江文艺出版社，1985．
12. 赖干坚．狄更斯评传［M］．上海：学林出版社，2012．
13. 狄更斯．狄更斯演讲集［M］．丁建民，殷企平，徐伟彬，译．杭州：浙江文艺出版社，2006．
14. 狄更斯．世界文学名著百部 双城记［M］．孙法理，译．南京：译林出版社，1999．